KB021315

그림 1 **옛이야기를 읽고 있는 소년**

트롤들 셋은 모두 큰 소리로 발작하듯 웃음을 터뜨렸습니다. "하! 하! 하! 하!" 그들은 서로를 붙잡으며 큰 소리로 웃었습니다. "우리가 그렇게 오래 잠을 잤다면 코를 집 쪽으로 돌려 자러 가는 게 낫겠어." 트롤들이 말했습니다. 그러고는 왔던 길로 모두 되돌아갔습니다. (본문 443쪽)

그림 2 **왕의 칼을 훔친 트롤**

왕은 산에 있는 트롤에게 가라고 말했습니다. 자기 할아버지의 칼을 트롤이 훔쳐 가서 호수 옆에 있는 집에 가져다놓았는데, 아무도 감히 그곳으로 가려 하지 않는 다면서 말입니다. (본문 86쪽)

그림 3 **하얀 곰 발레몬 왕**

하얀 곰은 그녀를 등에 태우고 함께 길을 나섰습니다. 그들이 멀리 아주 멀리까지 여행했을 때, 하얀 곰이 물었습니다. "이보다 깨끗한 것을 본 적 있니? 이보다 부 드러운 곳에 앉아 본 적 있니?" (본문 422쪽)

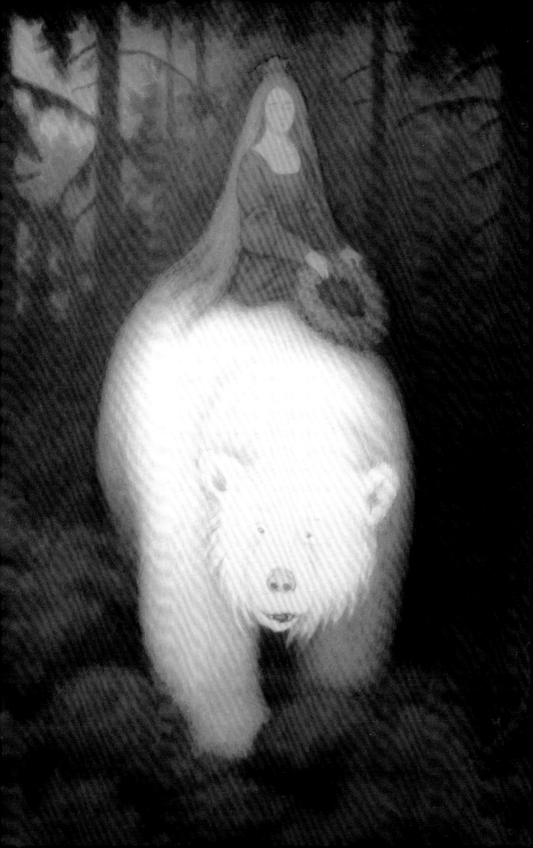

그림 4 **재투성이 에스펜**

막내는 언제나 엎드려서 재만 뒤적거렸기 때문에 재투성이 에스펜이라는 뜻의 에스펜 아스켈라드나 아스켈라덴이라고 불렸습니다. (본문 305쪽)

그림 5 **길을 나선 아스켈라덴**

숲에 도착한 아스켈라덴은 지치고 배가 고파서 나무 아래 앉아 쉬면서 음식을 먹기로 했습니다. (본문 335쪽)

그림 6 **트롤이 사는 산**

그들은 다시 멀고 먼 여행을 하며 민둥산들과 드넓은 황무지를 지났습니다. 그러다 그들은 또 다른 높은 산에 도착했습니다. 그곳에서도 길동무는 산을 두드리며 문을 열라고 했습니다. (본문 107쪽)

그림 7 아스켈라덴의 모험

"그곳이 우리가 가야 할 곳이야." 당나귀가 말했습니다. "거기에는 머리 아홉 달린 트롤에게 납치된 공주가 살고 있어." (본문 349쪽)

그림 8 트롤의 머리를 빗겨주는 공주

그가 그곳에서 무엇을 보았을 것 같나요? 세상에나! 공주가 트롤의 머리카락을 빗겨주고 있었습니다. "제대로 왔군." 소년이 혼잣말을 했습니다. (본문 285쪽)

그림 9 **깊은 숲속의 트롤**

트롤들은 아주 크고 웅장해서 머리가 전나무 꼭대기에 닿았습니다. 그러나 다행히도 그들은 셋이 합쳐 눈이 하나밖에 없었습니다. 트롤들은 돌아가면서 그 눈을 사용했습니다. (본문 265쪽)

그림 10 **길동무가 된 여우**

여우는 음식을 한입 얻어먹은 뒤 말했습니다. "내가 널 도와줄게. 그러면 너는 행
운과 함께 할 수 있을 거야.". (본문 437쪽)

그림 11 **용의 잠을 깨우는 아스켈라덴**

아스켈라덴은 용들 중에서 가장 어린 놈을 깨웠습니다. 용은 눈을 비비며 이끼를
벗겨내기 시작했습니다. (본문 343쪽)

그림 12 **잠에서 깨어난 용**

용은 잠에서 완전히 깨어나기 전에 먼저 눈을 문질러 이끼를 벗겨냈습니다. 그런 뒤 포효하며 미쳐 날뛰면서 산 것이든 죽은 것이든 모조리 갈기갈기 찢어대기 시작했습니다. (본문 344)

그림 13 **황금새**

갑자기 태양의 섬광처럼 반짝이는 것이 밝게 비추더니 황금새가 내려와서 사과를 낚아챘습니다. (본문 437쪽)

그림 14 **소년을 뒤쫓는 트롤**

동생이 달려가자 트롤이 그 뒤를 쫓았습니다. 그러는 동안 형은 뒤에 남았다가 가장 마지막에 가는 트롤의 발목을 도끼로 내리쳤습니다. (본문 265쪽)

그림 15 **용을 속이는 여우**

용은 구멍으로 도로 기어 들어갔습니다. 그 순간 여우와 남자는 눈 깜짝할 사이에
지렛대를 치워버렸고, 용은 다시 돌 아래에 깔렸습니다. "이 세상 끝나는 날까지
그곳에 깔려 있어라." 여우가 말했습니다. (본문 149쪽)

그림 16 **트롤의 목을 자르는 아스켈라덴**

"여기에서 사람의 피 냄새가 나!" 트롤이 소리를 질렀습니다. "맞아! 여기 있다."
아스켈라덴이 말했습니다. "하지만 그렇게 킁킁대며 숨을 들이쉴 필요는 없어.
너는 그 냄새 때문에 오래 고생하지 않아도 될 테니 말이야." 그러면서 그는 순식
간에 트롤의 모든 머리를 잘랐습니다. (본문 345쪽)

그림 17 **대마 빗**

아스켈라덴은 트롤이 물 밖으로 머리를 내밀 때마다 대마 빗으로 트롤의 눈을 마
구 찔렀습니다. (본문 315쪽)

그림 18 **외눈박이 트롤**

그림 19 **숲속의 길**

그는 자기 집 문 앞까지 길에 완두콩을 뿌려놓을 테니 그것을 따라오면 될 거라고
말했습니다. 그러나 어쩐 일인지 완두콩들이 흩어져 있었습니다. (본문 288쪽)

그림 20 **결혼식 행렬**

고양이는 신부와 신랑, 요리사와 바이올린 연주자, 말을 포함해 결혼식 행렬을 모조리 게걸스럽게 먹어치웠습니다. (본문 70쪽)

그림 21 **웅얼웅얼거위알과 다섯 아낙네**

다섯 아낙이 밭에서 함께 작물을 거둬들이고 있었습니다. 갑자기 그들의 눈에 이상하리만치 커다란 거위알이 발견되었습니다. (본문 77쪽)

그림 22 **트롤의 횡포**

트롤이 그곳을 황폐하고 불안하게 만들어 사람들은 도무지 왕의 농장으로 편하게 건너오지 못했습니다. 트롤은 말들을 풀어 목초지와 밭을 짓밟게 하고, 곡식도 모조리 먹어치우게 했습니다. 왕의 오리와 거위들을 공격해 머리도 뜯어냈습니다. 외양간에 있는 왕의 암소를 죽였고, 왕의 양과 염소들을 절벽으로 몰아 떨어뜨려 목을 부러뜨렸습니다. 그리고 사람들이 낚시를 하러 물레방아가 있는 방죽으로 갈 때마다 그곳에 있는 물고기를 모조리 잡아서 땅위로 던져 죽게 만들었습니다. (본문 304쪽)

아스비에른센과 모에의
노르웨이 옛이야기 1871

아스비에른센과 모에의 노르웨이 옛이야기 1871

Norske Folkeeventyr Ny Samling

by Peter Christen Asbjørnsen & Jørgen Engebretsen Moe, 1871 (English translation by George Webbe Dasent, Tales from the Fjeld: A Second Series of Popular Tales, 1874)

Korean translation copyright ⓒ 2018 by Publishing house OROT

All right reserved.

이 책의 한국어판 저작권은 옮긴이와 도서출판 오롯에 있습니다. 저작권법에 의해 한국 내에서 보호를 받는 저작물이므로 무단전재와 무단복제를 금합니다.

아스비에른센과 모에의

노르웨이 옛이야기
1871

페테르 아스비에른센 · 예르겐 모에 지음

이남주 옮김

오롯

1

이 책은 페테르 아스비에른센(Peter Christen Asbjørnsen, 1812~1885)과 예르겐 모에(Jørgen Engebretsen Moe, 1813~1882)가 1871년에 펴낸 『새 노르웨이 민담집(Norske Folkeeventyr Ny Samling)』을 우리말로 옮긴 것입니다.

아스비에른센과 모에는 10대 때인 1826년에 학교에서 처음 만나서 우정을 쌓은 절친한 친구였으며, 그 뒤 고국 노르웨이의 민담을 채록·정리하는 작업을 평생 함께 했던 동료였습니다. 이들은 20대 때부터 노르웨이 구석구석을 다니며 구전되던 옛이야기들을 수집했으며, 그렇게 모은 이야기들을 몇 개씩 묶어서 얇은 소책자로 만들어 사람들에게 알렸습니다. 그러다 1843년과 1844년에 그것들을 『노르웨이 민담집(Norske Folkeeventyr)』이라는 두 권의 책으로 출간했습니다. 1843년에는 기존에 발표했던 이야기들을 묶어서 출간했고, 1844년에는 알려지지 않았던 새로운 이야기들만 묶어서 출간한 것입니다.

이들의 책은 출간되자마자 유럽 전역에서 주목을 받으며 여러 나라의 말로 옮겨졌습니다. 아스비에른센과 모에는 1852년에 두 권으로 나누어 출간했던 책을 한 권으로 묶어서 다시 펴냈는데, 이때 두 편의 이야기를 추가하면서 처음에 58개였던 이야기가 60개로 늘어났습니다. 그 뒤 이들은 1852년 이후 새로 수집한 50개의 이야기들을 묶어서 1871년에 두 번째 민담집『새 노르웨이 민담집』도 함께 출간했습니다.

아스비에른센과 모에는 대부분의 작업을 함께 했으나, 따로 관심을 가지고 있던 주제들을 모아서 저마다 책을 출간하기도 했습니다. 민요에 관심이 많던 모에는 1840년에『노르웨이 시골의 지방어로 된 노래, 민요, 춤곡(Samling af Sange, Folkeviser og Stev i norske Allmuedialekter)』이라는 책을 펴냈습니다. 이 책은 1869년에 가사만이 아니라 곡조까지 담아서 다시 출간되었습니다. 그리고 아스비에른센은 1845~1848년에 요정 훌드라에 관한 이야기들을 모아서『노르웨이 요정 이야기와 민간전설(Norske Huldre-Eventyr og Folke-sagn)』이라는 제목으로 책을 펴내기도 했습니다.

2

아스비에른센과 모에가 수집해서 펴낸 민담들은 노르웨이인의 민족의식이 형성되고 높아지는 데 큰 영향을 끼쳤으며, 노르웨이어와 전통문화를 계승하는 데에서도 중요한 역할을 했습니다.

"모든 것은 학자들이 자신들의 책상에 앉아서 이른바 민중이 입으로 전해온 것들을 수집해 글로 옮겨 적으면서 시작되었다."* 독일의 작가인 엔첸스베르거(Hans Magnus Enzensberger)가 근대 민족과 민족주의의 탄생에 관해 한 말입니다. 이 말 그대로 19세기 낭만주의의 시대에 이루어진 민담 수집과 언어 연구는 유럽 각 국가들의 민족의식과 정체성의 형성에 큰 영향을 끼쳤습니다.

야코프 그림(Jacob Grimm, 1785~1863)과 빌헬름 그림(Wilhelm Grimm, 1786~1859) 형제는 독일・아일랜드・스코틀랜드 지역에서 민중들에게 구

---

* 한스 마그누스 엔첸스베르거,「책상 위에서 국가를 발명하는 방법」,『엔첸스베르거의 판옵티콘Enzensbergers Panoptikum』(원성철 옮김, 오롯, 2016), 33쪽.

전되던 이야기들을 모아서 1812년 『그림 동화(Kinder und Hausmärchen, Grimms Elfenmärchen)』 제1권을 출간했습니다. 그림 형제는 민담을 수집하는 데 그치지 않고, 독일어 문법을 연구하고 어휘들을 정리해 사전을 만드는 일도 함께 펼쳐갔습니다. 그림 형제의 영향을 받아 다른 나라들에서도 비슷한 움직임이 나타났습니다. 오스만 제국이 지배하던 세르비아에서는 부크 카라지치(Vuk Stefanović Karadžić, 1787~1864)가 구전되던 민담과 민요를 수집해 정리했고, 세르비아어와 크로아티아어를 연구해 문법과 맞춤법을 정비하고 사전을 편찬했습니다. 스웨덴의 지배를 받던 핀란드에서는 엘리아스 뢴로트(Elias Lönnrot, 1802~1884)가 핀란드어 사전을 편찬하고, 민족서사시 『칼레발라(kalevala)』를 펴냈습니다. 독일어를 쓰던 체코에서는 요세프 도브로프스키(Josef Dobrovský, 1753~1829)와 요세프 융만(Josef Jungmann, 1773~1847)이 체코어의 체계를 정리했고, 체코어 사전을 펴냈습니다. 러시아에서는 알렉산데르 아파나시예프(Alexander Afanasyev, 1826~1871)가 600편 이상의 민담을 수집해서 1855년부터 1863년까지 『러시아 민담집(Russian Fairy Tales)』을 펴냈습니다.

신화와 민담, 언어에 대한 이러한 연구는 19세기에 민족에 대한 열광을 낳았습니다. 그리고 이를 배경으로 다른 나라의 보호령이나 식민지로 있던 지역에서는 독립에 대한 열망이 높아졌습니다. 엔첸스베르거의 말마따나 "오래된 노랫말이나 동화·전설 등을 모으고, 문법을 정리하고, 사전을 편찬했던 … 학술적인 작업에서 모든 것들이 시작"되었던 것입니다.

아스비에른센과 모에의 작업도 이러한 19세기 낭만주의 시대의 민족주의를 배경으로 이루어졌습니다. 노르웨이도 14세기부터 19세기까지 거의 600년 동안이나 덴마크의 지배를 받았습니다. 그러다 나폴레옹 전쟁에서 프랑스의 편에 섰던 덴마크가 패하면서 1814년부터는 스웨덴의 지배를 받게 되었습니다. 독립을 꿈꾸던 노르웨이 사람들은 새로운 헌법을 선포하며 반발했으나, 영국을 비롯한 강대국들이 맺은 조약 자체를 뒤집지는 못했습니다. 그래서 1905년 독립할 때까지 스웨덴 왕의 지배를 받는 '동군연합同君聯合' 체제를 유지했습니다. 그렇지만 독립을 향한 노르웨이인들의 열망은 좀처럼 수그러들지 않았습니다. 덴마크의 오랜 지배에서 벗어난 노르웨이 사람들은 자신들의 민족적 정체성을 되찾기 위한 노력을 시작했습니다. 페테르 뭉크(Peter Andreas Munch, 1810~1863)는 1857년부터 8권에 이르는 방대한 분량으로 노르웨이의 역사를 정리해서 펴냈고, 오스문드 올라프손 비녜(Aasmund Olafson Vinje, 1818~1870)와 마그누스 란스타(Magnus Brostrup Landstad, 1802~1880)는 민요들을 수집했습니다. 그리고 이바르 오센(Ivar Aasen, 1813~1896)은 덴마크어의 영향에서 벗어나기 위해 지방어들을 기초로 문법을 정비하고 사전을 편찬해 '뉘노르스크(Nynorsk)'라고 불리는 새로운 노르웨이어의 체계를 확립했습니다. 지금도 노르웨이에서는 뉘로르스크가 덴마크어의 영향을 받은 보크몰(Bokmål)과 함께 공용어로 쓰입니다.

아스비에른센과 모에의 민담 수집도 오랜 식민지 기간에 잃어버린 '노르웨이의 정신'을 되찾기 위한 작업이었습니다. 이들이 노르웨이의 구석구석을 다니며 수집한 민담들이야말로 춥고 거친 환경에 적응하며 살아갔던 노르웨이 사람들의 고유한 삶의 양식과 정서, 가치관이 그대로 담겨 있는 것들이었기 때문입니다. 그래서 이들의 민담집은 노르웨이의 19세기 낭만적 민족주의가 낳은 가장 위대한 성과 가운데 하나로 꼽힙니다.

3

실제로 우리는 아스비에른센과 모에가 수집한 옛이야기를 읽으면서 노르웨이 사람들의 삶에 깊게 뿌리내리고 있는 고유한 정서와 문화, 가치관을 확인할 수 있습니다.

첫째, 어떤 것 앞에서도 굴복하지 않는 당당한 모습입니다. 우리는 착하고 순종적이며 규칙을 잘 따르는 주인공들이 고난을 참고 견뎌서 끝내 보상을 받게 된다는 식의 옛이야기에 익숙해져 있습니다. 그렇지만 노르웨이의 옛이야기에 등장하는 '재투성이 에스펜(Espen Askeladd)'이나 '부지깽이 한스(Tyrihans)'와 같은 주인공들은 부자나 왕 앞에서든, 무시무시한 트롤 앞에서든 결코 주눅이 들거나 굴종하는 모습을 보이지 않습니다. 그들은 가난도, 남들보다 작은 몸집도, 사람들의 조롱도 개의치 않습니다. 그저 자기 자신을 믿고 성큼성큼 길을 나서 모험을 떠날 뿐입니다. 그들은 거칠고 투박하기는 하지만, 자신의 권리를 당당하게 주장하며, 마땅히 받아야 할 보상이 주어지지 않을 경우에는 권리를 되찾기 위해 끊임없이 항의하고 노력합니다. 그들에게 인내는 타인이 가하는 불합리한 폭압을 견디기 위한 것이 아니라, 그것을 깨부수고 스스로 바라는 것을 이루어내려고 노력하는 과정에서 필요한 덕목입니다. 전체 국토의 5% 정도에서만 경작이 가능할 정도로 거친 환경을 극복하며 살아온 노르웨이 사람들에게 이러한 '당당함'과 '자부심'은 어찌 보면 당연한 보상일지도 모르겠습니다.

둘째, 모든 사람이 평등하며, 평등해야 한다는 것에 대한 뿌리 깊은 신념입니다. 지금도 입헌군주제를 유지해 왕을 두고 있기는 하지만, 노르웨이의 옛이야기에서는 신분이나 계급에 따른 차별을 찾아보기 어렵습니다. 인구 밀도가 낮은 환경의 영향도 있었을 것이며, 농민·장인·상인들이 인구의 대부분을 구성하고 있는 상태에서 오랫동안 덴마크 관료들의 지배를 받아 사회 내부에 특권 계급이 형성되지 않은 역사 때문일 수도 있을 것입니다. 어쨌든 노르웨이의 옛이야기에서는 차별에 대한 강한 거부감과 평등한 세상을 향한 의지가 또렷하게 확인됩니다. 예컨대 '맥주통을 든 소년(Gutten med øldunken)' 이야기에서 소년은 양조장에서 오랫동안 일한 대가로 아주 맛좋은 맥주를 한 통 얻습니다. 집으로 돌아가던 소년은 맥주통의 무게를 덜기 위해 길에서 마주치는 누군가와 맥주를 나눠먹겠다고 생각합니다. 소년이 처음 마주친 것은 노인의 모습을 한 '우리의 주님'입니다. 그러나 소년은 그가 부자와 가난한 사람 사이의 차별을 만들었기 때문에 맥주를 마실 자격이 없다고 말합니다. 두 번째로 '지옥에서 온 악마'와 만났지만, 소년은 악마도 가난한 사람들만 병들고 근심하도록 만들었기 때문에 맥주를 마실 자격이 없다고 말합니다. 그래서 소년은 세 번째로 만난 죽음과 맥주를 나눠 마십니다. 죽음은 누구에게나 공평하기 때문입니다. 부자와 가난한 사람 사이의 차별을 만들었다는 이유로 신마저 거부하는 소년처럼 능동적이고 주체적인 주인공을 만날 수 있는 것은 노르웨이의 옛이야기에서 얻을 수 있는 멋진 경험입니다.

셋째, 육체노동에 대한 긍정적 태도에 바탕을 둔 소박함입니다. 노르웨이의 옛이야기들에서 왕은 우리의 동네 이장이나 부유한 이웃 정도로 묘사됩니다. 왕은 감히 똑바로 쳐다볼 수도 없는 높은 사람이 아니라, 탐욕스럽고 어리석기도 한 이웃일 뿐입니다. 그리고 왕이 사는 곳도 성이라기보다는 많은 사람들이 일하는 큰 농장처럼 묘사됩니다. 모험의 주인공들은 자신들의 운을 시험하기 위해 집을 떠나 '왕의 농장'으로 찾아가서 당당하게 일자리를 구합니다. 그리고 그곳에서 토끼를 돌보거나 부엌 심부름을 하는 일을 맡습니다. 악당 역할을 맡은 트롤들도 순박하기는 마찬가지입니다. 공주를 납치해서 기껏 시키는 일이라고는 자신의 덥수룩한 머리를 빗기는 것이 전부이니 말입니다. 처벌과 응징도 정당한 노동의 대가를 주려 하지 않거나 속여서 그것을 빼앗으려고 하는 자들을 대상으로 주로 이루어집니다. 벌을 주는 방법도 숲이 울창하고, 빙하의 침식으로 형성된 가파른 골짜기들이 많은 노르웨이답습니다. 못이 가득 들어 있는 통 안에 넣고 절벽에서 바다로 굴려 버리거나, 나무에 묶어 놓고 채찍으로 때리는 식이니 말입니다. 이처럼 노르웨이 민담의 주인공들은 자신의 투박한 모습을 꾸미려 하거나 숨기려 하지 않습니다. 노르웨이 사람들이 지금도 같은 북유럽 사람들에게서도 '촌사람' 취급을 받기도 하지만, 소박하고 검소한 자신들의 삶에 대해 긍지를 가지고 있는 것처럼 말입니다.

4

이 책의 번역은 조지 웨브 다젠트(George Webbe Dasent, 1817~1896)가 1874년에 영어로 옮겨 출간한 『고원에서 온 이야기들(Tales from the Fjeld: A Second Series of Popular Tales)』을 저본으로 삼고, 노르웨이어 원본과 대조하는 방식으로 이루어졌습니다.

아스비에른센과 모에의 민담집은 19세기에 이미 여러 나라의 말로 번역되었고, 다양한 판본들로 소개되었습니다. 그 가운데에서도 다젠트의 영어번역본은 노르웨이 민중문화의 정서를 훼손하지 않고 가장 멋지게 번역해냈다고 아스비에른센과 모에로부터 직접 인정을 받은 것입니다. 다젠트는 아스비에른센과 모에의 첫 번째 민담집을 1859년에 『노르웨이의 민담들(Popular Tales from the Norse)』이라는 제목으로 옮겨서 펴냈고, 그들의 두 번째 민담집은 1874년에 『고원에서 온 이야기들』이라는 제목으로 펴냈습니다. 그리고 그들과 오랜 기간 의견을 주고받으며 친교를 유지했습니다.

다젠트는 첫 번째 책을 옮길 때에는 원본을 그대로 번역했지만, 두 번째 책을 옮길 때에는 원본을 성실하게 옮기면서도 마치 『천일야화』처럼 도입부를 넣어 전체 이야기를 하나의 줄거리로 묶었습니다. 순록 사냥을 하러 노르웨이의 고원을 찾은 스코틀랜드 신사들이 비를 피하기 위해 여름 목장에 머무르면서 노르웨이인 안내자와 그의 누이들, 숲지기로부터 그 지역에서 전해지던 옛이야기를 듣는 형식으로 구성한 것입니다. 다젠트는 노르웨이의 옛이야기와 유사한 내용을 가진 스코틀랜드나 잉글랜드의 이야기를 소개하기도 합니다. 그러면서 독자들을 더 자연스럽게 이야기 안으로 빠져들게 합니다.

그리고 다젠트는 아스비에른센과 모에의 첫 번째 민담집에 뒤늦게 추가된 두 편의 이야기를 두 번째 민담집의 영어번역본에 수록하였고, 아스비에른센의 『노르웨이 요정 이야기와 민간전설』에서도 한 편의 이야기를 가져왔습니다. 이 책에 수록된 '정직한 피르스킬링(Den rettferdige firskilling)'과 '구석에 앉아 있는 어르신(Han far sjøl i stua)' 이야기가 노르웨이어 판본에서는 첫 번째 민담집에 나중에 추가된 것들이며, '귀신들린 방앗간(Kvernsagn)' 이야기가 아스비에른센의 책에서 온 것입니다. 이 이야기는 고원의 오두막에서 옛이야기를 들려주는 형식으로 이루어진 구성의 맛을 살리기 위해 특별히 가져온 것으로 보입니다.

한국어 번역본에서도 다젠트가 쓴 도입부의 내용이나 그가 추가한 3개의 이야기를 그대로 실었습니다. 다만 다젠트가 영어권의 독자들을 위해 영어식 표현들로 바꾼 사람 이름이나 동물의 별칭, 속담 등은 노르웨이어 원본과 대조해서 원래 표현들을 되살렸습니다. 생활양식과 언어구조의 차이가 크지 않은 영국이라면 다젠트처럼 인명이나 별칭을 영어식으로 바꾸는 게 내용 이해에 도움이 되겠지만, 문화적 차이가 큰 우리의 경우에는 영어식 표현이나 노르웨이식 표현이나 내용 이해에 큰 차이가 없기 때문입니다. 그래서 노르웨이의 옛이야기가 주는 느낌이나 정서를 살리기 위해 노르웨이어 표현들을 되살렸습니다.

그리고 다젠트는 영어번역본을 출간하면서 5개의 이야기를 누락했는데, 한국어 번역본에서는 이것들도 함께 수록하였습니다. 이 책의 맨 뒤에 수록된 5개의 이야기가 다젠트의 영어번역본에는 없는 것들입니다. 이 이야기들은 모두 결혼과 관련되어 있습니다.

5

아스비에른센과 모에의 노르웨이 민담 시리즈는 다양한 화가들이 이야기에 맞추어 그린 삽화들로도 노르웨이 국민들에게 사랑을 받고 있습니다. 1879년 『노르웨이 민간전설과 요정 이야기(Norske folke og huldre-eventyr)』를 출간할 때부터 삽화가 수록되었는데, 여기에는 페테르 니콜라이 아르보(Peter Nicolai Arbo, 1831~1892), 한스 구데(Hans Gude, 1825~1903), 빈센트 스톨텐베르그 레르케(Vincent Stoltenberg Lerche, 1837~1892), 에일리프 페테르센(Eilif Peterssen, 1852~1928), 에우구스트 슈네이데르(August Schneider, 1842~1873), 오토 신딩(Otto Sinding, 1842~1909), 아돌프 티데만(Adolph Tidemand, 1814~1876) 등 수많은 노르웨이 화가들의 삽화를 그렸습니다. 1880년대 이후에는 테오도르 키텔센(Theodor Kittelsen, 1857~1914)과 에리크 베렌스키올(Erik Werenskiold, 1855~1938) 등이 주요 삽화가로 활동했는데, 특히 테오도르 키텔센의 삽화는 노르웨이인의 고유한 정서를 소박하면서도 정감 있게 표현하고 있습니다. 그래서 오늘날 그는 시인인 얀 에리크 볼(Jan Erik Vold, 1939~)에게서 "이 예술가 없이 노르웨이는 노르웨이일 수 없다"는 찬사를 받을 정도로 노르웨이를 대표하는 화가로 큰 사랑을 받고 있습니다.

이처럼 테오도르 키텔센의 삽화는 노르웨이의 옛이야기를 더욱 빛나게 해주는 중요한 유산처럼 여겨지고 있습니다. 그래서 이 책에서도 그가 그린 삽화를 되도록 많이 수록하려고 했습니다. 책 앞에 그의 그림을 원색 도판으로 실었으며, 본문에도 이야기에 맞추어 그가 그린 그림이 있으면 그것을 우선 실었습니다. 그리고 그가 그린 그림이 없는 경우에는 에리크 베렌스키올을 비롯한 다른 작가들이 그린 삽화를 수록하고, 누구의 그림인지 밝혀 놓았습니다. 따라서 본문에서 작가의 이름이 따로 표기되지 않은 삽화는 모두 테오도르 키텔센의 그림입니다.

목 차

일러두기

① 본문에 포함된 해설과 주석은 한국어판에서 옮긴이가 추가한 것입니다.

② 본문의 〔 〕 안의 내용은 한국어판에서 옮긴이가 내용 이해를 돕기 위해 덧붙여 놓은 것입니다. 본문 내용과 구분할 수 있도록 한국어판의 옮긴이가 추가한 내용은 고딕으로 서체를 다르게 했습니다.

③ 본문의 인명이나 지명 등의 외국어 표기는 해당 국가의 언어에 맞추어 나타냈으며, 10세기 이전의 인물이나 교황의 이름 등은 라틴어를 기준으로 표기했습니다. 하지만 성서의 인물이나 영어식 발음 표기가 일반화되어 한국어에서 외래어처럼 폭넓게 사용되고 있는 것은 널리 통용되고 있는 것을 기준으로 표기했습니다.

④ 서적이나 정기간행물은 『 』, 논문이나 문헌 등은 「 」로 나타냈으며, 원래의 외국어 제목을 함께 표기했습니다.

노르웨이 옛이야기에서 쓰이는 단위들

화폐의 단위

● 스킬링(skilling) : 소액의 화폐단위로 16세기 초부터 1875년까지 사용되었다. 1스킬링 주화는 구리로 만든 동전이었고, 8스킬링 주화는 은화였다.

● 마르크(mark) : 노르웨이의 화폐단위로 1마르크는 16스킬링이다.

● 달레르(daler) : 고액의 화폐단위로 1813년까지는 1달레르(riksdaler)가 96스킬링이었으며, 1816년부터는 1달레르(speciedaler)가 120스킬링이었다.

길이의 단위

● 푸트(fot) : 영어권의 피트(feet)와 같다. 1푸트는 12인치, 곧 30cm였다.

● 알렌(alen) : 손가락 끝에서 팔꿈치까지를 기준으로 하며, 노르웨이에서 1알렌은 대략 62cm 정도를 나타냈다.

● 밀(mil) : 영어권의 마일(mile)과 같다. 북유럽에서 1밀은 대략 10~11km였는데, 노르웨이에서는 11.2km로 사용되었다.

● 피에르딩(fjerding) : 피에르딩스베이(fjerdingsvei)라고도 한다. 1피에르딩은 4분의 1밀, 곧 2.82km 정도이다.

무게의 단위

● 푼(pund) : 1푼은 약 0.5kg 정도이다.

● 십푼(skippund) : 뱃짐을 잴 때 쓰던 단위로 1십푼은 약 160kg 정도이다.

● 보그(våg) : 저울을 뜻하는 말로도 쓰이며 1보그는 약 18kg 정도이다.

에드워드와 나, 그리고 우리의 안내자인 아네르스(Anders)는 순록을 쫓아 노르웨이의 고원에 있었다. 정확히 언제였는지 밝히지는 않겠지만, 그리 오래된 일은 아니었다.

그곳까지 어떻게 갔냐고? 글쎄 그게 그렇게 궁금하다면야. 우리는 배를 타고 송네피오르*의 상류까지 갔다. 그리고 작은 마차를 타고 지칠 때까지 협곡을 거슬러 달려갔다. 그런 다음에는 걷기 시작해 거의 오후 3시가 다 되어서야 밤을 보낼 오두막을 찾아 고원에 도착했다.

우리는 첫날 순록을 만날 수 있을 것으로 기대하지는 않았다. 그래서 돌처럼 단단한 비탈을 터덜터덜 걸으며 고원을 가로질러 갔다. 고원은 우리에게 자신의 긴 어깨를 보여주었다. 저 멀리 눈 덮인 산꼭대기가 반짝거렸고, 빙하들은 고원을 만나려 하는 듯 몸을 구부리고 있었다. "골짜기가 산으로 오지 않으면, 산이 골짜기에게 가야 한다"는 노르웨이 속담처럼 말이다.

걸어가는 동안 아네르스는 〔북유럽의 자연에 산다는 상상의 존재들인〕 훌드

---

* 피오르는 빙하의 침식으로 만들어진 골짜기에 바닷물이 들어와 생긴 좁고 긴 만을 가리킨다. 송네피오르(SogneFjord)는 노르웨이에서 가장 긴 피오르로 전체 길이가 204km에 이른다.

라와 트롤 이야기로 흥을 돋아 주었고, 이곳저곳을 바삐 뛰어다니며 고원의 풀과 꽃들을 꺾어서 우리에게 가져다주었다. 그러다 그는 갑자기 우리 위쪽에 있는 산마루로 뛰어올라갔다. 하늘을 등에 짊어진 듯한 그의 긴 형상이 바짝 긴장하는 듯이 보였다. 한순간 그는 납작 엎드려 손짓으로 우리를 조심스럽게 불렀다. 웅크린 채 서둘러 그에게 다가가자 그는 이렇게 속삭였다. "저기 그들이 있어요. 저 멀리요."

아니나 다를까 [약 805미터인] 반마일 정도 떨어진, 산등성이 바로 아래 펼쳐진 커다랗고 둥근 골짜기에서 수컷 순록 두 마리와 암컷 순록 세 마리, 새끼 순록 몇 마리가 뛰놀고 있는 모습이 보였다. 그것은 낯선 광경이었다. 손바닥처럼 생긴 무거워 보이는 뿔을 지니고 있으며 체고가 낮고 몸집이 다부진 수컷 순록들이 서로를, 그리고 암컷 순록을 껑충거리며 뛰어넘고 있었다. 암컷 순록과 새끼 순록들도 차례로 그들을 따라했다.

훌드라(Huldra) 매력적인 모습으로 남성을 유혹한다고 전해지는 숲의 정령

"분명 폭풍우가 올 징조예요." 아네르스가 말했다. "내일은 바람이 세게 불고, 비가 쏟아질 거예요. 명심해요. 순록들이 이렇게 낮은 곳까지 내려와 있는 것을 좀체 본 적이 없어요. 순록들이 있는 곳으로 가까이 다가가야 해요."

우리는 기어 내려가서 산등성이 아래에 몸을 잘 숨겼다. 그리고 아네르스가 지시하는 대로 나아갔다. 그는 우리가 순록이 뛰노는 계곡 건너편에 있다고 했다. "그렇지만 최선을 다해" 그가 말했다. "두 분 다 잘 조준해서 수컷 순록을 한 마리씩 쓰러뜨리세요. 나는 암컷 순록 한 마리를 잡을 겁니다. 하지만 당신들보다 먼저 쏘지는 않을 거예요."

우리는 정말로 숨소리마저 죽인 채 몰래 다가가기 시작했다. 우리는 바람을 마주한 채 돌, 자갈, 건초, 가시나무, 난쟁이 버드나무 위를 〔약 275미터인〕 300야드 가까이나 두 손 두 발을 모두 써서 기어갔다. 능선 꼭대기에 도달하기도 전에 순록이 내려다 보였다. 거의 모든 길을 우리는 뱀처럼 배를 바닥에 붙이고 꿈틀거리며 잘 나아갔다. 그러나 하아! 꼭대기가 〔약 9미터인〕 10야드도 남지 않았을 때, 에드워드가 비명을 지르며 벌떡 일어났다.

아네르스와 나는 둘 다 고함을 치지 않았다. 그저 순록들이 전속력으로 달려서 골짜기를 빠져나가는 모습을 멍하니 쳐다보았을 뿐이다. 아네르스는 부싯돌식 격발장치를 가진 낡은 라이플총에서 총알을 빼내며 혼자서 뭐라고 투덜거렸다. 그러나 나는 참지 못하고 에드워드를 향해 몸을 돌렸다. 정말이지 그를 쏘고 싶었다. "도대체 왜 소란을 피운 거야! 네가 큰 소리를 내는 바람에 순록들이 놀라서 달아났잖아."

"아, 정말 미안해. 하지만 가시나무 위를 지나는 바람에 어쩔 수 없었어. 가시가 너무 날카로워 도저히 참을 수 없었어." 그는 이렇게 말하며 자신이 기어온 자리에 굵은 덩굴을 뻗치고 있는 산딸기를 가리켰다. 그것이 그의 옷과 살을 모두 헤집어 놓았던 것이다.

아네르스는 이루 말로 표현할 수 없는 경멸을 담아 에드워드를 바라봤다. "신사분은 다음에 다시 순록을 쫓을 때는 '에스펜의 피리'를 챙기시는 게 좋겠어요. 이리 오세요. 오늘 우리에게 더 이상 순록은 없을 거예요. 내일도 마찬가지고요. 산봉우리들이 잠자리에 들기 위해 모자를 쓰려 하네요. 우리도 폭풍우가 닥치기 전에 〔추위가 누그러지는 여름 동안 사용하는 임시 목장인〕 여름목장(Seter)에 도착해야 해요."

한참을 걸었지만, 아네르스는 계속 거의 아무 말도 하지 않았다. 고된 행군 끝에 마침내 목장에 도착하자 두 명의 소녀가 환한 얼굴로 우리를 맞아주었다. 아네르스의 누이동생과 사촌여동생이었다. 그들은 6월부터 소를 돌보면서 그곳에서 지내고 있었다. 그때는 8월이었고, 그들은 버터와 치즈를 만들어 저장해두고 있었다.

목장의 오두막에는 방이 세 개 있었다. 중앙의 거실을 기준으로 한쪽은 남자들을 위한 방이었고, 반대편은 여자들이 사용하는 방이었다. 밖에는 버터와 치즈, 우유, 크림을 보관해두는 곳간이 있었다.

그곳에서 우리는 얼마간 편안하게 휴식을 취한 뒤에 버터와 크림, 치즈로 멋진 저녁을 먹었다. 그리고 담배 파이프에 불을 붙이고 앉아서 지붕을 두드리는 빗소리와 오두막 주변에서 누군가 울부짖고 있는 듯한 바람소리를 들었다.

담배와 코냑 때문에 기분이 좋아진 아네르스는 얼뜨기 같았던 에드워드의 실수를 너그럽게 용서해주기까지 했다. 깔보듯이 에드워드를 바라보며 아네르스가 다시 말했다. "당신에게 '에스펜의 피리'가 없었던 것이 안타깝군요!"

"이제 제발요. 근데 그게 뭡니까?" 에드워드가 물었다. 그리고 자신의 짧은 담배 파이프를 쥐며 말했다. "이런 겁니까?"

"맙소사!" 아네르스가 말했다. "파이프는 파이프이지요. 그런데 에스펜의 파이프는 담배 파이프가 아니라 피리입니다. 우리 할머니께서 말씀하시길 할머니의 할머니가 알고 지내던, 호수 상류 마을에 살던 나이가 매우 많은 어느 노파는 에스펜과 그 피리를 보았다고 합니다. 원하신다면 그 이야기를 들려드리도록 하지요. 그 이야기에는 입맞춤하는 장면이 많이 나오지만, 아가씨들은 이미 잠자리에 들었으니 신경 쓰지 않아도 될 거예요. 이 이야기를 듣고 나면 신사분도 순록을 쫓아버렸을 때 에스펜의 피리가 있었다면 좋았을 거라고 생각하게 될 겁니다. 자, 이제 시작해 볼까요."

01

에스펜의 피리

옛날 옛적에 자기 농장을 지주에게 넘겨야 했던 어느 가난한 소작농이 있었습니다. 농장을 잃고 난 뒤에 그에게 남은 것은 아들 세 명뿐이었습니다. 그들의 이름은 페르(Per)와 폴(Pål), 에스펜 아스켈라드(Espen Askeladd)*였습니다. 그들은 집에서 빈둥거리기만 할 뿐, 좀체 일을 하지 않았습니다. 그들은 그렇게 하는 것이 옳다고 생각했습니다. 모든 면에서 뛰어난 자신들이 하기에 알맞은 일이 없다고 여겼기 때문입니다.

그러다 첫째인 페르는 왕이 토끼들을 돌볼 사람을 구한다는 소식을 듣게 되었습니다. 그래서 그는 아버지한테 그 일이 자신에게 알맞을 것 같다며 그곳으로 가겠다고 말했습니다. 왕보다 지위가 낮은 사람에게는 복종할 필요가 없으니 말입니다.

그러나 늙은 아버지는 그에게는 다른 일이 더 알맞을 것 같았습니다. 왕의 토끼를 돌보는 사람은 게으름뱅이가 아니라 바지런하고 날래야

---

* 노르웨이어로 '재'를 뜻하는 '아스케(aske)'에서 비롯된 말로 '재투성이 에스펜'이라는 뜻이다. '아스켈라덴(Askeladden)'이라고도 하며, '부지깽이 한스(Tyri-hans)'와 함께 노르웨이 민담에서 주인공으로 자주 등장한다.

했으니까요. 토끼들이 깡충거리며 뛰어다니기 시작하면 이집 저집 어슬렁거리는 것하고는 사뭇 다르게 움직여야 할 게 불 보듯 뻔한 일이니 말입니다.

그런데 글쎄요. 아버지의 만류는 아무 소용이 없었습니다. 페르는 가고 싶었고, 가야 했습니다. 그래서 페르는 등에 보따리를 짊어지고 터벅터벅 언덕을 내려갔습니다. 한참을 멀리까지, 아주 멀리까지 갔을 때 그는 한 늙은 아낙네를 만났습니다. 그 늙은 아낙네는 서서 통나무에 꽉 끼인 코를 빼내려고 끙끙대고 있었습니다. 늙은 아낙네가 빠져나오려고 통나무를 잡아벌리며 끙끙거리는 모습을 보자마자 페르는 큰 소리로 웃음을 터뜨렸습니다.

"거기 서서 웃고 있지만 말고" 늙은 아낙네가 말했습니다. "이리 와서 이 늙은이 좀 도와주구려. 땔감으로 쓰려고 나무를 잘게 쪼개다가 이렇게 코가 꽉 끼고 말았지 뭐요. 그래서 이렇게 잡아벌리고 쥐어뜯으

Erik Werenskiold

며 서 있는 것이라오. 이러고 있는 바람에 몇백 년 동안 음식도 전혀 먹지 못했다오."

그러나 페르는 더 크게 웃기만 했습니다. 그는 그 일이 아주 재미있다고 생각했습니다. 페르는 노파에게 지금까지 몇백 년 동안 그렇게 서 있었으니, 앞으로도 몇백 년 더 버텨내라는 말만 했습니다.

페르가 왕의 농장에 도착하자 사람들은 그를 곧바로 사육사로 고용했습니다. 대우는 나쁘지 않았습니다. 그는 좋은 음식과 넉넉한 급료를 약속 받았고, 어쩌면 덤으로 공주까지 얻게 될 수도 있었습니다. 그러나 사람들은 왕의 토끼를 잃어버리는 날에는 등에 세 개의 붉은 칼자국을 내서 뱀 구덩이에 던져 넣을 것이라고 말했습니다.

외양간과 사육장에 있는 동안 페르는 토끼들을 한곳에 모아 잘 돌보았습니다. 그렇게 며칠이 지나자 페르는 토끼들을 숲으로 데려갔습니다. 그러나 토끼들이 폴짝거리고 깡충거리면서 언덕 위아래로 허둥지둥 도망을 치기 시작했습니다. 페르는 이리저리 토끼를 쫓아 힘껏 뛰어다녔습니다. 그러는 동안 토끼는 한 마리밖에 남지 않았습니다. 마지막 남은 토끼마저 달아났을 때 페르는 거의 숨이 넘어갈 지경이었습니다. 그 뒤로 토끼는 한 마리도 모습을 드러내지 않았습니다.

해가 지자 페르는 어슬렁어슬렁 걸어 내려왔습니다. 그는 돌아오는 길에 울타리마다 서서 토끼들을 부르고 또 불렀습니다. 그러나 한 마리도 나타나지 않았습니다. 페르가 왕의 농장에 도착했을 때 왕은 칼을 들고 서 있었습니다. 왕은 페르의 등에 붉은 칼자국을 세 번 내고는 상처에 소금과 후추를 뿌리고 문질렀습니다. 그리고 그를 뱀 구덩이 안으로 던져 버렸습니다.

얼마 뒤에 이번에는 둘째인 폴이 왕의 농장으로 가서 토끼를 돌보는 사람이 되겠다고 말했습니다. 늙은 아버지는 페르에게 했던 말을 폴에게도 똑같이 했습니다. 아니, 훨씬 더 열심히 말렸습니다. 그러나 폴은 가고 싶었고, 가야 했습니다. 어쩔 수 없었습니다. 여정은 페르 때보다 더 좋지도 나쁘지도 않았습니다. 늙은 아낙네가 통나무에 낀 코를 잡아당기고 쥐어뜯으며 서 있었습니다. 폴은 웃음을 터트렸고 그 일이 아주 재미있다고 생각했습니다. 그는 노파에게 계속 그렇게 버티고 서 있으라고 말하고는 그녀를 그대로 버려둔 채 떠났습니다. 폴은 농장에 도착했고 아무도 그가 그곳에서 일하는 것을 막지 않았습니다. 그러나 토끼들은 폴에게서 도망쳐 깡충깡충 뛰고 폴짝거리며 언덕 여기저기로 달아났습니다. 그는 토끼들을 쫓아 뛰어다니느라 한여름 무더위의 양치기 개처럼 헐떡거리면서 숨을 몰아쉬었습니다. 밤이 되어 왕의 농장으로 돌아왔을 때 폴에게는 토끼가 한 마리도 남아 있지 않았습니다. 칼을 가지고 문 앞에 서서 기다리던 왕은 폴의 등에 붉은 칼자국을 세 번 낸 뒤에 상처에 소금과 후추를 뿌리고 문질렀습니다. 그리고 그를 뱀 구덩이 안으로 던져 버렸습니다.

얼마 뒤에 이번에는 막내인 에스펜 아스켈라드가 왕의 토끼를 돌보기 위해 떠나려 했습니다. 그는 늙은 아버지에게 자신의 결심을 밝혔습니다. 에스펜 아스켈라드는 그 일이 자신에게 꼭 들어맞는다고 생각했습니다. 산딸기 덤불을 따라 토끼 떼를 숲과 들판으로 몰고가서 돌아올 때까지 햇볕이 따스하게 내리쬐는 언덕에 누워 낮잠을 잘 수 있을 테니 말입니다.

아버지는 에스펜 아스켈라드에게도 다른 일이 더 잘 맞을 거라고 보았습니다. 상황이 더 나빠지지는 않을지라도, 그가 두 형들보다 나을 것이라고는 확신할 수 없었습니다. 왕의 토끼를 돌보는 사람은 발바닥이 납으로 된 스타킹을 신은 게으름뱅이나 [검고 끈끈한 액체인] 타르 항아리 안에 들러붙은 파리처럼 빈둥거려서는 안 될 것이기 때문입니다. 토끼들은 햇빛이 비치는 산비탈을 깡충깡충 폴짝폴짝 내달릴 테니 말입니다. 그것은 장갑을 낀 손으로 벼룩을 잡는 것과는 전혀 다른 일이었습니다. 아니, 등을 온전히 보존하려면 훨씬 더 바지런하고 재빠르게 행동할 필요가 있었습니다. 그 일을 하려면 공기주머니나 새의 날개보다도 몸이 가볍고 날래야 했습니다.

그러나 글쎄요, 아버지의 만류도 소용없었습니다. 에스펜 아스켈라드가 말했습니다. "좀 힘들 수도 있겠죠." 그러나 그는 왕의 농장으로 가서 왕을 섬기겠다고 했습니다. 왕보다 낮은 사람을 섬기고 싶지 않았기 때문입니다. 그는 왕의 토끼를 돌보는 일이 집에서 염소와 송아지를 돌보는 것보다 그다지 어렵지 않을 거라고 생각했습니다. 그래서 그는 어깨에 보퉁이를 둘러메고 언덕을 터벅터벅 내려갔습니다.

한참을 멀리까지, 아주 멀리까지 걸어갔습니다. 배가 슬슬 고파오기 시작했습니다. 그때 에스펜 아스켈라드는 어느 늙은 아낙네를 만났습니다. 늙은 아낙네는 통나무에 코가 끼인 채로 서서, 벗어나려고 발버둥을 치며 통나무를 잡아벌리고 쥐어뜯고 있었습니다.

"안녕하세요, 할머니(gamlemor)." 에스펜이 말을 건넸습니다. "거기 서서 코를 갈고 계신 건가요? 가엾기도 해라."

"지난 몇백 년 동안 어떤 인간도 나를 '어머니(mor)'라고 부르지 않았지."* 늙은 아낙네가 말했습니다. "이리로 와서 내가 빠져나오도록 도와주겠니? 그리고 나에게 먹을 것을 좀 다오. 그동안 아무것도 먹지 못했단다. 내 나중에 너에게 어미답게 보답하마."

"그래요." 에스펜은 노파가 음식 한 조각과 물 한 모금을 부탁하는 것이 당연하다고 생각습니다. 그는 통나무를 쪼개서 그 사이에 끼어 있던 노파의 코를 빼냈습니다. 그리고 그녀가 앉아서 먹고 마실 수 있게 해 주었습니다. 늙은 아낙네는 식욕이 좋았습니다. 놀랍게도 그녀는 에스펜의 음식을 거의 다 먹어치웠습니다.

* 할머니(gamlemor)를 글자 그대로 해석하면 '나이든 어머니'라는 뜻이다.

식사를 마친 노파는 에스펜에게 피리를 하나 주었습니다. 그 사용법은 이러했습니다. 피리의 한쪽 끝을 불면 원하는 무엇이든 사방으로 흩어지게 할 수 있었습니다. 그리고 다른 쪽 끝을 불면 원하는 무엇이든 알아서 모여들게 할 수 있었습니다. 그리고 만일 피리를 잃어버리거나 빼앗긴다 하더라도 그가 원하기만 하면 피리는 다시 그에게 돌아올 것이라고 했습니다.

"굉장한 피리네요." 에스펜 아스켈라드가 말했습니다.

에스펜이 왕의 농장에 도착하자 사람들은 그 자리에서 그를 토끼치기로 고용했습니다. 조건은 나쁘지 않았습니다. 왕의 토끼들을 잘 돌보기만 하면 음식과 급료는 물론이고, 잘하면 공주까지 얻을 수 있었습니다. 그러나 토끼를 한 마리라도 잃어버리는 날에는 그것이 새끼 토끼라 할지라도 그의 등에 붉은 칼자국을 세 번 내겠다고 했습니다. 왕은 일이 그렇게 될 것이라고 확신하고 있었으므로 자리에서 일어나 곧바로 칼을 갈기 시작했습니다.

에스펜 아스켈라드는 토끼를 돌보는 것쯤은 별일 아니라고 생각했습니다. 출발할 때 토끼들은 거의 양떼처럼 순했습니다. 좁은 길과 집 마당에 있는 동안에는 토끼들을 쉽게 모으고 따르게 할 수 있었습니다. 그러나 토끼들을 숲의 언덕에 풀어놓았을 때였습니다. 정오가 되어 해가 뜨겁게 타올라 산비탈과 언덕에 햇볕이 내리쬐기 시작하자 토끼들은 모두 언덕 너머로 깡충깡충 폴짝폴짝 뛰어 달려가기 시작했습니다.

"워, 워! 멈춰! 어디로 가는 거야? 거기 서!" 에스펜 아스켈라드가 소리쳤습니다. 그는 피리의 한쪽 끝을 불었습니다. 그러자 토끼들은 사방으로 흩어져 한 마리도 남지 않았습니다. 그는 계속 걸어갔습니다. 오래된 숯 구덩이가 나오자 에스펜은 이번에는 피리의 다른 쪽 끝을 불었습니다. 그러자 그가 알아채기도 전에 토끼들이 모두 그곳에 줄을 지어 섰습니다. 그렇게 그는 토끼들을 단번에 모을 수 있었습니다. 토끼들은

마치 병사들이 줄지어 서 있는 것 같았습니다.

"이거 정말 굉장한 피리인데." 에스펜 아스켈라드가 말했습니다. 그는 햇볕이 내리쬐는 따뜻한 비탈길에 누워 잠이 들었고, 토끼들은 저녁 무렵까지 이리저리 뛰어다녔습니다. 저녁이 되자 그는 피리를 불어 토끼들을 다시 불러 모으고는 양떼를 몰 듯이 그들을 데리고 왕의 농장으로 내려왔습니다.

왕과 왕비, 공주가 함께 문 앞으로 나와 서 있었습니다. 그들은 저런 녀석이 도대체 어떻게 토끼들을 집으로 다시 데려올 수 있었을까 신기하게 생각했습니다. 왕은 입과 손가락으로 토끼들의 수를 셌습니다. 그는 세고 또 셌습니다. 그러나 사라진 토끼는 한 마리도 없었습니다! 새끼 토끼들의 수도 딱 맞았습니다.

"대단한 소년이네요." 공주가 말했습니다.

다음날 그는 다시 숲으로 가서 토끼들을 풀어놓고는 딸기 덤불 옆에 누워 쉬었습니다. 사람들은 하녀에게 그를 따라가서 그가 어떻게 왕의 토끼들을 잘 돌보는지 알아오라고 시켰습니다.

에스펜 아스켈라드는 피리를 꺼내 하녀에게 보여주었습니다. 그가 피리의 한쪽 끝을 불자 토끼들이 언덕과 골짜기 여기저기로 흩어졌습니다. 그러고 나서 그가 피리의 다른 쪽 끝을 불자 토끼들이 딸기 덤불이 있는 곳으로 허겁지겁 뛰어 돌아와 줄지어 섰습니다.

"정말 멋진 피리네." 하녀가 말했습니다. 그녀는 자기한테 피리를 넘기면 기꺼이 백 달레르를 주겠다고 했습니다.

"그래요! 이것은 정말 굉장한 피리예요." 에스펜 아스켈라드가 말했습니다. "하지만 이 피리는 돈만으로는 살 수 없어요. 백 달레르를 주면서 1달레르마다 제게 입맞춤을 해주면 드리지요."

그래요! 왜 안 하겠습니까? 하녀는 그렇게 했습니다. 그녀는 1달레르마다 두 번씩이나 입맞춤을 해주었고, 고마워하기까지 했습니다. 그렇게 하녀는 피리를 얻었습니다. 하녀는 왕의 농장에서 아주 멀리 떨어진 곳으로 떠났고, 피리도 함께 멀어졌습니다.

그러나 피리는 에스펜 아스켈라드가 원하기만 하면 돌아왔습니다. 해가 지자 그는 전과 똑같이 토끼들을 마치 양떼처럼 몰면서 농장으로 돌아왔습니다. 왕은 다시 토끼를 세고 또 세었지만 헛수고였습니다. 토끼털 하나도 사라지지 않았기 때문입니다.

에스펜이 토끼를 맡은 지 사흘째 되는 날이었습니다. 사람들은 이번에는 공주를 보내 피리를 얻어오게 했습니다. 공주는 즐거운 종달새처럼 굴었습니다. 공주는 에스펜에게 만일 피리를 자신에게 팔고, 그것을 안전하게 집까지 가져가려면 어떻게 해야 하는지 알려준다면 이백 달레르를 주겠다고 했습니다.

"그럼요! 그럼요! 이것은 굉장한 피리랍니다." 에스펜이 말했습니다. "그런데 이 피리는 파는 게 아니에요."

그러나 결국 에스펜은 그녀를 위해 피리를 팔기로 했습니다.

"이백 달레르를 주고, 1달레르마다 제게 입맞춤을 해주면 피리를 드리지요. 피리를 지키려면 그것을 계속 보고 있어야 해요. 그건 공주님의 몫이지요." 그가 말했습니다.

"정말이지 비싼 피리로구나." 공주가 말했습니다. 공주는 그에게 입맞춤을 할 생각에 얼굴을 찌푸렸습니다. "하지만" 그녀가 말했습니다. "여기는 깊은 숲이야. 아무도 이 모습을 보지도 듣지도 못할 거야. 피리를 가지려면 어쩔 수 없어."

그렇게 에스펜 아스켈라드는 받기로 한 것을 모두 받았고 공주는 피리를 얻었습니다. 공주는 집으로 돌아오는 내내 피리를 꼭 움켜쥐고 있었습니다. 그러나 농장에 도착했을 때 피리는 없었습니다. 피리는 그녀의 손가락 사이를 미끄러지듯 빠져나가 사라져 버렸습니다!

다음날은 왕비가 직접 가서 피리를 사기로 했습니다. 왕비는 자신이 피리를 가져올 수 있다고 확신했습니다. 그런데 왕비는 돈에 대해 훨씬 인색했습니다. 그래서 그에게 50달레르 이상은 줄 수 없다고 했습니다. 하지만 그녀는 가격을 3백 달레르로 올려야만 했습니다. 에스펜은 이 것이 굉장한 피리여서 값을 매길 수 없다고 했습니다. 그런데도 이 피리를 원한다면 그에게 3백 달레르를 주고 거기에 더해 1달레르마다 진한 입맞춤을 해 달라고 말했습니다. 그래야 피리를 가질 수 있다고 말입니다. 그렇게 해서 그는 입맞춤을 잘 받았습니다. 거래의 일부였으므로 왕비는 별로 비위가 상하지 않았습니다.

피리를 손에 넣은 왕비는 그것을 꽉 묶어 잘 간수했습니다. 그러나 그녀도 다른 사람들보다 털끝만치도 형편이 더 낫지 않았습니다. 왕비가 집으로 돌아와 피리를 꺼내려 했을 때 그것은 이미 사라지고 없었습니다. 저녁에 에스펜 아스켈라드는 왕의 토끼를 몰고 집으로 돌아왔습니다. 토끼들은 정말이지 잘 길들인 양떼 같았습니다.

"모두들 멍청하구먼." 왕이 말했습니다. "그 하찮은 피리를 얻으려면 내가 직접 나서는 게 좋겠군. 다른 방법은 소용이 없겠어. 그렇고말고."

다음날 에스펜이 토끼들을 데리고 숲으로 가자 왕은 몰래 그의 뒤를 밟았습니다. 왕은 그가 햇볕이 내리쬐는 산비탈에 누워 있는 것을 발견했습니다. 그 산비탈은 여자들이 그와 흥정을 하던 곳이었습니다.

그래요! 왕은 에스펜과 좋은 친구가 되었고, 그들은 매우 즐거웠습니다. 에스펜 아스켈라드는 그에게 피리를 보여주었습니다. 그리고 한쪽 끝을 먼저 불고, 그런 다음에 다른 쪽 끝도 불었습니다. 왕은 그것이 멋진 피리라고 생각했습니다. 그는 그것을 사기를 원했습니다. 심지어 그는 피리 값으로 천 달레르를 주겠다고 했습니다.

"그래요! 이것은 굉장한 피리예요." 에스펜이 말했습니다. "그런데 이것은 돈만으로는 살 수가 없어요. 저기 저 아래에 있는 하얀 말이 보이지요?" 그는 손가락으로 숲 저쪽을 가리켰습니다.

"보이지. 보이고말고. 그건 내 말인 흰둥이다." 왕이 말했습니다. 왕은 누구보다 그 말을 잘 알고 있었습니다.

"좋아요! 만일 당신이 1천 달레르를 제게 주고 저 아래로 내려가 커다란 전나무 뒤 늪지에서 당신의 하얀 말과 입맞춤을 한다면 이 피리를 드리지요."

"다른 것으로 값을 치르면 안 될까?" 왕이 물었습니다.

"아니요. 그거 아니면 안 돼요." 에스펜이 말했습니다.

"알았어! 그런데 비단 손수건을 말과 나 사이에 놓아도 될까?" 왕이 물었습니다.

"좋아요." 에스펜 아스켈라드가 대답하자, 왕은 자리를 떠나 약속대로 했습니다. 그렇게 왕은 피리를 얻었습니다. 그는 피리를 지갑에 넣은 뒤에 그 지갑을 다시 주머니에 넣고, 단추로 꽉 잠갔습니다. 그리고 성큼성큼 집으로 걸어왔습니다. 그러나 그가 농장에 도착했을 때 피리는 이미 사라지고 없었습니다. 왕은 여자들보다 조금도 낫지 않았습니다. 그도 여자들처럼 피리를 얻지 못했습니다. 에스펜 아스켈라드는 토끼 떼를 데리고 집으로 돌아왔습니다. 그는 토끼털 한 가닥도 잃어버리지 않았습니다.

왕은 분노했습니다. 앙심을 품은 왕은 에스펜이 모두를 속였고, 피리도 훔쳐갔다고 생각했습니다. 그래서 에스펜의 목숨을 빼앗겠다고 말했습니다. 물어볼 필요도 없었습니다. 왕비도 똑같이 말했습니다. 그것은 현행범으로 잡힌 악당에게 내리는 최고의 벌이었습니다.

에스펜은 그것이 공평하지도 옳지도 않다고 생각했습니다. 그는 그들이 해 달라는 것 말고는 아무것도 하지 않았기 때문입니다. 그는 자신의 등과 목숨을 보호하기 위해 최선을 다했을 뿐이었습니다.

왕은 이제 아무것도 소용없다고 말했습니다. 그러나 만일 그가 거대한 술통에 거짓말을 가득 채워 흘러넘치게 한다면 목숨을 살려주겠다고 했습니다. 그 일은 오래 걸리지도 힘들어 보이지도 않았습니다. 에스펜 아스켈라드는 그것이 참 재미있을 것 같다고 말했습니다. 그는 지금까지 일어났던 모든 일들을 처음부터 이야기하기 시작했습니다.

그는 통나무에 코가 낀 노파에 관해 말했습니다. 그런 뒤에 그는 이렇게 말했습니다. "글쎄요. 하지만 술통을 가득 차게 하려면 거짓말을 더 빨리 해야겠지요."

그는 계속해서 피리와 그것을 어떻게 얻게 되었는지 이야기했고, 하녀가 자신에게 와서 피리를 얻기 위해 백 달레르를 주고 숲속 깊은 곳에서 덤으로 입맞춤까지 해주었다고 말했습니다. 그리고 공주도 와서 아무도 보지도 듣지도 못하는 숲속 깊은 곳에서 피리를 얻으려고 자신에게 아주 다정하게 입맞춤을 해주었다고 말했습니다. 그런 다음 그는 잠시 멈추더니 말했습니다. "술통을 채우려면 더 빨리 거짓말을 해야겠지요."

그는 이번에는 왕비에 대해 이야기했습니다. 그녀가 피리를 얻기 위해 어떻게 돈을 주고, 진한 입맞춤까지 해주었는지 말입니다.

"아시다시피 저는 술통을 채우려고 열심히 거짓말을 하고 있습니다." 에스펜이 말했습니다.

"내가 보기엔" 왕비가 말했습니다. "이미 충분히 찬 것 같구나."

"아니! 아니! 그렇지 않아." 왕이 말했습니다.

그러자 에스펜은 왕이 자신을 찾아온 일과 왕이 피리를 얻기 위해 늪에 있던 하얀 말과 무슨 짓을 했는지 이야기했습니다. "통이 아직 채워지지 않았다면 제가 계속해서 열심히 거짓말을 하겠습니다." 에스펜 아스켈라드가 말했습니다.

"멈춰라, 멈춰! 소년이여! 통은 넘칠 만큼 가득 찼다." 왕이 고함을 쳤습니다. "너는 통에 거품이 넘치는 게 안 보이느냐?"

왕과 왕비는 둘 다 소년을 공주와 결혼시키고 왕국의 절반을 주는 것이 최선이라고 생각했습니다. 어쩔 수 없었습니다.

"정말로 굉장한 피리이지요." 에스펜 아스켈라드가 말했습니다.

***

이것이 '에스펜의 피리'에 관한 이야기였다. 아네르스가 이야기를 끝마치자 우리는 모두 크게 웃었다. 그리고 우리의 웃음소리를 뒤따라 소녀들의 웃음소리가 들려왔다. 살짝 열려 있는 문틈으로 이야기를 듣고 있던 소녀들이 문을 활짝 열고 웃는 얼굴을 드러냈고, 아네르스에게 이야기를 재미있게 해주어 고맙다고 했다. "할머니도 이보다 이야기를 더 잘 하시지는 못했을 거야." 아네르스의 사촌인, 아름다운 머릿결을 가진 크리스티네(Kristine)가 말했다.

02

귀신들린 방앗간

다음날 아침 잠자리에서 일어난 우리는 아네르스의 말이 조금도 틀리지 않았다는 것을 알았다. 바람은 여전히 울부짖고 있었고, 비도 쏟아지고 있었다. 순록 사냥은 물 건너 간 듯했다. 사냥은커녕 아가씨들이 암소를 돌보러 문 밖으로 나갈 수조차 없을 지경이었다. 모두 집안에 갇혀 꼼짝할 수 없었다. 별수 있었겠는가? 아침을 먹은 뒤 우리는 담배를 폈고, 아가씨들은 양말을 짰다. 뭔가 더 나은 일을 하길 원했던 아네르스는 우리의 총을 닦으면서 격발장치를 보고 감탄했다. 그러나 이 모든 일도 노르웨이 고원에서 시간을 보내기에는 충분하지 않았다. 우리에게는 책도 없었다. 마침내 사냥 예절에 대한 아네르스의 농담을 두려워하던 에드워드가 내게 속삭였다. "아네르스가 우리에게 다른 이야기를 해줄 수는 없을까? 그의 이야기보따리에 에스펜의 피리 이야기만 있을 것 같지는 않은데 말이야."

나쁜 생각은 아니었다. 그러나 아네르스는 순록만큼이나 조심스럽게 다가가야 하는 자유로운 영혼이었다. 내 생각에 그에게 대놓고 이야기를 해 달라고 요구하면, 그의 노르웨이인다운 자존심을 건드릴 것 같았

브라우니(Brownie) 스코틀랜드와 잉글랜드 북부의 민담에 등장하는 집안의 정령. 집의 다락이나 벽 틈에 살면서 집안일을 남몰래 돕고 그 대가로 꿀과 같은 음식을 선물로 받는다. 그러나 푸대접을 받으면 집안일을 망쳐놓기도 한다.

다. 그래서 그가 자신은 이야기꾼이 아니라며 "이야기를 원한다면 골짜기 아래에 있는 할머니들을 조르는 편이 나을 거요"라고 퉁명스럽게 대답할 것만 같았다. 하지만 내게는 마음 내켜하지 않는 이들의 입을 열게 하는 일이 처음은 아니었다. 내게는 좋은 방법이 있었다.

"에스펜의 피리는 좋은 이야기였어요. 아네르스, 당신에게 빚을 졌군요. 이리로 와서 이번에는 내 이야기를 들어보세요. 아가씨들도 이리 와서 같이 들어요. 그렇게 길지 않아요."

첫 번째 이야기

옛날 옛적에 폭포 옆 방앗간을 가지고 있는 사람이 있었습니다. 그 방앗간에는 브라우니가 살고 있었습니다. 다른 모든 지역들과 마찬가지로 그곳에도 방앗간에서 곡식을 빻으려면 브라우니에게 귀리죽과 성탄절 맥주를 주어야 하는 풍습이 있었습니다. 그런데 방앗간 주인은 그렇게 하지 않았던 것 같습니다. 그가 물레방아를 돌리려 할 때마다 브라우니가 굴대를 꽉 잡아 방아를 멈추는 바람에 곡식을 한 자루도 빻을 수 없었기 때문입니다.

그 남자는 그 일이 모두 브라우니가 한 짓임을 잘 알고 있었습니다. 어느 날 저녁 그 남자는 방앗간에 나뭇진과 타르가 가득한 단지를 들고 가서는 그 아래에 불을 지폈습니다. 그래요! 그가 바퀴에 물을 흘려보내자 방아가 잠시 굴러가는 듯했습니다. 그러나 곧 죽은 듯이 멈춰 섰습니다. 남자는 물레방아의 바퀴를 돌리려고 온갖 노력을 다 했습니다. 하지만 물레방아는 꼼짝도 하지 않았습니다. 때마침 나뭇진이 담긴 단지가 뜨겁게 끓어올랐습니다. 그는 바닥에 있는 작은 문을 열었습니다. 그 문은 물레방아가 있는 곳으로 내려가는 사다리와 연결되어 있었습니다. 놀랍게도 사다리에는 브라우니가 턱을 크게 벌리고 서 있었습니다. 브라우니의 입은 바닥의 문을 모두 덮을 정도로 컸습니다.

"너 이렇게 큰 입 본 적 있어?" 브라우니가 말했습니다.

남자는 나뭇진이 담긴 단지 가까이에 있었습니다. 그는 단지를 들어서 브라우니의 벌어진 입에 나뭇진을 모두 쏟아부었습니다.

"너 이렇게 뜨거운 나뭇진을 먹어본 적 있어?"

그러자 브라우니는 물레방아 바퀴에서 내려와 무섭게 고함을 지르고 울부짖었습니다. 그날 이후로 방앗간의 물레방아는 결코 멈추지 않았고, 사람들은 손쉽게 곡식을 빻을 수 있었습니다.

두 번째 이야기

"그래요!" 아네르스는 이것과 비슷한 이야기를 들은 적이 있다고 하면서, 그것은 브라우니가 아니라 물의 정령인 뇌셴에 관한 이야기라고 했다. 그는 뇌셴은 심술궂고 사람을 싫어하지만, 브라우니는 게으른 하녀들이나 빈둥거리는 마부들을 제외하고는 결코 사람한테 큰 해를 끼치지 않는다고 단언했다. 게다가 브라우니는 개울을 건너는 것조차 꺼릴 정도로 물을 싫어하는데 어떻게 방앗간에 살 수 있겠는가? 그러므로 그의 할머니가 해준 이야기에 따르면, 그것은 브라우니가 아니라 뇌셴임이 분명하다. 그는 이렇게 말한 뒤 잠깐 멈췄다가 다시 말을 이어갔다. "나는 방앗간에 관한 또 다른 이야기를 알고 있어요. 별로 유쾌한 이야기는 아니지만 원한다면 말씀드리지요."

우리는 모두 귀를 기울였고, 아네르스는 이야기를 시작했다.

***

이것도 마찬가지로 할머니에게 들은 이야기예요. 할머니는 끝없이 많은 이야기들을 알고 계셨지요. 게다가 그것들을 모두 믿으셨어요. 이 방앗간 이야기는 이 지역이 아니라 다른 나라에서 있었던 일입니다. 그곳이 이 고원의 북쪽이든 남쪽이든 어쨌든 그렇게 기분 좋은 이야기는 아닙니다. 뭔가가 방앗간에 들어와 홀려 놓는 바람에 몇 주 동안이나 아무도 곡식을 빻을 수 없었습니다. 그런데 귀신들린 것보다 더 나쁜 일은, 그것이 트롤이었는지 뭔지는 모르겠지만, 방앗간에 불을 지른다는 것이었습니다. 2년이나 계속해서 [부활절로부터 50일째에 오는 일요일인] 성령강림축일 전날이 되면 불이 나서 방앗간을 몽땅 태워버렸습니다.

그렇게 3년째가 되는 날이었습니다. 성령강림절이 돌아오자 방앗간 주인은 나들이옷을 만들려고 방앗간 바로 옆에 있는 집으로 재단사를 불렀습니다.

뇌셴(nøkken) : 독일과 북유럽 지역의 민속에 등장하는 물귀신으로 독일어로는 '닉세(Nixe)'라고 한다. 변신 능력이 있어서 말이나 사람의 모습을 하고 나타나기도 한다.

"궁금하네그려." 성령강림축일 전날 방앗간 주인이 말했습니다. "이번에도 방앗간이 불에 몽땅 타 버리려나?"

"아니, 그렇지 않을 겁니다." 재단사가 말했습니다. "왜 그래야 하죠? 내게 열쇠를 줘보세요. 내가 방앗간을 지켜볼게요."

그래요! 그는 용감해 보였습니다. 그래서 저녁이 되자 방앗간 주인은 재단사에게 열쇠를 건네고 방앗간 안을 보여주었습니다. 그곳은 텅 비어 있었습니다. 알다시피 그곳은 새로 지은 지 얼마 안 되었기 때문입니다. 재단사는 방앗간 바닥 한가운데에 자리를 잡고 앉았습니다. 그러고는 분필을 꺼내서 자기 둘레에 커다란 원을 그렸습니다. 그리고 원 바깥에 주님의 기도문을 적었습니다. 이 일을 다 마치자 그는 무서울 게 하나도 없었습니다. 악마가 직접 나타나지만 않는다면 말입니다.

밤이 되자 탕 하고 문이 열리면서 검은 고양이들이 쏟아져 들어왔습니다. 수가 셀 수 없이 많아 개미떼처럼 바글바글했습니다. 그들은 벽난로 안에 커다란 솥단지를 넣고는 그 아래에 불을 지폈습니다. 솥이 끓어오르자 꼭 나뭇진과 타르처럼 보이는 것이 수프처럼 넘치기 시작했습니다.

'아하! 아하!' 재단사는 생각했습니다. '이것이 너희들 수법이었구나! 그렇군!'

그가 막 깨달은 순간 고양이 한 마리가 발을 솥단지 아래로 집어넣어 그것을 엎으려 했습니다.

"발을 치워라, 이 고양이야." 재단사가 말했습니다. "너 그러다 수염 태워먹는다."

"들어봐. 누가 나에게 '발을 치워라, 이 고양이야'라고 했어." 그 고양이가 다른 고양이들에게 말했습니다. 그러자 그들은 순식간에 벽난로에서 떨어졌습니다. 그리고 춤을 추며 원 주변을 폴짝폴짝 뛰어다니기 시작했습니다. 그런 뒤에 갑자기 아까와 같은 고양이가 벽난로로 슬며

시 다가가 솥단지를 엎으려고 했습니다.

"발을 치워라, 이 고양이야. 너 그러다 수염 태워먹는다." 재단사가
다시 소리를 질러 겁을 주며 그들을 난롯가에서 쫓아냈습니다.

"들어봐. 누가 나에게 '발을 치워라, 이 고양이야'라고 했어." 그 고양
이가 다른 고양이들에게 말했습니다. 그러자 그들은 모두 다시 춤을 추
며 원 주변에서 폴짝폴짝 뛰어다니기 시작했습니다. 그런 뒤에 갑자기
고양이들은 솥단지 쪽으로 가서 그것을 엎으려 했습니다.

"발을 치워라, 이 고양이야. 너 그러다 수염 태워먹는다." 재단사가
세 번째로 소리를 질렀습니다. 이번에 그가 얼마나 겁을 주었던지 고양
이들은 마룻바닥 아래로 굴러떨어졌습니다. 그러나 그들은 다시 일어
서서 전처럼 폴짝거리며 춤을 추기 시작했습니다.

고양이들은 원 주변으로 모여들면서 빨리 더 빨리 춤을 추었습니다.
춤을 추는 속도가 너무 빨라서 재단사의 머리는 계속 양옆으로 왔다 갔
다 했습니다. 고양이들은 마치 그를 산 채로 삼키기라도 할 것처럼 크

고 못생긴 눈으로 재단사를 노려보았습니다.

　그들이 가장 빠른 속도로 돌던 그 순간에 아까 계속 단지를 엎으려고 했던 고양이가 재단사를 할퀼 것처럼 원 안으로 발을 들이밀었습니다. 그러나 재단사는 그것을 보자마자 칼집에서 칼을 뽑아 꽉 쥐고 준비했습니다. 그리고 고양이의 발이 다시 들어오려고 하는 순간에 칼로 재빠르게 내리쳤습니다. 그러자 펑! 모든 고양이들이 '야옹' 하고 소리를 지르면서 곧바로 문 밖으로 쏜살같이 줄행랑을 쳤습니다.

　재단사는 원 안의 마룻바닥 위에 그대로 누워서 해가 떠오를 때까지 잠을 잤습니다. 그는 잠에서 깨자 방앗간 문을 잠그고 방앗간 주인의 집으로 갔습니다.

　그가 도착했을 때 방앗간 주인과 아내는 여전히 잠자리에 있었습니다. 당신도 알다시피 그날은 성령강림축일 아침이었기 때문입니다.

　"좋은 아침입니다." 재단사가 말했습니다. 그는 침대 곁으로 가서 방앗간 주인에게 손을 내밀었습니다.

　"좋은 아침입니다." 방앗간 주인이 말했습니다. 당신도 아시다시피, 그는 재단사가 별 탈 없이 말짱한 것이 놀라우면서도 기뻤습니다.

　"좋은 아침입니다. 아주머니!" 재단사는 이렇게 말하며 방앗간 주인의 아내에게 손을 내밀었습니다.

　"좋은 아침이에요." 그녀가 대답했습니다. 방앗간 주인의 아내는 창백하고 불안해 보였습니다. 그녀는 끝까지 오른손을 누비이불 아래에 감추고 왼손을 내밀었습니다. 그것을 본 재단사는 어떻게 된 일인지 모두 깨달았습니다. 그렇지만 나는 그 뒤 재단사가 방앗간 주인에게 무슨 말을 했는지, 그리고 방앗간 주인의 아내를 어떻게 했는지는 듣지 못했습니다.

***

"아네르스, 그건 내가 말해 줄 수 있을 것 같은데요." 내가 끼어들었다. "그녀는 마녀로 밝혀져 화형을 당했어요. 아시다시피 우리 스코틀랜드에도 같은 이야기가 있지요. 우리한테는 결말도 있어요. 그녀는 발이 으깨질 때까지 〔사람의 발이나 다리를 조이는〕 고문용 부츠를 신어야 했답니다. 그리고 갈비뼈가 부서질 때까지 〔관이나 옷장처럼 생긴 고문기구인〕 모튼의 처녀(Morton's maiden)에 안겨 있어야 했고요. 그녀의 손가락들도 흐물흐물해질 때까지 〔손가락이나 발가락을 끼워 넣고 조이는 고문기구인〕 압착기(thumbscrews)에 끼워졌답니다. 이 모든 것 때문에 마침내 그녀는 자신이 마녀라고 털어놓았습니다. 그녀는 〔스코틀랜드의 수도인〕 에든버러에서 다른 7명의 마녀들과 함께 화형을 당했습니다. 스코틀랜드 왕인 제임스 6세가 다스리던 때에 있었던 일이지요."*

---

* 스코틀랜드는 마녀재판이 많이 행해진 나라들 가운데 하나로, 특히 제임스 6세(James VI, 재위 1567~1625) 때에 절정에 이르렀다. 스코틀랜드 최초의 대규모 마녀사냥이라고 일컬어지는 1590~1591년 노스버릭(Northberwick) 마녀재판에서 제임스 6세는 심문을 포함해 재판의 모든 과정에 적극적으로 참여했다. 이를 계기로 마녀재판은 국가적인 관심사가 되었고, 규모도 커졌다.

03

정직한 피르스킬링

나는 이왕 아네르스의 입이 열린 참에 그의 입이 다시 닫히게 하고 싶지 않았다. 그래서 〔부유한 상인으로 네 차례나 런던 시장을 지낸 15세기의 실존인물 리처드 휘팅턴을 주인공으로 한 잉글랜드 민담〕 '휘팅턴과 고양이(Whittington and his Cat)' 이야기를 했다. 그리고 아네르스와 아가씨들에게 런던 시장이 엄청나게 중요한 자리임을 알려주었다.

이 놀라운 이야기를 듣고 아네르스와 아가씨들은 되풀이해서 성호를 그으며 그의 축복을 빌었다. 아네르스는 이렇게 말했다. "하늘도 무심하시지. 노르웨이에는 시장이 없어요. 우린 치안담당관(lensmann)이면 충분하답니다. 이따금 우릴 괴롭히기도 하지만요. 그런데 우리 노르웨이 이야기 가운데 하나는 끝부분이 당신네 시장 이야기와 꼭 같아요. 콩들이 서로 닮은 것처럼 말입니다. 우리는 그 이야기를 '정직한 피르스킬링'이라고 부르지요."

***

옛날 옛적에 어느 가난한 여자가 저 깊숙한 숲속에 있는, 다 쓰러져 가는 오두막에 살고 있었습니다. 그녀에게는 먹을 것이 거의 없었고, 땔거리도 전혀 없었습니다. 그래서 여자는 작은 소년을 숲으로 보내서 땔감으로 쓸 나무를 모아오게 했습니다.

어느 춥고 흐린 가을날이었습니다. 소년은 몸을 따뜻하게 하려고 달리다 깡충깡충 뛰었고, 다시 깡충깡충 뛰다가 달렸습니다. 그는 땔감으로 쓸 나뭇가지나 뿌리를 찾으면서 계속해서 두 팔로 가슴을 두들겨야 했습니다. 날씨가 너무 추웠고, 소년의 주먹은 그가 걸어온 길에 열려 있던 크랜베리만큼이나 빨갛게 되었기 때문입니다. 숲에서 땔감을 다 모아 집으로 돌아오던 소년은 그루터기만 남아 있는 산허리의 공터로 들어섰고, 그곳에서 구부러진 하얀 돌을 보았습니다.

"오! 넌 정말이지 늙고 불쌍한 돌이구나." 소년이 말했습니다. "이렇게 하얗고 창백하다니! 틀림없이 꽁꽁 얼어서 죽어가고 있는 것이겠구나." 소년은 저고리를 벗어서 돌을 덮어주었습니다.

소년이 숲에서 모은 땔감을 가지고 집에 도착하자 엄마는 왜 추운 날씨에 겉옷도 없이 셔츠 바람에 왔는지 그에게 물었습니다. 그러자 소년은 엄마에게 서리 때문에 하얗고 창백해진, 늙어 구부러진 돌에게 자신의 저고리를 벗어 주었다고 말했습니다.

"이런 멍청한 녀석!" 엄마가 말했습니다. "너는 돌이 얼어 죽을 수 있다고 생각하니? 설사 돌이 다시는 흔들리지 않을 만큼 꽁꽁 얼어버린다 하더라도 '누구나 자신이 먼저'라는 사실을 알아야지. 네 등에 옷을 걸치는 것이 공터에 있는 돌에 옷을 걸어놓는 것보다 훨씬 중요한 일이란 말이야." 그녀는 그렇게 말하면서 저고리를 가져오라며 소년을 집 밖으로 쫓아냈습니다.

소년은 돌이 있던 곳으로 다시 갔습니다. 그런데 아! 돌이 거꾸로 뒤집혀 땅 한쪽으로 옮겨져 있었습니다. "그래! 그래! 저고리를 입은 덕

분이구나. 늙고 가엾은 것." 소년이 말했습니다.

그러나 돌 가까이 다가간 소년은 그 아래에 반짝이는 은화가 가득한 작은 돈 상자가 있는 것을 보았습니다.

'이건 분명히 훔친 돈일거야.' 소년은 생각했습니다. '정직하다면 누가 이 깊은 숲까지 들어와서 돌 아래에 돈을 놓았겠어.'

그래서 소년은 돈 상자를 가지고 근처 호수까지 갔습니다. 그리고 상자의 돈 전부를 호수에 쏟아 버렸습니다. 그러자 〔4스킬링짜리〕 피르스킬링 은화 한 개만 물 위로 떠올랐습니다. "아! 아! 이건 정직한 것이로군." 소년이 말했습니다. "정직한 것은 결코 가라앉지 않는 법이니 말이야."

소년은 피르스킬링 은화 한 개와 저고리를 가지고 집으로 돌아왔습니다. 그는 있었던 일을 엄마에게 모두 말했습니다. 돌이 뒤집혀 있었던 일, 은화가 가득한 돈 상자를 발견한 일, 훔친 돈이라고 생각해서 그것을 호수에 쏟아 버린 일, 그 가운데 피르스킬링 은화 한 개만 물 위로 떠오른 일까지 모두 말입니다.

"떠오른 것은 가져왔어요." 소년이 말했습니다. "그것은 정직한 것이니까요."

"넌 정말 타고난 멍청이로구나." 엄마가 몹시 화를 내며 말했습니다. "물 위로 떠오른 것보다 정직한 것은 없다니. 이 세상에 완전히 정직한 것이란 없어. 네가 발견하기 전에 그 돈은 이미 열 번도 넘게 도둑을 맞았을 거다. 그리고 너한테 전에도 말했듯이 누구나 자신이 가장 먼저인 법이란다. 네가 그 돈을 다 가져오기만 했어도 우리는 평생 부유하고 행복하게 살 수 있었을 텐데. 아무짝에도 쓸모없고 터럭만큼도 도움이 되지 않는 녀석 같으니라고. 정말이지 너 때문에 더 이상 고되고 힘들게 일하고 싶지 않아. 바깥세상으로 나가서 이제 네 빵은 네가 벌어서 먹어."

그렇게 소년은 넓은 세상으로 내보내졌습니다. 그는 아주 멀리까지 오랫동안 일자리를 찾아 다녔습니다. 그러나 어디에서든 사람들은 소년이 너무 작고 약하다고 생각했습니다. 그래서 그들은 그를 써줄 수 없다고 말했습니다. 그러다가 소년은 어느 상인을 만나게 되었습니다. 상인은 소년에게 요리사를 위해 부엌에서 땔나무와 물을 나르는 일을 맡겼습니다. 그 뒤 꽤 오랜 시간이 지나서 상인은 장사를 하러 먼 다른 나라 땅으로 떠나게 되었습니다. 상인은 집안의 하인들을 모두 부른 뒤에 그들이 원하는 것을 대신 사다 주겠다고 했습니다. 사람들은 저마다 원하는 것을 말했고, 마침내 요리사를 위해 땔감과 물을 날라주는 부엌데기 소년의 차례가 되었습니다. 소년은 상인에게 피르스킬링 은화 한 개를 내밀었습니다.

"글쎄, 이것으로 무엇을 살 수 있을까?" 상인이 물었습니다. "흥정을 하는 데 시간이 많이 들지는 않겠구나."

"그 돈으로 사는 것이라면 뭐든 정직한 것일 거예요. 나는 알아요." 소년이 말했습니다.

주인은 그렇게 하겠다고 약속하고, 배를 타고 멀리 떠났습니다.

상인은 다른 나라에 도착해 배에서 짐을 내리고 실었습니다. 그리고 하인들에게 사다 주기로 약속했던 물건들을 사서 배로 돌아왔습니다. 배가 부두를 막 떠나려 할 때였습니다. 상인은 부엌데기 소년이 자신에게 건넨 피르스킬링 은화 한 개로도 뭔가를 사야 한다는 생각이 퍼뜩 떠올랐습니다.

'피르스킬링 은화 한 개 때문에 도로 시내까지 돌아가야 하나? 이 돈으로는 거지가 어떤 집에서 동냥을 한 것 만큼밖에 사지 못할 텐데.' 상인은 생각했습니다.

그때 마침 한 늙은 아낙네가 자루를 등에 짊어지고 걸어왔습니다.

"아주머니, 자루에 들어 있는 게 뭔가요?" 상인이 물었습니다.

"아! 그저 고양이 한 마리일 뿐이라오. 더는 먹이를 줄 여력이 없어 바다에 던져 죽여 버릴 생각이라오." 늙은 아낙네가 대답했습니다.

그러자 상인은 혼잣말을 했습니다. "소년이 말하기를 피르스킬링 은화 한 개로 살 수 있는 것은 뭐든 사다 달라고 했잖아?" 그는 늙은 아낙네에게 고양이를 4스킬링에 줄 수 있겠냐고 물었습니다. 물론! 아낙네는 곧바로 그러겠다고 했습니다. 그래서 바로 거래가 성사되었습니다.

상인이 다시 항해를 시작한 지 얼마 되지 않았을 때였습니다. 무서운 날씨가 그를 덮쳤습니다. 폭풍우 때문에 아무것도 할 수 없었습니다. 배는 계속 떠내려갔고 상인은 어디로 가고 있는지조차 알 수 없었습니다. 배는 마침내 육지에 도착했으나, 그곳은 그가 전에 결코 발 디뎌본 적이 없는 낯선 곳이었습니다.

상인은 마을로 올라가 보았습니다. 그는 잠잘 곳을 마련하기 위해 여관으로 들어갔습니다. 그런데 여관의 식탁에는 사람들 앞에 막대기가 하나씩 놓여 있었습니다. 상인은 매우 이상하다고 생각했습니다. 막대기를 무엇을 하는 데 쓰는 것인지 알 수 없었기 때문입니다. 그는 자리에 앉아서 다른 사람들이 하는 것을 잘 보고, 그들이 하는 대로 똑같이 해야겠다고 생각했습니다.

그런데 이런! 음식이 식탁에 차려지자 그는 곧 그 막대기가 왜 있는지 알게 되었습니다. 수천 마리의 쥐떼가 몰려들었고, 식탁에 앉아 있던 사람들은 쥐를 막기 위해 막대기로 자기 주변을 두드리고 때려댔습니다. 사람들은 막대기를 세게 두드리느라 정신이 없었고, 그 소리 때문에 다른 소리는 거의 들리지 않을 지경이었습니다. 이따금 실수로 다른 사람의 얼굴을 칠 때에도 잠시 멈추었다가 미안하다고 말하고는 다시 서둘러 막대기를 휘둘러댔습니다.

"밥 한 끼 먹기가 이렇게 힘든 곳도 있다니." 상인이 말했습니다. "여기 사람들은 왜 고양이를 가져다 놓지 않았지?"

"고양이요?" 사람들이 하나같이 물었습니다. 그들은 고양이가 뭔지 몰랐기 때문입니다.

그래서 상인은 부엌데기 소년을 위해 샀던 고양이를 가져 왔습니다. 고양이가 탁자 위로 올라가자 쥐들은 곧바로 구멍으로 달아났습니다. 그곳 사람들은 지금까지 그렇게 편안하게 식사를 해 본 적이 없었습니다. 그래서 상인에게 제발 고양이를 팔라며 간절히 애원하며 매달렸습니다. 그들은 아주 오랜 시간을 졸랐고, 마침내 상인은 그러겠다고 승낙했습니다. 상인은 고양이 값으로 백 달레르를 달라고 했는데, 사람들은 기꺼이 그 돈을 모두 지불했을 뿐 아니라 고마워하기까지 했습니다.

상인은 다시 항해를 떠났습니다. 그런데 그는 아까 그 고양이가 벌써 돌아와 큰 돛대에 앉아 있는 것을 보았습니다. 그 뒤로도 배를 몰기 쉬운 바다는 거의 없었습니다. 갑자기 다시 무시무시한 날씨가 그를 덮쳤고, 전처럼 폭풍우가 몰아쳤습니다. 상인의 배는 그가 전에 결코 와 본 적이 없는 또 다른 나라에 도착했습니다. 상인은 그곳의 여관을 찾아갔습니다. 거기에도 탁자에 막대기들이 쭉 늘어놓여 있었습니다. 그런데 이곳의 막대기는 전에 있었던 곳보다도 훨씬 더 크고 길쭉했습니다. 그런데 정말이지 그럴 필요가 있었습니다. 이곳의 쥐들은 먼젓번 여관에서 본 쥐보다 갑절이나 크고 수도 훨씬 많았기 때문입니다. 그래서 상인은 다시 고양이를 팔았습니다. 이번에는 고양이 값으로 에누리 없이 2백 달레르를 받았습니다.

상인은 다시 출항하였습니다. 육지를 떠나 바다로 나아간 지 얼마 되지 않아 늙은 암고양이가 다시 돛대 꼭대기에 앉아 있는 것이 보였습니다. 나쁜 날씨가 또 시작되었습니다. 폭풍우가 잦아들 무렵에 상인은 그가 전에는 결코 와 본 적이 없는 땅에 도착했습니다.

그는 해안으로 상륙해 마을로 올라갔습니다. 그리고 여관으로 들어갔습니다. 거기에도 역시 식탁 위에 막대기들이 놓여 있었습니다. 그런

데 여기의 막대기는 길이가 〔약 93cm인〕 1알렌 반이나 되었고 두께가 작은 빗자루만큼이나 되었습니다. 그곳 사람들은 수천 마리의 커다랗고 못생긴 쥐들 때문에 앉아서 음식을 먹는 것이 정말이지 고역이라고 말했습니다. 음식을 한입이라도 먹기 위해서는 계속해서 힘들게 쥐를 쫓아내는 수고를 감내해야 했기 때문입니다. 상인이 배에 있는 고양이를 다시 데려오자 사람들은 평화롭게 음식을 먹을 수 있었습니다. 그들은 상인에게 제발 그 고양이를 팔라며 애원하고 매달렸습니다. 오랫동안 상인은 안 된다고 했습니다. 그러나 마침내 그는 3백 달레르에 고양이를 팔겠다고 했습니다. 돈은 곧바로 모두 지불되었습니다. 사람들은 상인에게 고맙다고 말하면서 그의 축복을 빌어주기까지 했습니다.

　다시 바다로 나아간 상인은 소년이 준 1피르스킬링으로 번 돈을 모두 그에게 돌려주어야 할지 생각에 잠겼습니다.

　'그래, 그래, 돈의 일부는 그의 것이지.' 상인은 스스로에게 말했습니다. '하지만 전부는 아니잖아. 내가 사온 고양이 덕분에 돈을 이렇게 벌 수 있었던 거잖아. 그리고 누구나 자신이 먼저 아니겠어.'

　그러나 상인이 그런 생각을 하자마자 거센 비와 바람이 몰아닥쳤습니다. 뱃사람들은 모두 배가 가라앉을 거라고 생각했습니다. 상인은 어쩔 수 없다는 것을 알았습니다. 그는 소년에게 모든 돈을 주겠노라고 맹세했습니다. 그러자 곧바로 날씨가 화창해졌습니다. 상인은 순풍을 타고 고향으로 돌아왔습니다.

육지에 도착한 상인은 소년에게 6백 달레르를 주었고, 더불어 그의 딸도 주었습니다. 작은 부엌데기 소년은 이제 그의 주인아저씨만큼이나, 아니 그보다도 훨씬 더 부자가 되었습니다. 그 뒤 소년은 평생을 기쁘고 즐겁게 살았습니다. 그리고 그는 어머니를 찾아갔고 그녀가 그에게 했던 것보다 훨씬 잘 대접해 주었습니다. 소년은 말했습니다. "나는 누구나 자신이 먼저라고는 생각하지 않아요."

04

꼬끼오의 죽음

에드워드와 아가씨들은 내내 옆에 앉아서 듣고 있었다. 그러나 에드워드에게 그것은 지루한 일이었다. 그는 노르웨이어가 서툴러서 이야기의 흐름을 잘 따라가지 못했다. 그래서 이따금 아가씨들 쪽으로 고개를 돌려 멍하니 바라보거나 [철도여행 안내서인] 『브래드쇼 안내서(Bradshaw's Foreign Guide)』를 뒤적거렸다. 그가 그 이상야릇한 책에서 궁금증을 얼마나 해결했는지는 모르겠다. 우리는 그저 그렇게 되었기를 바랄 뿐이었다. 그의 표정을 나타내는 가장 좋은 낱말은 '따분함'이었다. 하지만 뜨개질을 하며 이야기를 듣던 크리스티네와 카린(Karin)은 연신 키득거리며 웃었다. 정말이지 아네르스의 이야기는 그의 할머니를 크게 즐겁게 해줄 만했다. 아가씨들이 그렇게 재미를 느낄 정도는 아니었지만, 따로 할 일도 없었다. 그래서 그녀들도 흥미를 가지고 이야기에 빠져들어 시간이라는 오래된 적을 죽이는 일을 거들었다.

정직한 피르스킬링 이야기를 끝마치고 아네르스는 거의 숨 쉴 틈도 없이 이렇게 말했다. "자, 아가씨들. 이제 나는 잠깐 머리를 식혀야 할 것 같아. 너희도 이야기를 많이 알고 있고, 나보다도 이야기를 더 잘하

잖니. 그러니 크리스티네. 우리한테 '꼬끼오의 죽음' 이야기를 해줄래?
카린은 '탐욕스러운 고양이' 이야기를 해주면 좋겠어. 이야기를 하면서
꼭 흉내도 내야 해. 그 이야기들이 아이들을 위한 것이라는 사실을 잊
으면 안 돼."

　그러자 매우 어여쁜 소녀인 크리스티네는 아이들한테 사랑을 받는
행복한 어머니와 같은 모습으로 '꼬끼오의 죽음' 이야기를 해주었다.
그녀는 중국에서 황제의 아이들에게 구연동화를 들려주는 직책을 얻
을 수도 있을 것 같았다. 그녀는 얼굴을 붉히지도 않고, "사람들 앞에서
이야기하는 것이 익숙하지는 않지만" 하는 식의 틀에 박힌 말도 없이
"이 이야기는" 하고 곧바로 이야기를 시작했다.

＊＊＊

　옛날 옛적에 수탉 꼬끼오와 암탉 꼬꼬댁이 있었습니다. 그들은 들판
을 돌아다니면서 긁고 파고 뒤적거려댔습니다. 그러다 꼬끼오는 홉 씨
앗을 발견했고, 꼬꼬댁은 보리알을 찾았습니다. 그들은 맥아를 만들어
서 성탄절 맥주를 담그기로 했습니다.

　"오! 내가 보리로 엿기름을 만들고 맥주를 빚었어요. 아주 좋은 맥주
예요." 꼬꼬댁이 꼬꼬댁거리면서 말했습니다.

　"맥아즙이 충분히 숙성됐을까나?" 꼬끼오가 꼬끼오거리면서 말했습
니다. 그는 맛을 보기 위해 '꼬끼오' 하고 울며 술통 가장자리로 날아가
앉았습니다. 그러나 몸을 숙여 한 모금 먹어보려 하는 바로 그 순간, 꼬
끼오는 날개를 퍼덕이며 통 안으로 고꾸라져서 빠져 죽고 말았습니다.

　그 광경을 지켜본 꼬꼬댁 부인은 넋이 완전히 나갔습니다. 그녀는 비
명을 지르면서 벽난로 귀퉁이로 날아올랐고, 날카로운 목소리로 이렇
게 외쳤습니다. "집에 난리가 났다! 집에 난리가 났어!" 꼬꼬댁은 멈추

지 않고 끊임없이 새된 소리를 질러댔습니다.

"꼬꼬댁 부인, 무슨 일 있으세요? 왜 거기에 앉아서 한숨을 쉬며 흐느끼고 있나요?" 손으로 돌리는 맷돌이 물었습니다. "왜 아니겠어요." 꼬꼬댁 부인이 대답했습니다. "바깥양반인 꼬끼오가 술통에 빠져서 죽어버리고 말았어요. 그래서 이렇게 한숨을 쉬며 흐느끼고 있답니다." "저는 찧고 빻는 것 말고는 슬픔을 표현할 방법이 없군요." 맷돌이 말했습니다. 그러고 나서 그는 자신이 할 수 있는 가장 빠른 속도로 곡물을 갈았습니다.

맷돌이 돌아가는 소리를 듣고 의자가 말했습니다. "맷돌아, 무엇이 너를 괴롭히기에 그렇게 바쁘고 빠르게 곡물을 찧고 빻고 있어?" "왜 아니겠어. 바깥양반인 꼬끼오가 술통에 빠져서 죽었고, 꼬꼬댁 부인은 난롯가에 앉아서 탄식하며 흐느끼고 있어. 그래서 나는 찧고 빻고 있는 거야." 맷돌이 말했습니다. "내가 할 수 있는 것이라곤 삐걱거리고 끼익거리는 것 말고는 없어" 의자가 말했습니다. 그러고 나서 그는 삐걱삐걱 끼익끼익거렸습니다.

의자 소리를 듣고 문이 말했습니다. "무슨 일 있어요? 의자 양반, 왜 삐걱삐걱 끼익끼익거리는 건가요?" "왜 아니겠어요." 의자가 말했습니다. "바깥양반인 꼬끼오가 술통에 빠져 죽었고, 꼬꼬댁 부인은 난롯가에 앉아 한숨을 쉬며 흐느끼고, 맷돌은 찧고 빻고 있어요. 그래서 나는 삐걱삐걱 끼익끼익 삑삑 탁탁 소리를 내고 있어요." "그렇군요." 문이 말했습니다. "내가 할 수 있는 것이라고는 덜거덕덜거덕, 쾅, 휙, 탕 말고는 없는데." 그렇게 말하고 나서 문은 열리고 닫히면서 '쾅', '탕' 소리를 내기 시작했습니다. 귀가 먹먹해지고, 이빨이 딱딱 맞부딪칠 정도의 소리였습니다.

이 소리를 들은 난로가 입을 열어 소리를 질렀습니다. "문! 문! 왜 그렇게 '쾅', '탕' 하는 거야?" "왜 아니겠어." 문이 말했습니다. "바깥양반인 꼬끼오가 술통에 빠져 죽었고, 꼬꼬댁 부인은 난롯가에 앉아 한숨을 쉬며 흐느끼고, 맷돌은 찧고 빻고, 의자는 삐걱삐걱 끼익끼익거리고 있어. 그래서 나는 '쾅', '탕' 하고 있는 거야." "그렇군." 난로가 말했습니다. "내가 할 줄 아는 거라곤 태우고 연기를 뿜는 것밖에 없어." 그렇게 말하고 나서 난로는 연기와 김을 뿜어댔습니다. 방안이 온통 뿌옇게 되었습니다.

밖에 세워져 있던 도끼는 연기를 보고는 자신의 자루를 이용해 창문 안을 훔쳐보았습니다. "난로 부인, 이게 도대체 무슨 연기이지요?" 날카로운 목소리로 도끼가 물었습니다. "왜 아니겠어요." 난로가 대답했습니다. "바깥양반인 꼬끼오가 술통에 빠져 죽었고, 꼬꼬댁 부인은 난롯가에 앉아 한숨을 쉬며 흐느끼고, 맷돌은 찧고 빻고, 의자는 삐걱삐걱 끼익끼익 하고, 문은 '쾅' '탕' 하고 있어요. 그래서 난 연기와 김을 뿜어대는 거예요." "그렇군요. 나는 쪼개고 조각내는 것 말고 다른 것은 할 줄 몰라요." 도끼가 말했습니다. 그러고 나서 그는 곁에 있는 것들을 모조리 쪼개고 조각냈습니다.

이 모습을 옆에 서 있던 사시나무가 보았습니다. "도끼씨, 왜 그렇게 모든 것을 쪼개고 조각내고 있나요?" 사시나무가 물었습니다. "바깥양반인 꼬끼오가 술통에 빠져 죽고, 꼬꼬댁 부인은 난롯가에 앉아 한숨을 쉬며 흐느끼고, 맷돌은 찧고 빻고, 의자는 삐걱삐걱 끼익끼익 하고, 문은 '쾅' '탕' 하고, 난로는 연기와 김을 뿜어대고 있어요. 그래서 나는 곁에 있는 것들을 모조리 쪼개고 자르고 있는 거예요." "그렇군요. 나는 다른 것을 할 줄 몰라요." 사시나무가 말했습니다. "잎들을 한꺼번에 흔들고 떠는 것 빼고는 말이죠." 그러고 나서 사시나무는 온 몸을 떨어댔습니다.

이것을 본 새들이 지저귀며 말했습니다. "사시나무 아가씨, 왜 그렇게 흔들고 떨고 있나요?" "바깥양반인 꼬끼오가 맥주통에 빠져 죽고,

꼬꼬댁 부인은 난롯가에 앉아 한숨을 쉬며 흐느끼고, 맷돌은 찧고 빻고, 의자는 삐걱삐걱 끼익끼익 하고, 문은 '쾅', '탕' 하고, 난로는 연기와 김을 뿜어대고, 도끼는 쪼개고 자르고 있어. 그래서 나는 흔들고 떨고 있는 거야." "그렇군요. 우리는 깃털을 뽑아내는 것 말고는 다른 건 할 줄 몰라요." 새들이 말했습니다. 그러고 나서 그들은 자신들의 깃털을 잡아당기고 뽑기 시작했습니다. 방안은 금방 새털로 가득 찼습니다.

이것을 옆에 있던 주인아저씨가 보았습니다. 그는 깃털들이 계속 날아다니자 새들에게 물었습니다.

"새들아, 왜 깃털을 뽑고 있니?"

"오! 바깥양반 꼬끼오가 맥주통에 빠져 죽고, 꼬꼬댁 부인은 난롯가에 앉아 한숨을 쉬며 흐느끼고, 맷돌은 찧고 빻고, 의자는 삐걱삐걱 끼익끼익 하고, 문은 쾅 탕 하고, 난로는 연기와 김을 뿜어대고, 도끼는 쪼개고 자르고, 사시나무는 흔들고 떨고 있어요. 그래서 우리는 깃털을 뽑아서 날리고 있는 거예요."

"그렇구나. 나는 다른 것을 할 줄 모르니, 빗자루를 뜯어 흩트려야겠다." 남자가 이렇게 말하고 빗자루를 뜯어서 던져댔습니다. 자작나무 가지들이 이쪽저쪽으로 날아다녔습니다.

저녁거리로 귀리죽을 요리하고 있던 아주머니가 이것을 보았습니다.

"왜 그래요, 당신!" 그녀가 소리를 질렀습니다. "왜 빗자루를 조각내는 거예요?"

"오!" 남자가 말했습니다. "바깥양반인 꼬끼오가 맥주통에 빠져 죽고, 꼬꼬댁 부인은 난롯가에 앉아 한숨을 쉬며 흐느끼고, 맷돌은 찧고 빻고, 의자는 삐걱삐걱 끼익끼익 하고, 문은 쾅 탕 하고, 난로는 연기와 김을 뿜어대고, 도끼는 쪼개고 자르고, 사시나무는 흔들고 떨고, 새들은 깃털을 뽑아 날리고 있다오. 그래서 빗자루를 뜯어 조각내고 있는 거라오."

"그래요, 그래요!" 아주머니가 말했습니다. "그러면 나는 사방에 귀리죽을 던져야겠어요." 그리고 나서 그녀는 그렇게 했습니다. 아주머니가 한 숟가락씩 떠서 사방으로 던지는 바람에 아무도 그 귀리죽에 무엇이 들어갔는지 알 수 없었습니다.

장례식에서 맥주를 마시기 시작한 것은 술통에 빠져 죽은 바깥양반 꼬끼오를 기리기 위해서예요. 믿기지 않는다면 저쪽에 가서 맥주와 귀리죽을 모두 먹고 맛을 보세요.

05

탐욕스러운 고양이

크리스티네가 이야기를 마쳤을 때 나는 그들에게 '꼬끼오의 죽음'을 살짝 바꾸어 놓은 듯한 이야기를 하려던 참이었다고 차마 밝힐 수 없었다. 그녀가 들려준 이야기는 『그림 동화』나 『로버트 챔버스의 스코틀랜드 민담집(Scotch collection of Robert Chambers)』에 나오는 이야기와 거의 똑같았다. 세상에나! 내가 노르웨이 고원에서 들은 이야기는 스코틀랜드의 이야기가 책으로 인쇄되어 나오기 훨씬 전의 것이었다. 그래서 나는 그들에게 그 이야기를 할 수 없었다.

카린은 크리스티네만큼 훌륭한 이야기꾼은 아니었다. 그러나 그녀도 이야기를 꽤 잘했다. 게다가 그녀가 해준 이야기는 말하기도 훨씬 어렵고, 우리의 '잭이 지은 집(This is the house that Jack built)'* 노래처럼 상당한 노력을 기울여야 기억할 수 있는 것이었다. 그 이야기에는 뭔지 모를 야성이 담겨 있었으며, 유머도 가득했다.

＊＊＊

---

* 잭이 지은 집. 잭이 지은 집 안에 있는 맥아. 잭이 지은 집 안에 있는 맥아를 먹은 쥐…. 이런 식으로 리듬감을 가지고 차츰 길어지는 잉글랜드의 전래동요.

옛날 옛적에 어떤 남자가 고양이 한 마리를 키웠습니다. 그런데 그 암고양이는 몹시 컸고, 야수처럼 먹어댔습니다. 그는 더 이상 고양이를 키울 수 없었습니다. 그래서 고양이 목에 돌을 매달아 강에 던져버리기로 했습니다. 길을 나서기 전에 고양이는 마지막으로 고기를 먹고 싶다고 했습니다. 그래서 아주머니는 귀리죽 한 그릇과 작은 여물통에 비계를 담아 놓아 주었습니다. 고양이는 음식을 목구멍에 쑤셔 넣고, 창문으로 뛰어올라 밖으로 달려 나갔습니다. 집 바깥에서는 주인아저씨가 헛간 문 옆에 서서 도리깨질을 하고 있었습니다.

　"안녕하세요, 아저씨." 고양이가 말했습니다.

　"안녕, 고양이야." 아저씨가 말했습니다. "오늘은 뭘 먹었니?"

　"오, 조금밖에 먹지 못했어요. 거의 굶고 있어요." 고양이가 말했습니다. "귀리죽 한 그릇과 여물통의 비계를 조금 먹었을 뿐이에요. 지금 생각이 났는데 당신도 먹어야겠어요." 이렇게 말하고 고양이는 남자를 게걸스럽게 먹어치웠습니다. 남자를 다 잡아먹은 뒤 고양이는 외양간으로 갔습니다. 거기에는 주인아주머니가 소젖을 짜고 있었습니다.

　"안녕하세요, 아주머니." 고양이가 말했습니다.

　"안녕, 고양이야." 아주머니가 말했습니다. "너 여기 있었구나. 네 밥은 다 먹었니?"

　"오. 저는 오늘 조금밖에 먹지 못했어요. 거의 굶고 있어요." 고양이가 말했습니다. "귀리죽 한 그릇에 비계 한 통, 그리고 문간의 아저씨밖에 못 먹었어요. 지금 생각이 났는데 당신도 먹을 걸 그랬어요." 이렇게 말하고 고양이는 아주머니를 잡아서 게걸스럽게 먹었습니다.

　"안녕, 여물통 앞에 있는 젖소야." 고양이가 방울소에게 인사를 건넸습니다. "안녕. 고양이야." 방울을 매달고 있는 젖소가 말했습니다. "오늘은 뭘 먹었니?"

　"오, 조금밖에 못 먹었어. 거의 굶은 거나 다름없어." 고양이가 말했

습니다. "겨우 귀리죽 한 그릇에 비계 한 통, 문간의 아저씨, 외양간의 아주머니밖에 못 먹었는걸. 지금 생각난 건데 너도 잡아먹어야겠다." 이렇게 말하고 고양이는 방울소를 잡아 게걸스럽게 먹었습니다. 그러고 나서 고양이는 농사를 짓는 곳으로 갔습니다. 그곳에는 한 남자가 서서 잎을 줍고 있었습니다.

"안녕하세요, 들판에서 잎을 줍는 사람." 고양이가 인사를 했습니다.

"안녕, 고양이야. 오늘은 뭘 먹었니?" 잎 줍는 사람이 물었습니다.

"오, 조금밖에 못 먹었어요. 거의 굶은 거나 마찬가지예요." 고양이가 말했습니다. "겨우 귀리죽 한 그릇에 비계 한 통, 문간의 아저씨, 외양간의 아주머니, 여물통 앞의 방울소밖에 못 먹었는걸요. 지금 생각난 건데 당신도 잡아먹어야겠어요." 이렇게 말하고 고양이는 잎 줍는 사람을 붙잡아 게걸스럽게 먹었습니다. 그 뒤 고양이는 돌무더기가 있는 곳으로 갔습니다. 그곳에는 족제비가 서서 기웃대고 있었습니다.

"안녕, 돌무더기의 족제비야." 고양이가 말했습니다.

"안녕, 고양이야. 오늘은 뭘 먹었니?"

"오, 조금밖에 못 먹었어. 거의 굶은 거나 마찬가지야." 고양이가 말했습니다. "겨우 귀리죽 한 그릇에 비계 한 통, 문간의 아저씨, 외양간의 아주머니, 여물통 앞의 방울소, 들판의 잎 줍는 사람밖에 못 먹었는걸. 지금 생각난 건데 너도 잡아먹어야겠다." 이렇게 말하고 고양이는 족제비를 붙잡아 게걸스럽게 먹었습니다.

고양이는 더 걸어가서 개암나무 숲이 있는 곳까지 갔습니다. 거기에는 다람쥐 나무곰*이 개암을 모아놓고 앉아 있었습니다.

"안녕, 숲의 다람쥐 나무곰아." 고양이가 인사했습니다.

"안녕, 고양이야. 오늘은 무엇을 먹었니?"

"오, 조금밖에 못 먹었어. 거의 굶은 거나 마찬가지야." 고양이가 말했습니다. "겨우 귀리죽 한 그릇에 비계 한 통, 문간의 아저씨, 외양간의 아주머니, 여물통 앞의 방울소, 들판의 잎 줍는 사람, 돌무더기의 족제비밖에 못 먹었는걸. 지금 생각해 보니 너도 잡아먹어야겠다." 이렇게 말하고 고양이는 다람쥐를 붙잡아 게걸스럽게 먹었습니다.

고양이는 조금 더 가다가 숲가를 배회하고 있는 여우를 보았습니다.

"안녕, 교활한 미켈."** 고양이가 말했습니다.

"안녕, 고양이야. 오늘은 뭘 먹었니?"

"오, 조금밖에 못 먹었어. 거의 굶은 거나 마찬가지야." 고양이가 말했습니다. "겨우 귀리죽 한 그릇에 비계 한 통, 문간의 아저씨, 외양간의 아주머니, 여물통 앞의 방울소, 들판의 잎 줍는 사람, 돌무더기의 족제비, 덤불숲의 나무곰밖에 못 먹었는걸. 지금 생각해 보니 너도 잡아먹어야겠다." 그러고 고양이는 여우를 붙잡아 게걸스럽게 먹었습니다.

고양이는 조금 더 가다가 기다란 귀를 가진 토끼를 만났습니다.

"안녕, 깡충깡충 토끼야." 고양이가 인사했습니다.

"안녕, 고양이야. 오늘 뭘 먹었니?"

---

* 나무곰(Trebjørn) : 다람쥐의 별칭으로 '나무여우(Tellræv)'라고도 한다.
** 미켈(Mikkel) : 서유럽의 '르나르(Renard)'처럼 여우를 가리키는 말이다.

"오, 조금밖에 못 먹었어. 거의 굶은 거나 마찬가지야." 고양이가 말했습니다. "겨우 귀리죽 한 그릇에 비계 한 통, 문간의 아저씨, 외양간의 아주머니, 여물통 앞의 방울소, 들판의 잎 줍는 사람, 돌무더기의 족제비, 덤불숲의 나무곰, 교활한 미켈 밖에 못 먹었는걸. 지금 생각해 보니 너도 잡아먹어야겠다." 이렇게 말하고 고양이는 토끼를 붙잡아 게걸스럽게 먹었습니다.

고양이는 조금 더 가다가 늑대 회색다리를 만났습니다.

"안녕, 욕심 많은 회색다리." 고양이가 말했습니다.

"안녕, 고양이야. 오늘은 뭘 먹었니?"

"오, 조금밖에 못 먹었어. 거의 굶은 거나 마찬가지야." 고양이가 말했습니다. "겨우 귀리죽 한 그릇에 비계 한 통, 문간의 아저씨, 외양간의 아주머니, 여물통 앞의 방울소, 들판의 잎 줍는 사람, 돌무더기의 족제비, 덤불숲의 나무곰, 교활한 미켈, 깡충깡충 토끼밖에 못 먹었는걸. 지금 생각해 보니 너도 잡아먹어야겠다." 이렇게 말하고 고양이는 늑대를 붙잡아 게걸스럽게 먹었습니다.

고양이는 숲으로 들어갔습니다. 더 멀리 더 멀리 걸어가 언덕과 골짜기를 넘었을 때 그녀는 새끼 곰을 만났습니다.

"안녕, 팔짝팔짝 새끼 곰아." 고양이가 말했습니다.

"안녕, 고양이 아줌마." 새끼 곰이 말했습니다. "오늘 뭘 먹었어요?"

"오, 조금밖에 못 먹었어. 거의 굶은 거나 마찬가지야." 고양이가 말했습니다. "겨우 귀리죽 한 그릇에 비계 한 통, 문간의 아저씨, 외양간의 아주머니, 여물통 앞의 방울소, 들판의 잎 줍는 사람, 돌무더기의 족제비, 덤불숲의 나무곰, 교활한 미켈, 깡충깡충 토끼, 욕심 많은 회색다리밖에 못 먹었는걸. 지금 생각해 보니 너도 잡아먹어야겠다." 이렇게 말하고 고양이는 새끼 곰을 잡아 게걸스럽게 먹었습니다.

고양이는 조금 더 가다 암곰을 만났습니다. 그녀는 새끼를 잃고 화가

나서 조각들이 흩날릴 정도로 그루터기를 할퀴어대고 있었습니다.

"안녕, 사나운 빈나*야." 고양이가 말했습니다.

"안녕, 고양이야. 오늘 뭘 먹었니?"

"오, 조금밖에 못 먹었어. 거의 굶은 거나 마찬가지야." 고양이가 말했습니다. "겨우 귀리죽 한 그릇에 비계 한 통, 문간의 아저씨, 외양간의 아주머니, 여물통 앞의 방울소, 들판의 잎 줍는 사람, 돌무더기의 족제비, 덤불숲의 나무곰, 교활한 미켈, 깡충깡충 토끼, 욕심 많은 회색다리, 팔짝팔짝 새끼 곰밖에 못 먹었는걸. 지금 생각해 보니 너도 잡아먹어야겠다." 고양이는 암곰을 잡아 게걸스럽게 먹었습니다.

고양이는 조금 더 가다 곧 수곰을 만났습니다.

"안녕, 어리숙한 친구 밤세**야." 고양이가 인사를 했습니다.

"안녕, 고양이야." 곰이 말했습니다. "오늘은 무엇을 먹었니?"

"오, 조금밖에 못 먹었어. 거의 굶은 거나 마찬가지야." 고양이가 말했습니다. "겨우 귀리죽 한 그릇에 비계 한 통, 문간의 아저씨, 외양간의 아주머니, 여물통 앞의 방울소, 들판의 잎 줍는 사람, 돌무더기의 족제비, 덤불숲의 다람쥐 나무곰, 교활한 미켈, 깡충깡충 토끼, 욕심 많은 회색다리, 팔짝팔짝 새끼 곰, 사나운 빈나밖에 못 먹었는걸. 지금 생각해 보니 너도 먹어야겠다." 이렇게 말하고 고양이는 곰을 잡아 게걸스럽게 먹었습니다. 고양이는 계속해서 멀리멀리 갔습니다. 그러다 사람들이 사는 곳까지 가게 되었고, 길에서 결혼식 행렬과 마주쳤습니다.

"안녕하세요, 큰길의 결혼식 행렬 여러분." 고양이가 말했습니다.

"안녕, 고양이야. 오늘은 뭘 먹었니?"

"오, 조금밖에 못 먹었어요. 거의 굶은 거나 마찬가지예요." 고양이가 말했습니다. "겨우 귀리죽 한 그릇에 비계 한 통, 문간의 아저씨, 외양

---

* 빈나(Binna) : 암곰의 별칭으로 '비르나(Birna)'라고도 한다.
** 밤세(Bamse) : 곰의 별칭으로 '큰 놈'이라는 뜻이다.

간의 아주머니, 여물통 앞의 방울소, 들판의 잎 줍는 사람, 돌무더기의 족제비, 덤불숲의 다람쥐 나무곰, 교활한 미켈, 깡충깡충 토끼, 욕심 많은 회색다리, 팔짝팔짝 새끼 곰, 사나운 빈나, 어수룩한 친구 밤세밖에 못 먹었는걸요. 지금 생각해 보니 당신들도 잡아먹어야겠어요." 이렇게 말하고 고양이는 신부와 신랑, 요리사와 바이올린 연주자, 말을 포함해 결혼식 행렬을 모조리 게걸스럽게 먹어치웠습니다. 고양이는 계속 걸어서 교회가 있는 곳까지 갔습니다. 거기에서 고양이는 장례 행렬을 만났습니다.

"안녕하세요, 장례식 행렬 여러분." 고양이가 말했습니다.

"안녕, 고양이야. 오늘 뭘 먹었니?"

"오, 조금밖에 못 먹었어요. 거의 굶은 거나 마찬가지예요." 고양이가 말했습니다. "겨우 귀리죽 한 그릇에 비계 한 통, 문간의 아저씨, 외양간의 아주머니, 여물통 앞의 방울소, 들판의 잎 줍는 사람, 돌무더기의 족제비, 덤불숲의 다람쥐, 교활한 미켈, 깡충깡충 토끼, 욕심 많은 회색다리, 팔짝팔짝 새끼 곰, 사나운 빈나, 어수룩한 친구 밤세, 큰길의 결혼식 행렬밖에 못 먹었는걸요. 지금 생각해 보니 당신들도 잡아먹어야겠어요." 이렇게 말하고 고양이는 장례 행렬로 달려들어 주검은 물론이고 관을 나르던 사람들까지 모조리 게걸스럽게 먹어 치웠습니다. 주검을 먹자 고양이는 하늘로 들어 올려졌습니다. 아주 멀고 먼 길을 가던 고양이는 하늘의 달과 만났습니다.

"안녕하세요, 하늘의 달님." 고양이가 인사했습니다.

"안녕, 고양이야. 오늘은 무엇을 먹었니?"

"오, 조금밖에 못 먹었어요. 거의 굶은 거나 마찬가지예요." 고양이가 말했습니다. "겨우 귀리죽 한 그릇에 비계 한 통, 문간의 아저씨, 외양간의 아주머니, 여물통 앞의 방울소, 들판의 잎 줍는 사람, 돌무더기의 족제비, 덤불숲의 다람쥐, 교활한 미켈, 깡충깡충 토끼, 욕심 많은 회색다리, 팔짝팔짝 새끼 곰, 사나운 빈나, 어수룩한 친구 밤세, 큰길의 결혼식 행렬, 교회의 장례식 행렬밖에 못 먹었는걸요. 지금 생각해 보니 당신도 잡아먹어야겠어요." 이렇게 말하고 고양이는 달을 붙잡고는 초승달과 보름달을 모두 게걸스럽게 먹어치웠습니다. 그러고 나서 고양이는 계속해서 높이 올라갔고, 이번에는 해를 만났습니다.

"안녕하세요, 천상의 해님."

"안녕, 고양이야." 해가 말했습니다. "오늘 뭘 먹었니?"

"오, 조금밖에 못 먹었어요. 거의 굶은 거나 마찬가지예요." 고양이가 말했습니다. "겨우 귀리죽 한 그릇에 비계 한 통, 문간의 아저씨, 외양간의 아주머니, 여물통 앞의 방울소, 들판의 잎 줍는 사람, 돌무더기의 족제비, 덤불숲의 다람쥐, 교활한 미켈, 깡충깡충 토끼, 욕심 많은 회색다리, 팔짝팔짝 새끼 곰, 사나운 빈나, 어수룩한 친구 밤세, 큰길의 결혼식 행렬, 교회의 장례식 행렬, 하늘의 달님밖에 못 먹었는걸요. 지금 생각해 보니 당신도 잡아먹어야겠어요." 이렇게 말하고 고양이는 천상의 해를 게걸스럽게 먹어치웠습니다. 고양이는 더 멀리 더 멀리 나아갔고 어떤 다리에 이르렀습니다. 그곳에서 고양이는 커다란 숫염소와 마주쳤습니다.

"안녕, 다리 위의 숫염소야." 고양이가 말했습니다.

"안녕, 고양이야. 오늘 뭘 먹었니?" 숫염소가 물었습니다.

"오, 조금밖에 못 먹었어. 거의 굶은 거나 마찬가지야." 고양이가 말했습니다. "겨우 귀리죽 한 그릇에 비계 한 통, 문간의 아저씨, 외양간의 아주머니, 여물통 앞의 방울소, 들판의 잎 줍는 사람, 돌무더기의 족제비, 덤불숲의 다람쥐, 교활한 미켈, 깡충깡충 토끼, 욕심 많은 회색다리, 팔짝팔짝 새끼 곰, 사나운 빈나, 어수룩한 친구 밤세, 큰길의 결혼식 행렬, 교회의 장례식 행렬, 하늘의 달님, 천상의 해님밖에 못 먹었는걸. 지금 생각해 보니 너도 잡아먹어야겠다."

"그렇다면 우린 싸워야겠는걸." 숫염소가 말했습니다. 그리고 고양이를 들이받아 다리 아래의 강으로 떨어뜨렸습니다. 고양이는 그 자리에서 팡 터져버렸습니다. 그러자 고양이가 게걸스럽게 먹어치웠던 모두가 차례차례 기어나와 모두들 제자리로 돌아갔습니다. 모두가 전처럼 말짱했습니다. 문간의 아저씨, 외양간의 아주머니, 여물통 앞의 방울소, 들판의 잎 줍는 사람, 돌무더기의 족제비, 덤불숲의 다람쥐, 교활한 여우 미켈, 깡충깡충 토끼, 욕심 많은 늑대 회색다리, 팔짝팔짝 새끼곰, 사나운 암곰 빈나, 어수룩한 수곰 밤세, 큰길의 결혼식 행렬, 교회의 장례식 행렬, 하늘의 달님, 천상의 해님 모두가 말입니다.

06

웅얼웅얼거위알

아가씨들이 이야기를 끝마치자 우리는 고양이의 배에서 해와 달 같은 것들이 나오는 우스꽝스러운 모습을 떠올리며 모두 웃었다. 내가 그들에게 스코틀랜드 이야기로 보답하려고 할 때였다. 갑자기 누군가 문을 크게 두드리는 소리가 들렸다.

"누구지?" 아가씨들이 말했다. "아버지와 어머니는 이런 날씨에는 골짜기에 올라오지 못하실 텐데. 누굴까? 고원에 사는 요정들 가운데 하나일거야. 훌드라일지도 몰라!"

"이런 세상에 아가씨들!" 아네르스가 말했다. "어떤 으스스한 것들이 떼로 달려든다고 해도 우리한테는 그들을 모조리 쏴버릴 수 있을 만큼 총알이 충분해. 남자들이 그들을 향해 총을 쏠 거야. 그러니 카린, 거기서 그렇게 꾸물대고 있지만 말고 문 좀 열어봐."

카린은 시키는 대로 나무로 된 빗장을 뺐다. "어머나 세상에!" 그녀가 소리를 질렀다. "숲지기 페테르예요. 페테르, 어서 들어와요."

키 큰 남자 하나가 성큼성큼 걸어 들어왔다. 한창 젊은 나이는 이미 꽤 지났으나 여전히 건강하고 원기왕성해 보였는데, 꽉 끼는 반바지와 스타킹이 그의 건장한 체구를 드러내고 있었다. 그는 단추가 많은 저고리 위에 양털이 잔뜩 들어간, 스칸디나비아 북부에서는 '와드멜(Wadmel)', 노르웨이에서는 '바몰(vadmål)'이라고 부르는 [무늬가 없는 거친] 옷감으로 된 커다란 적갈색 망토를 걸치고 있었다. 머리에는 폭이 넓고 덮개가 있는, 챙이 넓은 모자를 쓰고 있었는데, 덮개는 위로 묶어 놓고 턱 아래에 붉은 면 스카프를 두르고 있었다. 그리고 어깨에는 라이플총이 얹혀 있었다.

"페테르, 도대체" 아네르스가 말했다. "무엇이 이런 악마 같은 날씨에 당신을 밖으로 나오게 한 건가요?"

"그러게 말일세!" 페테르가 말했다. "고원 건너편 골짜기 기슭 아래에 있는 목재소 주인이 어젯밤에 나를 올려 보냈어. 자신이 잡을 수 있는 순록이 있는지 확인해 달라는 거야. 그에게 '소용없을 거네. 이 불쌍하고 어리석은 친구야. 순록을 자네가 아침저녁으로 세는, 집을 나갔다가도 다시 횃대로 돌아오는 닭의 무리처럼 생각하다니'라고 했는데도 말이야. 그는 오늘 여기에서 본 순록이 내일이면 50마일 떨어진 곳이나 그보다도 멀리 있으리라는 생각을 아예 하지 못한다네. 어쨌든 나는 고원을 가로질러 골짜기 반대편 숲을 한번 둘러보고 그에게 순록을 보았는지 말해줄 참이었지. 길을 나설 때만 해도 어젯밤에 이곳에 도착할 수 있을 거라고 쉽게 생각했지. 그러나 고원 기슭에 막 도착했을 때 이미 칠흑처럼 어두워졌지 뭐야. 그래서 바위틈으로 기어들어가 밤을 보내야 했다네. 그게 내가 할 수 있는 최선이었어. 다행히도 나한테는 [보리가루, 소금, 물로 반죽해서 구운 노르웨이 지방의 납작한 빵] 플라트브뢰드(flatbrød)와 [노르웨이의 전통 치즈인] 감메로스트(gammelost), 브랜디가 담긴 휴대용 술병이 있었어. 그것들마저 없었다면 무척 끔찍했을 거야. 어쨌든 몸이 흠뻑 젖고 거의 굶었지만 이제 여기 도착했으니 다행이야. 여기서 좀 쉴 수 있게 나한테 마른 스타킹과 우유 한 그릇만 줘. 이런 세상에나! 잉글랜드 나리들이 와 계신지 몰랐는걸. 안녕하시오! 당신들도 분명히 순록을 쫓아 왔겠군요. 어제 순록을 봤나요?"

아네르스가 그에게 낮은 목소리로 에드워드가 저지른 작은 사고에 관해 말해주는 동안 페테르는 젖은 신발과 스타킹을 벗고 새 스타킹을 신었다. 그리고 우유를 마시고 난로 앞에 앉아 여유롭게 파이프 담배를 태웠다. 그러나 아네르스는 그가 편히 쉬고 있게 내버려두지 않았다.

"페테르! 당신은 분명 숲과 고원에서 가끔 이상한 것들을 보거나 들은 적이 있겠죠."

"그럼!" 페테르가 유도 심문에 넘어가 담배연기 아래에서 대답했다.

"그럼, 그렇고말고. 나는 많은 것들을 보고 들었지. 이상한 소리들도 말이야. 때로는 꼭 달콤한 음악 같기도 해."

"무엇이 그런 소리를 내는 거죠?" 내가 물었다.

"그 소리를 내는 게 뭐겠소!" 페테르가 대답했다. "훌드라 같은 요정들이지."

"요정이라! 그렇다면 당신은 선한 정령들을 믿는 건가요?"

"선할 수도, 악할 수도 있겠죠." 페테르가 말했다. "그들은 그냥 내버려 두면 선하게 굴 때보다 악하게 굴 때가 훨씬 많죠. 솔직히 말하면 예전에는 사람들이 바로 이 여름목장에도 귀신이 있다고 했었다오. 좋든 나쁘든 요정을 믿지 않아야 할 이유가 뭐요? 성서에서도 악한 정령들이 나오지 않소? 성서를 믿는다면 당연히 요정도 믿어야지."

나는 페테르가 자신이 알고 있는 산속 괴물이나 훌드라, 요정들에 관해 이야기해주길 간절히 바라고 있었다. 그래서 성서에 대한 그의 의견에 토를 달지 않고, 이렇게 말했다. "그렇다면 우리에게 당신이 직접 본 것들을 이야기해주세요."

"그럽시다!" 페테르가 말했다.

"8월이었다오. 나는 양옆에 덤불이 있는 길가의 둔덕에 앉아 있었소.

길 아래쪽으로 관목과 야생화로 뒤덮인 골짜기가 건너다보였소. 나는 새들의 주의를 끌어볼 요량으로 새소리를 흉내 냈다오. 그때 나는 관목들이 우거진 덤불 안에서 회색 암탉이 우는 소리를 들었소. 나는 새를 부르며 생각했지. '내 눈에 띄기만 하면 네가 꼬르르 꼬꼬댁 하고 우는 것도 마지막일 거다.' 그런데 갑자기 내 뒤에서 길을 따라 뭔가 바스락거리며 다가오는 소리가 들려왔소. 돌아보니 나이가 아주 많아 보이는 남자 하나가 있었소. 진짜 이상한 모습을 한 녀석이었소. 무엇보다 가장 이상한 것은, 내 눈에는 분명히 그의 다리가 세 개로 보였소. 세 번째 다리는 땅을 똑바로 딛고 있는 다른 두 다리 사이에 매달려 달랑거리고 있었소. 그는 그런 모습으로 걸어왔소. 걸어왔다고 했지만, 걷는다기보다는 미끄러지고 있는 듯한 움직임이었소. 그는 그렇게 지나갔고, 나는 협곡의 아주 어두운 골짜기들 가운데 하나로 그가 사라지는 것을 보았소. 그게 요정이 아니라면 뭐겠소?"

"늙은 떠돌이 거지가 지팡이에 의지해서 언덕을 내려가는 것이었을 수도 있지요." 나는 말했다. "이봐요, 페테르. 당신은 그것보다 더 흥미로운 이야기들을 알고 있을 텐데요. 당신이 직접 본 것이 아니라 남에게 들은 것이라도 이야기해줘요. 우리한테 '웅얼웅얼거위알' 이야기를 해줄 수는 없나요?" 이것은 알다시피 노르웨이의 대표적인 이야기이다. 나는 그런 이야기가 있다는 말만 들었지, 아직 한번도 직접 들어보지는 못했다.

"그래요! 그래." 아네르스가 말했다. "내 생각에 페테르는 그 이야기를 알고 있을 거예요."

"물론이지!" 페테르가 말했다. "그것은 아주 괴상한 이야기이지. 자, 시작하겠소. 이 이야기는……."

***

　옛날 옛적에 다섯 아낙이 밭에서 함께 작물을 거둬들이고 있었습니다. 그녀들은 모두 아이가 없었으므로 하나같이 아이가 생기기를 바라고 있었습니다. 갑자기 그들의 눈에 이상하리만치 커다란 거위알이 발견되었습니다. 거의 사람 머리만큼 컸습니다.

　"내가 먼저 봤어" 그들 가운데 하나가 말했습니다.

　"나도 너하고 거의 동시에 봤어." 다른 아낙이 소리를 질렀습니다.

　"하늘이시여, 보살펴 주소서. 내가 그것을 가져야 해."세 번째 아낙이 선언했습니다. "내가 그것을 가장 먼저 보았어."

　그들은 그렇게 모여서 알을 놓고 옥신각신하면서 서로의 머리채를 쥐어뜯었습니다. 그러다 마침내 그들은 다섯이 함께 그 알을 소유하기로 뜻을 모았습니다. 그들은 돌아가면서 거위처럼 알 위에 앉아서 부화시키기로 했습니다. 첫 번째 아낙이 8일 동안 알 위에 앉아 있었습니다. 그러나 계속 앉아 있어도 아무것도 나오지 않았습니다. 그 동안 다른 아낙들은 그들 자신과 알을 품고 있는 아낙을 위한 음식을 마련하기

Otto Sinding

위해 애써야 했습니다. 마침내 그들 가운데 하나가 그녀에게 불만을 쏟아내기 시작했습니다.

"글쎄." 앉아 있던 아낙이 말했습니다. "그렇게 소리를 지르기 전에 네가 직접 이 알을 부화시켜보지그래. 너도 못할걸. 하지만 내 생각에 이 알에는 분명 뭔가가 있어. 누군가 이렇게 중얼거리는 것을 들은 것 같아. '청어랑 〔곡물가루에 더운 물이나 우유를 탄 묽은 음식인〕 벨링(velling), 귀리죽과 우유' 어쨌든 이제는 네가 이리로 와서 똑같이 8일 동안 앉아 있어. 돌아가면서 하자. 우리는 너를 위해 음식을 마련할게."

그렇게 다섯이 모두 8일씩 돌아가면서 알 위에 앉아 있었고, 그들은 분명히 새끼가 알 안에서 이렇게 소리치는 것을 들었습니다. '청어랑 벨링, 귀리죽과 우유.' 그래서 한 아낙이 알 안에 구멍을 뚫어보았습니다. 그런데 그 안에는 거위가 아니라 사내아이가 하나 있었습니다. 몹시 못생긴 그 아이는, 머리는 아주 커다랗고 몸은 작았습니다. 그 아이는 알을 깨뜨리고 나오자마자 "청어랑 벨링, 귀리죽과 우유"라고 고함을 질러댔습니다. 그래서 그들은 그 아이를 '웅얼웅얼거위알(Mumle Gåsegg)'이라고 부르기로 했습니다.

비록 못생기기는 했지만 마침내 아이를 가지게 되었으므로, 그들은 마냥 기쁘기만 했습니다. 그러나 얼마 지나지 않아 너무나 식욕이 왕성한 웅얼웅얼거위알은 그들의 집에 있던 음식을 모조리 먹어치웠습니다. 수프와 귀리죽을 여섯이 모두 먹기에 넉넉할 만큼 주전자와 솥단지에 한가득 끓여도, 그것을 모두 자기 목구멍 안으로 밀어 넣었습니다. 아낙들은 더 이상 그를 감당할 수 없었습니다.

"나는 이 바꿔친 아이(Bytting)*가 알 껍질에서 나온 뒤부터 단 한 번도 배불리 식사를 해본 적이 없어." 한 아낙이 말했습니다. 웅얼웅얼거위알은 나머지 아낙들도 모두 같은 마음이라는 것을 알고는 자신이 기꺼이 떠나겠다고 했습니다. 그들이 그를 보살피지 않는다면, 그도 그들을 보살필 필요가 없으니 말입니다.

그는 농장을 떠나 성큼성큼 길을 나섰습니다. 한참 길을 걷던 그는 바위가 많은 곳에 있는 어느 농부의 집에 도착해 일자리를 달라고 부탁했습니다. 때마침 그들에게는 일꾼이 필요했습니다. 그래서 농부는 그에게 밭에 있는 돌을 주우라고 시켰습니다. "네!" 웅얼웅얼거위알은 들판에 있는 돌을 주워 모았습니다. 그가 모은 돌은 말이 여러 번 옮겨야 할 정도로 많은 양이었습니다. 그러나 그는 큰 돌, 작은 돌 가리지 않고 주머니에 모두 쑤셔 넣었습니다. 얼마 지나지 않아 일을 모두 마친 웅얼웅얼거위알은 다음에는 무엇을 할지 알려 달라고 했습니다.

---

* 요정이나 트롤이 인간 아이를 훔쳐가고 그 대신 자기의 못생긴 아이를 두고 간다는 옛날이야기에서 나온 말이다. 중세 문학에서도 흔히 사용된 소재였다.

"당신이 말한 대로 밭에 있는 돌들을 다 주웠어요." 웅얼웅얼거위알이 말했습니다.

"시작도 않고 일을 끝낼 수는 없을 텐데." 농부는 믿지 않았습니다. 그러나 웅얼웅얼거위알이 주머니를 뒤집자 돌이 한 무더기 쏟아져 나왔습니다. 그래서 농부는 그가 일을 모두 끝냈으며, 자신이 힘센 일꾼을 얻게 되었다는 사실을 알게 되었습니다. 농부는 이리 와서 뭔가를 좀 먹는 게 좋겠다고 웅얼웅얼거위알에게 말했습니다. 웅얼웅얼거위알도 그게 좋겠다고 생각했습니다. 그는 주인과 안주인, 다른 하인들을 위해 마련된 음식을 혼자서 모조리 먹어치웠습니다. 그러나 그러고도 배가 반도 차지 않았습니다.

"이 놈이 다른 일꾼의 한 배 반의 몫은 하지만 무서울 정도로 먹어댄단 말이야. 여기에 머무르게 할 수는 없겠군." 농부가 말했습니다. "일꾼 하나가 가난한 농부의 집안 음식을 모조리 먹어치우면 형편이 나아질 수 없는 법이지."

농부는 웅얼웅얼거위알에게 더 이상 일거리를 줄 수 없다며, 왕의 농장으로 가는 게 좋을 것이라고 말했습니다. 그래서 웅얼웅얼거위알은 성큼성큼 걸어서 왕한테 갔고, 그곳에서도 일자리를 바로 얻었습니다. 왕의 농장에는 일거리와 음식이 모두 넘쳐났습니다. 그는 임시로 고용되어 하녀들이 나무와 물을 나르는 것을 돕고, 그밖에 여러 잡일들을 하기로 했습니다. 웅얼웅얼거위알은 자신이 무엇을 먼저 해야 하냐고 물었습니다.

"먼저 장작을 되도록 잘게 쪼개줘."

"알았어요." 웅얼웅얼거위알은 나무를 부스러기가 되어 날릴 정도로 잘게 자르고 쪼갰습니다. 얼마 지나지 않아 그는 장작과 목재, 널빤지, 들보를 모두 잘랐습니다. 일을 마치고 돌아온 그는 이제는 무엇을 하면 되냐고 물었습니다.

"가서 나무를 쪼개." 사람들이 말했습니다.

"쪼갤 나무가 더는 남아 있지 않아요." 그가 대답했습니다.

"그럴 리 없어." 왕의 농장 관리인이 말했습니다. 그는 목재 저장소로 가 보았습니다. 하지만 웅얼웅얼거위알의 말은 사실이었습니다. 나무를 모두 쪼개 놓았던 것입니다. 심지어 그는 널빤지도 톱질하고 들보도 잘라 장작으로 만들어버렸습니다. 그것은 잘못된 일이었습니다. 농장 관리인은 웅얼웅얼거위알한테 가서 그가 장작으로 쪼갠 목재만큼 숲에서 나무를 새로 해올 때까지는 먹을 것을 주지 않겠다고 말했습니다.

웅얼웅얼거위알은 대장간으로 가서 대장장이에게 무게가 〔약 270kg 인〕 15보그나 되는 쇠도끼를 만들어 달라고 했습니다. 그리고 그 도끼를 가지고 숲으로 가서 나무를 찍어 넘어뜨리기 시작했습니다. 그는 돛대로 쓰기에 알맞아 보이는 커다란 가문비나무와 전나무를 넘어뜨렸습니다. 그는 왕의 땅은 물론이고 이웃나라 땅의 모든 나무들까지 모두 베었습니다. 그는 나무를 베고 넘기기를 멈추지 않았습니다. 열매가 땅으로 떨어지듯이 많은 나무들이 쓰러졌습니다. 그는 썰매에 나무를 아주 많이 싣고 말들에게 끌게 했습니다. 그러나 썰매는 꿈쩍도 하지 않았습니다. 웅얼웅얼거위알이 말들의 머리를 잡아당겼으나 썰매는 움직이지 않고 말의 머리만 뽑혔습니다. 그러자 그는 말들을 내팽개치고는 자기가 몸소 썰매를 끌었습니다.

숲 관리인은 웅얼웅얼거위알이 한 일을 모두 지켜보았습니다. 그래서 그가 왕의 농장으로 내려오자 왕과 숲 관리인은 회랑에 서서 숲을 너무 황폐하게 만들었다고 그를 꾸짖으려 했습니다. 그러나 그가 숲의 절반 가량을 목재로 만들어 싣고 오자 왕은 화가 나면서도 두려웠습니다. 왕은 녀석이 매우 힘이 세니 조심해야겠다고 생각했습니다.

"분명히 일꾼이라고 부를 만하구나." 왕이 말했습니다. "지금 몹시 배가 고프겠지. 그런데 자네는 한번에 얼마나 먹을 수 있나."

"든든하게 먹으려면 귀리죽 12솥은 필요하죠." 웅얼웅얼거위알이 말했습니다. "그러나 잔뜩 먹으려면 시간이 좀 걸리죠."

귀리죽을 끓이는 데는 시간이 필요했습니다. 그 동안 웅얼웅얼거위알은 요리사를 위해 나무를 조금 가져오기로 했습니다. 그는 썰매에 실려 있던 나무를 모두 내려놓았습니다. 그러나 출입구를 지날 때 어려움을 겪었습니다. 집이 흔들리는 바람에 들보가 모조리 부러졌기 때문입니다. 하마터면 농장 건물 전체를 잇달아 쓰러뜨릴 뻔했습니다.

저녁때가 되자 사람들은 밭에 나간 이들을 불러오라고 웅얼웅얼거위알을 보냈습니다. 그가 하도 소리를 크게 지르는 바람에 바위와 언덕까지 들썩였습니다. 그러나 밭에 있던 사람들은 빨리 오지 않았습니다. 그들과 사이가 틀어진 웅얼웅얼거위알은 그 자리에서 12명이나 죽여 버렸습니다.

"너는 사람을 12명이나 죽였어." 왕이 말했습니다. "그리고 12배의 12배나 먹지. 나는 도대체 네가 얼마나 많이 일하는지 알고 싶은데."

"일도 12배의 12배나 하죠." 웅얼웅얼거위알이 말했습니다.

저녁을 먹은 웅얼웅얼거위알은 곡식을 떨기 위해 헛간으로 갔습니다. 그는 도리깨로 쓰기 위해 〔지붕 꼭대기의 가로 골조인〕 마룻대를 떼어냈습니다. 그리고 그 바람에 지붕이 거의 내려앉자 가지가 그대로 붙어 있는 커다란 가문비나무를 가져다가 마룻대 자리에 놓았습니다. 그러고는 도리깨로 바닥과 밀짚, 건초를 모조리 두들겼습니다. 어찌나 세게 두들겼는지 곡물과 겨, 〔껍질에 붙어 있던〕 까르라기가 온통 날아다니고 농장 전체가 자욱한 먼지로 뒤덮였습니다.

웅얼웅얼거위알이 도리깨질을 거의 다 마쳤을 때 나라에 적들이 쳐들어와 전쟁이 일어났습니다. 왕은 그에게 사람들을 데리고 가서 쳐들어온 적들과 싸우라고 했습니다. 적들이 그를 없앨 수 있을 것이라 생각했기 때문입니다.

"안 돼요! 사람들을 데리고 가면 모두 죽을 거예요. 혼자서 싸우겠어요." 웅얼웅얼거위알이 말했습니다. '그렇게만 해준다면 네 놈을 더 빨리 없앨 수 있겠군.' 왕은 혼자서 중얼거렸습니다.

웅얼웅얼거위알은 강력한 몽둥이를 하나 원했습니다. 사람들은 대장장이에게 무게가 〔약 90kg인〕 5보그나 되는 쇠몽둥이를 만들게 했습니다. "그걸로는 호두나 깨먹는 게 좋겠어." 웅얼웅얼거위알이 말했습니다. 그러자 사람들은 대장장이에게 〔약 270kg인〕 15보그짜리 쇠몽둥이를 만들게 했습니다. "그걸로는 못이나 박는 게 좋겠어." 웅얼웅얼거위알이 말했습니다. 그렇지만 대장장이는 일꾼을 모조리 동원해도 그것보다 큰 몽둥이는 만들 수 없었습니다. 그래서 웅얼웅얼거위알이 직접 대장간으로 가서 무게가 〔약 2,4톤인〕 15십푼이나 되는 쇠몽둥이를 만들었습니다. 모루에서 그것을 뒤집는 데에만 사람이 100명이나 달려들어야 할 정도였습니다.

"이제야 쓸 만하군." 웅얼웅얼거위알이 말했습니다. 그러고는 보따리에 음식을 가득 챙겼는데, 그 보따리는 소 15마리의 가죽으로 만든 것이었습니다.

웅얼웅얼거위알은 등에 보따리를 두르고, 어깨에는 몽둥이를 얹고서 터벅터벅 걸어 언덕을 내려왔습니다. 그는 그렇게 한참을 걸어갔고, 적들이 그를 발견했습니다. 그들은 사람을 보내 웅얼웅얼거위알이 자신들과 싸우려 하는 것인지 물었습니다.

"잠깐만, 저녁 좀 먹고." 웅얼웅얼거위알이 대답했습니다. 그는 길에 널브러져서 커다란 보따리에 들어 있는 음식을 먹기 시작했습니다. 그러나 적들은 기다려주지 않고 곧바로 그를 공격했습니다. 총알이 비처럼 쏟아져 내렸습니다.

"이런 베리열매 같은 것 따윈 간지러울 뿐이지." 웅얼웅얼거위알은 이렇게 말하고는 전보다 더 열심히 음식을 먹어댔습니다. 그에게는 납도 쇠도 닿지 않았습니다. 그의 앞에 놓인 보따리가 마치 벽처럼 총알을 모두 막아주었습니다.

적들은 그에게 폭탄을 던지고 대포도 쏘았습니다. 그는 그것들에 맞을 때마다 활짝 웃었습니다. "이런! 이런! 소용없어." 그는 말했습니다.

그러나 바로 그때 폭탄 하나가 그의 목구멍 안으로 쏙 들어갔습니다. "에잇!" 그는 그것을 뱉어냈습니다. 그때 사슬폭탄 하나가 날아와서 그의 버터상자로 떨어졌습니다. 그리고 다른 사슬폭탄이 음식을 집은 그의 손가락 사이로 날아들었습니다. 그러자 그는 화가 나서 자리에서 일어났습니다. 그는 손에 쥔 몽둥이로 땅을 세게 내리치고는, 그런 장난감 같은 콩알총으로 베리열매 같은 것을 쏴서 그의 입에 들어갈 빵을 낚아채려 하는 것이냐고 물었습니다. 그러고 나서 그가 몇 번 두드리자 바위와 언덕들이 흔들거렸고, 적들은 왕겨처럼 공중으로 날아올랐습니다. 그렇게 전쟁은 끝이 났습니다.

웅얼웅얼거위알이 다시 농장으로 돌아와서 다른 일거리가 필요하다고 하자, 이번 기회에 그를 없앨 수 있을 것이라 기대했던 왕은 낙담했습니다. 왕은 그를 없앨 방법은 지옥으로 보내는 것 말고는 없다고 보았습니다.

"나를 위해 악마한테 가서 땅에 대한 세금을 받아와라."

웅얼웅얼거위알은 등에 보따리를 두르고 어깨에 몽둥이를 얹고 농장을 출발했습니다. 길을 나선 지 얼마 지나지 않아 그는 악마의 집에 도착했습니다. 때마침 악마는 〔기독교 입문자에게 기본 교리를 가르치는〕 교리교육(overhøring)을 하러 외출한 상태였습니다. 그래서 집에는 악마의 마누라만 있었습니다. 그녀는 자신이 태어나서 지금까지 세금에 대해서는 전혀 들어본 적이 없다며, 다음에 다시 오라고 했습니다.

"뭐라고! 내일 다시 오라고!" 웅얼웅얼거위알이 말했습니다. "허튼소리 마쇼. 내일은 결코 오지 않을 테니." 그는 이렇게 말하고는 그곳에서 버텼습니다. 그는 세금을 받아가야 했고, 기다릴 시간은 충분히 많았습니다.

웅얼웅얼거위알은 자신이 싸온 음식을 먹으며 꽤 오랜 시간을 있었습니다. 그런 뒤에 그는 다시 악마의 늙은 마누라한테 가서 세금을 달라고 했습니다. 어쩔 수 없이 줄 수밖에 없는 상황이 되자 그녀는 이렇게 말했습니다.

"안 돼. 그럴 수 없어. 오래된 전나무가 지옥의 문 앞을 저렇게 굳건히 가로막고 서 있거든. 저 나무는 너무 커서 15명이 힘을 모아야 간신히 치울 수 있어."

그러자 웅얼웅얼거위알은 전나무 꼭대기로 올라가서 마치 고리버들인 양 그것을 비틀어 비켜 놓았습니다. 그런 뒤에 그는 악마의 마누라에게 이제 세금을 낼 준비가 다 되었는지 물었습니다.

"알았다." 별다른 수가 없었습니다. 그녀는 웅얼웅얼거위알이 보따리로 나를 수 있다고 생각하는 만큼 많은 동전을 주었고, 웅얼웅얼거위알은 세금을 받아들고 집을 나섰습니다.

그가 떠나자마자 악마가 집으로 돌아왔습니다. 악마는 웅얼웅얼거위알이 돈 보따리를 들고 자신의 집에서 성큼성큼 걸어 나갔다는 이야기를 듣고는 먼저 마누라를 두들겨 패고는 서둘러 웅얼웅얼거위알을 뒤쫓았습니다. 악마는 곧 웅얼웅얼거위알을 따라잡았습니다. 그는 날개를 이용해 번개처럼 재빨리 쫓아왔고, 웅얼웅얼거위알은 보따리 무게 때문에 땅 위를 걸어갈 수밖에 없었기 때문입니다.

악마가 뒤를 바짝 쫓아오자 웅얼웅얼거위알은 자신이 낼 수 있는 가장 빠른 속도로 뛰기 시작했습니다. 그리고 악마가 가까이 다가오지 못하게 몽둥이를 뒤로 휘둘렀습니다. 그들은 그렇게 옥신각신하면서 계속 나아갔습니다. 웅얼웅얼거위알은 몽둥이의 자루를 쥐고, 악마는 몽둥이의 머리를 발톱으로 마주 움켜쥔 상태로 깊은 골짜기에 이르렀습니다. 웅얼웅얼거위알은 이쪽 언덕꼭대기에서 저쪽 언덕꼭대기로 건너뛰었습니다. 악마는 열심히 쫓아가다가 그만 몽둥이에 발이 걸리는 바람에 골짜기 아래로 떨어졌습니다. 그리고 다리가 부러져 그 자리에 쓰러졌습니다.

"여기 세금을 받아왔어요." 왕의 농장에 도착하자 웅얼웅얼거위알이 말했습니다. 그는 보따리에 가득 담아 온 돈을 왕 앞에 모두 쏟았습니다. 그러는 바람에 회랑 전체가 삐걱거리며 금이 갔습니다.

왕은 짐짓 그에게 고마워하는 척을 하며 보상을 두둑하게 해주겠다고 약속했습니다. 그가 원하면 집에 가지고 갈 금고도 주겠다고 했습니다. 그러나 웅얼웅얼거위알이 원한 것은 다른 일거리였습니다.

"이제 뭐를 할까요?" 그가 물었습니다. 글쎄. 왕은 곰곰이 생각하다가 산에 있는 트롤에게 가라고 말했습니다. 자기 할아버지의 칼을 트롤이 훔쳐가서 호수 옆에 있는 집에 가져다놓았는데, 아무도 감히 그곳으로 가려 하지 않는다면서 말입니다.

그래서 웅얼웅얼거위알은 자기의 커다란 보따리에 음식을 한가득 챙겨 넣고 다시 길을 떠났습니다. 그는 숲과 골짜기, 황야를 지나 아주 길고 오래 여행을 했습니다. 그리고 마침내 왕의 할아버지에게서 칼을 빼앗아 간 트롤이 산다는 어떤 높은 산에 도착했습니다. 그러나 트롤은 모습을 드러내지 않았습니다. 산이 꼭 닫혀 있는 바람에 웅얼웅얼거위알은 그 안으로 들어갈 수 없었습니다.

그래서 웅얼웅얼거위알은 돌 캐는 사람들과 친구가 되었습니다. 그들은 산 가까운 곳의 농장에 살면서 산에서 캐낸 돌을 모으는 사람들이었습니다. 웅얼웅얼거위알이 언덕을 세게 치고 때리자 바위가 부서지고 집채만 한 큰 돌들이 굴러 떨어졌습니다. 그런 식의 도움은 일찍이 없던 것이었습니다.

정오가 되자 웅얼웅얼거위알은 쉬면서 보따리의 음식을 꺼내 깨끗이 먹어 치웠습니다. "나야말로 아주 훌륭한 먹보이지." 웅얼웅얼거위알이 말했습니다. "나처럼 날카로운 이빨로 뼈까지 모조리 먹어 치울 수 있는 이는 없을걸."

첫 날이 지나갔고, 다음 날도 별다른 일이 없었습니다. 셋째 날 웅얼웅얼거위알은 다시 채석장으로 가서 세 번째 식사를 했습니다. 그리고 나서 드러누워 거짓으로 자는 척을 했습니다. 바로 그 순간 머리가 일곱인 트롤이 나타났습니다. 그는 웅얼웅얼거위알의 음식을 우적우적 먹어치우기 시작했습니다.

"식사가 차려져 있으니 내가 먹어야겠군." 트롤이 말했습니다.

"그러려면 나와 결투를 벌어야 할 거다." 웅얼웅얼거위알이 이렇게 말하며 몽둥이를 휘둘러 머리 일곱 달린 트롤을 죽였습니다. 그런 뒤 그는 트롤이 나온 산으로 들어갔습니다. 거기에는 말 한 마리가 귀리가 담긴 통에 뒷발을 넣은 채 불붙은 석탄을 먹으면서 서 있었습니다.

"왜 통에 든 귀리를 먹지 않니?" 웅얼웅얼거위알이 물었습니다.

"나는 몸을 돌릴 수 없거든." 말이 대답했습니다.

"내가 돌려줄게." 웅얼웅얼거위알이 말했습니다.

"차라리 내 머리를 잘라줘." 말이 말했습니다.

웅얼웅얼거위알이 말의 머리를 자르자, 말은 잘생긴 남자로 변했습니다. 그는 자신이 트롤에게 붙잡혀 산으로 끌려와 말로 변했다고 했습니다. 그리고 칼을 찾는 일을 돕겠다며, 트롤이 칼을 그의 늙은 마누라가 코를 골면서 자는 침대 밑에 숨겨 놓았다고 알려주었습니다.

칼을 찾은 그들은 물길을 이용해 집으로 돌아가기로 했습니다. 그들이 막 떠났을 때 늙은 트롤마녀(Trollkjerringa)가 뒤를 쫓아왔습니다. 그녀는 그들을 잡으려고 호수의 물을 모두 들이마시려 했습니다. 늙은 트롤마녀는 호수의 바닥이 보일 때까지 물을 마시고 또 마셨습니다. 그러나 제아무리 그녀라 해도 바닷물까지 마셔서 바닥이 드러나게 할 수는 없

트롤(Troll)
깊은 계곡이나 동굴에
산다고 전해지는 키가
크고 힘이 센 괴물.

었습니다. 마침내 트롤마녀는 뻥 터져버렸습니다.

바닷가에 도착하자 웅얼웅얼거위알은 왕한테 연락해서 칼을 가져 가라고 했습니다. 왕은 말 네 마리를 보냈습니다. 그런데 이런! 말들은 조금도 앞으로 나아가지 못했습니다. 왕은 이번에는 말을 여덟 마리 보냈고, 그 다음에는 다시 열두 마리를 보냈습니다. 그런데도 칼은 그 자리에서 꿈쩍도 하지 않았습니다. 그러자 웅얼웅얼거위알이 혼자서 그 칼을 들어서 가져다주었습니다.

웅얼웅얼거위알을 다시 보게 된 왕은 자기 눈을 믿을 수 없었습니다. 그러나 그는 짐짓 좋은 얼굴을 하고, 그에게 금과 푸른 숲을 주겠다고 약속했습니다. 그리고 웅얼웅얼거위알이 다른 일거리를 원하자, 왕은 자신의 소유인 귀신들린 집으로 가라고 했습니다. 왕은 누구도 감히 가려 하지 않는 그 집으로 가서, 자신이 해협에 사람들이 건널 수 있도록 다리를 세울 때까지 그곳에서 자라고 말했습니다. 왕은 만약 그가 그 일을 잘 해내면 두둑하게 보상을 할 뿐 아니라, 자기 딸도 기꺼이 그에게 주겠다고 했습니다.

"좋아요! 좋아요! 나는 그 일을 잘 해낼 거예요." 웅얼웅얼거위알이 말했습니다.

그때까지 살아서 그 집을 떠난 사람은 없었습니다. 그곳에 간 사람은 모두 죽임을 당하거나 갈기갈기 찢겼습니다. 왕은 웅얼웅얼거위알을 그곳으로 보내면 다시는 그를 볼 일이 없을 거라고 생각했습니다.

웅얼웅얼거위알은 길을 떠났습니다. 그는 왕의 농장에서 음식 보따리와 아주 질기고 뒤틀린 전나무 밑동, 도끼, 쐐기, 성냥 몇 개를 챙겼고, 왕의 집에 있던 작은 고아 소년도 데려갔습니다.

그들이 해협에 도착했을 때 얼음 덩어리로 가득한 물이 마치 군대처럼 사납게 흘러가고 있었습니다. 그러나 웅얼웅얼거위알은 두 발로 버티며 걸어서 물을 건넜습니다.

집에 도착한 그는 불을 지펴 몸을 따뜻하게 했습니다. 그리고 먹을 것을 조금 먹고 잠자리에 들었습니다. 그러나 얼마 지나지 않아 어떤 소리가 들려왔습니다. 마치 집 전체가 뒤죽박죽 도는 것 같았습니다. 문이 벽 뒤로 날아가자 큰 입이 문지방부터 문 위쪽을 가로지르는 나무까지 덮고 있는 모습이 보였습니다.

"어이, 잠깐만. 이것을 먹어봐!" 웅얼웅얼거위알이 크게 벌리고 있는 입으로 고아 소년을 던져 넣으며 말했습니다.

"자, 네가 누군지 모습을 보여줘. 어쩌면 우린 오랜 친구일지 몰라."

그렇게 해서 모습을 드러낸 것은 악마였습니다. 그리고 나서 그들은 카드놀이를 했습니다. 악마는 카드놀이에서 이겨 웅얼웅얼거위알이 왕의 명령으로 자신의 마누라에게 뜯어낸 세금을 도로 찾아올 심산이

었습니다. 그러나 누가 패를 돌리든 승리는 웅얼웅얼거위알에게 돌아
갔습니다. 그가 모든 〔왕, 여왕, 잭 등 인물이 그려진〕 그림카드 위에 십자가
를 올려놓았기 때문입니다. 웅얼웅얼거위알이 돈을 모두 땄고, 악마는
집에 있던 금과 은의 일부도 그에게 주어야 했습니다.

한창 열을 올리고 있을 때 불이 꺼졌습니다. 그래서 그들은 서로의
카드를 볼 수 없었습니다.

"이제부터는 나무 자르기를 하자." 웅얼웅얼거위알이 말했습니다.
그는 가져온 전나무 밑동에 도끼를 박아 넣은 뒤에 그 안에 쐐기를 밀
어 넣었습니다. 그러나 옹이가 많은 뿌리는 아주 질겼고, 수없이 도끼
를 비틀고 돌려도 단번에 쪼개지지 않았습니다.

"사람들이 말하기를 네가 매우 힘이 세다고 하던데." 웅얼웅얼거위
알이 악마에게 말했습니다. "한번 손바닥에 침을 뱉은 뒤에 손을 넣어
서 손톱으로 쪼개봐. 네가 어떤 놈인지 내게 가르쳐 줘."

악마는 그렇게 했습니다. 그는 두 손을 갈라진 틈 안에 집어넣고는

R. Calmander

나무를 쪼개려고 온 힘을 다해 끙끙거렸습니다. 그때 웅얼웅얼거위알이 쐐기를 뽑아버리면서 악마는 덫에 걸리고 말았습니다.

웅얼웅얼거위알은 도끼를 챙겨들고 돌아가려 했습니다. 악마는 풀어 달라고 애원하면서 아주 간절하게 매달렸습니다. 그러나 웅얼웅얼거위알은 귓등으로도 듣지 않았습니다. 악마는 다시는 돌아와서 소란을 피우기 않겠다고 맹세하면서 해협을 건너는 다리까지 세워주겠다고 약속했습니다. 그렇게 하면 얼음이 얼지 않아도 다리가 있기 때문에 사람들이 일 년 내내 해협을 건널 수 있었습니다.

"이거 참으로 공평하지 못한 거래로군." 악마가 말했습니다. 그러나 벗어나려면 어쩔 수 없었습니다. 그는 약속했습니다. 그 대신 악마는 다리를 처음 건너는 사람은 자신이 가지겠다고 했습니다. 통행료로 말입니다.

"그렇게 하도록 해." 웅얼웅얼거위알이 말했습니다. 풀려난 악마는 자기 집으로 돌아갔습니다. 웅얼웅얼거위알은 잠자리에 들어 다음날까지 계속 잤습니다.

왕은 웅얼웅얼거위알이 산산조각 나거나 갈기갈기 찢겼을 것으로 기대하며 찾아왔습니다. 왕은 웅얼웅얼거위알의 침대에 도달하기 위해 돈더미를 헤치며 나아가야 했습니다. 침대는 벽만큼 높게 쌓인 돈더미와 자루들 사이에 있었는데, 그곳에서 웅얼웅얼거위알이 코를 골며 자고 있었습니다. "신이시여, 저와 제 딸을 도와주소서." 웅얼웅얼거위알이 살아서 부자가 된 것을 보고 왕이 말했습니다.

그렇게, 모든 것이 다 좋게 잘 되었습니다. 아무도 그것을 부정할 수 없었습니다. 그러나 결혼식은 다리가 준비될 때까지 미뤄졌습니다.

어느 날 다리가 완성되었고 악마는 약속한 통행료를 받기 위해 그곳에 서 있었습니다. 그러자 웅얼웅얼거위알은 왕에게 함께 다리를 건너자고 했습니다. 그러나 왕은 그렇게 하지 않으려 했습니다. 그래서 웅얼웅얼거위알은 직접 말을 타고 안장머리에 왕의 농장에서 데려온 우유 짜는 뚱뚱한 여자를 올려놓았습니다. 그녀는 마치 커다란 전나무 밑동과 꼭 같았습니다.

웅얼웅얼거위알이 다리 위에 올라섰습니다. 그러자 그의 발밑에서 천둥처럼 큰 소리가 났습니다.

"통행료는 어디에 있냐? 데려온 인간은 어디에 있냐?" 악마가 날카로운 소리를 질러댔습니다.

"이 그루터기 안에 앉아 있어. 원하면 손바닥에 침을 뱉고 벌려서 데리고 가." 웅얼웅얼거위알이 말했습니다.

"싫어, 싫어! 사양하겠어." 악마가 말했습니다. "그녀가 날 잡지 않는다면 나도 그녀를 잡지 않겠어. 전에 네가 나를 붙잡았지. 네가 나를 다시 함정에 빠뜨리게 하지 않겠어." 그렇게 말하고 악마는 곧장 자신의 늙은 마누라가 있는 집으로 돌아갔습니다. 그날 이후 그 근방에서 악마를 보았다거나 그에 대해 들었다는 사람은 아무도 없었습니다.

웅얼웅얼거위알은 왕의 농장으로 돌아왔습니다. 그는 왕에게 약속한 보상을 해 달라고 했습니다. 왕이 뭉그적거리며 약속을 지키려 하지 않자, 웅얼웅얼거위알은 음식 보따리를 싸주면 자신이 직접 나가서 찾아보겠다고 했습니다. 왕은 그렇게 하라고 했습니다.

모든 준비가 끝나자 웅얼웅얼거위알은 문 앞으로 왕을 데리고 왔습니다. 그리고 왕을 세게 던져 하늘로 날려버렸습니다. 그는 왕이 싸준 음식 보따리도 하늘로 날려버렸습니다. 만약 왕이 다시 땅으로 내려오지 않았다면, 왕은 여전히 하늘과 땅 사이 어딘가에서 그 보따리와 함께 매달려 있을 것입니다. 이날 이때까지 말입니다.

07

구석에 앉아 있는 어르신

웅얼웅얼거위알 이야기가 끝나자 우리는 모두 배를 그러안고 쓰러질 정도로 웃어댔다. 그래서 페테르는 기분이 꽤 좋아졌다. 우리가 늙은 요정을 보았다는 그의 이야기를 믿지 않았기 때문에 기분이 조금 상했었기 때문이다. 하지만 우리의 박수갈채에 그의 불편했던 마음은 금세 누그러졌다.

"여러분이 내 이야기를 마음에 들어 하니" 그가 말했다. "이야기 세 개를 잇달아 더 들려주겠소. 그 다음에는 아네르스 자네한테 이야기를 부탁하지. 첫 번째 이야기는 '구석에 앉아 있는 어르신'*이라는 것인데, 이 이야기는 수다쟁이 아낙들은 함정에 빠진 순간에도 결코 말을 멈추지 않는다는 사실을 보여준다오. 나는 구덩이를 이용해 곰 밤세와 늑대 회색다리, 여우 미켈을 셀 수 없이 많이 잡았소. 그러나 이제껏 늙은 여자가 덫에 걸린 적은 없다오. 나는 결코 그런 일이 일어나기를 바라지

---

* '어르신(far)'은 곰을 가리키는 말이다. 유럽에서 곰은 '할아버지', '조상님', '숲의 노인', '털북숭이 노인', '겨울잠 자는 이', '경쾌하게 걷는 자', '모든 것을 듣는 자' 등으로 불렸다.

않소. 그것은 돼지 털을 깎는 것처럼 시끄러운 괴성만 있고, 얻는 것은 없는 일일 테니 말이오. 이 이야기는 바로 그 같은 사실을 알려준다오.”

* * *

옛날 옛적에 깊고 깊은 숲속에 한 남자가 살고 있었습니다. 그는 염소와 양을 아주 많이 가지고 있었으나, 늑대 회색다리 때문에 그것들을 제대로 지킬 수가 없었습니다. 그래서 그가 말했습니다. “덫을 놓아 회색다리를 잡아야겠어.”

남자는 구덩이를 파기 시작했습니다. 구덩이를 충분히 깊게 판 뒤에 구덩이 한가운데에 막대기를 세웠습니다. 그리고 막대기 끝에 판자를 얹고, 그 위에 작은 개를 올려놓았습니다. 그런 다음에 구덩이 위를 크고 작은 나뭇가지들과 나뭇잎, 잡풀더미로 덮고, 그 위에 다시 눈을 뿌려놓았습니다. 이제 회색다리는 그 아래에 구덩이가 있다고는 전혀 눈치채지 못할 것입니다.

밤이 되자 구덩이 위에 앉아 있던 작은 개는 지쳤습니다. “월월, 왈왈.” 개가 달을 보고 짖었습니다. 그러자 여우가 몸을 구부정하게 수그린 채 살금살금 다가왔습니다. 여우는 사냥을 할 좋은 기회라고 생각해 개를 향해 몸을 날렸다가 그만 구덩이 안으로 곤두박질쳤습니다.

밤이 더 깊어지자 작은 개는 더 지치고 배도 고파졌습니다. 그래서 캥캥대며 큰 소리로 짖기 시작했습니다. “월월, 왈왈” 개는 크게 짖었습니다. 그러자 회색다리가 빠른 걸음으로 다가왔습니다. 늑대는 기름진 고기를 먹을 생각으로 개를 향해 달려들었다가 그만 구덩이 안으로 곤두박질쳤습니다.

새벽이 되어 동이 터 오자 눈이 내리고 북풍이 불어왔습니다. 날씨가 너무 추워 개는 얼어붙은 것처럼 덜덜 떨며 서 있었습니다. 개는 너무 지치고 배가 고팠습니다. "월월, 왈왈, 월월, 왈왈." 개는 소리치고 짖고 아우성치면서 울어댔습니다. 그러자 곰이 쿵쿵거리며 걸어왔습니다. 곰은 그 작은 개를 아침식사로 한입에 먹어치워야겠다고 생각했습니다. 아침식사에 대해 생각하고 또 생각하면서 크고 작은 가지 사이로 걸어가던 곰은 그만 쿵 하고 구덩이 안으로 굴러떨어졌습니다.

시간이 지나 날이 밝자 이번에는 늙은 거렁뱅이 아낙이 다가왔습니다. 그녀는 등에 동냥자루를 메고 이 농장에서 저 농장으로 뒤뚝뒤뚝 걸어가고 있었습니다. 아낙은 서서 울부짖고 있는 작은 개를 보고는 가까이 다가갔고, 밤사이에 동물들이 구덩이에 빠졌다는 사실을 알았습니다. 그녀는 궁금한 마음에 무릎으로 살살 기어가 구덩이 아래를 들여다보았습니다.

"미켈, 마침내 구덩이에 빠졌구나?" 그녀가 처음 눈에 띈 여우한테 말했습니다. "닭장 도둑인 네놈한테 딱 어울리는 장소로구나. 이런 회색다리 너도 있었구나." 그녀가 늑대에게 말했습니다. "수없이 많은 염소와 양을 찢어발기던 네놈도 이제 괴로워하며 죽을 운명에 처했구나. 어머나! 밤세, 너도 한쪽에 앉아 있었구나. 네놈은 암말 가죽을 벗겼지? 이젠 네놈 껍질이 벗겨질 게다. 사람들이 네 가죽을 벗기고 머리뼈는 벽에 걸어놓을 거야." 늙은 아낙은 곰을 향해 몸을 수그리며 이렇게 새된 소리를 질러댔습니다. 그러나 그 순간 동냥자루가 그녀의 귀 뒤로 넘어갔습니다. 털썩! 노파는 균형을 잃고 구덩이 안으로 떨어졌습니다.

그래서 넷이 저마다 귀퉁이를 하나씩 차지하고 앉아서 서로를 노려보게 되었습니다. 한 귀퉁이에는 여우가, 다른 귀퉁이에는 회색다리가, 세 번째 귀퉁이에는 곰이, 네 번째 귀퉁이에는 늙은 아낙이 앉아 있었습니다. 날이 완전히 밝자 미켈은 요리조리 둘러보고 엿보면서 왔다 갔다 하기 시작했습니다. 여우가 생각하기에 잘만 하면 빠져나갈 수 있을 것 같았습니다. 그러자 늙은 아낙이 소리를 꽥 질렀습니다.

"왔다 갔다 하지 말고 가만히 있지 못하겠어? 이 빙빙 도는 도둑놈아! 성직자처럼 점잖게 구석에 앉아 있는 저 어르신을 봐라."

곰은 한 귀퉁이에 마치 근엄한 재판관처럼 잠자코 앉아 있었기 때문에 노파는 차라리 곰을 친구로 삼는 편이 낫겠다고 생각했습니다. 그런데 바로 그 순간 구덩이 주인인 남자가 왔습니다. 그는 늙은 아낙을 먼저 끌어올려 꺼내주고는 다른 동물들은 모두 죽였습니다. 한 귀퉁이에 있던 곰도, 다른 귀퉁이에 있던 늑대도, 또 다른 귀퉁이에서 빙빙 돌던 도둑놈 미켈도 모두 말입니다. 그는 횡재했다고 생각했습니다.

08

여우 미켈과 꼬끼오

"다음 이야기도" 페테르가 말했다. "숲의 이야기요. 흔치는 않지만 여우 미켈도 속아 넘어갈 때가 있다오. 아주 꾀가 많은 사람이라도 이따금 망할 때가 있듯이 말이오. 이것은 미켈에 관한 그런 이야기라오."

***

옛날 옛적에 수탉 한 마리가 거름더미 위에 서서 꼬끼오거리며 날개를 퍼덕이고 있었습니다. 그때 여우가 다가왔습니다.

"안녕." 미켈이 말했습니다. "울음소리가 아주 끝내주는군. 너 한 발로 서서 눈을 감고도 꼬끼오 하고 울 수 있니?"

"물론이지." 꼬끼오가 말했습니다. "할 수 있고말고." 그러고 나서 수탉은 한 발로 서서 울었습니다. 그러나 그는 한쪽 눈만 감았습니다. 울음을 그친 수탉은 마치 아주 큰일이라도 해낸 것처럼 날개를 퍼덕이며 자신에게 큰 박수를 쳤습니다.

"정말로 아주 멋져." 미켈이 말했습니다. "마치 교회에서 사제가 설교하고 있는 것처럼 멋진데그래. 그런데 너는 두 눈을 다 감고 한 다리로는 못 서니? 내 생각에 그렇게는 못하는 것 같은데.”

“할 수 있어!” 꼬끼오가 말했습니다. 그리고 한 발로 서서 두 눈을 모두 감고 소리를 내려 했습니다. 그러나 그가 꼬끼오 하고 울기도 전에 미켈은 꼬끼오의 목덜미를 낚아채서 어깨에 둘러메고는 숲을 향해 내달리기 시작했습니다. 미켈은 힘껏 다리를 재게 놀렸습니다.

늙은 가문비나무 아래에 다다르자 미켈은 꼬끼오를 땅에 내동댕이쳤습니다. 그리고 발로 그의 숨통을 누르고 한입 베어 물려고 했습니다!

“넌 이교도로군, 미켈!” 꼬끼오가 말했습니다. “훌륭한 기독교인이라면 식사하기 전에 기도를 올리며 축복을 빌게 마련인데 말이야.”

미켈은 결코 이교도가 되고 싶지 않았습니다. 그것은 당치도 않은 일이었습니다. 그래서 그는 수탉의 숨통을 누르며 붙잡고 있던 발을 살짝 들어 기도를 올렸습니다. 그 순간 꼬끼오는 퍼드덕 날아서 나무 위로 올라갔습니다.

“아무리 그래도 네놈이 내려오지 않고 끝까지 버티지는 못할 거다.”

미켈은 혼잣말을 했습니다. 미켈은 가서 나뭇조각 몇 개를 물고 돌아왔습니다. 나무꾼들이 남기고 간 조각들이었습니다. 꼬끼오는 그게 뭔지 힐끔거리며 엿보았습니다.

“거기 가져온 게 뭐야?” 수탉이 물었습니다.

“내가 가져온 이것들은 글자들이야.” 미켈이 말했습니다. “이 글자들을 읽도록 도와주겠어? 나는 글을 읽을 줄 몰라서 말이야.”

“기꺼이 그렇게 할게. 하지만 지금은 그 글자들을 읽을 수 없어.” 꼬끼오가 말했습니다. “사냥꾼이 이리로 오고 있거든. 내가 앉아 있는 이 나뭇가지에서는 그가 보여. 그가 보여.”

여우는 꼬끼오가 사냥꾼에 관해 지껄이는 말을 듣고는 꽁지 빠질 듯이 줄행랑을 쳤습니다. 이번에는 여우 미켈이 조롱을 당한 것입니다.

09

도끼자루 바깥양반

"세 번째 이야기는" 페테르가 말했다. "귀가 완전히 먹어버린 늙은 친구에 관한 것이오. 그는 부인이 있었지만, 그녀도 별반 나을 게 없었소. 그가 어디 살았는지 확실히 알지는 못하지만, 여기가 아니라 〔송네피오르 북쪽의〕 스타드반도(Stad) 북쪽이나 남쪽 어느 지방에 살았다는 말을 들었소. 어쨌든 이런 이야기라오."

***

옛날 옛적에 나룻배를 모는 뱃사공이 있었습니다. 그는 귀가 전혀 들리지 않아 다른 사람이 말하는 것을 하나도 알아듣지 못했습니다. 그에게는 부인과 딸이 있었습니다. 그러나 그들은 그를 보살필 생각은 전혀 하지 않고 흥청망청 즐기며 살아갔습니다. 그들은 여관 주인에게 외상을 지고, 잔치를 벌이면서, 매일을 축제처럼 보냈습니다.

그러다 그들 모녀가 어느 누구의 신뢰도 받을 수 없게 되자, 빚을 지고 낭비한 그들을 잡아가려고 치안담당관이 오게 되었습니다. 그러자

아주머니와 그녀의 딸은 귀먹은 가장만 남겨둔 채 친척집으로 떠났고, 남자가 혼자서 치안담당관과 서기를 맞이해야 했습니다.

그는 허둥지둥 치안담당관이 와서 무엇을 물어볼지, 자신은 뭐라고 대답해야 할지 생각했습니다.

"만일 내가 뭔가 하고 있으면" 그는 혼자서 중얼거렸습니다. "분명히 내게 무엇을 하고 있냐고 물어볼 거야. 도끼자루나 다듬고 있어야겠다. 그러면 그가 와서 그게 뭐냐고 묻겠지. 그럼 '도끼자루'라고 대답하면 될 거야. 그는 그 일이 얼마만큼 걸리는지 물어볼 거고, 나는 '튀어나온 잔가지를 다 쳐낼 만큼'이라고 말해야지. 그 다음에 그가 '당신의 나룻배는 어디 있소?'라고 물으면 '저기 완전히 갈라져 물가에 놓여 있소. 타르를 바를 생각이오'라고 말해야지. 그러면 그가 '당신의 회색 암말은 어디 있소?'라고 묻겠지. 그럼 나는 '망아지를 배서 마구간에 두었소'라고 대답해야지. 그러고 나면 그는 '당신이 양을 기르는 여름목장은 어디쯤 있소?'라고 물을 거고, 그럼 나는 '멀지 않아요. 언덕을 조금만 올라가면 볼 수 있을 거요'라고 말하면 되겠지."

그가 생각하기에 모든 것이 무척 잘 준비된 것 같았습니다.

잠시 뒤 치안담당관이 왔습니다. 그는 제시간에 왔으나 서기는 다른 길로 오다가 여관에 들러 그때까지 술을 마시고 있었습니다.

"안녕하세요, 선생님." 치안담당관이 말했습니다.

"도끼자루요." 뱃사공이 말했습니다.

"네, 그렇군요." 치안담당관이 물었습니다. "여관이 여기서 얼마나 떨어져 있지요?"

"이 잔가지만큼." 남자가 이렇게 말하면서 다듬고 있던 목재의 위쪽을 가리켰습니다.

충격을 받은 치안담당관은 몹시 놀라서 입을 다물지 못하고 그를 쳐다보았습니다.

"당신의 부인이 어디 있는지 알려주시겠습니까?"

"저기 물가에 완전히 갈라진 채로 놓여 있소." 뱃사공이 말했습니다. "나는 거기에 타르를 바를 생각이오."

"당신의 딸은 어디에 있죠?"

"오, 망아지를 배서 마구간에 두었소." 남자가 말했습니다. 그는 자신이 아주 적절하게 잘 대답했다고 생각했습니다.

"지옥에나 떨어져버리시오." 치안담당관이 말했습니다.

"아주 좋소. 그곳은 여기서 멀지 않소. 언덕을 조금만 올라가면 볼 수 있을 거요." 남자가 말했습니다.

그러자 치안담당관은 아무 말도 못하고 가버렸습니다.

10

길동무

우리는 페테르가 해준 세 개의 이야기가 정말 최고라고 생각했다. 그러나 그는 칭찬을 하게 놓아두지 않고 아네르스에게 '길동무' 이야기를 아느냐고 물었다. "그럼요." 그가 대답했다. "아주 재미있기는 하지만 꽤 긴 이야기이죠." "긴 이야기라면 빨리 시작하는 게 좋을 걸세." 페테르가 말했다. "그래야 조금이라도 더 빨리 끝날 테니 말이야." 아네르스는 더 이상 대꾸를 하지 않고 바로 이야기를 시작했다.

***

옛날 옛적에 농부의 아들이 하나 있었습니다. 어느 날 그는 아주 머나먼, 세상 저 끝에 있는 공주와 결혼하는 꿈을 꾸었습니다. 그녀는 우유처럼 하얗고, 피처럼 붉었으며, 셀 수 없을 만큼 재산이 많은 부자였습니다. 그는 꿈에서 깨어난 뒤에도 자기 앞에 있던 그녀가 여전히 생생하고 또렷하게 보이는 것 같았습니다. 너무나 사랑스럽고 아름다운 여인이었으므로 그녀가 없는 삶이 아무런 가치도 없는 것처럼 여겨졌습니다. 그래서 그는 가지고 있던 모든 것을 팔고는 그녀를 찾아 길을 나섰습니다.

그는 멀리, 아주 멀리까지 걸어갔습니다. 겨울이 다 되었을 때 그는 모든 길이 크고 똑바로 쭉 뻗어 있는 곳에 도달했습니다. 그곳에는 구부러진 길이 하나도 없었습니다. 그는 한 계절 내내 쉬지 않고 계속 걸어서 어떤 도시에 도착했습니다. 그런데 그곳 교회의 문밖에는 시신이 들어 있는 커다란 얼음덩이가 놓여 있었습니다. 그리고 그 교구 사람들은 교회 앞을 지날 때마다 모두 얼음덩이에 침을 뱉었습니다. 소년은 사람들이 왜 그렇게 하는지 궁금했습니다. 그래서 때마침 사제가 교회에서 나오자, 사람들이 그에게 왜 그러는지 물어보았습니다.

"그는 매우 큰 죄인이란다." 사제가 말했습니다. "그는 신을 거스르는 죄를 저질러 지금 저렇게 조롱을 당하며 침을 덮어쓰는 벌을 받고 있는 것이지."

"도대체 그가 무슨 잘못을 저질렀는데요?" 소년이 물었습니다.

"살아 있을 적에 그는 포도주를 파는 상인이었는데" 사제가 말했습니다. "포도주에 물을 섞었단다."

소년은 그 일이 그 정도까지 심각한 죄는 아니라고 생각했습니다.

"그런데" 소년이 말했습니다. "목숨으로 죗값을 치렀다면 이제는 교회 묘지에 묻어 평화롭게 잠들게 해 줘도 될 것 같은데요."

그러나 사제는 도저히 그럴 수 없다고 말했습니다. 그렇게 하려면 그를 얼음에서 꺼낼 사람들을 고용하고 교회 묘지에서 땅을 살 돈이 필요하고, 그런 뒤에도 묘지의 인부들에게는 무덤 파는 돈을, 교회에는 종을 치는 비용을, 교회지기에게는 찬송가 부르는 비용을, 사제에게는 시신 위에 흙을 뿌리는 비용을 주어야 하기 때문이라는 것이었습니다.

"너는 벌 받고 있는 저 죄인을 위해 이 모든 비용을 기꺼이 지불할 사람이 있다고 생각하는 거냐?"

　"그럼요." 소년이 말했습니다. "만약 그가 기독교인의 무덤에 묻힐 수만 있다면, 저도 돈이 많지는 않지만 장례식 맥주 값 정도는 확실히 낼 수 있어요."

　그래도 사제는 헛기침만 하며 머뭇거렸습니다. 소년은 두 사람을 데려와 사제에게 시신 위에 흙을 뿌리는 것을 거절하는 것인지 증인들이 듣는 자리에서 확실히 대답하라고 했습니다. 사제는 그렇지 않다고 대답하는 수밖에 없었습니다.

그래서 그들은 얼음덩이를 깨서 포도주 상인을 꺼냈습니다. 그리고 그를 기독교인의 무덤에 묻고, 종을 치고, 그를 위해 찬송가를 부르고, 그의 시신 위에 사제가 흙을 뿌려 주었습니다. 그런 뒤에 그들은 모두 함께 장례식 맥주를 마시면서 울고 웃기를 되풀이했습니다.

맥주 값을 치르고 나자 소년의 주머니에는 남은 돈이 거의 없었습니다. 그는 다시 길을 떠났습니다. 그런데 얼마 지나지 않아 한 남자가 소년을 따라와 혼자 걷는 것이 심심하지 않냐고 물었습니다.

"아니요." 소년은 따분하지 않았습니다. "나는 늘 뭔가를 생각하거든요." 소년이 말했습니다.

그러자 남자는 소년에게 하인이 필요하지는 않냐고 물었습니다.

"아니요." 소년이 말했습니다. "내가 나 자신의 하인인걸요. 그러니 나는 하인이 필요 없어요. 설령 하인이 꼭 필요하더라도, 나한테는 그럴 만한 힘이 없어요. 그의 음식과 급료에 쓸 돈이 없거든요."

"내가 잘 아는데, 당신한테는 하인이 필요해요." 남자가 말했습니다. "당신은 생사고락을 함께 할 믿을 만한 누군가가 있어야 해요. 만약 하인을 원하지 않는다면, 나를 길동무로 여기면 돼요. 맹세컨대 나는 당신에게 도움이 될 거요. 그리고 당신은 한푼도 지불할 필요가 없어요. 내게 필요한 음식과 옷은 내가 직접 마련할 거요. 당신은 조금도 신경 쓰지 않아도 돼요."

소년은 그런 조건이라면 기꺼이 남자를 자신의 길동무로 삼겠다고 했습니다. 그래서 그 뒤 그들은 함께 여행을 했는데, 대부분 남자가 앞서가면서 소년에게 길을 안내했습니다.

그들은 언덕과 숲을 지나 이 땅 저 땅 쉬지 않고 여행을 해서 길이 끝나는 높은 산에 도착했습니다. 길동무가 산에 올라가 손으로 두드리며 문을 열라고 했습니다. 그러자 바위가 활짝 열렸습니다. 그들이 안으로 들어서자 늙은 트롤마녀가 다가와서 의자에 앉으라고 권했습니다.

"지쳤을 테니 여기 앉구려."

"당신이 먼저 앉아 보시지." 남자가 말했습니다.

트롤마녀는 의자에 앉을 수밖에 없었고, 옴짝달싹도 할 수 없게 되었습니다. 그것은 앉은 사람을 놓아주지 않는 의자였기 때문입니다. 그들은 언덕 안 이곳저곳을 다니며 둘러보았고, 그러다 문에 걸려 있는 칼을 발견했습니다. 길동무는 그것을 갖기를 원했습니다. 그래서 늙은 트롤마녀에게 그 칼을 주면 의자에서 풀어주겠다고 약속했습니다.

"안 돼. 안 돼." 트롤마녀가 소리쳤습니다. "다른 것을 달라고 해. 그것만 빼고 다 주마. 그 칼만은 안 돼. 그건 우리 세 자매의 칼이거든. 그 칼은 우리 세 자매가 공동으로 소유하고 있는 거야."

"잘 알았어. 그렇다면 너는 이 세상이 끝나는 날까지 거기 그렇게 앉아 있어야 할 거야." 남자가 말했습니다. 그 말을 들은 마녀는 자기를 풀어주면 그 칼을 주겠다고 했습니다. 남자는 그 칼을 가지고 길을 떠났습니다. 하지만 트롤마녀는 의자에 그대로 내버려 두었습니다.

그들은 다시 멀고 먼 여행을 하며 민둥산들과 드넓은 황무지를 지났습니다. 그러다 그들은 또 다른 높은 산에 도착했습니다. 그곳에서도 길동무는 산을 두드리며 문을 열라고 했습니다. 그러자 전과 같은 똑같은 일이 벌어졌습니다. 바위가 열렸고, 그들은 안으로 들어갔습니다. 다른 트롤마녀가 다가와서 그들에게 옆에 있는 의자에 앉으라고 권했습니다. "매우 지쳐 보이는구먼." 그녀가 말했습니다.

"당신이 앉아 보시지." 길동무가 말했습니다. 그녀는 싫다고 할 수 없었기 때문에 그녀의 자매가 그랬던 것처럼 의자에 앉았고, 순식간에 의자에 붙잡혀 옴짝달싹도 할 수 없게 되었습니다. 소년과 길동무는 언덕 안을 둘러보았습니다. 뭔가를 찾아 금고와 서랍들을 모두 열어보던 길동무는 마침내 [공처럼 감긴] 황금 실타래를 발견했습니다. 길동무는 그것을 갖기를 원했습니다. 그래서 트롤마녀에게 황금공을 주면 풀어주겠다고 약속했습니다. 마녀는 자신이 가진 것을 뭐든 줄 수 있지만 그 공만은 안 된다고 했습니다. 그 공은 그녀의 자매 셋이 함께 소유하고 있는 것이라면서 말입니다. 그러나 그것을 주지 않으면 이 세상이 끝나는 날까지 의자에 앉아 있게 될 거라는 말을 듣고는, 풀어주기만 한다면 그 공을 가져가도 좋다고 말했습니다. 그러자 길동무는 황금공을 챙겼습니다. 하지만 트롤마녀는 의자에 그대로 내버려 두었습니다.

그 뒤 그들은 다시 여러 날을 걸어서 황무지와 숲을 지났고, 세 번째 높은 산에 도착했습니다. 그곳에서도 앞서 두 차례 있었던 일과 똑같은 일이 벌어졌습니다. 길동무가 산을 두드리자 바위가 열렸고, 산 안에 있던 트롤마녀가 그들에게 다가와 매우 지쳐 보이니 의자에 앉으라고 권했습니다. 그러나 길동무는 이번에도 이렇게 말했습니다. "당신이 앉아 보시지." 그래서 마녀는 의자에 앉아야 했습니다. 소년과 길동무는 방들을 둘러보다가 문 뒤에서 못에 걸려 있는 낡은 모자를 발견했습니다. 길동무는 그것을 꼭 가지려 했습니다. 그러나 트롤마녀는 그것만은 안 된다고 했습니다. 그녀는 그것이 자기네 세 자매의 모자이고, 그 모자를 주면 자신의 모든 운을 잃게 될 거라고 말했습니다. 하지만 늙은 마녀는 그것을 주지 않으면 이 세상이 끝나는 날까지 그 자리에 앉아 있게 될 거라는 말을 듣고는, 자기를 풀어주면 모자를 가져가도 좋다고 말했습니다. 그러자 길동무는 모자를 챙겨 길을 떠났는데, 그녀의 자매들에게 했던 것처럼 트롤마녀는 의자에 그대로 남겨 두었습니다.

아주 길고 오랜 시간이 지난 뒤에 그들은 어떤 해협에 도달했습니다. 그러자 길동무는 실타래를 꺼내서 바다 건너편 바위를 향해 던졌습니다. 실타래의 실이 바위를 한 바퀴 감고 다시 돌아오자 그는 그것을 이쪽 바위에 묶고는 다시 던졌습니다. 그렇게 여러 차례 되풀이해서 던지자 실이 마치 다리처럼 되었습니다. 그들은 그 다리를 이용해서 해협을

Erik Werenskiold

건넜습니다. 건너편에 도착하자 남자는 소년에게 되도록 빨리 실을 다시 실타래에 감으라고 말했습니다.

"우리가 서둘러 실을 감지 않으면 그 마녀들이 우리를 쫓아와서 갈기갈기 찢어놓을 거요."

소년은 온 힘을 기울여 실을 감고 또 감았습니다. 실을 거의 다 감아 올린 바로 그때 늙은 마녀들이 바람처럼 빠르게 나타났습니다. 물보라를 일으키며 물 위를 날아온 마녀들은 실 끄트머리를 낚아채려고 했습니다. 그러나 실을 완전히 잡지 못한 그녀들은 해협의 물속에 빠져서 죽고 말았습니다.

소년과 길동무는 다시 여러 날을 걸었습니다. 길동무가 말했습니다. "이제 곧 우리는 당신이 꿈에서 보았던 공주가 있는 성에 도착할 거요. 성에 도착하면 반드시 안에 들어가서 왕에게 당신이 무슨 꿈을 꾸었으며, 무엇을 찾아 왔는지 말해야 해요."

성에 도착한 뒤에 소년은 남자가 시킨 대로 했고, 뜨거운 환대를 받았습니다. 소년을 위한 방과 길동무를 위한 방이 하나씩 준비되었고,

그들은 그곳에 머물렀습니다. 저녁을 먹을 시간이 되자 소년은 왕의 식탁에 초대를 받았습니다. 그 자리에서 공주를 본 소년은 한눈에 그녀가 자신이 꿈에서 보았던 신부임을 알아보았습니다. 소년은 공주에게 자기가 이곳까지 찾아온 이유를 이야기했습니다. 그러자 그녀는 자기도 소년이 매우 마음에 든다며 기꺼이 그와 결혼하겠다고 대답했습니다. 하지만 그 전에 반드시 세 가지 시험을 통과해야 한다고 했습니다.

저녁식사를 마치고 공주는 소년에게 황금가위를 주면서 이렇게 말했습니다. "첫 번째 시험은 당신이 이 가위를 잘 간직하고 있다가 내일 정오에 나에게 돌려주는 거예요. 이것은 그리 어렵지 않은 시험이라고 생각해요." 그녀는 얼굴을 찌푸리며 말했습니다. "그러나 만약 당신이 이 가위를 잘 간직하지 못하면 목숨을 잃게 될 거예요. 그게 규칙이랍니다. 당신은 사지가 찢기고, 장작더미 위에서 불태워지고, 성문에 내걸릴 거예요. 내게 구혼했던 다른 사람들처럼 말이에요. 궁전 밖에서 당신이 본 해골과 뼈가 바로 그들의 것이랍니다."

'그다지 어려운 시험은 아니군.' 소년은 생각했습니다. 그러나 공주가 곁에서 웃고 화내고 시시덕거리자 그는 가위와 자신에 관한 것을 모조리 까먹고 말았습니다. 함께 놀고 장난치는 동안 공주는 소년 모르게 그에게서 가위를 훔쳤습니다.

밤이 되어 방으로 돌아온 소년은 자신이 어떤 식사를 했고, 공주가 자신에게 무슨 말을 했는지 남자에게 모두 이야기했습니다. 공주가 가위를 간직하라고 주었다는 말을 들은 길동무는 물었습니다.

"당신은 당연히 그 가위를 안전하게 잘 가지고 있을 테죠?"

그러자 소년은 자신의 주머니를 뒤졌습니다. 그러나 가위는 어디에도 없었습니다. 소년은 가위가 없어진 것을 알고는 슬픔에 빠졌습니다.

"이런! 이런!" 길동무가 말했습니다. "그것을 다시 찾아올 수 있을지 내가 알아볼게요."

길동무는 외양간으로 내려갔습니다. 거기에는 공주의 소유인 커다랗고 풍뚱한 숫염소가 있었습니다. 그것은 땅 위를 달리는 것보다 더 빨리 대기를 가르며 날 수 있는 동물이었습니다. 남자는 세 자매의 칼을 꺼내서 염소의 뿔 사이를 내리치며 말했습니다.

"오늘밤 언제 공주를 그녀의 연인에게 데려가느냐?"

숫염소는 음매 하고 울면서 자기는 감히 말할 수 없다고 했습니다. 그러나 남자가 한 번 더 내려치자, 숫염소는 11시에 공주가 올 거라고 말했습니다. 그 말을 들은 길동무는 세 자매의 모자를 썼습니다. 그러자 순식간에 그는 모습이 보이지 않게 되었습니다. 그렇게 남자는 공주를 기다렸습니다.

얼마 뒤 공주가 외양간으로 와서 가지고 있던 커다란 뿔에서 연고를 꺼내 염소한테 문지르며 말했습니다. "가자, 가자, 지붕 꼭대기의 마룻대와 뾰족탑을 지나, 육지를 지나, 바다를 지나, 언덕을 지나, 골짜기를 지나서 오늘밤 나를 기다리고 있는 진정한 연인이 있는 산으로."

염소가 출발하려는 바로 그때, 길동무는 몸을 던져 염소 뒤꽁무니를 잡았습니다. 그들은 대기를 가르며 돌풍처럼 날아가 눈 깜짝할 사이에 악마의 산에 도착했습니다. 공주가 두드리자 산이 열렸습니다. 염소는 산을 통과해 공주의 연인인 트롤이 있는 곳으로 갔습니다.

"오, 내 사랑." 그녀가 말했습니다. "나한테 마음을 빼앗긴 새로운 구혼자가 나타났어요. 그는 젊고 잘생겼지만 나는 당신만을 원해요." 공주는 다정하게 트롤을 구슬리며 달랬습니다.

"나는 그가 시험에 들게 했어요. 여기 그가 지켜야 하는 가위가 있어요. 당신이 이것을 가지고 있어요." 공주가 말했습니다. 둘은 마치 소년을 이미 형틀과 장작더미 위에 올려놓은 것처럼 신나게 웃어댔습니다.

"그럼! 그럼!" 트롤이 말했습니다. "내가 그것을 잘 가지고 있겠소. 나는 신부의 하얀 팔에서 잠이 들겠지. 까마귀들이 떼를 지어 그의 뼈

다귀를 뜯으러 달려드는 동안."

말을 마친 트롤은 가위를 세 개의 자물쇠가 달린 쇠 금고 안에 넣었습니다. 그러나 트롤이 금고에 가위를 던져 넣을 때 길동무가 그것을 낚아챘습니다. 아무도 길동무를 보지 못했습니다. 세 자매의 모자를 쓰고 있었기 때문입니다. 트롤은 아무 것도 들어 있지 않은 금고를 잠갔습니다. 그리고 열쇠들을 썩어서 속이 빈 자신의 송곳니 안에 숨겼습니다. 그곳에 두면 아무도 찾지 못하리라 생각했기 때문입니다.

자정이 되자 공주는 집으로 출발했습니다. 길동무도 염소의 뒤꽁무니를 잡았습니다. 그들은 순식간에 돌아왔습니다.

다음날 정오에 소년은 다시 왕의 식탁에 초대를 받았습니다. 그런데 이번에 공주는 아주 건방지게 굴었습니다. 그녀는 매우 잘난 체하고 위세당당하게 행동하며, 소년이 앉아 있는 곳으로는 좀체 눈길도 주려 하

악마의 산(tverrberg) 트롤이나 악마가 사는 높고 험준한 산을 가리킬 때 사용하는 말로, 영어에서는 '크로스펠(crossfell)'이라고 한다. 여기에서 '트베르(tver)'나 '크로스(cross)'는 십자가가 아니라 '위험하다'는 뜻이다.

지 않았습니다. 식사를 마치자 공주는 표정을 꾸미고 내숭을 떨며, 마치 입안에서 버터가 녹는 것처럼 말했습니다.

"내가 어제 간직해 달라고 부탁했던 가위는 잘 가지고 있겠죠?"

"그럼요, 잘 가지고 있죠." 소년이 말했습니다. "여기 있어요." 그는 가위를 꺼내서 식탁 위로 던졌습니다. 가위가 튀어오를 정도로 세게 말입니다. 공주는 그가 자기 앞에 가위를 던져 놓자 매우 약이 올랐습니다. 그러나 그녀는 표정을 부드럽고 온화하게 꾸미며 말했습니다.

"가위를 아주 잘 간직했으니, 내 황금 실로 만든 공을 가지고 있는 것도 문제 없겠죠. 잘 가지고 있다가 내일 정오에 다시 나한테 돌려주면 돼요. 그러나 만일 그 공을 잃어버리기라도 하면 당신은 단두대에서 목숨을 잃게 될 거예요. 그것이 규칙이에요."

소년은 쉬운 일이라고 생각했습니다. 그래서 황금공을 받아 주머니에 넣었습니다. 그러나 공주와 다시 장난을 치며 시시덕거리는 사이에 그는 자신과 황금공에 관한 것을 모두 잊어버리고 말았습니다. 그렇게 그가 놀이와 장난에 정신을 빼앗기고 있는 사이에 공주는 그에게서 공을 훔쳤고, 그런 뒤에 그를 침실로 돌려보냈습니다.

침실로 돌아온 소년은 길동무에게 공주와 무슨 이야기를 나누었는지, 무엇을 했는지 이야기해 주었습니다. 그러자 길동무가 물었습니다.

"당신은 당연히 그녀가 준 황금공을 잘 가지고 있겠죠?"

"그럼요! 그럼요!" 소년이 말했습니다. 그는 공을 넣어두었던 주머니를 뒤졌습니다. 그러나 없었습니다. 거기에는 어떤 공도 없었습니다. 소년은 다시 근심에 빠졌습니다. 그는 되돌릴 방법을 알지 못했습니다.

"이런! 이런! 잠시만 기다려요." 길동무가 말했습니다. "그것을 찾을 수 있을지 내가 알아볼게요." 그렇게 말하고 남자는 칼과 모자를 가지고 대장장이한테 가서 칼날 반대편에 무게가 (약 216kg인) 12보그나 되는 쇠를 붙여 달라고 했습니다. 그런 뒤 그는 외양간으로 가서 숫염소

의 뿔 사이를 칼등으로 내리쳤습니다. 그러자 그 동물은 고꾸라졌습니다. 길동무가 물었습니다.

"오늘밤 언제 공주를 그녀의 연인에게 데려가느냐?"

"12시." 숫염소가 음매 하고 울면서 말했습니다.

그래서 길동무는 다시 세 자매의 모자를 쓰고, 그녀가 올 때까지 기다렸습니다. 외양간으로 온 공주는 가져온 뿔에서 연고를 재빨리 꺼내 숫염소에게 발랐습니다. 그리고 전과 똑같이 이렇게 말했습니다. "가자, 가자, 지붕의 마룻대와 뾰족탑을 지나, 육지를 지나, 바다를 지나, 언덕을 지나, 골짜기를 지나, 이 밤 산속에서 나를 기다리고 있는 진정한 사랑에게로."

순식간에 그들은 출발했고, 길동무도 숫염소 뒤꽁무니로 몸을 던졌습니다. 그들은 대기를 가르는 돌풍처럼 날아가서, 눈 깜짝할 사이에 트롤의 언덕에 도착했습니다. 공주가 세 번 두드리자 산이 열렸고, 그들은 바위를 통과해 그녀의 연인인 트롤에게로 갔습니다.

"내 사랑, 어제 내가 준 황금가위를 도대체 어디에 감춰둔 건가요?" 공주가 소리를 질렀습니다. "내게 청혼한 사람이 그것을 가지고 있다가 돌려주었다고요!"

"그것은 정말 있을 수 없는 일이오." 트롤이 말했습니다. "나는 그것을 세 개의 자물쇠가 달린 상자 안에 넣고, 열쇠들은 내 송곳니의 구멍에 숨겨 놨는데." 그들은 상자를 열어 가위를 찾아보았으나, 트롤의 상자 안에는 가위가 없었습니다.

공주는 트롤에게 이번에는 구혼자에게 자신의 황금공을 주었다고 말했습니다.

"여기 있어요." 그녀가 말했습니다. "그가 눈치채지 못하게 몰래 이것을 빼내 왔어요. 그러나 그는 수완이 좋은 사람인 것 같으니 뭔가 다른 방법을 찾아야 해요!"

트롤은 도무지 어찌된 일인지 알 수 없었습니다. 그들은 잠시 생각을 하다가 활활 타오르는 불에 황금공을 던져 넣어 태워버리기로 했습니다. 소년이 황금공을 가지고 있지 못하게 할 가장 확실한 방법이 그것 같았습니다. 그러나 공주가 공을 불 안으로 던지는 바로 그 순간에 길동무는 미리 준비하고 있다가 그것을 낚아챘습니다. 그는 세 자매의 모자를 쓰고 있었기 때문에 둘 다 그를 보지 못했습니다.

공주는 트롤과 잠깐 시간을 보낸 뒤에 날이 밝아오기 시작하자 집으로 출발했습니다. 길동무도 염소의 뒤꽁무니에 매달렸습니다. 그들은 빠르고 안전하게 돌아왔습니다.

다음날 소년이 식사에 초대를 받자 길동무는 그에게 그 공을 주었습니다. 공주는 전날보다 훨씬 더 건방진 태도를 보였습니다. 식사를 마치자 그녀는 젠체하며 한껏 꾸민 목소리로 말했습니다. "내가 어제 당신에게 맡긴 황금공을 다시 돌려 달라고 하는 건 아마 무리겠죠?"

"그럴 리가요?" 소년이 말했습니다. "당신은 그것을 곧 다시 보게 될 거예요. 자, 여기 안전하게 잘 있어요." 그는 이렇게 말하면서 식탁 위로 공을 아주 세게 던졌습니다. 얼마나 세게 던졌는지 식탁이 흔들리고, 그 바람에 왕이 공중으로 높이 튀어오르기까지 했습니다.

공주는 시체처럼 얼굴이 창백해졌습니다. 그러나 곧 정신을 차리고는 작고 달콤한 목소리로 말했습니다. "잘 했어요. 훌륭해요!"

이제 소년에게는 하나의 시험만 남았습니다. 그것은 이러했습니다.

"만약 당신이 지금 내가 생각하고 있는 것을 내일 저녁까지 가져다줄 수 있을 정도로 영리하다면, 당신은 나를 얻을 수 있어요. 그렇게만 하면 나는 당신의 아내가 될 거예요."

공주가 이렇게 말하자 소년은 사형선고를 받은 기분이었습니다. 그녀가 무엇을 생각하고 있는지 알 수 있는 방법은 없을 것 같았기 때문입니다. 게다가 그것을 그녀에게 가져오는 것은 더 어려운 일이었습니다. 그래서 침실로 돌아온 소년은 도무지 마음이 편치 않았습니다. 길동무는 그에게 마음 편히 있으라고 말하면서 이번에도 자신이 잘 해결할 수 있을지 알아보겠다고 했습니다. 그제야 소년은 다시 기운을 차리고 잠자리에 들었습니다.

길동무는 대장장이한테 가서 무게가 (약 360kg인) 20보그나 되는 쇠를 칼에 붙여 달라고 했습니다. 그 일이 다 되자 외양간으로 가서 하늘을 날 수 있는 숫염소의 뿔 사이를 세게 쳤습니다. 그러자 염소는 벽으로 고꾸라졌습니다.

"오늘밤 언제 공주를 그녀의 연인에게 태워다주기로 했느냐?"그가 물었습니다.

"1시" 숫염소가 음매 하고 울면서 말했습니다.

그 시간이 다가오자 길동무는 세 자매의 모자를 쓰고 외양간에서 기다렸습니다. 공주는 전과 똑같이 염소에게 연고를 바르면서 하늘을 날아 그녀의 진짜 사랑이 기다리는 산으로 가자고 했습니다. 그들은 바람을 탄 것처럼 빠르게 날아갔습니다. 그러는 동안 길동무는 염소 뒤에 앉아 있었습니다. 그런데 길동무는 이번에는 가만히 있지 않고 이따금 공주를 때렸습니다. 공주의 숨이 콱 막힐 정도로 세게 때렸습니다.

바위벽에 도착해 공주가 바위를 두드리자 문이 열렸고, 그들은 산을 통과해 그녀의 연인에게 갔습니다. 도착하자마자 공주는 몹시 한탄하고 화를 내면서 바람이 자신을 때릴 정도로 세게 불 줄은 몰랐다고 말했습니다. 누군가 뒤에 앉아서 숫염소와 자신을 때리는 게 아닐까 하는 생각이 들기도 했지만, 그녀는 대기를 가르며 힘겹게 날아온 탓에 온몸이 검푸르게 멍들었다고 생각했습니다.

공주는 트롤에게 자신의 구혼자가 황금공을 가져왔다고 말했습니다. 공주도 트롤도 어떻게 된 일인지 알 수 없었습니다.

"이번에는 내가 어떤 생각을 해냈는지 알아요?"

아니, 트롤은 알지 못했습니다.

"그래요." 그녀는 말을 이어 갔습니다. "나는 그에게 내일 저녁까지 내가 생각하고 있는 것을 가져오라고 했어요. 나는 당신 머리를 생각하고 있었어요. 내 사랑, 당신은 그가 그것을 가져올 수 있을 것 같아요?" 공주가 말하며 트롤을 어루만졌습니다.

"아니, 그가 할 수 있다고 생각하지 않아." 트롤이 말했습니다. "맹세컨대 그는 그럴 수 없을 거야." 그리고 나서 트롤은 큰 웃음을 터뜨렸는데, 어떤 괴물보다도 끔찍했습니다. 공주와 트롤은 둘 다 소년이 트롤의 머리를 가져오기 전에 그의 사지가 먼저 찢기고, 까마귀에게 눈이 뽑힐 거라고 생각했습니다.

새벽이 되자 그녀는 다시 집으로 출발해야 했습니다. 그러나 그녀는 누군가 뒤에 타고 있다는 생각이 들어서 혼자 염소를 타고 집으로 돌아가기가 무섭다고 했습니다. 그래서 트롤이 그녀와 함께 가기로 했습니다. 트롤은 자신의 숫염소를 끌고 나왔습니다. 그에게도 공주가 가지고 있는 것과 똑같은 염소가 있었습니다. 트롤도 염소의 뿔 사이에 연고를 바르고 문질렀습니다.

트롤이 막 염소에 올랐을 때 길동무도 몰래 그 뒤에 올라탔고, 그들은 대기를 가르며 왕의 농장으로 갔습니다. 가는 동안 길동무는 트롤과 그의 숫염소를 계속 호되게 때렸습니다. 그리고 그들이 약해지고 더 약해질 때까지 칼로 찌르고 또 찌르고 베었습니다. 그래서 하마터면 바다로 떨어질 뻔했지만, 트롤은 날씨가 매우 거친 탓이라고만 생각했습니다. 공주와 함께 왕의 농장에 도착한 트롤은 공주가 집에 안전하게 잘 들어가는지 밖에서 지켜보았습니다. 그러나 공주의 뒤로 문이 닫히자마자 길동무는 트롤의 머리를 잘랐습니다. 그리고 그것을 들고 소년의 침실로 달려갔습니다.

"공주가 생각한 것 여기 있어요." 그가 말했습니다. 누구나 생각하듯이, 그들은 기쁘고 즐거웠습니다.

소년은 식사에 초대되었습니다. 저녁식사를 마치자 공주는 종달새처럼 명랑해졌습니다.

"당신은 내가 생각했던 것을 가져왔겠죠?" 공주가 말했습니다.

"네, 그럼요." 소년이 말했습니다. 그는 자신의 외투 아래에서 그것을 꺼내 탁자 위로 던졌습니다. 어찌나 쿵 하고 세게 던졌는지 탁자가 모두 뒤집혔습니다. 공주는 어떻게 되었냐고요? 그녀는 마치 죽어서 땅에 묻힌 사람 같았습니다. 그녀는 그것이 자신이 생각한 게 아니라고 말할 수 없었습니다.

마침내 약속했던 대로 소년은 그녀를 아내로 맞이하게 되었습니다. 결혼식을 축하하는 잔치가 열렸고, 왕국 전체가 먹고 마시며 즐거워했습니다. 그러나 길동무는 한구석으로 소년을 데리고 가서 첫날밤 잠자리에 들어서 눈을 감고 잠든 척을 하고 있으라고 했습니다. 목숨을 지키려면 무슨 일이 있어도 자기가 말한 대로 해야 하며, 그녀를 홀린 트롤의 껍질을 벗겨내기 전까지는 아주 잠깐이라도 잠들면 안 된다고 했습니다. 그러면서 길동무는 아홉 개의 새 자작나무 가지로 만든 회초리로 그녀를 세게 때린 뒤에 3개의 우유 욕조에 그녀를 집어넣어야 트롤의 껍질을 벗겨낼 수 있다고 소년에게 알려주었습니다. 먼저 1년 묵은 [치즈를 만들 때 분리되는 용액인] 유장乳漿이 들어 있는 욕조에 그녀를 담가 씻기고, 다시 [버터용 지방 성분을 제거한] 탈지유가 들어 있는 욕조에 그녀를 담가 문질러 닦고, 마지막으로 새 우유를 담은 욕조에 그녀를 담가 문질러야 한다는 것이었습니다. 그리고 그렇게 하려면 모든 것을 바로 실행할 수 있게끔 자작나무 가지들을 침대 아래에 숨겨 두고, 방 한구석에 욕조들을 미리 준비해 두어야 한다고 했습니다.

"알겠어요." 소년은 길동무가 알려준 대로 하겠다고 맹세했습니다.

마침내 소년과 공주는 신혼 침대에 들었고, 소년은 잠이 깊게 든 것처럼 연기를 했습니다. 그러자 공주는 소년이 잠이 들었는지 확인하려고 팔꿈치를 괴고 몸을 일으켜 그의 얼굴을 쳐다보았습니다. 공주가 코를 간지럽혔으나 소년은 계속 잠든 척을 했습니다. 그녀가 머리카락과 수염을 잡아당겨도 소년은 통나무처럼 누워 꼼짝도 하지 않았습니다.

그러자 아니나 다를까 그녀는 기다란 베개 밑에서 커다란 푸줏간 칼을 꺼내들고는 소년의 머리를 자르려고 했습니다. 바로 그 순간 소년은 벌떡 일어나 공주의 손에 있는 칼을 빼앗고, 그녀의 머리채를 휘어잡았습니다. 그런 뒤에 자작나무 회초리로 그녀를 때렸습니다. 그는 잔가지가 하나도 남지 않을 때까지 그녀를 후려쳤습니다. 그리고 그녀를 유장이 들어 있는 욕조에 집어넣었습니다. 그러자 공주는 동물과도 같은 모습이 되었는데, 몸 전체가 까마귀처럼 검었습니다. 소년은 유장으로 그녀를 박박 씻긴 다음, 탈지유에 담가 문질러 닦고, 새 우유로 잘 문질렀습니다. 그러자 그녀에게 씌어 있던 트롤 껍질이 홀라당 벗겨지면서, 공주는 아름답고 사랑스럽고 친절하게 되었습니다. 그녀는 전보다도 훨씬 더 사랑스러워졌습니다.

다음날 길동무는 그들에게 집으로 돌아가자고 했습니다. "그렇게 해요." 소년은 기꺼이 그러겠다고 했고, 공주도 마찬가지였습니다. 그녀에게 주어질 과부 유산이 아주 많았기 때문입니다. 그날 밤 길동무는 트롤이 산에 보관해 두었던 금과 은, 값진 보물들을 모두 왕의 궁전으로 가져왔습니다. 아침이 되자 왕의 농장 전체에 은과 금, 보석들이 가득 차서 그것들을 밟지 않고는 걷지도 못할 지경이었습니다. 공주가 받은 과부 유산은 왕의 땅과 왕국 전체보다도 훨씬 더 값졌습니다.

그들은 그 많은 것을 어떻게 가져가야 할지 몰랐습니다. 그러나 길동무는 어떤 어려움이라도 극복할 방법을 알고 있었습니다. 트롤은 숫염소를 여섯 마리 남겨 두었고, 그것들은 모두 하늘을 날 수 있었습니다. 남자가 금과 은을 너무 많이 실은 나머지 숫염소들은 하늘 높이 날아오를 수 없어서 땅위를 걸어야 했습니다. 숫염소들에 싣지 못한 보물들은 왕의 농장에 남겨 두었습니다.

그렇게 그들은 아주 먼 거리를 여행했습니다. 그러다 숫염소들이 발병이 나고 지쳐서 더는 한 걸음도 떼지 못할 지경에 이르게 되었습니다. 소년과 공주는 어찌해야 할지 몰랐습니다. 길동무는 그들이 가지 못하는 것을 보고는 자기 등에 과부 유산을 모두 짊어지고, 그 위에 다시 숫염소들까지 얹었습니다. 그리고 소년의 집에서 겨우 〔약 5.5km인〕

반 밀 정도 떨어진 곳까지 그것들을 모두 옮겨 주었습니다. 그런 뒤에 길동무는 말했습니다.

"이제 우리는 헤어져야 해요. 나는 더는 당신과 함께 갈 수 없어요."

그러나 소년은 그와 헤어지려 하지 않았고, 그도 차마 떠나지 못했습니다. 그래서 길동무는 그들과 함께 4분의 1밀을 더 갔습니다. 하지만 그는 더는 갈 수 없었습니다. 소년은 자기 집으로 가서 함께 지내자고 애원하고 매달렸습니다. 아니 적어도 그의 아버지 집에 도착해서 귀향을 축하하는 맥주를 마실 때까지만이라도 같이 있어 달라고 했습니다. 그러나 길동무는 이렇게 말했습니다.

"안 돼요. 그럴 수 없어요. 이제 나는 떠나야 해요. 나를 부르는 천국의 종소리를 들었거든요."

그는 교회 문밖의 얼음 덩어리 안에 서 있으면서 지나가던 모든 사람들이 뱉어낸 침을 덮어쓰던 포도주 상인이었습니다. 소년이 가지고 있던 모든 것을 내놓아 기독교인의 땅에서 평안과 안식을 누릴 수 있게 해 주었기 때문에 그는 길동무가 되어 소년을 도왔던 것입니다.

"나는 말미를 얻어" 그가 말했습니다. "1년 동안 당신을 따라다닐 수 있었고, 이제 그 1년이 다 되었어요."

길동무가 떠나자 소년은 자신의 모든 재산을 안전한 곳에 보관해 두었습니다. 그리고 짐을 하나도 들지 않고 집으로 가서 사람들과 귀향을 축하하는 맥주를 마셨습니다. 일곱 왕국 전체에 그 소식이 멀리멀리 퍼져갈 때까지 말입니다. 축제가 끝나자 그들은 숫염소들과 소년의 아버지가 원래 가지고 있던 말 열두 마리를 이용해서 겨우내 짐을 나르고 또 날랐습니다. 그래서 마침내 금과 은을 모두 안전하게 집으로 옮겨 올 수 있었습니다.

11

소년 점원과 치즈

아네르스가 길동무 이야기를 마치자 기묘하리만치 야성적인 그 이야기에 우리는 모두 감탄을 금치 못했다. 그런데 아네르스도 따로 점찍어놓은 사람이 있었다. 그는 카린을 돌아보며 말했다. "이제 네가 '소년 점원과 치즈' 이야기를 들려주지 않겠어? 네가 그 이야기를 알고 있다는 걸 이미 알고 있어. 지난 겨울에 네가 난롯가에서 아이들한테 그 이야기를 해 주는 것을 들었거든." 그러자 카린이 이야기를 시작했다.

***

옛날 옛적에 어느 소년 점원이 있었습니다. 소년을 알고 있는 모든 사람들이 그를 매우 좋아했고, 그가 자막대기와 추, 저울을 가지고 판매대 뒤에 서 있기만은 아깝다고 생각했습니다. 그래서 그들은 소년을 다른 나라로 장사하러 보내기로 했습니다. 그들은 소년에게 가져갈 것을 고르라고 했습니다. 소년은 오래된 치즈를 골랐고, 그것을 가지고 터키로 갔습니다. 그곳에서 그는 치즈를 좋은 값에 잘 팔았습니다. 그런데 집으로 돌아오던 길에 소년은 어떤 남자를 죽인 두 명의 살인자를 만났습니다. 그들은 남자의 목숨을 빼앗은 것에 그치지 않고 그의 시신을 욕보이기까지 했습니다. 소년 점원은 그들의 사악한 행동을 보고는 참을 수 없었습니다. 그는 그들에게서 시신을 샀습니다. 그리고 묘지를 구입해 그곳에 잘 묻어 주었습니다. 소년은 그 일을 하느라 가지고 있던 돈을 모두 다 써 버렸습니다.

오랜 시간이 걸려 소년은 무사히 집에 도착했고, 환영과 푸대접을 동시에 받았습니다. 소년이 장사하러 갈 수 있게 도와준 사람들 가운데 일부는 그가 좋은 일을 했다고 생각했습니다. 그러나 어떤 사람들은 소년이 쓸데없는 일에 돈을 헛되이 썼다며 못마땅하게 여겼습니다. 그러나 모든 사람이 다음번에는 소년이 더 잘할 수 있을 거라고 생각했습니다. 그래서 그들은 소년에게 다시 가져다 팔 물건을 고르게 했습니다.

소년은 똑같은 물건을 골라서 전처럼 길을 떠났습니다. 이번에 소년은 전보다 더 좋은 값에 치즈를 팔았습니다. 그러나 집으로 돌아오던 길에 소년은 왕의 딸을 납치한 두 명의 사내를 만났습니다. 그들은 공주의 옷을 허리까지 벗기고 마구를 채우고는 말을 몰 듯이 양쪽에서 채찍질까지 해댔습니다. 공주는 사랑스러운 아가씨였으므로 소년은 마음이 찢어지는 것 같았습니다. 그래서 그는 그들에게 그녀를 넘겨 달라고 했습니다. "그래." 그들은 그녀의 몸무게만큼 은을 주면 그녀를 넘겨주겠다고 했습니다. 거래는 오래 걸리지 않았습니다. 소년은 그들이 요구한 값을 모두 지불했습니다.

아주 오랜 시간이 걸려 소년은 무사히 집으로 돌아왔습니다. 그러나 이번에는 소년이 장사하러 갈 수 있게 도와주었던 사람들 모두가 하나같이 그의 거래를 못마땅하게 여겼습니다. 그들은 소년을 그 지역에서 쫓아냈습니다. 소년은 잉글랜드로 갔습니다. 그곳에서 그는 연인과 4년을 머물렀습니다. 공주가 짠 레이스가 그들의 생계수단이었습니다.

그녀는 뜨개질을 아주 잘했기 때문에, 그는 레이스를 팔아서 하루에 〔스킬링 동전 32개인〕 2마르크를 벌 수 있었습니다.

어느 날 그는 서로 원수 사이인 두 남자를 만났는데, 한 사람이 자기에게 1.5마르크를 빚졌다며 다른 사람에게 매질을 하려고 했습니다. 소년은 딱한 마음이 들어서 그 사람을 대신해 빚을 갚아 주었습니다.

다른 어느 날 소년은 두 명의 여행자들을 만났습니다. 그들은 소년과 대화를 나누다가 팔 물건이 있냐고 물었습니다. "레이스뿐입니다." 소년이 말했습니다. 그들은 3마르크를 주고 레이스를 사기로 했습니다. 그들은 소년이 어디에 사는지 물어보고는 약속한 날 그곳으로 레이스를 가지러 가겠다고 했습니다.

약속한 날이 되자 그들이 왔습니다. 그런데 하! 두 사람 가운데 한 명은 공주의 오빠였고, 다른 한 명은 공주와 약혼했던 황제의 아들이었습니다. 그들은 레이스를 샀고, 공주도 함께 데려가기를 원했습니다. 그러나 그녀는 소년도 함께 데리고 가서 보살펴주지 않으면 그들을 따라가지 않겠다고 했습니다. 그녀는 자기를 자유롭게 해준 소년을 목숨이 다하는 날까지 저버릴 수 없었기 때문입니다. 그들은 그녀를 데려갈 수 있다면 기꺼이 양보하겠다고 했습니다.

하지만 그들이 배에 탈 때였습니다. 공주의 오빠와 공주가 먼저 배에 탔습니다. 황제의 아들은 공주가 배에 올라탈 수 있게 힘껏 밀고는 바닷가에 서 있는 소년을 홀로 남겨둔 채 자신만 펄쩍 뛰어 배에 올라탔습니다. 그가 올라타자 이미 바다로 나갈 준비를 하고 있던 배는 바로 출발했습니다. 그런데 그때 소년이 1.5마르크를 대신 갚아 주었던 남자가 작은 배를 타고 나타나서는 소년을 공주가 있는 배로 데려가 탈 수 있게 해 주었습니다. 공주는 매우 기뻐하며 끼고 있던 황금 반지를 빼서 소년에게 주고, 그를 그녀가 쓰는 선실 아래에 머무르게 했습니다.

많은 날들을 배를 타고 바다를 건너간 그들은 어느 황량한 섬에 도착했습니다. 그들은 그곳에 내려 사냥감을 찾아보기로 했습니다. 공주의 오빠와 공주의 목숨을 구해준 노르웨이 소년은 각각 섬의 양쪽 끝을 둘러보기로 했고, 황제의 아들은 가운데에 있기로 했습니다. 소년이 아주 멀리 가서 더 이상 그들도 소년을 볼 수 없고 소년도 그들을 볼 수 없게 되자 그들은 배에 올라탔습니다. 그래서 섬을 돌아보던 소년은 다시 홀로 남겨졌습니다. 그는 그곳에 머무는 것 말고는 달리 어떻게 할 방법이 없었습니다.

소년은 7년 동안이나 섬에 머물렀습니다. 그는 자신이 찾아낸 과일나무에 달린 열매를 먹으며 지냈습니다. 그런데 7년이 지났을 때 아주 나이가 많은 어떤 사람이 와서 말했습니다. "오늘밤 자네의 진정한 사랑이 결혼을 한다네. 자네와 헤어지고 나서 지난 7년 동안 그들은 그녀로부터 다정한 말을 단 한 마디도 듣지 못했지. 그런데도 황제의 아들은 그녀와 결혼하기를 원해. 그녀가 영리하고 재주가 많다는 것을 그는 알고 있거든. 재산이 아주 많다는 것도 말이야."

그러고 나서 그 사람은 결혼식에 가겠냐고 물었습니다. 그러자 소년이 말했습니다. "물론이죠!" 그러나 모두들 알고 있겠지만 그가 그곳에 갈 수 있는 방법은 없었습니다. 그러나 아! 잠시 뒤에 그는 어느새 결혼식이 열리는 궁전에 서 있었습니다. 그는 그 사람에게 누구이기에 자신을 그곳으로 데려다줄 수 있었는지 물었습니다. 그 남자가 말했습니다. "나는 사람이 아니라 영혼이라네." 그는 소년이 터키에서 시신을 사서 묻어주었던 사람이었습니다. 남자는 소년에게 유리잔과 포도주가 담겨 있는 병을 주었습니다. 그러면서 그 안에 누군가에게 전할 것을 넣으면 요리사가 그것을 그 사람한테 가져다줄 것이라고 말했습니다.

"요리사가 다가오면 먼저 유리잔에 포도주를 한 잔 따라서 마시게나. 그런 다음에 또 한 잔을 따라서 요리사에게 주게. 그리고 나서 세 번째 잔을 따라서 그것을 신부에게 전해 달라고 말해야 하네. 이때 반지를

빼서 그녀에게 전하는 유리잔 안에 미리 넣어 두게나."

요리사가 잔을 들고 신부에게 다가가자 사람들이 모두 소리쳤습니다. "그녀는 마시면 안 돼요." 그러나 요리사가 말했습니다. "첫 잔은 그가 마셨고, 다음 잔은 내가 마셨으니, 그녀가 포도주를 마셔도 괜찮을 겁니다."

유리잔에 들어 있는 포도주를 다 마신 공주는 바닥에 남은 반지를 보고는 밖으로 뛰쳐나왔습니다. 그녀는 밖으로 나오자마자 그를 알아보고 목을 끌어안으며 입을 맞추었습니다. 당신도 생각하고 있었겠지만, 그는 7년 동안이나 비누거품을 바르고 면도를 하지 못했기 때문에 수염이 덥수룩한 상태였습니다.

그때 그곳으로 온 왕은 왜 그를 끌어안았는지 이유를 알려고 했습니다. 그래서 그들을 방으로 데리고 가서 모든 일을 처음부터 끝까지 다 말하게 했습니다. 이야기를 다 들은 왕은 이발사를 불러 소년의 덥수룩한 수염을 깎고 다듬게 했습니다. 그리고 재단사를 시켜 소년이 궁정에서 입을 새 옷을 만들게 했습니다. 그런 뒤에 왕은 결혼식장으로 가서 황제의 아들인 신랑에게 누군가의 목숨과 명예를 빼앗은 자에게는 어떤 처벌을 내리는 것이 좋은지 물었습니다.

그는 이렇게 대답했습니다. "그런 악당은 교수대에 매달고, 시신은 빨리 불로 태워버려야 합니다."

그러자 왕은 그의 말을 받아들여서 그가 자기 입으로 자신에게 내린 형벌을 그대로 행했습니다. 소년 점원은 왕의 딸과 결혼식을 올렸고, 둘은 아주 오래 행복하게 살았답니다. 나는 그들과 함께 하지 않았으므로, 그들이 어떻게 살았는지 모릅니다. 그러나 나는 이 이야기를 마지막으로 했던 사람이 지금도 살아 있다는 사실은 알고 있습니다. 그는 롤달(Røldal)에 사는 올레 올센 힐리(Ole Olsen Hilli)입니다.

12

페이크와 거짓말 막대기

소년 점원과 치즈 이야기가 끝나자 아네르스는 크리스티네에게 '페이크' 이야기를 해 달라고 했다. 사촌여동생에게 이래라저래라 명령하는 그는 마치 투르크인 같았다. 그러나 아네르스는 그녀에게서 그 이야기를 들을 수 없었다. 그 이야기 안에는 뭔가 그녀가 좋아하지 않는 게 있었기 때문이다. 그것은 소녀들의 이야기가 아니었다. 그래서 아네르스는 직접 그 이야기를 해야 했다. "그럼, 내가 할게요." 아네르스가 말했다. "나는 이 이야기에 해로운 것이 전혀 없다고 확신해요. 판단은 여러분 몫이지만요."

***

옛날 옛적에 한 남자가 있었습니다. 그에게는 아내와 아들딸 쌍둥이가 있었습니다. 쌍둥이들은 꼭 닮아서 옷이 아니면 아무도 둘을 구분하지 못했습니다. 아들은 페이크(Peik)라고 불렸습니다. 그는 부모가 살아 있는 동안에 좀처럼 착하게 굴지 않았습니다. 그는 사람들을 속이는 것 말고는 다른 뭔가를 할 생각이 없었습니다. 그는 늘 장난을 치고 남을 속였기 때문에 어느 누구와도 잘 지내지 못했습니다. 부모가 죽자 상황은 더 나빠졌습니다. 페이크는 손 하나 까딱하려 하지 않았습니다. 그가 하는 일이라고는 부모가 물려준 재산을 써버리는 것뿐이었습니다. 그는 이웃들하고도 사이가 좋지 않았습니다. 쌍둥이 누이는 고생스럽게 열심히 일했지만 아무 소용이 없었습니다. 마침내 그녀는 집에서 아무것도 하지 않는 그가 아주 바보 같다며 이렇게 물었습니다.

"네가 모든 것을 다 써버리면, 그 뒤에는 어떻게 살지?"

"내가 밖에 가서 누군가를 속일게." 페이크가 말했습니다.

"그래, 페이크. 난 네가 충분히 그럴 수 있다고 믿어." 그의 누이가 말했습니다.

"그럼, 난 할 수 있어." 페이크가 말했습니다.

마침내 그들은 남은 것이 하나도 없게 되었습니다. 모든 것을 다 써버렸기 때문입니다. 페이크는 서둘러 집을 나와서 걷고 또 걸어 왕의 농장에 도착했습니다. 문 앞에 서 있던 왕이 소년을 보고 말했습니다.

"페이크, 지금 어디 가니?"

"누군가를 속일 수 있을까 해서 나왔어요." 페이크가 말했습니다.

"지금 당장 나를 속일 수 있겠느냐?" 왕이 물었습니다.

"아니요. 그럴 수 없어요." 페이크가 말했습니다. "집에 속임수 막대기를 두고 나왔거든요."

"가서 그것을 가져올 수는 없니?" 왕이 말했습니다. "네가 사람들 말처럼 엄청난 사기꾼인지 확인할 수 있으면 아주 좋을 것 같구나."

"저는 걸어갈 힘이 없어요." 페이크가 말했습니다.

"내가 말과 안장을 빌려 주마." 왕이 말했습니다.

"하지만 저는 말에 올라탈 줄 몰라요." 페이크가 말했습니다.

"그럼 우리가 올려주마." 왕이 말했습니다. "너는 말을 붙잡고만 있으면 될 거야.”

페이크는 마치 머리카락을 모두 뽑으려는 것처럼 자기 머리를 쥐어 뜯고 긁으며 서 있었습니다. 사람들이 그를 들어서 안장 위에 앉혔습니다. 그는 왕이 자신을 보자 몸을 돌려 반대편을 향해 앉았습니다. 왕은 눈물이 날 정도로 웃었습니다. 그렇게 말 엉덩이 쪽으로 말을 타는 모습을 결코 본 적이 없었기 때문입니다. 그러나 페이크는 산 너머 숲으로 들어가 왕의 눈에서 벗어나자 제대로 앉아 말 위에 엎드리고는 말과 마구를 모두 훔치기 위해 내달렸습니다. 그리고 마을에 도착하자 말과 안장을 모두 팔아치웠습니다.

왕은 한동안 계속 이리저리 어슬렁거리면서 페이크가 속임수 막대기를 가지고 뒤뚱거리며 돌아오기를 기다렸습니다. 그리고 이따금 서툴게 반대쪽으로 말에 앉아 마치 곡물자루처럼 어디로 떨어질지 모르는 모습을 하고 있던 페이크를 떠올리며 웃음을 터뜨렸습니다. 그러나 이런 날들이 7일이나 계속되어도 페이크가 돌아오지 않자 마침내 왕은 자신이 속아서 말과 안장을 빼앗겼다는 사실을 깨달았습니다. 페이크는 속임수 막대기 없이도 왕을 속였던 것입니다.

이것은 또 다른 이야기인데, 먼젓번 일로 크게 화가 난 왕은 페이크를 죽일 준비를 단단히 하고 길을 나섰습니다. 그러나 페이크는 왕이 찾아올 날을 미리 알고는 누이에게 커다란 냄비에 물을 조금만 넣어 난롯가에 걸쳐놓아 달라고 말했습니다. 왕이 도착하자 페이크는 냄비를 불에서 꺼내 도마로 재빨리 옮겨 놓았습니다. 그래서 도마 위에서도 귀리죽이 계속 끓었습니다. 왕은 자기가 온 이유도 완전히 잊어버릴 정도로 그 모습을 신기하다는 듯이 쳐다보며 궁금해 했습니다.

“저 냄비는 얼마짜리인가?” 그가 말했습니다.

“그건 팔 수 없어요.” 페이크가 말했습니다.

“왜 안 되는데.” 왕이 말했습니다. “요구하는 대로 값을 치르겠네.”

"안 돼요. 안 돼." 페이크가 말했다. "그것은 나무를 하고, 자르고, 싣고, 나르는 데 들어가는 비용과 시간을 모두 줄여 준단 말이에요."

"시끄러워." 왕이 말했습니다. "백 달레르를 주겠다. 네가 나를 속여서 말과 안장, 굴레까지 가져간 사실이 있지만, 저 냄비를 내게 넘긴다면 그 모든 일을 깔끔하게 없었던 것으로 해주마."

"그래요! 꼭 가져야겠다면 가져가세요." 페이크가 말했습니다.

집으로 돌아온 왕은 손님들을 불러 잔치를 열었습니다. 그는 새 냄비에 음식을 넣고 불 위에서 끓이지 않고, 그것을 마루 한가운데에 놓았습니다. 손님들은 왕이 미쳤다고 생각해 팔꿈치로 서로를 치며 웃었습니다. 그러나 왕은 킬킬거리며 냄비 주변을 돌고 또 돌면서 계속 이렇게 중얼거렸습니다.

"자, 자! 잠시만 기다려. 잠시만 기다려! 금방 끓을 거야."

그러나 전혀 끓지 않았습니다. 그러자 왕은 페이크가 속임수 막대기를 꺼내서 자신을 또 속였다는 사실을 알았습니다. 그는 페이크를 죽이기 위해 곧바로 출발했습니다. 왕이 페이크한테 갔을 때 그는 헛간 문앞에 서 있었습니다.

"끓지 않았다고요?" 그가 물었습니다.

"그래! 끓지 않았어!" 왕이 말했습니다. "자, 이제 그에 대한 벌을 받아라." 왕이 칼집에서 막 칼을 뽑으려 할 때였습니다.

"왜 그랬는지 알겠어요." 페이크가 말했습니다. "이 도마를 함께 가져가지 않았기 때문이에요."

"나는" 왕이 말했습니다. "네가 거짓말을 하는 것이 아니길 빈다."

"제가 말씀드리려는 것은 냄비를 도마 위에 올려놓지 않았기 때문이라는 거예요. 도마 없이는 냄비가 끓지 않아요." 페이크가 말했습니다.

"그래, 그러면 도마는 얼마냐?" 그것은 3백 달레르나 되었습니다. 그러나 왕은 목적을 이루기 위해서 냄비와 도마가 모두 필요했습니다. 그래서 왕은 도마를 가지고 집으로 돌아왔습니다. 그는 다시 손님들을 불러 잔치를 열었습니다. 그리고 방 한가운데에 도마를 놓고 그 위에 냄비를 올려놓았습니다. 손님들은 왕이 미친 얼간이라고 생각했습니다. 그들은 그를 놀려대기 시작했습니다. 그러나 왕은 낄낄거리고 껄껄거리며 냄비 주변을 돌며 외쳤습니다. "잠시만 기다려. 곧 끓는다! 이제 순식간에 끓어오를 거야."

그러나 맨바닥에서와 마찬가지로 냄비는 도마 위에서도 끓지 않았습니다. 그러자 왕은 페이크가 속임수 막대기로 이번에도 자신을 속였다는 사실을 알았습니다. 그러자 왕은 머리카락을 쥐어뜯으며, 페이크를 죽이기 위해 곧바로 출발했습니다. 왕은 이번에는 결코 그를 용서하지 않기로 했습니다. 그가 좋은 얼굴을 하고 있든 나쁜 얼굴을 하고 있든 말입니다.

그러나 페이크는 왕을 다시 만날 준비를 해놓고 있었습니다. 그는 거세한 숫양을 죽인 뒤에 그것의 오줌보에 피를 담았습니다. 그리고 그의 누이의 가슴에 그것을 쑤셔 넣으면서 그녀가 어떻게 말하고 행동해야 할지 알려주었습니다.

"페이크, 이, 이, 이 놈! 어, 어, 어디에 있느냐!" 왕이 소리를 질렀습니다. 그는 너무 화가 난 나머지 말을 더듬기까지 했습니다.

"페이크는 너무 피곤해서 손과 발을 꼼짝도 하지 못하고 있어요." 그녀가 말했습니다. "지금 그는 낮잠을 자는 중이에요."

"그를 깨워라." 왕이 말했습니다.

"그럴 수 없어요. 그는 성미가 매우 급해요." 누이가 말했습니다.

"그래? 내 성미가 훨씬 더 급할걸." 왕이 말했습니다. "만일 네가 그를 깨우지 않는다면 내가 하지." 그러면서 왕은 자신의 옆구리에 차고 있는 칼을 두드렸습니다.

아이고! 누이는 가서 그를 깨우려 했습니다. 그러나 페이크는 침대에서 거칠게 돌아눕더니 작은 칼을 빼서 그녀의 가슴에 있던 숫양의 오줌보를 찔렀습니다. 그러자 피가 분수처럼 쏟아져 나왔고, 그녀는 마치 죽은 것처럼 바닥에 쓰러졌습니다.

"페이크, 이 악마 같은 놈." 왕이 말했습니다. "네가 누이를 찔러 죽이는 것을 내가 여기에 서서 두 눈으로 똑똑히 보았다."

"제가 콧구멍으로 숨을 내뿜을 수 있는 한, 그녀는 무사해요." 페이크는 고둥 껍질로 만든 뿔피리를 꺼내서 불기 시작했습니다. 그가 결혼식 곡을 연주하며 누이의 몸 가까이로 가자 그녀는 다시 살아났고, 마치 아무런 일도 없었던 것처럼 일어났습니다.

"이런 세상에나! 페이크, 넌 사람을 죽이고 다시 살릴 수 있는 거냐? 그렇게 할 수 있는 거냐?" 왕이 말했습니다.

"물론이죠!" 페이크가 말했습니다. "만약 그러지 못한다면 어떻게 이 모든 일을 해냈겠어요. 저는 언제나 제게 가까이 다가오는 사람을 죽여요. 제가 성미가 매우 급한 거는 아시죠?"

"나도 한 성질 하지." 왕이 말했습니다. "그러니 그 뿔피리는 내가 가져야겠다. 너에게 100달레르를 주고, 거기에 더해 나를 속여서 말을 가로채고 냄비와 도마로 날 바보로 만든 것까지 모두 용서해주마."

페이크는 그것을 내주기 싫어했습니다. 그러나 자신의 목적을 위해 왕에게 그것을 넘겼습니다. 왕은 뿔피리를 가지고 집으로 갔습니다. 그는 집에 도착하자마자 그것을 써 보고 싶었습니다. 그래서 왕은 왕비와 맏딸에게 심한 말을 했습니다. 그녀들도 왕에게 똑같이 말대꾸를 하면서 싸움이 벌어졌습니다. 그러다 그녀들은 영문도 모른 채 왕이 휘두른 칼에 목이 베였습니다. 왕비와 공주는 죽어 나자빠졌습니다. 사람들은 모두 두려움에 떨면서 방을 뛰쳐나갔습니다.

왕은 잠시 마루를 이리저리 걸어다니며 자신이 숨을 내뿜어 페이크의 입에서 흘러나왔던 곡을 연주하는 한 그들은 무사할 거라고 중얼거렸습니다. 그런 뒤에 그는 피리를 꺼내서 "뚜이뚜, 뚜이뚜" 하고 불기 시작했습니다. 왕은 그날 온종일, 그리고 그 다음 날도 열심히 피리를 불며 연주를 했습니다. 그러나 그녀들을 되살리지 못했습니다. 왕비와 딸은 모두 죽었고, 죽은 채로 있었습니다. 왕은 어쩔 수 없이 그녀들을 위해 교회의 뜰에 무덤을 사고, 장례식 맥주의 값을 치러야 했습니다.

왕은 이번에는 반드시 페이크를 베어 버리려 했습니다. 그러나 페이크는 염탐꾼을 심어 두었기 때문에 왕이 언제 오는지 알았습니다. 페이크는 누이에게 말했습니다.

"이제 너는 나하고 옷을 바꿔 입고 떠나. 그렇게 하면 우리가 가진 모든 것은 이제 네 거야."

"좋아!" 그녀는 그와 옷을 갈아입고 짐을 싼 뒤에 가장 빠른 속도로 서둘러 길을 떠났습니다. 그리고 페이크는 누이의 옷을 입고 홀로 앉아 있었습니다.

"페이크는 어디에 있느냐?" 왕이 말했습니다. 그는 화가 머리꼭대기까지 치솟은 상태였습니다.

"그는 달아났어요." 페이크가 말했습니다.

"아! 그가 집에 있었다면" 왕이 말했습니다. "그 자리에서 그를 죽였을 텐데. 그런 사기꾼은 목숨을 살려줄 필요가 없거든."

"맞아요! 그는 염탐꾼을 보내 사악한 속임수를 벌하기 위해 왕이 목숨을 거두러 온다는 사실을 미리 알고 있었어요. 그는 빵 한 조각은 물론이고 지갑에 돈 한 푼도 남기지 않고 저를 홀로 버려두었어요." 페이크는 젊은 아가씨처럼 부드럽고 얌전하게 말했습니다.

"내 농장으로 가자꾸나. 네가 잘 먹고 잘 살 수 있게 해주마. 이 오두막에 앉아 홀로 굶어 죽을 필요는 없다." 왕이 말했습니다.

그래요! 왕은 기꺼이 그렇게 했습니다. 왕은 그를 데려가서 모든 것을 가르쳐 주었고, 자신의 딸들 가운데 하나처럼 대해 주었습니다. 마치 왕의 딸이 전과 똑같이 셋이 된 것처럼 보일 정도였습니다. 페이크 아가씨는 다른 공주들과 함께 이른 아침부터 늦은 밤까지 바느질을 하고, 뜨개질을 하고, 노래를 부르며 놀았습니다.

얼마 뒤 어떤 왕의 아들이 신붓감을 찾으러 왔습니다.

"그래! 내게는 딸이 셋 있네." 왕이 말했습니다. "누구를 고를지 자네가 정하게."

그래서 그는 허가를 얻어 여자들이 사는 안채로 가서, 그녀들과 친구가 되었습니다. 그리고 마침내 페이크 아가씨를 가장 좋아하게 되었습니다. 그는 청혼의 의미로 페이크의 무릎에 비단 손수건을 던졌습니다. 그래서 사람들은 결혼 축하 잔치를 열 준비를 시작했습니다. 곧이어 왕자의 친척들이 왔고, 결혼식 전날 밤에 그들은 왕의 사람들과 함께 모여서 먹고 마셔댔습니다. 그러나 그날 밤 페이크 아가씨는 도저히 더 이상 머물 수 없어 왕의 농장에서 달아나 넓은 세상으로 나갔습니다. 신부가 사라진 것입니다. 그런데 그 뒤 상황은 더 나빠졌습니다. 바로 그때 다른 두 공주들도 매우 이상한 기분이 들어 갑자기 세상으로 여행을 떠난 것입니다. 축제와 즐거움이 정점에 이른 순간 사람들은 흩어져 집으로 돌아가야 했습니다.

왕은 크게 분노했을 뿐 아니라 슬픔에 잠겼습니다. 그는 페이크가 다시 끼어든 것은 아닌지 의심하기 시작했습니다. 그래서 그는 말을 몰고 달려 나갔습니다. 집에만 머물러 있는 것은 멍청한 짓이라고 생각했기 때문입니다. 그는 갈아놓은 들판으로 갔는데, 그곳에서 페이크가 바위에 앉아 〔입에 물고 손가락으로 현을 튕겨 연주하는 악기인〕 유대인의 하프를 연주하고 있는 모습이 보였습니다.

"뭐야! 거기 앉아 있는 게 페이크 네 놈이냐?" 왕이 물었습니다.

"네. 그래요! 저예요." 페이크가 말했습니다. "제가 그럼 어디에 앉아 있겠어요?"

"네가 번번이 나를 악랄하게 속였겠다." 왕이 말했습니다. "이제 넌 나와 함께 가야 할 것이다. 너를 죽여 버리고야 말겠다."

"그래요. 그래." 페이크가 말했습니다. "어쩔 도리가 없죠. 저도 당신을 따라갈 수밖에 없다고 생각해요."

왕의 농장에 도착하자 사람들은 통을 준비해 페이크를 그 안에 넣고 눈, 통을 높은 산 위로 옮겨 놓았습니다. 페이크가 자신이 저지른 나쁜 짓들을 반성하게끔 그곳에 3일 동안 통을 놓아 두었다가 바다로 굴려 버릴 계획이었습니다.

3일째 되는 날 그 옆으로 부자가 지나갔습니다. 그러자 통 안에 갇혀 있던 페이크가 노래를 불렀습니다.

"천상의 기쁨과 천국을 위해서는, 천상의 기쁨과 천국을 위해서는, 천사가 되는 것보다 여기 있는 것이 훨씬 낫다네."

이 노래를 들은 남자는 그에게 자리를 바꾸어 달라고 부탁했습니다.

"이 자리는 꽤 비싸요." 페이크가 말했습니다. "천국으로 떠나는 마차가 매일 있는 것은 아니거든요."

그러자 부자는 페이크에게 자신이 가진 모든 것을 주겠다고 말했습니다. 그는 통의 입구를 뜯고, 페이크를 대신해서 그 안으로 기어들어 갔습니다.

"즐거운 여행이 되라!" 그런 줄 모르고 왕이 통을 굴리러 와서 말했습니다. "이제 페이크 네 놈은 순록이 끄는 썰매를 탄 것보다도 더 빨리 바다로 떨어질 거다. 이제 너와 네 속임수 막대기는 모두 끝났어."

골짜기를 반쯤 내려가기도 전에 통은 흔적도 찾을 수 없게 되었습니다. 그 안에 있던 사람의 몸도 마찬가지였습니다. 그러나 왕이 농장으로 돌아왔을 때 그의 앞에 페이크가 있었습니다. 그는 궁정의 마당에서 유대인의 하프를 연주하며 앉아 있었습니다.

"뭐냐! 여기 앉아 있는 게 페이크 네 놈이냐?"

"그래요! 저예요. 제가 여기 아니면 어디 있겠어요?" 페이크가 말했습니다. "저는 제 말과 양과 돈으로 이 집을 살 수도 있어요."

"그 모든 재산은 내가 너를 굴려 떨어뜨린 곳에서 얻은 거냐?" 왕이 물었습니다.

"당신은 저를 바다로 굴려 떨어뜨렸죠." 페이크가 말했습니다. "제가 도착한 그곳 바닥에는 말과 양, 금과 은이 넘쳐나요. 가축들이 커다란 무리를 이루고 있고, 금과 은이 집채만큼 쌓여 있어요."

"얼마를 줘야 너도 나를 똑같이 굴려 주겠니?" 왕이 물었습니다.

그러자 페이크가 말했습니다. "그 일은 별다른 비용이 들지 않아요. 게다가 당신도 내게 돈을 받지 않았는데, 내가 돈을 받을 수는 없죠."

그는 왕을 통에 쑤셔 넣고 굴렸습니다. 페이크는 왕을 공짜로 바다로 굴려 떨어뜨리고는, 왕의 농장으로 돌아왔습니다. 그리고 막내 공주와 결혼 축하 잔치를 열었습니다. 그 뒤 그는 그 땅과 왕국을 모두 다스렸습니다. 그러나 그는 자신의 속임수 막대기는 남에게 알리지 않았습니다. 그는 비밀을 잘 지켰기 때문에 그 뒤로도 계속 페이크와 그의 속임수에 대해서는 왕 자신 말고는 아무도 알지 못했습니다.

13

맥주통을 든 소년

"자!" 카린이 말했다. "내가 하고 싶지 않았던 페이크 이야기를 대신 해주었으니, 이번에는 내가 '맥주통을 든 소년', '이 세상의 방식', '팬케이크' 이야기를 잇달아 해줄게요." 그녀는 첫 번째 이야기를 시작했다.

*＊＊

옛날 옛적에 한 젊은이가 있었습니다. 그는 북쪽 지방에서 오랫동안 어떤 남자의 일꾼으로 지냈습니다. 젊은이를 고용한 남자는 맥주를 만드는 양조장의 주인이었습니다. 그곳에서 만든 맥주만큼 독특하고 품질이 뛰어난 술은 어디에도 없었습니다. 젊은이가 떠난다고 하자 남자는 그에게 그 동안의 보수로 〔북유럽의 동지 축제인〕 율*을 기념하는 맥주 한 통을 주었습니다.

---

* 율(Yule)은 '고함소리, 울부짖음'이란 뜻이다. 전통적으로는 유령 무리와 그들을 이끄는 오딘을 기념하는 이교의 동지 축제였으나 기독교화한 뒤로는 크리스마스를 가리키는 말로 쓰였다.

"좋아요!" 젊은이는 맥주가 들어 있는 나무통을 짊어지고 길을 나섰습니다. 그리고 아주 오랫동안 멀리까지 한참을 걸어갔습니다. 시간이 지날수록 나무통이 점점 더 무겁게 느껴졌습니다. 그래서 젊은이는 맥주를 마실 만한 사람이 있는지 두리번거리기 시작했습니다. 맥주가 줄면 나무통이 가벼워지리라 생각했기 때문입니다. 젊은이는 한참을 더 걷다가 마침내 기다란 수염을 가진 노인을 만났습니다.

"안녕하시오." 노인이 말을 걸어왔습니다.

"안녕하세요." 젊은이도 인사를 건넸습니다.

"어디를 가시오?" 노인이 물었습니다.

"나무통이 가벼워지게 맥주를 마셔줄 사람을 찾고 있어요." 젊은이가 말했습니다.

"그렇다면 내가 그것을 마셔도 되겠소?" 노인이 말했습니다. "멀리 한참을 걸어온 탓에 지치고 목이 마르다오."

"그럼요! 왜 안 되겠어요?" 젊은이가 말했습니다. "하지만 그 전에 노인장께서 어디에서 왔고, 어떤 사람인지 먼저 알려주세요."

"나는 '우리의 주님'이고, 하늘에서 왔소." 노인이 대답했습니다.

"당신은 이것을 마실 수 없어요." 젊은이가 말했습니다. "당신은 이 세상 사람들 사이에 차별을 만들어서 부자와 가난한 사람들이 공평한 권리를 누릴 수 없게 하지 않았나요? 안 돼요! 당신은 이것을 마실 수 없어요." 말을 마친 젊은이는 나무통을 짊어지고 다시 빠른 걸음으로 걸어갔습니다.

다시 길을 걷기 시작하자 젊은이는 나무통이 전보다 더 무겁게 느껴졌습니다. 그는 누군가 맥주를 마셔주지 않으면 더는 나무통을 가지고 가기 힘들겠다고 생각했습니다. 바로 그때였습니다! 어떤 못생기고 수척한 사람이 젊은이를 향해 빠른 속도로 힘차게 뛰어왔습니다.

"안녕하시오." 그 사람이 말을 걸어왔습니다.

Erik Werenskiold

"안녕하세요." 젊은이가 대답했습니다.

"어디를 가시오?" 남자가 물었습니다.

"나무통이 가벼워지게 맥주를 마셔줄 사람을 찾고 있어요." 젊은이가 말했습니다.

"다른 사람이 없다면 내가 마셔도 되겠소?" 남자가 말했습니다. "나는 멀리 한참을 걸어온 탓에 지치고 목이 마르다오."

"그럼요! 왜 안 되겠어요?" 젊은이가 대답했습니다. "그런데 당신은 누구고, 어디에서 왔죠?"

"나 말이요? 나는 악마요. 지옥에서 왔지. 바로 그곳이 내가 온 곳이오." 남자가 말했습니다.

"그렇다면 안 되겠네요!" 젊은이가 말했습니다. "당신은 오로지 가난한 사람들만 병들고 근심하게 만들지 않았나요? 어떤 불행한 일이 벌어지면 사람들은 언제나 악마의 탓이라고 하더군요. 그러니 당신이 맥주를 마시게 허락하지 않겠어요."

그렇게 젊은이는 맥주통을 등에 짊어지고 다시 멀리멀리 걸어갔습니다. 그것이 너무 무거워 더는 짊어지고 갈 수 없다는 생각이 들 때까지 말입니다. 그는 맥주를 마셔서 나무통을 가볍게 해줄 사람을 찾으려고 주변을 두리번거렸습니다. 한참을 그러고 있는데 누군가 다가왔습니다. 그 남자는 너무 야위고 앙상한 나머지 뼈만 있는 게 아닐까 하는 생각이 들 정도였습니다.

"안녕하시오." 남자가 말을 걸어왔습니다.

"안녕하세요." 젊은이가 답했습니다.

"어디를 가시오?" 남자가 물었습니다.

"맥주를 마셔서 나무통을 조금이나마 가볍게 해 줄 사람을 찾고 있어요. 너무 무거워서 더는 가지고 갈 수 없을 것 같거든요."

"다른 사람이 없다면, 내가 마셔도 되겠소?" 남자가 말했습니다.

"그럼요, 왜 안 되겠어요?" 젊은이가 말했습니다. "그런데 당신은 어떤 사람이죠?"

"사람들은 나를 죽음이라 부른다오." 남자가 말했습니다.

"당신이 바로 내가 찾던 사람이네요. 당신은 이것을 마셔도 돼요." 말을 마친 젊은이가 나무통을 내려놓고는 맥주를 잔에 따르기 시작했습니다. "당신이야말로 정직하고 신뢰할 수 있으니까요. 당신은 부자든 가난한 사람이든 모두를 똑같이 대하죠."

젊은이가 건배를 하자, 죽음도 자신의 잔을 들었습니다. 죽음은 맥주를 마시고는, 이렇게 맛좋은 맥주는 먹어본 적이 없다고 했습니다. 젊은이는 죽음이 마음에 들었습니다. 그래서 그들은 한 잔 두 잔 계속 마셨고, 맥주가 줄어 나무통이 가벼워졌습니다.

이윽고 죽음이 말했습니다. "나는 이제껏 이렇게 맛있는 술은 처음

먹어보았소. 내게 이렇게 좋은 맥주를 주었는데 어떻게 보답을 해야 할지 모르겠소."

그러자 젊은이는 잠시 생각을 하고는, 아무리 많은 이들이 맥주를 마셔도 나무통이 비는 일이 없고, 그 맥주가 어떤 의사보다도 아픈 사람들한테 도움이 되는 치료약이 되기를 바란다고 했습니다. 그리고 젊은이가 병자가 있는 방에 들어갈 때 죽음이 그곳에 있다면 모습을 드러내어, 병자가 나무통의 술을 마시고 나을 수 있으면 침대 발치에 서 있고, 병자가 이미 죽음의 소유가 되어 어떤 약으로도 나을 수 없으면 머리맡에 앉아서 알려주기를 바란다고 했습니다.

그 뒤 젊은이는 훌륭한 의사로 명성을 떨쳤습니다. 가까운 곳에서도 멀리 떨어진 곳에서도 찾아와 달라는 요청이 밀려들었습니다. 젊은이는 자신을 부른 곳으로 가서 많은 이들이 건강을 되찾을 수 있게 도와주었습니다. 그는 환자가 있는 방에 들어섰을 때 죽음이 어디에 있는지를 보고는 죽을지 살지를 예언했습니다. 그의 예언은 결코 틀린 적이 없었고, 그는 돈과 권력을 모두 가진 사람이 되었습니다.

이윽고 그는 세상 저 머나먼 곳에 있는 왕한테서도 와서 공주의 병을 살펴봐 달라는 청을 받게 되었습니다. 공주는 너무 위독해서 어떤 의사도 도움이 안 되었습니다. 그래서 사람들은 그에게 공주를 살려주기만 하면 원하는 것은 뭐든 가질 수 있게 해 주겠다고 약속했습니다.

그런데 그가 공주의 방으로 들어가자 죽음이 그녀의 머리맡에 앉아 있었습니다. 죽음은 고개를 숙인 채 꾸벅꾸벅 졸고 있었습니다. 공주는 죽음이 잠든 그 순간에는 상태가 조금 나아지는 것 같았습니다.

"지금 삶과 죽음이 하나로 묶여 있습니다." 의사가 된 그가 말했습니다. "안타깝지만 희망이 없는 것 같습니다."

그러자 사람들은 그에게 공주를 꼭 살려 달라며, 그렇게만 해주면 땅과 왕국을 모두 주겠다고 했습니다. 그는 죽음을 지켜보고 있다가 죽음이 꾸벅꾸벅 조는 틈을 이용해 하인들에게 신호를 보내서 침대의 방향을 재빨리 돌려놓게 했습니다. 그러자 죽음은 침대 발치에 있게 되었고, 바로 그때 의사는 공주에게 약을 주어 그녀의 생명을 구했습니다.

"이런, 자네가 나를 속였구먼." 죽음이 말했습니다. "우리의 약속은 이제 끝났네."

"어쩔 수 없었어요." 의사가 말했습니다. "땅과 왕국을 포기할 수는 없으니까요."

"글쎄, 그것은 자네한테 그리 큰 도움이 되지 못할 걸세." 죽음이 말했습니다. "자네의 시간이 끝나고 있네. 이제 자네는 내게 속해 있어."

"그렇군요." 젊은이가 말했습니다. "그렇다면 제게 '주님의 기도'를 읊을 시간이라도 주시길 바랍니다."

"그러지." 죽음은 그렇게 하겠다고 말하고 떠났습니다. 그 뒤 의사는 주님의 기도를 읊지 않으려고 최대한 조심했습니다. 그는 다른 모든 것들은 다 소리내서 읽었지만, 주님의 기도만은 결코 읊지 않았습니다. 그는 자기가 죽음을 영원히 완전하게 속여 넘겼다고 생각했습니다.

그러나 죽음은 자신이 너무 오래 기다리고 있다는 생각이 들자 어느 날 밤에 의사의 집으로 찾아왔습니다. 그리고 주님의 기도문이 적혀 있는 커다란 나무판을 그의 침대 맞은편에 걸어놓았습니다.

아침에 잠에서 깬 의사는 나무판을 읽기 시작했습니다. 정신을 차리고 무엇을 읽고 있는지 알아챘을 때 그는 이미 '아멘'까지 말하고 있었습니다. 너무 늦어버렸습니다. 죽음이 그를 가졌습니다.

14

이 세상의 방식

옛날 옛적에 한 남자가 〔맥주 원료로 쓰이는〕 홉 덩굴을 떠받칠 나무를 구하려고 숲으로 갔습니다. 그러나 남자는 자신이 바라는 길쭉하고 곧게 뻗은 가는 나무를 찾을 수 없었습니다. 그래서 그는 계속 산을 올라갔고, 거대한 돌무더기가 쌓여 있는 곳에 이르게 되었습니다.

그곳에서 그는 누군가 지옥의 문에서 탄식하고 있는 것 같은 신음소리를 들었습니다. 그래서 그는 도움이 필요해 보이는 사람을 찾으려고 다가갔습니다. 소리는 돌무더기의 가장 크고 평평한 돌 아래에서 나고 있었습니다.

그런데 돌이 너무 무거워서 그의 힘만으로는 들어 올릴 수 없었습니다. 그래서 남자는 숲으로 들어가 나무를 베어 가져와, 그것을 지렛대로 삼아서 돌을 들어 올렸습니다. 그랬더니 세상에 맙소사! 돌 아래에서 용이 기어나와서는 남자를 꿀꺽 삼키려고 했습니다. 남자는 용에게 목숨을 구해준 자신을 잡아먹으려고 하는 것은 은혜도 모르는 고약한 짓이라고 했습니다.

"그럴지도." 용이 말했습니다. "하지만 너도 내가 여기에 몇백 년 동안 갇혀 있으면서 고기를 전혀 맛보지 못했다는 사실을 잘 알고 있을 텐데. 그리고 이런 식으로 빚을 갚는 것이 이 세상의 방식이야."

남자는 그렇지 않다고 주장하면서 목숨을 구걸했습니다. 마침내 그들은 맨 처음 마주치는 동물한테 판단을 맡기기로 했습니다. 그가 용이 잘못되었다는 판결을 내리면 남자는 목숨을 빼앗기지 않을 수 있지만, 용하고 똑같이 말하면 남자는 용한테 냉큼 잡아먹히게 될 것입니다.

그들이 처음 만난 것은 언덕을 달려 내려오고 있던 늙은 사냥개였습니다. 용과 남자는 사냥개에게 처음부터 끝까지 사정을 설명하고는 판결을 내려 달라고 부탁했습니다.

"신도 알고 계시지만" 사냥개가 말했습니다. "나는 어린 새끼였을 때부터 주인한테 완전히 복종했지. 그가 잠든 수많은 밤을 나는 경계를 서고 또 섰지. 그가 편안하게 잠들어 있는 동안에 나는 귀를 쫑긋 세우고 불행으로부터 집과 가족을 구하고, 도둑도 내쫓았어. 그러나 내가 잘 듣지 못하게 되자 주인은 나를 쏘아 죽이려 했어. 그래서 나는 달아나야 했어. 그리고 지금은 굶어 죽지 않으려고 이집 저집 살금살금 다니면서 구걸을 하는 신세가 되었지. 세상에나! 이게 바로 빚을 갚는 이 세상의 방식이야." 사냥개가 말했습니다.

"자, 봤지. 너를 잡아먹어야겠어." 용이 말하면서 남자를 삼키려 했습니다. 그러자 남자는 애걸복걸하면서 제발 살려 달라고 빌었습니다. 그래서 그들은 판결을 내려줄 다른 누군가를 만날 때까지 다시 기다리기로 했습니다. 다음에 만나는 자도 용과 사냥개처럼 말한다면 용은 남자를 집어삼켜 그의 몸뚱이로 배를 채울 것입니다. 그러나 다음 심판자가 다르게 말하면 남자는 목숨을 구할 수 있게 될 것입니다.

이번에는 늙은 말이 쩔뚝거리면서 언덕을 내려왔습니다. 용과 남자는 늙은 말에게 처음부터 끝까지 사정을 설명하고는 판결을 내려 달라고 부탁했습니다. 늙은 말은 마치 미리 준비해 두었다는 듯이 판결을 내리기 시작했습니다.

"음, 나는 주인에게 복종했지." 늙은 말이 말했습니다. "나는 마차를 끌고 짐을 날랐어. 나는 그를 위해 노예처럼 일하며 애를 썼지. 몸의 모든 털에서 땀이 흐를 정도로 말이야. 나는 절름발이가 될 때까지 일을 했어. 기진맥진할 정도로 고된 노동과 나이 때문에 지금은 아무것도 하지 못하고 제대로 걷지도 못하는 신세가 되었지. 그런데 말이야. 밥값을 못하게 되자 주인은 나한테 총을 쐈어. 그래! 그래! 이게 이 세상의 방식이야. 아무렴 이게 빚을 갚는 이 세상의 방식이지."

"자, 이제 널 잡아먹어야겠다." 용은 입을 크게 벌리며 남자를 삼키려 했습니다. 그러자 남자는 다시 애걸복걸하면서 살려 달라고 빌었습니다. 그러나 용은 이번에는 남자를 꼭 잡아먹어야겠다고 했습니다. 배가 너무 고파서 더 이상 참을 수 없다면서 말입니다.

"봐! 저쪽에서 마치 우리한테 판결을 내려주려는 것처럼 누군가 오고 있어." 남자가 말했습니다. 그가 가리킨 곳에는 돌무더기 사이로 살금살금 내려오던 여우 미켈이 있었습니다.

"뭐든 삼세판이지." 남자가 말했습니다. "여우한테도 물어보게 해 줘. 그도 다른 이들과 똑같이 판결하면 그때 나를 잡아먹어도 되잖아."

"그래 좋아." 용이 말했습니다. 그도 뭐든 세 번은 해봐야 한다는 말을 들은 적이 있었기 때문입니다. 그렇게 합의가 이루어지자 남자는 개와 말에게 했던 것처럼 여우를 불러 사정을 설명했습니다.

"그래. 그래" 여우가 말했습니다. "일이 어떻게 된 건지 알겠어." 여우는 남자를 한쪽으로 슬그머니 데리고 갔습니다.

"용한테서 구해주면 나한테 뭐를 해줄 건데?" 여우가 남자의 귀에 속삭였습니다.

"네가 내 집에 자유롭게 드나들 수 있게 해주고, 매주 목요일 밤마다 암탉과 거위들의 주인이 되게 해줄게." 남자가 말했습니다.

"좋아." 미켈이 말했습니다. "이봐, 용 친구. 이거 정말 어려운 문제로군. 그런데 난 정말 모르겠어. 자네처럼 크고 힘도 센 친구가 어떻게 돌 아래에 깔리게 되었는지 말이야."

"그럴 만도 하지." 용이 말했습니다. "내가 산허리에 누워 햇볕을 쬐고 있는데 산사태가 나서 돌이 내 위로 쏟아지는 바람에 그리된 거야."

"그럴 수도 있을 것 같군." 미켈이 말했습니다. "그런데 난 아직도 잘 모르겠어. 직접 보기 전까지는 믿지 못하겠어."

그러자 남자는 다시 보여주는 것이 좋겠다고 했습니다. 그래서 용은 구멍으로 도로 기어들어갔습니다. 그 순간 여우와 남자는 눈 깜짝할 사이에 지렛대를 치워버렸고, 용은 다시 돌 아래에 깔렸습니다.

"이 세상 끝나는 날까지 그곳에 깔려 있어라." 여우가 말했습니다. "너는 남자를 잡아먹으려 했어. 목숨을 구해준 사람을 정말 그렇게 하려고 했던 거야?"

용은 끙끙거리는 신음소리를 내면서 꺼내 달라고 간절히 빌었습니다. 그러나 여우와 남자는 용을 남겨둔 채 그 자리를 떠났습니다.

그날부터 여우는 목요일 밤마다 닭장을 지배하는 주인이 되었습니다. 하녀가 닭들의 먹이를 줄 때 미켈은 거대한 장작더미 뒤로 몸을 숨겼습니다. 그래서 하녀는 미켈이 닭을 훔치는 것을 전혀 눈치채지 못했습니다. 하녀가 자리를 뜨자 여우는 일주일치 식사를 모두 해결했습니다. 그런데 그 바람에 배가 너무 불러 꼼짝할 수 없었습니다.

다음날 하녀가 다시 왔을 때에도 미켈은 사지를 쭉 뻗고 드러누워 코를 골며 자고 있었습니다. 아침 해가 떠올랐는데도 말입니다. 잠에서 깬 미켈은 털 고르기를 한 뒤에 소시지말이(rullepølse) 주변을 어슬렁거렸고, 때마침 그 모습을 하녀가 보았습니다.

하녀 계집애는 주인아주머니에게 달려갔습니다. 아주머니가 나와서 계집애와 함께 막대기와 빗자루로 여우를 때리기 시작했습니다. 여우는 진짜로 골로 갈 뻔했습니다. 그러나 간신히 바닥에 있는 구멍을 발견해 기어들어가 빠져나왔습니다. 여우는 쩔뚝거리면서 숲으로 돌아갔습니다.

"아. 아." 미켈이 말했습니다. "정말이었어. 이게 이 세상의 방식이었어. 이게 빚을 갚는 이 세상의 방식이야."

15

팬케이크

옛날 옛적에 일곱 아이를 키우는 아주머니가 있었습니다. 그녀는 배고픈 아이들을 위해 팬케이크를 구웠습니다. 신선한 우유가 들어간 반죽을 프라이팬 위에 놓자 지글지글 거품이 일며 볼록하게 부풀어 올랐습니다. 보기만 해도 즐거운 모습이었습니다. 아이들은 프라이팬 주변에 빙 둘러 서고, 남편은 한쪽에 앉아 그 모습을 지켜보았습니다.

"사랑하는 엄마, 팬케이크 한 조각만 주세요. 너무 배고파요!" 한 아이가 말했습니다.

"저도 주세요, 가장 사랑하는 엄마." 둘째 아이가 말했습니다.

"저도 주세요, 가장 사랑하는 다정한 엄마." 셋째 아이가 말했습니다.

"저도 주세요, 가장 사랑하는 다정하고 상냥한 엄마." 넷째 아이가 말했습니다.

"저도 주세요, 가장 사랑하는 다정하고 상냥하고 예쁜 엄마." 다섯째 아이가 말했습니다.

"저도 주세요, 가장 사랑하는 다정하고 상냥하고 예쁘고 똑똑한 엄마." 여섯째 아이가 말했습니다.

R. T. Pritchett

"저도 주세요, 가장 사랑하는 다정하고 상냥하고 예쁘고 똑똑하고 최고인 엄마." 일곱째 아이가 말했습니다.

아이들은 너도나도 세상에서 가장 동그랗고 예쁜 그 팬케이크를 달라고 졸랐습니다. 모두 착한 아이들이었고, 배가 몹시 고팠습니다.

"그래, 애들아. 뒤집을 때까지만 잠깐 기다려."

아주머니가 말했습니다.

"엄마가 팬케이크를 뒤집으면, 너희들은 예쁘고 맛있는 우유 팬케이크를 먹을 수 있단다. 자, 보렴. 정말 두툼하고 맛있어 보이지?"

이 말을 들은 팬케이크는 두려워졌습니다. 그래서 몸이 뒤집히는 순간을 이용해 프라이팬을 빠져나가야 하겠다고 생각했습니다. 그러나 뒤집힐 때마다 조금씩 더 구워질 뿐이었습니다. 얼마 뒤 반죽이 제법 단단하게 구워지자 팬케이크는 마침내 바닥으로 뛰어내리는 데 성공했습니다. 팬케이크는 바퀴처럼 몸을 굴려 문을 지나 언덕 아래로 내달렸습니다.

"에구머니나! 팬케이크 잡아라!"

아주머니가 한손에 프라이팬을 들고 다른 한손에는 국자를 쥔 채로 팬케이크를 쫓아서 힘껏 달려갔습니다. 아이들도 엄마의 뒤를 따라 뛰어갔습니다. 남편은 맨 뒤에서 느릿느릿 쫓아갔습니다.

"이봐! 멈추지 못해? 팬케이크 잡아라. 거기 서!"

아주머니와 아이들은 이렇게 소리치며 팬케이크를 잡으려 했습니다. 하지만 팬케이크는 계속 굴러갔고, 눈 깜짝할 사이에 보이지 않게 되었습니다. 팬케이크가 더 빨랐습니다.

그렇게 굴러가던 팬케이크는 어떤 남자를 만났습니다.

"안녕, 팬케이크." 남자가 인사를 건넸습니다.

"안녕, 브란(Brann) 아저씨!" 팬케이크도 인사했습니다.

"그런데 팬케이크야. 너무 빨리 굴러가지 마. 내가 널 먹을 수 있게 잠깐 멈춰봐." 남자가 말했습니다.

"크로네(Krone) 아주머니와 그녀의 남편, 꽥꽥거리는 일곱 아이들로부터 도망친 것처럼, 브란 아저씨, 나는 당신 손가락 사이를 벗어나 도망쳐야겠네요." 팬케이크가 말했습니다.

계속 굴러가던 팬케이크는 이번에는 암탉 한 마리를 만났습니다.

"안녕, 팬케이크." 암탉이 인사를 건넸습니다.

"안녕, 암탉 푀네(Pøne)." 팬케이크도 인사했습니다.

"그런데 팬케이크야, 너무 빨리 굴러가지 마. 내가 널 먹을 수 있게 잠깐만 멈춰봐." 암탉이 말했습니다.

"크로네 아주머니와 그녀의 남편, 꽥꽥거리는 일곱 아이들, 브란 아저씨로부터 도망쳤듯이 암탉 푀네, 당신 발톱 사이를 벗어나 도망쳐야겠네요." 팬케이크는 이렇게 대꾸하고 바퀴처럼 계속 길 아래로 굴러갔습니다.

바로 그때 수탉 한 마리를 만났습니다.

"안녕. 팬케이크야." 수탉이 인사했습니다.

"안녕, 수탉 파네(Pane)." 팬케이크도 인사했습니다.

"그런데 팬케이크야, 너무 빨리 굴러가지는 마. 잠깐 멈추어 내가 널 먹을 수 있게 해줘." 수탉이 말했습니다.

"내가 크로네 아주머니와 그녀의 남편, 꽥꽥거리는 일곱 아이들, 브란 아저씨, 암탉 푀네로부터 도망쳤듯이 수탉 파네, 당신 발톱 사이를 벗어나 도망쳐야겠네요." 말을 마친 팬케이크는 최대한 빨리 굴러갔습니다.

그렇게 한참을 굴러가다 팬케이크는 오리 한 마리를 만났습니다.

"안녕, 팬케이크야." 오리가 인사했습니다.

"안녕, 오리 반(Vande)." 팬케이크도 인사했습니다.

"그런데 팬케이크야, 너무 빨리 굴러가지는 마. 잠깐 멈추어 내가 널 먹을 수 있게 해줘." 오리가 말했습니다.

"크로네 아주머니와 그녀의 남편, 꽥꽥거리는 일곱 아이들, 브란 아저씨, 암탉 푀네, 수탉 파네로부터 도망쳤듯이 오리 반, 당신 물갈퀴 사이를 벗어나 도망쳐야겠네요." 말을 마친 팬케이크는 전보다 더 빨리 굴러갔습니다.

그렇게 한참을 굴러가다 팬케이크는 암컷 거위를 만났습니다.

"안녕, 팬케이크야." 암컷 거위가 인사했습니다.

"안녕, 거위 보세(Våse)." 팬케이크도 인사했습니다.

"그런데 팬케이크야, 너무 빨리 굴러가지는 마. 잠깐 멈추어 내가 널 먹을 수 있게 해줘."

"크로네 아주머니와 그녀의 남편, 꽥꽥거리는 일곱 아이들, 브란 아저씨, 암탉 푀네, 수탉 파네, 오리 반으로부터 도망쳤듯이, 암컷 거위 보세 당신 물갈퀴 사이를 벗어나 도망쳐야겠네요." 말을 마친 팬케이크는 계속 굴러갔습니다.

한참을 더 멀리까지 굴러가던 팬케이크는 수컷 거위를 만났습니다.

"안녕, 팬케이크야." 수컷 거위가 인사했습니다.

"안녕, 거위 바세(Vasse)." 팬케이크도 인사했습니다.

"그런데 팬케이크야, 너무 빨리 굴러가지는 마. 잠깐 멈춰서 내가 널 먹을 수 있게 해줘."

"크로네 아주머니와 그녀의 남편, 꽥꽥거리는 일곱 아이들, 브란 아저씨, 암탉 푀네, 수탉 파네, 오리 반, 암컷 거위 보세로부터 도망쳤듯이 수컷 거위 바세, 당신 물갈퀴 사이를 벗어나 도망쳐야겠네요." 말을 마친 팬케이크는 계속 전보다 더 빨리 굴러갔습니다.

그렇게 오래오래 굴러가던 팬케이크는 돼지 한 마리를 만났습니다.

"안녕, 팬케이크야." 돼지가 인사했습니다.

"안녕, 게걸스러운 돼지." 팬케이크도 인사했습니다. 그리고 말없이

미친 듯이 굴러가기 시작했습니다.

"안 돼. 안 돼." 돼지가 말했습니다.

"넌 그렇게 서두를 필요가 없어. 숲까지는 서로를 보살피며 우리 함께 나란히 가자. 사람들이 그러는데 숲은 안전하지가 않대."

팬케이크는 그러는 게 좋겠다고 생각했습니다. 그들은 길동무가 되었습니다. 그런데 얼마 가지 않아 시내가 나왔습니다. 뚱뚱한 돼지에게 헤엄을 쳐서 시내를 건너는 것은 아무런 문제가 되지 않았습니다. 하지만 불쌍한 팬케이크는 시내를 건널 수 없었습니다.

"내 코 위에 앉아." 돼지가 말했습니다. "내가 너도 건널 수 있게 도와줄게."

팬케이크는 그렇게 했습니다. 그러자 돼지는 꿀꿀거리더니 팬케이크를 한입에 꿀꺽 삼켰습니다. 불쌍한 팬케이크는 더 이상 굴러갈 수 없게 되었습니다. 그래서 이 이야기도 더는 계속할 수 없게 되었답니다.

16

곰 밤세와 여우 미켈

"이제," 페테르가 말했다. "내가 여러분들에게 숲에서 갓 나온 다른 많은 이야기들을 해주겠소. 가문비나무나 노간주나무처럼 아주 신선한 이야기들이지요. 자, 시작하겠소."

곰과 여우의 동업

옛날 옛적에 곰 밤세와 여우 미켈이 공동으로 밭 하나를 소유하고 있었습니다. 숲에 있는 작은 공터였는데, 첫 해에 그들은 그곳에 호밀을 심었습니다.

"자, 우리 공정하고 공평하게 곡식을 나누자." 미켈이 말했습니다. "너는 뿌리를 가져. 나는 머리를 가질게."

그래요! 곰 밤세는 그렇게 하자고 했습니다. 그러나 수확한 뒤에 미켈은 호밀을 모두 가져갔지만, 밤세는 뿌리와 버리는 부분 말고는 가져갈 게 없었습니다. 곰은 그것이 전혀 마음에 들지 않았습니다. 그러나 여우는 그렇게 나누기로 이미 약속했다고 말했습니다.

"올해에는 내가 가져갈게." 여우가 말했습니다. "다음 해에는 네가 가져가. 그때는 네가 머리를 갖고, 내가 뿌리를 갖도록 하자."

그러나 봄이 와서 파종 시기가 되자, 미켈은 곰에게 순무를 심는 게 어떠냐고 물었습니다.

"좋아, 좋아!" 곰이 말했습니다. "호밀보다 훨씬 나은 음식이지."

여우도 그렇게 생각했습니다. 그러나 수확할 때가 되자 여우는 순무의 뿌리를 가져갔지만, 곰은 순무의 잎과 줄기만 갖게 되었습니다. 곰은 여우한테 화가 많이 나서 곧바로 여우와의 동업을 끝내 버렸습니다.

Erik Werenskiold

돼지고기와 꿀

어느 날 새벽에 곰이 통통한 돼지를 들고 습지를 쿵쿵거리며 지나고 있었습니다. 여우 미켈은 황무지 옆의 바위 위에 앉아 있었습니다.

"안녕, 노인 양반." 여우가 말했습니다. "거기 들고 있는, 좋아 보이는 그게 뭐야?"

"돼지고기." 곰이 말했습니다.

"그래? 나도 맛있는 음식을 하나 가지고 있지." 미켈이 말했습니다.

"그게 뭔데?" 곰이 물었습니다.

"내가 이제껏 본 것 가운데 가장 큰 벌집이지." 미켈이 말했습니다.

"에이, 설마." 곰이 혀를 내밀어 침을 핥으면서 미소를 짓고 말했습니다. 곰은 벌꿀을 조금 맛볼 수 있으면 좋겠다고 생각했습니다. 그는 말했습니다. "우리 서로의 음식을 바꿔 먹어 보면 어떨까?"

"안 돼, 안 돼!" 미켈이 말했습니다. "그럴 수 없어."

마침내 그들은 내기를 하기로 결정했습니다. 나무의 이름을 세 개씩 대기로 했습니다. 여우가 곰보다 빨리 이름을 말하면 여우가 돼지고기를 한입 베어 물 수 있고, 반대로 곰이 더 빨리 말하면 곰이 벌꿀을 한 모금 마실 수 있게 하자는 것이었습니다. 욕심 많은 곰은 꿀을 한 모금만 먹는다고 하면서 단숨에 모두 들이켜 버릴 생각이었습니다.

"좋아." 미켈이 말했습니다. "두말할 나위 없이 공정하고 공평한 내기로군. 그런데 하나만 미리 말해 두자면, 내가 이기면 내가 베어 물 자리에 있는 돼지의 뻣뻣한 털을 떼어 주겠어?"

"물론이지." 곰이 말했습니다. "네가 마음껏 먹을 수 있게끔 그렇게 해줄게"

그들은 나무 이름 대기를 시작했습니다.

"전나무, 노르웨이 전나무, 가문비나무!" 곰이 으르렁거리며 말했습

니다. 곰답게 걸쭉한 목소리로 말입니다. 그러나 그는 두 가지 이름만 말한 꼴이었습니다. 전나무와 노르웨이 전나무는 같은 것이었기 때문입니다.

"물푸레나무, 사시나무, 참나무!" 미켈이 크게 소리쳤습니다. 숲이 울릴 정도로 말입니다.

그렇게 내기에서 이긴 여우는 달려 내려와서 돼지의 심장을 물어뜯었습니다. 그리고 그것을 들고는 줄행랑치려 했습니다. 곰은 화가 났습니다. 여우가 베어 문 부위가 돼지 몸뚱이 전체에서 가장 맛이 좋은 곳이었기 때문입니다. 그래서 곰은 여우가 달아나지 못하게 그의 꼬리를 꽉 움켜쥐었습니다.

"멈춰. 멈춰." 곰이 노발대발하며 말했습니다.

"마음 쓸 것 없어." 여우가 말했습니다. "좋아. 노인 양반, 나를 놓아주면 꿀을 맛보게 해주지."

이 말을 들은 밤세는 움켜쥐고 있던 손을 풀고 여우를 따라서 꿀이 있는 곳으로 갔습니다.

"여기, 이 벌집이야." 미켈이 말했습니다. "여기 나뭇잎이 있는 곳, 이 잎사귀 아래에 구멍이 하나 있어. 그 구멍으로 빨아먹으면 돼."

여우는 이렇게 말하면서 곰이 벌집 가까이에 주둥이를 대고 있게 하고는 나뭇잎을 걷었습니다. 그러고는 바위로 뛰어 올라가 낄낄거리며 웃기 시작했습니다. 거기에는 꿀도 없고, 벌집도 없었기 때문입니다. 그것은 사람 머리만큼이나 커다란 말벌들이 가득한 말벌 둥지였습니다. 말벌들은 떼를 지어 곰의 머리를 공격하기 시작했습니다. 그들은 곰의 눈과 귀, 코와 주둥이를 쏘아댔습니다. 곰은 말벌들을 떼어내기가 너무 힘들어 여우를 생각할 겨를조차 없었습니다. 이 일 때문에 그날 이후 곰은 말벌을 몹시 두려워하게 되었답니다.

여우의 발을 잡아라

옛날 옛적에 곰 한 마리가 햇볕이 드는 언덕 기슭에서 잠을 자고 있었습니다. 바로 그때 여우가 몸을 구부정하게 하고 근처를 지나가다가 곰을 발견했습니다.

"노인 양반, 여기에서 쉬고 있었네." 여우가 말했습니다. '너를 속여 골탕 먹여야겠다.' 여우 미켈은 속으로 생각했습니다.

여우는 들쥐 세 마리를 잡아와 곰의 코 아래 가까이에 있는 그루터기에 올려놓았습니다. 그러고 나서 곰의 귀에 대고 고함을 질렀습니다.

"이봐, 밤세! 사냥꾼 페르가 왔어. 그루터기 바로 뒤에 있어!" 여우는 이렇게 소리를 지르고 잽싸게 숲으로 달아났습니다.

곰은 깜짝 놀라 벌떡 일어났고, 작은 쥐 세 마리를 보았습니다. 그는 〔짝짓기 시기가 되어 정신을 잃고 사나워진〕 3월의 토끼처럼 완전히 이성을 잃었습니다. 곰은 발을 치켜들어 쥐들을 으스러뜨리려고 했습니다. 쥐들이 자기 귀에 대고 고함을 질렀다고 생각했기 때문입니다. 그러나 발을 치켜든 바로 그때 곰은 숲의 덤불 사이에서 미켈의 꼬리를 발견했습니다. 곰은 관목을 우지직우지직 밟으며 마치 자신이 자리를 떠나는 것처럼 꾸몄습니다. 그러나 실제로는 미켈에게 몰래 다가가서는 소나무 뿌리 아래로 기어들어가려는 여우의 뒷다리를 붙잡았습니다.

미켈은 곤경에 처했지만, 당황하지 않고 소리를 질렀습니다. "소나무 뿌리를 놓고, 여우의 발을 잡아!" 그러자 바보 같은 곰은 여우의 발을 놓고, 대신 뿌리를 잡았습니다. 바로 그 순간 미켈은 땅속으로 무사히 피했습니다. 여우는 소리를 질렀습니다.

"이번에도 내가 자네를 속였네. 그렇지 않은가 노인 양반!"

"눈에 안 보인다고 해서 잊어버리는 것은 아니야." 곰은 노발대발하면서 땅속을 향해 으르렁거렸습니다.

여우와 말고기

어느 날 곰이 말을 잡아서 열심히 먹고 있었습니다. 그 날 미켈도 밖에 나와 있었습니다. 여우는 말고기를 한번 맛보고 싶어서 혀를 날름거리며 슬그머니 다가왔습니다. 여우는 빙빙 돌면서 곰의 등 뒤까지 다가왔습니다. 그리고 말의 몸통 반대편으로 뛰어올라 한입 가득 베어 물고 달아나려 했습니다. 밤세는 재빨리 미켈을 덮쳤고, 발로 여우의 붉은 꼬리 끝을 꽉 붙잡았습니다. 그때부터 여우의 꼬리 끝이 지금 보이는 것처럼 하얗게 된 것이랍니다.

그런데 그날 곰은 기분이 좋았습니다. 그래서 소리쳤습니다. "미켈, 한입 먹어. 그리고 이리 와봐. 내가 말을 잡는 방법을 가르쳐 줄게."

그래요! 여우는 배우고 싶은 마음이 굴뚝같았습니다. 그러나 곰 곁으로 아주 가깝게 다가갈 정도로 아직 그를 완전히 믿지는 않았습니다.

"자, 들어봐." 곰이 말했습니다. "해가 비치는 곳에서 일광욕을 하며 잠들어 있는 말을 찾아. 그리고 네 꼬리를 말의 꼬리에 꽉 묶어. 그런 뒤에 말의 넓적다리 살을 이빨로 꽉 깨물면 돼."

당신이 생각하듯이 머지않아 미켈은 해가 비치는 곳에서 잠을 자고 있는 말을 발견했고, 곰이 알려준 대로 했습니다. 그는 자신의 꼬리를 말의 꼬리에 묶고는 말의 넓적다리에 이빨을 박아 넣었습니다. 그러자 말은 바닥에서 벌떡 일어나 뒷다리로 높이 선 뒤에 힘껏 내달렸습니다. 그러는 바람에 여우는 그루터기와 돌에 계속 부딪쳤고, 온 몸이 시퍼렇게 멍이 들어 정신과 감각마저 모두 잃을 정도가 되었습니다.

내달리는 말에 매달려 그렇게 끌려가던 여우는 기다란 귀를 가진 토끼 옌스(Jens)를 만났습니다.

"미켈, 어디를 그렇게 빨리 가니?" 토끼가 소리쳤습니다.

"오! 옌스, 말을 타고 여행하는 중이야." 여우가 소리쳤습니다.

그러자 토끼는 뒷다리로 서서 입을 귀 있는 곳까지 벌리고 옆구리가 아플 정도로 웃어댔습니다. 말에 매달려 당황한 모습으로 끌려가는 미켈의 모습을 보는 것은 무척이나 재미있었습니다. 당신은 알아야 할 것입니다. 여우는 결코 혼자서는 말을 잡을 생각을 하지 못했을 것입니다. 비록 곰은 사람들한테 트롤만큼 명청하다는 소리를 듣기 일쑤이지만, 적어도 한번은 아주 좋은 꾀를 낼 수 있답니다.

17

어리숙한 친구 밤세

옛날 옛적에 어떤 농부가 겨울에 가축들에게 깔아줄 잎을 긁어오려고 산 높은 곳까지 갔습니다. 그는 썰매를 언덕 아래에 대 놓고, 깔개로 쓸 잎들이 있는 언덕 위로 올라갔습니다. 그리고 썰매를 향해 나뭇잎을 굴리기 시작했습니다. 그런데 언덕 아래에는 곰의 겨울 은신처가 있었습니다. 사람이 쿵쾅거리는 소리를 들은 곰 밤세는 뛰쳐나와 얼떨결에 썰매에 올라탔습니다.

말은 곰의 기척을 느끼자마자 겁에 질려 앞으로 내달리기 시작했습니다. 마치 말이 곰과 썰매를 모두 훔쳐가는 듯한 모양새였습니다. 말은 올라올 때보다 몇백 배는 더 빨리 내려갔습니다.

사람들은 모두 밤세 보고 용감한 친구라고 말하지만, 이렇게 달리는 것은 그에게도 그리 유쾌한 일은 아니었습니다. 곰은 썰매를 힘껏 꼭 붙잡고 앉아 있으면서도 이를 드러내고 사방을 노려보았습니다. 그는 썰매에서 내려야겠다고 생각했으나, 썰매를 몰 줄 몰랐습니다. 그래서 그 자리에 그대로 앉아 있기로 했습니다.

그렇게 한참 달려가던 곰은 행상인과 마주쳤습니다.

Ridley Borchgrevink

"치안담당관, 도대체 오늘 어디에 볼일이 있는 거지? 시간도 별로 없고 갈 길이 먼 것처럼 무척 빨리 달려가네그려."

그러나 곰은 한마디도 하지 못했습니다. 꽉 붙잡고 있어야 했기 때문입니다.

잠시 뒤에는 비렁뱅이 여자와 마주쳤습니다. 그녀는 그에게 고개를 숙이며 인사를 하고는 제발 1스킬링만 달라고 구걸했습니다. 그러나 곰은 한마디도 하지 않았습니다. 그는 속도가 더 빨라진 썰매를 꽉 붙잡고 있을 뿐이었습니다.

곰은 조금 더 가다가 여우 미켈과 마주쳤습니다.

"어이! 어이!" 미켈이 말했습니다. "자네가 모는 건가? 잠시만 멈춰. 내가 자네 뒤에 타서 보조 노릇을 할게."

그러나 곰 밤세는 여전히 한마디도 할 수 없었습니다. 그는 더 필사적으로 썰매에 매달렸고, 말은 전속력으로 내달렸습니다.

"이런, 이런," 여우가 그의 뒤에 대고 소리쳤습니다. "날 데려가지 않다니. 내 자네의 운수를 봐주지. 오늘처럼 겁 없이 내달리다가는 내일이면 등가죽이 벗겨져 매달리게 될 거야."

그러나 밤세는 미켈이 말하는 것을 한마디도 듣지 못했습니다. 계속 그는 빠르게 내달렸습니다. 그런데 말은 농장에 다다르자 열려 있는 마구간 문으로 전속력으로 달려서 들어갔고, 그 바람에 썰매와 마구가 벗겨졌습니다. 불쌍한 곰 밤세는 문틀 위의 돌에 머리를 부딪쳐 그 자리에서 바로 죽었습니다.

그런 일들이 벌어지는 동안에도 남자는 무슨 일이 있는지 전혀 몰랐습니다. 그는 나뭇잎 뭉치를 굴리고 또 굴렸습니다. 그는 썰매에 싣고 가기에 충분해졌다고 생각되자 나뭇잎 뭉치를 묶으러 언덕 아래로 내려갔습니다. 그리고 그제서야 말과 썰매가 모두 사라졌다는 것을 알았습니다. 남자는 말을 찾아서 길을 따라 쿵쿵거리며 달려갔습니다. 얼마 뒤에 그는 행상인을 만났습니다.

"내 말과 썰매를 보았나요?" 그가 물었습니다.

"아뇨." 행상인이 말했습니다. "그러나 저 아래쪽 길에서 치안담당관을 만났지요. 그는 아주 빨리 달려갔어요. 누군가를 붙잡으러 가고 있었던 게 분명해요."

잠시 뒤에 남자는 비렁뱅이 여자를 만났습니다.

"내 말과 썰매를 보았나요?" 남자가 물었습니다.

"아뇨." 비렁뱅이 여자가 말했습니다. "하지만 나는 저기 더 아래쪽에서 사제를 만났어요. 그는 교구의 회의에 가던 길이 분명해요. 그는 아주 빨리 달리고 있었고, 빌린 말도 하나 가지고 있었어요."

잠시 뒤에 남자는 여우를 만났습니다.

"내 말과 썰매를 본 적 있니?"

"물론, 봤어요." 여우가 말했습니다. "어리숙한 친구 밤세가 썰매 위에 앉아서 마치 말과 마구를 훔친 것처럼 그것을 몰고 있었어요."

"악마에게나 잡혀갈 곰 녀석!" 남자가 말했습니다. "확신하건데 그놈이 말을 죽게 만들었을 거야."

"정말 그랬다면 곰의 가죽을 벗기세요." 여우가 말했습니다. "그리고 그를 불로 태워버려요. 그러나 만약에 말을 다시 찾게 된다면 나를 산 너머까지 태워줘요. 나는 잘 탈 수 있어요. 나는 내 앞에 네 발 달린 짐승이 있으면 어떤 기분일지 늘 궁금했거든요."

"널 태워주면 뭘 줄 건데?" 남자가 물었습니다.

"당신이 좋아하는 것을 가질 수 있을 거예요." 미켈이 말했습니다. "그게 뭐든지 말예요. 당신은 어리숙한 친구 밤세보다는 내게서 얻을 게 확실히 더 많을 거예요. 그는 꽉 움켜쥐고 말을 타는 것을 좋아하기는 해도, 확실히 보답에는 서툰 사나이이거든요."

"그래! 너를 산 너머까지 태워다줄게." 남자가 말했습니다. "내일 이

자리로 온다면 말이야."

　그러나 남자는 여우가 자신을 속이려 할 뿐이라는 것을 알고 있었습니다. 그래서 그는 썰매에 총을 싣고 갔습니다. 미켈이 다가오자 남자는 썰매에 공짜로 태워주는 대신 여우의 몸에 산탄 총알 한 발을 쐈습니다. 농부는 여우의 껍질도 벗겼고, 그렇게 해서 그는 곰의 가죽과 여우의 가죽을 모두 가질 수 있게 되었습니다.

18

산토끼와 상속녀

옛날 옛적에 산토끼 한 마리가 있었습니다. 그는 푸르른 숲의 나무들 사이를 까불거리며 위아래로 뛰어다녔습니다.

"와! 만세! 와우, 와우, 만세!" 산토끼는 소리를 지르며 껑충껑충 뛰어다녔습니다. 그러다가 갑자기 공중제비를 돌다가 뒷다리를 들고 물구나무를 섰습니다. 바로 그때 여우가 몸을 구부정하게 수그린 채 가까이 다가왔습니다.

"안녕, 안녕." 토끼가 말했습니다. "나 오늘 매우 기분이 좋아. 나 오늘 아침에 결혼했거든."

"운이 좋은 친구로군." 여우가 말했습니다.

"오, 아니야! 결코 운이 좋지 않아." 토끼가 말했습니다. "그녀는 매우 무서워. 나는 늙은 트롤마녀 같은 아내를 얻었어."

"그렇다면 자네는 운이 없는 친구로군." 여우가 말했습니다.

"오, 운이 그렇게 없지만은 않아." 토끼가 말했습니다. "그녀는 상속녀이거든. 그녀는 자기 오두막집을 가지고 있어."

"그렇다면 자넨 어쨌든 운이 좋은 친구로군." 여우가 말했습니다.

"아니야, 아니야! 그렇게 운이 좋지도 않아." 토끼가 말했습니다. "불이 나서 오두막집이 다 타버렸거든. 그 안에 있던 우리의 전 재산과 함께 말이야."

"그렇다면 나는 자네를 완전히 운 없는 친구라고 불러야만 하겠는걸." 여우가 말했습니다.

"오, 아니야. 그렇게 운이 없지만은 않아." 토끼가 말했습니다. "트롤 마녀 같은 내 아내도 오두막집과 함께 불에 타버렸거든."

19

담배 소년

그 계절에 에드워드와 나는 노르웨이의 고원에서 소녀들과 페테르, 아네르스에게서 아주 많은 이야기를 들을 수 있었다. 이제부터는 그 이야기들 가운데 일부를 우리가 나누었던 대화들은 생략하고 곧바로 소개하겠다.

***

옛날 옛적에 어떤 가난한 여자가 있었습니다. 그녀는 아들과 함께 구걸을 다니기 시작했습니다. 집에 음식은 물론이고 땔감도 전혀 없었기 때문입니다. 처음에 그녀는 시골로 가서 이 교구 저 교구를 떠돌아다녔습니다. 그러나 그것은 고된 일이었습니다. 그래서 여자는 도시로 갔습니다. 그곳에서 그녀는 집집을 다니면서 구걸을 했고, 이윽고 시장의 집에까지 오게 되었습니다. 그는 매우 친절하고 너그러운 사람이었습니다. 그리고 도시에서 가장 부유한 상인의 딸과 결혼해서 어린 딸 하나를 두고 있었습니다. 그들에게는 다른 아이가 없었습니다.

여러분이 생각하듯이, 시장의 딸은 세상의 좋은 점이란 좋은 점은 모두 지니고 있는 착한 아이였습니다. 한마디로 그녀는 어떤 칭찬도 모자랄 정도였습니다. 엄마와 함께 구걸을 하며 돌아다니던 거지 소년과 이 작은 소녀는 곧 친해졌습니다. 시장은 현명한 사람이었습니다. 그는 그 둘이 친해진 것을 보고는 소년을 곧바로 자신의 집에 들여서 딸의 놀이 친구가 되게 했습니다. 그래요! 그들은 함께 놀고, 함께 책을 읽고, 함께 학교를 다녔습니다. 그들은 결코 단 한번도 다투지 않았습니다.

어느 날 시장 부인은 창가에 서서 아이들이 터벅터벅 걸어서 학교에 가는 모습을 지켜보았습니다. 비가 내려 길에 물이 넘쳤습니다. 소년이 먼저 자신들이 저녁에 먹을 도시락 바구니를 길 건너편으로 옮기는 모습을 시장 부인은 보았습니다. 그는 다시 돌아와서 이번에는 소녀를 업고 길을 건넜습니다. 그리고 소녀를 내려놓은 뒤 입을 맞추었습니다.

이 모습을 모두 지켜본 시장 부인은 매우 화가 났습니다.

"저런 거렁뱅이 같은 것이 내 딸에게 입을 맞추다니! 우리는 이곳에서 가장 고귀한 사람들인데 말이야!" 그녀는 이렇게 소리쳤습니다.

시장은 아내의 입을 막으려고 애를 썼습니다.

"아무도 모를 일이지." 그는 말했습니다. "아이가 어떻게 자라고, 무슨 일을 겪게 될지는 말이오. 저 소년은 영리하고, 재주가 있는 아이라오. 때로는 가냘픈 묘목이 커서 큰 나무가 되기도 하는 법이라오."

그러나 이런! 시장이 무슨 말을 하고, 어떤 식으로 설득해도 소용이 없었습니다. 시장 부인은 자기 주장을 굽히지 않고 말했습니다.

"말 등에 올라탄 거지는 그 말이 죽을 때까지 타기만 하는 법이에요.* 그리고 돼지의 귀로 비단 지갑을 만들었다는 소리를 들은 사람도 없어요. 1스킬링이 1달레르로 바뀌는 법도 없고요. 아무리 금화처럼 번쩍번쩍하게 광을 내도 마찬가지예요."

마침내 거지 소년은 그 집에서 쫓겨나게 되었습니다. 그는 자신의 허름한 옷들만 챙긴 채 그곳을 떠나야 했습니다. 어쩔 수 없다고 생각한 시장은 배를 타고 그 도시에 왔던 상인에게 소년을 맡겼습니다. 소년은 그 배의 〔자질구레한 심부름을 하는〕 갑판소년이 되었습니다. 시장은 아내에게 궐련담배 하나를 받고 소년을 팔았다고 말했습니다.

소년이 떠나기 전에 시장의 딸은 자기 반지를 반으로 잘라 그 가운데 하나를 소년에게 주었습니다. 그들이 다시 만나게 되면, 그것으로 서로를 알아볼 수 있게 되리라 생각했기 때문입니다.

배는 출항했고, 소년은 아주 멀리멀리 떨어진 세상에 있는 도시로 가게 되었습니다. 그런데 그 도시에는 설교를 잘하기로 유명한 사제가 와 있어서 사람들이 모두 그의 설교를 들으러 교회로 갔습니다. 일요일이라서 배의 선원들도 다른 사람들처럼 설교를 들으러 교회로 갔고, 소년만 배를 지키고 저녁식사를 준비하기 위해 혼자 남았습니다.

그런데 한참을 열심히 일하던 소년은 건너편에 있는 섬에서 누가 부

---

* 생각치 못한 횡재가 생겨도 제대로 사용할 줄 모른다는 의미의 북유럽 속담.

르는 듯한 소리를 들었습니다. 그래서 그는 작은 배를 타고 노를 저어서 그곳으로 가보았습니다. 그리고 그는 늙은 아낙네가 큰 소리로 고함을 치고 있는 것을 보았습니다.

"그래!" 그녀가 말했습니다. "마침내 와 주었구나! 나는 여기에 서서 100년 동안이나 소리를 지르고 고함을 쳤어. 어떻게 하면 이 물을 건널 수 있을까 생각하면서 말이야. 그러나 너 말고는 아무도 소리를 듣지 못했고, 귀를 기울이지도 않았지. 나를 건너편으로 데려다주면 너는 훌륭한 보상을 받게 될 거다."

그래서 소년은 노를 저어 노파를 건너편 언덕에 사는 그녀 자매의 집으로 데려다 주기로 했습니다. 집이 가까워지자 노파는 소년에게 자기 자매에게 찬장에 놓인 낡은 식탁보를 달라고 하라고 말했습니다. "네!" 소년은 그렇게 하겠다고 했습니다.

그곳에 사는 늙은 트롤마녀는 소년이 자신의 자매가 물을 건널 수 있게 도와준 것을 알고는 가지고 싶은 것은 뭐든 가지라고 말했습니다.

"오!" 소년이 말했습니다. "그렇다면 저기 선반 위에 있는 낡은 식탁보를 갖겠어요. 다른 것은 필요 없어요."

"오!" 늙은 트롤마녀가 말했습니다. "너 혼자 고른 것이 아니구나."

"이제 저는 그만 가 볼게요." 소년이 말했습니다. "교회에 갔다 오는 사람들을 위해 저녁 요리를 해야 하거든요."

"그건 걱정하지 마." 처음의 노파가 말했습니다. "네가 아니더라도 그 식탁보가 저절로 요리를 해 줄 거야. 나를 따라와. 나는 너한테 좀 더 보답을 하고 싶거든. 백 년이나 소리를 지르고 고함을 치며 서 있었는데, 너 말고는 아무도 내 소리에 귀를 기울이지 않았어."

마침내 소년은 노파와 함께 그녀의 다른 자매에게 가게 되었습니다. 그곳에 다다르자 늙은 노파는 소년에게 자신의 자매에게 낡은 칼을 달라고 하라고 신신당부를 했습니다. 그것은 주머니에 넣으면 짧은 칼이 되고, 꺼내면 긴 칼이 되는 것이었습니다. 그 칼의 한쪽 날은 검은색이고 반대쪽 날은 흰색인데, 검은색 날로 치면 뭐든 죽어 나자빠지고, 흰색 날로 치면 뭐든 되살아나는 것이었습니다.

그들은 노파의 자매네 집에 도착했습니다. 두 번째 늙은 트롤마녀도 소년이 자신의 자매를 도왔다는 말을 듣고는, 그에게 보답으로 원하는 것을 뭐든 주겠다고 했습니다.

"오!" 소년이 말했습니다. "그렇다면 찬장에 걸려 있는 낡은 칼을 주세요. 다른 것은 필요 없어요."

"너 혼자 고른 것이 아니구나." 늙은 트롤마녀는 이렇게 말했지만, 어쨌든 소년은 그 칼을 가지게 되었습니다.

그런 뒤에 노파가 다시 말했습니다. "나와 함께 세 번째 자매의 집으로 가자. 내가 백 년 동안 소리를 지르고 고함을 치며 서 있을 때, 너 말고는 아무도 내 말에 귀 기울이지 않았어. 내 세 번째 자매의 집에 가면 너는 더 좋은 보답을 받게 될 거다."

그래서 그는 그녀를 따라갔습니다. 가는 도중에 노파는 소년에게 이번에는 낡은 찬송가책을 달라고 하라고 말했습니다. 그 찬송가책으로 말할 것 같으면, 누군가 아플 때 그 찬송가책에 실려 있는 치유의 노래를 부르면 병을 내쫓고 다시 건강하게 만들 수 있는 것이었습니다.

이윽고 그들은 자매의 집에 도착했습니다. 세 번째 늙은 트롤마녀도 소년이 자신의 자매가 물을 건너는 것을 도와주었다는 말을 듣고는 보답으로 원하는 것은 뭐든 가져가라고 했습니다.

"오!" 소년이 말했습니다. "그렇다면 할머니의 오래된 찬송가책을 갖겠어요. 다른 것은 필요 없어요."

"저런!" 늙은 트롤마녀가 말했습니다. "너 혼자 고른 것이 아니구나."

소년이 배로 돌아왔을 때 선원들은 아직 교회에 있었습니다. 그래서 그는 식탁보를 시험해 보기로 했습니다. 어떻게 될지 궁금했던 소년은 식탁 위에 깔기 전에 식탁보를 아주 조금만 펼쳐 보았습니다. 그랬더니 맙소사! 순식간에 그 위에 훌륭한 음식과 진한 술이 차려졌습니다. 충분하다 못해 남아돌 정도로 말입니다. 그래서 소년은 음식을 조금 덜어서 배에 있는 강아지도 배불리 먹였습니다.

바로 그때 교회에 갔던 사람들이 배로 돌아왔고, 선장이 말했습니다. "도대체 어디에서 개한테 줄 음식이 난 것이냐? 어째서 개가 소시지처럼 땡글땡글해져서 게으른 달팽이처럼 된 거지."

"오, 꼭 알고 싶으시다면 알려드릴게요." 소년이 말했습니다. "저는 개에게 뼈다귀들을 주었어요."

"잘했다." 선장이 말했습니다. "개는 그래야지."

소년은 식탁보를 펼쳤고, 곧바로 진귀한 먹거리와 마실 것들이 식탁 가득 차려졌습니다. 선원들이 태어나서 그때까지 한번도 보지 못한 음식들이었습니다.

소년은 다시 혼자서 개한테 갔습니다. 그는 칼을 시험해 보기로 했습니다. 검은색 날로 개를 치자, 개가 죽어서 갑판에 나자빠졌습니다. 다시 칼날을 돌려 흰색 날로 치자, 개는 살아나서 꼬리를 흔들며 자신의 친구에게 같이 놀자고 알랑거렸습니다. 그러나 찬송가책은 아직 사용해 볼 기회가 없었습니다.

항해는 계속되었고, 배는 멀리 잘 나아갔습니다. 그러다 폭풍우가 그들을 덮쳤고 험한 날씨가 여러 날 계속되었습니다. 그래서 그들은 경로를 벗어나 떠내려갔고, 자신들이 어디에 있는지도 모르게 되었습니다. 마침내 바람이 잦아들고, 그들은 아무도 알지 못하는 아주 머나먼 나라에 도착했습니다. 그런데 그들은 그곳이 커다란 슬픔에 차 있다는 것을 금방 알아챌 수 있었습니다. 그럴 만도 했습니다. 그곳 왕의 딸이 큰 병에 걸렸기 때문입니다. 왕은 해안으로 와서 배 안에 자기 딸을 치료해서 낫게 할 수 있는 사람이 있는지 물었습니다.

"아니오, 없습니다." 갑판에 있던 사람들이 일제히 말했습니다.

"자네들 말고, 이 배에 다른 사람은 없는가?" 왕이 물었습니다.

"그게, 작은 거렁뱅이 소년이 하나 있습니다."

"그렇다면" 왕이 말했습니다. "그를 갑판으로 불러오게."

소년이 밖으로 나와서 왕이 무엇을 바라는지 들었습니다. 그는 자신이 그녀를 치료할 수 있을 것 같다고 말했습니다. 그러자 선장은 몹시 화가 나서 쳇바퀴 안의 다람쥐처럼 뱅글뱅글 돌았습니다. 그는 소년이 실패할 것이 확실한 일에 분수도 모르고 나선다고 생각했습니다. 그래서 왕에게 저런 어린아이가 나불거리는 말 따위는 들을 필요도 없다고 했습니다. 그러나 왕은 아이가 자라면서 지혜가 찾아오고, 모든 아이들 안에는 어른이 만들어지고 있는 중이라고 단호히 말했습니다.

소년은 자신이 그것을 할 수 있고, 한번 시도해 보는 게 좋겠다고 했습니다. 어쨌든 그때까지 많은 사람들이 시도를 했다가 실패를 했으니 말입니다. 그래서 왕은 그를 자신의 딸이 있는 집으로 데려갔습니다. 소년은 찬송가를 불렀습니다. 그러자 공주가 팔을 들어 올렸습니다. 그리고 그가 다시 찬송가를 부르자 이번에는 몸을 일으켜 침대에 앉았습니다. 소년이 세 번째 찬송가를 부르자 왕의 딸은 여러분이나 나만큼이나 건강해졌습니다.

왕은 매우 기뻐하면서 소년에게 왕국의 절반을 주고, 공주도 아내로 삼게 해 주겠다고 했습니다.

"네." 소년이 말했습니다. "왕국 절반의 땅과 그곳에 관한 권리는 매우 감사히 받겠습니다. 그러나 공주님만큼은, 저는 이미 다른 사람과 약혼을 했습니다." 그가 말했습니다. "그러므로 저는 공주님을 아내로 맞이할 수 없습니다."

그래서 소년은 한동안 그곳에 머무르며 왕국의 절반을 가졌습니다. 오래지 않아 그곳에는 전쟁이 일어났고, 소년은 다른 사람들과 함께 전쟁터로 나갔습니다. 여러분이 생각하듯이, 그는 자기 칼의 검은색 날을 아끼지 않았습니다. 그 앞에서 적의 군대는 파리처럼 나가떨어졌고, 왕은 그날로 승리를 거두었습니다. 그러나 전쟁에서 이기자, 소년은 흰색 날로 사람들을 모두 되살려냈습니다. 살아난 사람들은 목숨을 구해준 것을 고맙게 생각해 모두 왕의 병사들이 되었습니다. 하지만 그곳에는 그 사람들을 모두 먹이기에는 먹을 것이 모자랐습니다. 왕은 그들에게 먹을 것과 마실 것을 충분히 주고 싶었지만 말입니다. 그래서 소년은 식탁보를 꺼냈습니다. 그렇게 해서 음식이 모자란 사람이 한 명도 없게 되었습니다.

그 뒤 소년은 왕의 곁에 잠시 더 머물렀습니다. 그러나 그는 시장의 딸이 보고 싶었습니다. 그래서 전쟁에 사용하는 배 네 척을 준비해 항해에 나섰습니다. 시장이 살고 있는 도시가 가까워지자 그는 천둥소리처럼 큰 소리가 나게 대포를 쏘았습니다. 도시의 유리창 절반이 흔들릴 정도로 말입니다. 그 배에 있는 모든 것들은 왕의 궁전처럼 근사했습니다. 소년도 금으로 장식된 외투를 입고 있어서 아주 멋졌습니다.

얼마 지나지 않아 시장이 바닷가로 나와서 그 다른 나라의 영주에게 뭍으로 올라와 자신과 함께 식사를 하지 않겠냐고 물었습니다.

"그래요. 그렇게 하죠." 그가 말했습니다. 그래서 그는 시장이 살고 있는 집으로 가서 시장 부인과 딸 사이에 마련된 의자에 앉았습니다.

모두 자리에 앉아서 먹고 마시며 즐거워하는 사이에 그는 반지의 반쪽을 꺼내서 시장 딸의 유리잔 안에 떨어뜨렸습니다. 아무도 그것을 보지 못했습니다. 그러나 시장 딸은 곧 그것이 뭔지 알아채고는 연회장 밖으로 나가서 자신이 가지고 있던 반지의 반쪽과 맞춰보았습니다. 그녀의 어머니가 낌새를 눈치채고는 서둘러 딸한테 갔습니다.

"어머니, 저기 있는 사람이 누군지 아세요?" 딸이 말했습니다.

"모르겠는데!" 시장 부인이 말했습니다.

"그는 아빠가 궐련담배 하나에 팔았던 아이예요." 딸이 말했습니다.

이 말을 들은 시장 부인은 기절해서 마룻바닥에 쓰러졌습니다. 시장도 무슨 일인지 알아보려고 다가왔습니다. 그는 사건의 전말을 듣고는 자기 아내만큼이나 안절부절못했습니다.

"소란 피우실 필요 없습니다." 담배 소년이 말했습니다. "저는 단지 학교에 가면서 입을 맞추었던 소녀에게 청혼하러 왔을 뿐입니다."

그러나 시장 부인에게는 이렇게 말했습니다. "가난하고 초라한 아이들을 결코 업신여겨서는 안 됩니다. 그들이 나중에 어떻게 될지 말할 수 있는 사람은 어디에도 없습니다. 모든 아이들 안에는 어른이 만들어지고 있는 중이고, 그들이 자라고 힘이 세질 때에는 기지와 지혜도 함께 딸려 오는 법이니 말입니다."

20

숯쟁이

옛날 옛적에 숯 굽는 일을 하는 사람이 있었습니다. 그는 아들이 하나 있었는데, 아들도 숯쟁이였습니다. 아버지가 죽자 아들은 아내를 얻었습니다. 하지만 그는 게을러서 손가락 하나 까딱 않았습니다. 그는 자신의 숯가마도 제대로 돌보지 않았고, 마침내 아무도 숯을 사러 찾아오지 않게 되었습니다.

어느 날 돈이 다 떨어지자 그는 숯가마 가득 숯을 구웠습니다. 그리고 짐을 꾸려서 그것들을 팔러 도시로 갔습니다. 가져온 물건들을 다 팔자, 그는 빈둥거리며 거리를 돌아다녔습니다. 집으로 오던 길에 그는 이웃과 도시사람들을 만나 즐겁게 어울렸습니다. 그는 그들과 술을 마시면서 도시에서 본 것들에 대해 떠들어댔습니다.

"내가 본 것 가운데 가장 멋진 것은" 그가 말했습니다. "엄청난 사제들의 무리였어. 사람들이 모두 모자를 벗고 그들에게 인사를 하더군. 정말이지 나도 사제였으면 싶더군. 그러면 사람들이 나한테도 모자를 벗고 인사를 할 텐데 말이야. 심지어 나를 전혀 알지 못하더라도 그렇게 할 거 아니겠어."

"그래, 그래!" 그의 친구들이 말했습니다. "자네도 사제처럼 검게 차려입으면 그렇게 될 수 있을 거 같은데. 말만 하지 않으면 말이야. 지금 우리는 저세상으로 떠난 늙은 사제의 유품을 파는 곳에 들러 유리잔을 사려던 참이었어. 자네는 그의 겉옷과 두건을 사면 되겠군." 이웃들은 그렇게 말했습니다. 숯쟁이는 그들이 말한 대로 했습니다. 그래서 집으로 돌아왔을 때 그에게는 1스킬링도 남아 있지 않았습니다.

"돈과 물건을 가져왔겠죠." 숯을 팔았다는 그의 말을 듣고 마누라가 말했습니다.

"나도 그렇게 생각해. 정말이지 좋은 물건이야!" 숯쟁이가 말했습니다. "당신이 알고 싶어 하는 것 같아서 말해주는데, 나 성직을 받았어. 자, 여기 외투와 두건을 봐."

"아니, 나는 당신이 하는 말을 하나도 믿지 못하겠어." 마누라가 말했습니다. "독한 맥주는 허풍을 부르는 법이거든. 당신은 그저 나쁜 놈이고, 스스로 그것을 확실하게 증명했을 뿐이야. 당신이 그럼 그렇지." 그녀가 말했습니다.

"마누라, 이제 숯가마 때문에 잔소리를 하거나 슬퍼하지 않아도 돼. 숯가마의 마지막 숯이 꺼져서 식어버렸거든." 숯쟁이가 말했습니다.

그러던 어느 날 사제 복장을 한 많은 사람들이 숯쟁이의 오두막 옆으로 지나갔습니다. 그들은 왕의 궁전으로 가고 있었습니다. 한눈에 보기에도 그곳에 무슨 일이 일어났다는 것을 알 수 있었습니다.

그래요! 숯쟁이도 자신의 외투와 두건을 쓰고 그들과 함께 그곳으로 갔습니다. 그의 마누라는 그러는 편이 집에 있는 것보다 훨씬 낫다고 생각했습니다. 그가 어떤 지체 높은 양반의 말고삐라도 잡을 기회가 생기면 전처럼 그의 목구멍으로 들어가는 술값이라도 벌 수 있게 되리라 생각했기 때문입니다.

"마누라들은 늘 술 마시는 것에 대해 이러쿵저러쿵 떠들어대지만,"

Erik Werenskiold

남자가 말했습니다. "갈증이 나서 그런다는 생각은 결코 하지 않지. 내가 아는 유일한 사실은 더 많이 마시는 사람일수록 더 많이 목마르다는 거야." 그렇게 말한 뒤 남자는 궁전으로 향했습니다.

그곳에 도착하자 모든 사제들이 궁전 안으로 초대를 받았습니다. 숯쟁이도 다른 사람들을 따라서 궁전 안으로 들어갔습니다. 왕은 그들에게 인사를 한 뒤에 자신이 아주 값진 반지를 잃어버렸는데 도둑맞은 게 분명하다고 말했습니다. 그것이 그가 나라 안의 모든 학식 있는 사제들을 불러들인 이유였습니다. 그들 가운데 누군가는 도둑이 누구인지 찾아줄 수 있으리라 기대했기 때문입니다. 왕은 그 자리에서 도둑을 찾아낸 사람에게는 보상을 하겠다고 약속했습니다. 만약 그가 보조 사제라면 〔성직자에게 주는 물질적 급여인〕 성직록을 주고, 교구 사제라면 〔교구의 중심 교회를 관장하는〕 사제장을 시켜주고, 사제장이라면 주교가 되게 하고, 주교라면 왕 다음가는 왕국의 일인자로 만들어 주겠다고 말입니다.

왕은 사제들 주변을 돌아다니며 한 사람 한 사람에게 차례로 도둑을 찾을 수 있냐고 물었습니다. 왕은 숯쟁이 앞에 와서 말했습니다.

"자네는 누구인가?"

"저는 가장 현명한 사제이자 진정한 예언자입니다." 숯쟁이가 대답했습니다.

"그렇다면 자네는 내게 알려줄 수 있겠군." 왕이 말했습니다. "내 반지를 누가 가져갔는지 말이야."

"그럼요!" 숯쟁이가 말했습니다. "어둠 속에서 생겨난 일이 밝은 빛 앞으로 나오게 되는 것은 당연한 진리입죠. 그러나 해마다 연어가 전나무 꼭대기에 알을 낳는 것은 아닙니다. 지금 저는 7년 동안 보조 사제를 하면서 저 자신과 처자식을 먹여 살리기 위해 애쓰고 있습니다. 그러나 아직 성직록을 받지 못했습니다. 도둑이 누구인지를 밝히려면 저는 많은 시간과 충분한 종이가 필요합니다. 저는 언제나 글을 쓰면서 추리를 하고, 그 방법으로 곳곳을 뒤지며 범인을 찾기 때문입니다.”

“좋아! 자네는 충분한 시간과 종이를 갖게 될 거야. 누가 도둑인지 자네가 정확하게 찾아낼 수만 있다면 말이야.”

그렇게 해서 숯쟁이는 왕의 궁정에 있는 방에 스스로 갇혔습니다. 사람들은 곧 그가 주님의 기도문 이상의 많은 것들을 알고 있다는 사실을 확실히 깨달을 수 있었습니다. 그가 뭔가를 갈겨쓴 종이가 산더미처럼 쌓이고 여기저기 굴러다녔기 때문입니다. 하지만 그가 무슨 글자를 쓴 것인지 알아볼 수 있는 사람은 한 명도 없었습니다. 그것들은 단지 냄비걸이와 옷걸이처럼 보일 뿐이었습니다. 남자는 계속 그렇게 뭔가를 썼고, 그렇게 시간도 흘러갔습니다. 하지만 도둑을 여전히 밝혀내지 못했습니다. 이윽고 왕은 화가 나서 그가 3일 안으로 도둑을 찾아내지 못하면 목숨을 잃게 될 것이라고 말했습니다.

“서두를수록 오히려 속도가 나지 않는 법입니다. 숯가마가 다 식기 전까지는 숯을 꺼낼 수 없는 법이고요.” 숯쟁이가 말했습니다.

그러나 왕은 고집을 꺾지 않고 자신이 말한 대로 하겠다고 했습니다. 그래서 숯쟁이는 살 날이 얼마 남지 않았다고 생각했습니다.

그런데 왕의 하인 세 명이 날마다 돌아가면서 숯쟁이의 시중을 들고 있었는데, 이 세 사람이 바로 왕의 반지를 훔친 자들이었습니다. 그 하인들 가운데 하나가 방으로 들어가서 저녁식사를 마친 남자의 식탁을 치웠습니다. 하인이 방에서 나가려는 순간에 숯쟁이는 그를 쳐다보며 한숨을 깊게 내쉬며 말했습니다.

“셋 가운데 하나가 가는구나!” 숯쟁이는 단지 남은 3일 가운데 하루가 간다는 의미로 그렇게 말한 것이었습니다.

“그 사제는 자기 입에 밥을 넣을 줄만 아는 것이 아니라, 다른 것도 많이 알고 있어.” 동료들하고만 남게 되자 그 하인이 말했습니다. “그는 내가 셋 가운데 하나라고 말했어.”

다음날 두 번째 하인이 남자가 방에 갇혀서 무슨 말을 하는지 시중을 들며 확인해 보려고 했습니다. 식탁을 깨끗이 치운 뒤 방에서 나가려고 하자 숯쟁이는 그의 얼굴을 뚫어져라 쳐다보더니 깊은 한숨을 쉬면서 말했습니다.

"셋 가운데 둘째가 가는구나!"

그래서 세 번째 사람도 3일째 되는 날에 숯쟁이가 무슨 말을 하는지 주의를 기울였습니다. 상황은 아주 나빴고 전혀 나아지지 않았습니다. 하인이 접시와 그릇을 가지고 문을 밀며 밖으로 나가려고 할 때, 숯쟁이가 그의 두 손을 움켜쥐며 마치 억장이 무너지듯이 한숨을 크게 쉬며 이렇게 말했기 때문입니다.

"셋 가운데 셋째가 가는구나!"

남자는 겁을 잔뜩 집어먹고는 동료들한테 가서 사제가 모든 것을 알고 있는 게 확실하다고 말했습니다. 그래서 그들 세 사람은 사제가 있는 방으로 가서 그의 앞에 무릎을 꿇었습니다. 그리고 그가 아무 말도 하지 않았는데도, 자신들이 반지를 훔쳤다고 털어놓으면서 용서해 달라고 빌었습니다. 그러면서 자신들을 살려만 준다면 그에게 저마다 백 달레르씩 바치겠다고 했습니다.

그는 자신에게 돈과 반지, 귀리죽이 담겨 있는 커다란 그릇 하나를 주면 그렇게 해주겠다고 사내답게 약속했습니다. 그가 그 반지를 받은 뒤에 어떻게 했는지 알고 싶나요? 그는 반지를 귀리죽에 넣고는, 그것을 왕의 돼지우리로 가서 가장 커다란 돼지한테 주라고 시켰습니다.

다음날 아침이 되자 왕이 왔습니다. 그는 농담을 할 기분이 전혀 아니었습니다. 왕은 도둑에 대해 알아냈는지 물었습니다.

"그럼요! 그럼요! 이제 막 온 세상 사람들을 다 추적해 글을 쓰는 것을 끝마쳤습니다." 숯쟁이가 말했습니다. "그러나 반지를 훔친 것은 사람의 자식이 아닙니다."

Erik Werenskiold

"흥!" 왕이 말했습니다. "그렇다면 누구란 말이냐?"

"그것은 폐하의 돼지우리에 있는 가장 큰 돼지입니다." 숯쟁이가 말했습니다.

그래요! 사람들이 돼지를 잡자, 돼지 뱃속에 반지가 들어 있었습니다. 그의 말은 하나도 틀린 게 없었습니다. 숯쟁이는 목숨을 구했고, 왕은 매우 기뻐하며 그에게 농장과 말을 주고, 백 달레르도 주었습니다.

당신이 생각하듯이, 숯쟁이는 재빨리 직업을 바꿨습니다. 첫 번째 일요일에 그는 교회에 가서 사제로 부임하게 되었습니다. 집을 나서기 전에 그는 아침을 먹었습니다. 그런데 왕이 전하는 말이 적힌 문서를 마른 빵 조각 위에 올려놓았다가 실수로 빵과 함께 귀리죽에 담갔습니다. 씹다가 질기다고 느낀 그는 자신의 개에게 먹던 음식을 모두 주었고, 개는 빵과 문서를 모조리 먹어치웠습니다.

그는 어찌해야 할지 몰랐습니다. 그러나 사람들이 기다리고 있었기 때문에 교회로 가야 했습니다. 교회에 도착한 그는 곧바로 설교단으로 올라갔습니다. 그가 매우 근엄한 얼굴을 하고 설교단 위에 서 있었기 때문에 사람들은 모두 그가 대단한 사제라고 생각했습니다. 그러나 예배가 진행되면서 마침내 일이 벌어졌습니다. 그는 이렇게 말하기 시작했습니다.

"형제들이여, 여러분이 오늘 들어야 할 말씀은 사라졌습니다. 아아! 그것은 개에게 갔습니다. 그러나 친애하는 교구민 여러분, 다음 일요일에는 뭔가를 들을 수 있을 것입니다. 그러니 오늘 설교는 이걸로 끝입니다. 아멘!"

교구민들은 모두 자신들이 이상한 사제를 맞이했다고 생각했습니다. 이렇게 우스운 설교는 결코 들어본 적이 없었기 때문입니다. 그러나 그들은 여전히 스스로를 다독이며 이렇게 말했습니다. "날이 지나면 나아질 거야. 나아지지 않으면 그때 가서 방법을 찾아도 되겠지."

다음 일요일이 되자 다시 예배가 시작되었습니다. 교회는 새로운 사제의 설교를 듣기 위해 찾아온 주민들로 발 디딜 틈도 없이 복작거렸습니다. 그는 다시 설교단 위에 올라섰습니다. 그리고 아무 말도 하지 않고 잠자코 서 있었습니다. 그러다 갑자기 말하기 시작했습니다. 그는 목청껏 소리를 질러댔습니다.

"경청하시오. 늙은 암염소 베리트(Berit)! 당신은 도대체 왜 교회 맨 뒷

자리에 앉아 있는 거요?"

"오, 사제님." 그녀가 말했습니다. "알고 싶으시다면 말씀드리겠지만, 제 신발이 온통 구멍투성이라서요."

"그것은 이유가 못 돼요. 당신은 낡은 돼지가죽을 조금 가져다가 스스로 새 신발을 꿰맬 수 있었어요. 그랬다면 다른 훌륭한 숙녀들처럼 교회 앞자리로 나올 수 있었을 거요. 다른 사람들도 자신들이 어떤 길로 가게 될지 스스로 잘 생각해 보아야 할 거예요. 나는 여러분들이 교회에 올 때 일부는 북쪽에서, 일부는 남쪽에서 오는 것을 보았어요. 그것은 여러분들이 교회에서 나갈 때도 마찬가지이겠지요. 그러나 이따금 그대들은 길에 서서 빈둥거리면서 어떻게 갈 것인지 묻지요. 그렇소! 우리가 어떻게 갈지 말해준들 누가 알 수 있겠어요? 그건 그렇고 나는 사제의 늙은 마누라한테서 도망친 검은 암말에 대해 알려야 해요. 그 말은 말굽 뒤쪽에 털이 나 있고, 쭉 뻗은 갈기와 내가 이 자리에서 말하지 않을 다른 특징들도 가지고 있지요. 그리고 나는 여러분에게 내 반바지 주머니에 구멍이 하나 났다는 것도 말할 것입니다. 나는 그것을 알고 있지만 여러분은 몰랐겠지요. 여러분도 모르고, 나도 모르는 것은 그 구멍에 댈 헝겊조각을 누가 가지고 있는가 하는 것이겠지요. 아멘."

청중들 가운데 몇 명은 이 설교가 매우 마음에 들었습니다. 그들은 머지않아 그가 훌륭한 성직자가 될 게 분명하다고 생각했습니다. 그러나 솔직히 말해 대부분의 사람들은 최악이라고 생각했습니다. 그래서 그들은 사제장이 오자 새로 온 사제에 관해 불평하면서 이제껏 어느 누구도 그런 설교는 들어본 적이 없다고 말했습니다. 심지어 그들 가운데 누군가는 그 설교를 외워 두었다가 적어 놓은 것을 사제장에게 읽어주기까지 했습니다.

"나는 그것을 아주 훌륭한 설교라고 평하겠습니다." 사제장이 말했습니다. "그는 비유를 해서 말하고 있는 것입니다. 빛을 찾고, 어둠과 어둠의 짓거리를 피해야 한다는 것과 여러분이 넓은 길과 좁은 길 가운데 어디로 가야 하는지 말예요. 그리고 무엇보다도" 그가 말했습니다. "성직자의 검은 말에 대한 그의 공지는 엄청난 비유입니다. 그것은 최후에 우리 모두가 어떻게 될 것인지를 보여주고 있는 것입니다. 구멍이 난 주머니는 교회의 필요성을 보여주는 것이고, 구멍을 기울 헝겊조각은 신자들이 제공하는 선물과 봉헌물을 뜻하는 것이지요."

사제장이 이렇게 말하자 교구 사람들은 "아! 아!"라고 하면서 사제의 주머니 안으로 뭐가 들어가야 할지 아주 잘 이해했다고 말했습니다. 끝으로 사제장은 자신이 생각하기에 이 교구는 어떤 결함도 찾기 어려운, 아주 훌륭하고 지식이 많은 사제를 얻은 것 같다고 했습니다. 그러니 그를 성심껏 따라야 한다고 말입니다.

그러나 시간이 지나도 그는 좋아지기는커녕 더 나빠졌습니다. 그래서 사람들은 주교한테 가서 그에 대해 불평을 했습니다. 그래서 얼마 뒤 주교가 와서 그곳을 돌아보기로 했습니다.

사제는 주교가 오기 하루 전에 사람들에게 알리지 않고 몰래 교회로 갔습니다. 그리고 설교단 받침대를 절반 정도 톱으로 잘랐습니다. 아주 조심스럽게 올라가야 받침대가 그대로 걸쳐져 있게 말입니다.

다음 날 사람들이 모여들었고, 그가 주교에 앞서 설교를 하려고 설교단 위로 올라갔습니다. 그리고 그때까지 해왔던 것처럼 설교를 하기 시작했습니다. 그는 잠시 그렇게 하다가 점차 이리저리 팔을 휘두르며 고함을 질러댔기 시작했습니다.

"만일 여기 사악하거나 나쁜 일을 저지른 누군가가 있다면 교회를 떠나는 것이 좋을 겁니다. 바로 오늘 세상이 만들어진 뒤 지금껏 볼 수 없던 멸망이 있을 것이기 때문입니다."

그는 그렇게 말하고는 번개처럼 낭독대의 책상을 내리쳤습니다. 그러자 하! 책상과 성직자, 설교단이 모두 교회 바닥으로 와르르 무너져 내렸습니다. 신도들은 모두 마치 심판의 날이 그들 뒤를 쫓아오기나 하는 것처럼 교회 밖으로 달아났습니다.

그러자 주교는 사제를 흥보던 사람들에게 말했습니다. 설교단에 그와 같은 은총을 가져온, 너무나 현명해서 무슨 일이 일어날지를 예견할 수 있는 사제에 관해 감히 불평을 늘어놓은 것이 놀라울 따름이라고 말입니다. 그리고 자기가 생각하기에 그는 적어도 사제장이 되어야 할 사람으로 보인다고 했습니다.

오래지 않아 그는 사제장이 되었고, 이제는 어쩔 도리가 없었습니다. 사람들은 그를 참고 견뎌야 했습니다.

때마침 이제껏 아이가 없던 왕과 왕비에게 아이가 생겼습니다. 왕은 아이가 자신의 왕관과 왕국을 물려받을 후계자인지, 아니면 공주인지 너무나 알고 싶었습니다. 그래서 나라의 모든 현인들을 궁정으로 불러 아이가 태어나기 전에 미리 알려줄 수 있는지 물었습니다. 그러나 아무도 대답하지 못했습니다. 왕과 주교는 숯쟁이가 떠올랐습니다. 그들은 그를 불러 그것을 알려줄 수 있는지 물었습니다.

"안 됩니다." 그가 말했습니다. "그것은 제 능력을 벗어난 일입니다. 살아 있는 사람이 알 수 없는 것을 추측하는 것은 옳지 않습니다."

"아주 그럴듯하게 들리는구나." 왕이 말했습니다. "물론 네가 그것을 알든 모르든 상관없다. 그러나 알다시피 너는 현명한 사제이고, 앞으로 일어날 일을 예언할 수 있는 진정한 예언가가 아니더냐. 단언컨대 네가 나한테 그것을 말해 주지 못하겠다면 너는 너의 성직자 외투를 잃게 될 것이다. 생각해 보니 먼저 너를 시험해봐야 하겠구나."

왕은 은으로 된 〔원통형 몸체에 뚜껑과 손잡이가 달린〕 큰 잔(krus)을 가지고 바닷가로 내려갔습니다. 그리고 잠시 뒤에 성직자를 불렀습니다.

"이 잔 안에 들어 있는 게 뭔지 말할 수 있다면," 왕이 말했습니다. "다른 것도 내게 알려줄 수 있겠지." 왕은 이렇게 말하면서 큰 잔의 뚜껑을 꽉 닫았습니다.

숯쟁이는 단지 자기 손을 쥐어짜며 한탄만 할 뿐이었습니다.

"야! 이 세상에서 가장 야비한, 기어다니는 게 같은 놈아!" 그는 소리를 질렀습니다. "질질 끌고 물고 늘어지는 게 네 놈의 특기이지."

"오!" 왕이 소리쳤습니다. "자네, 모른다면서 어떻게 맞췄는가?"

여러분이 알아야 할 게, 왕의 큰 잔에는 실제로 게가 들어 있었던 것입니다. 그렇게 해서 숯쟁이는 거실로 가서 왕비를 만나게 되었습니다. 그는 거실 한가운데에 있는 의자에 앉아 있었고, 왕비는 방 안을 이리저리 걸었습니다.

"어떤 이도 결코 부화하기 전에 병아리를 세지 않습니다. 그리고 태어나기 전인 아기의 이름을 가지고 싸우지도 않습니다." 숯쟁이가 말했습니다. "그런데 저는 일찍이 이와 같은 일은 듣지도 보지도 못했습니다! 왕비께서 가까이 오실 때 뱃속의 아기는 왕자 같았습니다. 그러나 왕비께서 멀어지시자 아기는 공주처럼 보였습니다."

오! 이윽고 때가 되자 공주와 왕자가 모두 태어났습니다. 아이는 쌍둥이였던 것입니다. 이렇게 해서 숯쟁이는 이번에도 맞추었습니다. 그는 아무도 알 수 없는 것을 알려준 대가로 돈을 수레 하나 가득 받았습니다. 그리고 왕국에서 왕 다음가는 사람이 되었습니다.

그래요! 발을 헛디디고, 궁지에 몰리고, 빙글빙글 돌다가도, 사람은 이따금 자기가 할 수 있는 것보다 더 잘하기도 하는 법이랍니다.

21

상자 안에 들어 있던 별난 것

옛날 옛적에 어떤 작은 소년이 길을 떠났습니다. 조금 걸어갔을 때 그는 상자 하나를 발견했습니다.

"이 상자 안에 뭔가 별난 것이 들어 있는 게 분명해." 그는 혼잣말을 했습니다. 그러나 아무리 많이 돌리고 비틀어도 상자는 열리지 않았습니다.

소년은 조금 더 걸어가다가 이번에는 아주 작은 열쇠를 하나 발견했습니다. 길을 걷느라 지친 그는 자리에 앉았습니다. 그러다 갑자기 열쇠가 상자에 맞으면 재미있을 것 같다는 생각이 들었습니다. 상자에는 작은 열쇠 구멍이 있었기 때문입니다. 소년은 주머니에 있던 작은 열쇠를 꺼내서 열쇠구멍을 입으로 후후 분 뒤에 집어넣었습니다. 그러자 열쇠가 열쇠구멍으로 들어가서 돌아갔습니다. 찰칵! 열쇠는 자물쇠에 딱 들어맞았습니다. 그가 걸쇠를 들어 올리자 상자가 열렸습니다.

상자 안에 무엇이 들어 있었는지 알아맞혀 보세요. 세상에나! 소꼬리였습니다. 만약 소꼬리가 더 길었더라면 이 이야기도 더 길었을 텐데 말입니다.

22

레몬 세 개

옛날 옛적에 부모를 모두 잃은 삼 형제가 있었습니다. 부모는 형제들에게 먹고살 것을 전혀 남기지 않고 세상을 떠났습니다. 그래서 그들은 자신들의 운을 시험하기 위해 세상으로 나가야 했습니다. 두 형은 짐을 잔뜩 꾸리며 떠날 채비를 하였습니다. 그러나 그들은 막내 동생은 데려가지 않았습니다. 막내는 늘 소나무 부지깽이(Tyri)를 쥐고 벽난로 구석에 앉아 있었기 때문에 '부지깽이 한스(Tyrihans)'라고 불렸습니다.

두 형은 어스름한 새벽에 일찍 서둘러 출발했습니다. 그러나 그들이 서둘러 갔든 가지 않았든 부지깽이 한스는 형들과 거의 동시에 왕의 궁전에 도착했습니다. 그렇게 궁전에 도착한 삼 형제는 일자리를 부탁했습니다. 왕은 그들에게 줄 일거리가 없다고 말했습니다. 그러나 그들이 매우 간절하게 청하자, 그는 그들에게 맡길 만한 일이 있는지 알아보겠다고 했습니다. 커다란 집에는 늘 뭔가 할 일이 있게 마련이니까요. 네! 그들은 벽에 못을 박는 일을 하게 되었습니다. 그들은 벽에 못을 박고, 그것들을 다시 뽑아야 했습니다. 그들은 그 일을 마친 뒤 부엌으로 가서 나무와 물을 날랐습니다.

부지깽이 한스는 가장 솜씨 좋게 벽에 못을 박고, 그것을 다시 뽑았습니다. 그리고 그는 나무와 물을 나르는 데도 재주가 가장 좋았습니다. 그래서 그의 형들은 동생을 시기해서, 그가 열두 왕국에서 가장 아름다운 공주를 왕에게 얻어줄 수 있다는 말을 했다고 소문을 냈습니다.

여러분이 알아야 할 게, 왕은 늙은 아내를 잃은 홀아비였습니다. 그 소문을 들은 왕은 부지깽이 한스를 불렀습니다. 그리고 말하고 다닌 대로 하라고 명령하며, 그렇게 하지 못하면 단두대로 그의 머리를 잘라버리겠다고 말했습니다. 한스는 자신은 그런 말은 한 적도 없고, 생각한 적도 없다고 말했습니다. 그러나 왕은 너무나 단호했습니다. 그래서 한스는 할 수 있을지 한번 시도는 해보겠다고 말했습니다.

그는 음식 보따리를 어깨에 둘러메고 궁전을 출발했습니다. 그러나 길을 얼마 가지 않아 배가 고파지자, 길을 떠날 때 사람들이 챙겨준 음식을 맛보기로 했습니다. 그는 길가의 가문비나무 아래에 앉아 편하게 자리를 잡았습니다. 바로 그때 다리를 저는 늙은 노파가 다가와서 그의 보따리에 무엇이 있는지 물었습니다.

"소금에 절인 고기와 절이지 않은 고기요." 소년이 말했습니다. "할머니, 배고프시면 이리로 와서 같이 먹어요."

그래요! 그녀는 그에게 고마워하며, 자신이 뭔가 보답을 하겠다고 말했습니다. 그리고 다리를 절면서 숲으로 사라졌습니다.

부지깽이 한스는 음식을 배불리 먹고 휴식을 취한 뒤에 어깨에 보따리를 둘러메고 다시 길을 떠났습니다. 그런데 그는 멀리 가지 않아 피리 하나를 발견했습니다. 부지깽이 한스는 길을 가면서 피리를 가지고 놀 수 있게 되어 잘되었다고 생각했습니다. 당신이 생각한 것처럼, 그는 피리를 챙겨서 가지고 가다가 얼마 안 있어 그것을 불어 보았습니다. 그러자 곧바로 작은 트롤들이 떼를 지어 달려와서 일제히 이렇게 소리를 질러댔습니다.

"주인님, 무엇을 시키시겠습니까? 주인님, 무엇을 시키시겠습니까?"

부지깽이 한스는 자기는 그들을 다스리는 주인이 아니지만, 만약에 뭔가를 시킬 수 있다면 열두 왕국에서 가장 아름다운 공주한테 데려다 주기를 바란다고 말했습니다. 그래요! 그것은 별로 어려운 일이 아니라고 작은 트롤들은 생각했습니다. 그들은 그녀가 어디에 있는지 잘 알고 있었기 때문에, 그에게 길을 알려줄 수 있었습니다. 그러나 트롤들한테는 그녀를 데려올 수 있는 힘은 없었기 때문에 그가 직접 가서 그녀를 데려와야 했습니다.

그렇게 트롤들은 한스에게 길을 알려주었고, 그는 자신의 여행을 무사히 잘 마칠 수 있었습니다. 그의 길을 방해하는 자는 아무도 없었습니다. 그곳은 트롤의 성이었고, 세 명의 사랑스러운 공주가 그 안에 앉아 있었습니다. 그러나 부지깽이 한스가 안으로 들어가자마자 그녀들은 겁에 질려 이성을 잃은 새끼 양처럼 뛰기 시작했습니다. 그러다 한순간에 창가에 놓인 세 개의 레몬으로 변했습니다. 한스는 매우 슬프고 우울했습니다. 그녀들이 레몬으로 변했는지 알지 못했기 때문입니다. 그는 잠시 머뭇거리다가 세 개의 레몬을 집어서 주머니에 넣었습니다. 길을 가다가 목이 마를 때 먹으면 좋겠다고 생각했기 때문입니다. 그는 레몬이 시큼하다는 말을 들은 적이 있었습니다.

길을 나선 지 얼마 지나지 않아 그는 매우 덥고 목이 말랐습니다. 가지고 있는 물이 없었기 때문에 그는 목마름을 어떻게 해결해야 할지 몰랐습니다. 그러다 레몬을 가지고 있다는 사실을 떠올리고는 그 가운데 하나를 꺼내서 작은 구멍을 뚫었습니다. 그러자 세상에 맙소사! 작은 공주가 레몬 밖으로 겨드랑이까지 몸을 내놓고 비명을 질렀습니다.

"물! 물!" 물을 마시지 못하면 죽고 만다고 그녀가 말했습니다.

그래요! 소년은 물을 찾으러 정신 나간 사람처럼 이리저리 허둥지둥 바쁘게 뛰어다녔습니다. 그러나 물을 찾지 못했고, 공주는 순식간에 죽어버렸습니다.

그는 다시 길을 떠나서 조금 더 걸었지만 여전히 덥고 목이 말랐습니다. 그는 목마름을 해결할 수 있는 것을 찾지 못했기 때문에 두 번째 레몬을 꺼내 구멍을 뚫었습니다. 그 안에는 또 다른 공주가 있었습니다. 겨드랑이까지만 내놓고 앉아 있는 그녀는 첫 번째 공주보다도 더 사랑스러웠습니다. 그녀도 마찬가지로 물을 달라고 비명을 지르며 물을 마시지 못하면 자신은 죽을 거라고 말했습니다. 그래서 한스는 바위와 이끼 아래를 뒤졌습니다. 그러나 물을 찾지 못했고, 두 번째 공주도 끝내 죽어버리고 말았습니다.

부지깽이 한스는 상황이 점점 더 나빠지고 있다고 생각했습니다. 정말로 그랬습니다. 다시 길을 나섰는데, 날씨가 더 더워졌기 때문입니다. 땅은 바짝 말라 뜨겁게 타올랐습니다. 물을 한 방울도 찾지 못했고, 머지않아 목이 말라 죽을 것 같았습니다. 그는 가지고 있던 마지막 레몬을 한입 베어물고 싶었지만 가까스로 참았습니다. 그러나 끝내 어쩔 수 없었습니다. 그가 레몬을 깨물어 구멍을 내자 그 안에도 마찬가지로 공주가 앉아 있었습니다. 그녀는 열두 왕국에서 가장 사랑스러운 공주였습니다. 그녀는 비명을 지르면서 물을 얻지 못하면 자신은 곧바로 죽고 만다고 비명을 질렀습니다. 한스는 물을 찾아 바쁘게 뛰었습니다. 그러다 왕의 방앗간을 발견하였습니다. 거기에는 물레방아를 돌리기 위한 방죽이 있었습니다. 그는 그녀를 방죽으로 데리고 가서 물을 조금 주었습니다. 그러자 그녀는 레몬에서 완전히 나왔습니다. 그녀는 알몸이었습니다. 그래서 한스는 어깨에 걸치고 있던 망토를 그녀에게 던져 주었습니다.

그가 왕의 궁전으로 가서 옷을 가져올 동안 그녀는 나무 위에 숨어 있었습니다. 부지깽이 한스는 왕에게 그녀를 어떻게 데려왔는지 말했습니다. 다시 말해 그때까지 있었던 모든 일들을 이야기해 주었습니다.

그런데 그러는 사이에 부엌에서 일하는 하녀가 물을 길으러 물레방아가 있는 방죽으로 내려왔습니다. 그녀는 물에 비친 사랑스러운 얼굴을 보고는 자신의 모습이라고 생각했습니다. 그녀는 자신이 매우 아름다워진 것이 너무나 기쁜 나머지 껑충껑충 뛰며 춤을 추었습니다.

"악마가 물을 길어 갔어." 그녀는 소리쳤습니다. "그래서 내가 이렇게 아름다워진 거야." 그러면서 그녀는 물통을 내던졌습니다.

하지만 잠시 뒤에 그녀는 물레방아 방죽에 비친 얼굴이 나무 위에 앉아 있는 공주의 것이라는 사실을 알게 되었습니다. 그러자 하녀는 매우 화가 났습니다. 그래서 나무에서 공주를 끌어내리고는 방죽으로 던져버렸습니다. 그런 뒤에 그녀는 한스가 공주에게 준 망토를 입고 나무 위로 올라갔습니다.

얼마 뒤 왕이 그곳에 도착했습니다. 왕은 못생기고 거무튀튀한 하녀를 보고는 얼굴이 하얗고 빨갛게 변했습니다. 그러나 왕은 그녀가 열두 왕국에서 가장 사랑스러운 여인이라는 이야기를 들었기 때문에 자신이 믿어야 할 뭔가가 있을 것이라고 생각했습니다. 게다가 그는 불쌍한 한스가 그녀를 얻기 위해 많은 고생을 했다는 사실을 알고 있었습니다. '시간이 지나면 나아지겠지.' 왕은 생각했습니다. '말끔하게 꾸미고 좋은 옷을 입히면 말이야.' 그래서 왕은 그녀를 데리고 집으로 갔습니다.

사람들은 가발 만드는 사람과 바느질하는 여자를 모두 불러들여 그녀를 공주처럼 입히고 꾸며 주었습니다. 그러나 아무리 씻기고 차려 입혀도 그녀는 여전히 전처럼 못생기고 거무튀튀했습니다.

얼마 뒤에 다른 부엌 하녀가 물을 길으러 물레방아 방죽으로 갔다가 커다란 은색 물고기를 잡았습니다. 그녀는 그것을 바구니에 담아 궁전으로 가져갔고, 왕에게 보여주었습니다. 왕은 물고기가 근사하고 멋지다고 생각했습니다. 그러나 못생긴 공주는 그것이 마법에 의한 것이니 불태워야 한다고 말했습니다. 그녀는 보자마자 그 물고기가 뭔지 알았기 때문입니다.

그래요! 물고기는 태워졌습니다. 다음날 아침에 사람들은 재가 있는 자리에서 은덩어리를 발견했습니다. 그래서 요리사는 왕에게 가서 그 사실을 말했습니다. 그러자 왕은 매우 이상한 일이라고 생각했습니다. 그러나 공주는 이 모든 일이 마법에 의한 것이라고 말하며 그 은덩어리를 거름더미에 묻어버리라고 사람들에게 명령했습니다. 왕은 아주 많이 반대했습니다. 그러나 그녀가 왕을 편하게 있지도 쉬지도 못하게 괴롭혔기 때문에 마침내 왕도 사람들에게 그렇게 하라고 말했습니다.

그러나 세상에나! 다음날 은덩어리를 묻은 자리에 아주 크고 아름다운 라임나무가 자라 있었습니다. 그 라임나무의 잎은 은처럼 반짝거렸습니다. 그래서 사람들은 왕에게 그 이야기를 했고, 그는 이상한 일이라고 생각했습니다. 그러나 공주는 그것이 마법일 뿐이라며 나무를 당장 잘라버리라고 했습니다. 왕은 반대했습니다. 그러나 공주가 오래 계속해서 괴롭히자 이번에도 그녀가 원하는 대로 하라고 했습니다.

그러나 세상에나! 하녀들이 장작으로 쓰려고 라임나무의 조각을 모았는데, 그것은 온통 은이었습니다.

"알릴 필요 없어." 그들 가운데 한 명이 말했습니다. "왕이나 공주한테 말해봤자 그들은 또 불태우고 녹이려고만 할 거야. 우리 서랍에 숨겨 두는 편이 더 나을 것 같아. 언젠가 애인이 생겨 결혼을 할 때 매우 도움이 될 거야."

그래요! 그들은 모두 그렇게 하기로 마음먹었습니다. 그러나 그들이 조각들을 옮기려 하자 그것들은 점점 무거워졌습니다. 그래서 어떻게 된 일인지 들여다보지 않을 수 없었습니다. 그들은 조각들이 작은 아이로 변해 있는 것을 발견했습니다. 그 아이는 곧 아무도 지금까지 본 적이 없는 가장 사랑스러운 공주로 자랐습니다.

하녀들은 뭔가 잘못된 것 때문에 이 모든 일이 일어났다는 사실을 깨달았습니다. 그래서 공주에게 옷을 입힌 뒤에 열두 왕국에서 가장 아름다운 공주를 데려왔던 소년을 서둘러 찾아갔습니다. 그리고 그에게 자신들이 겪은 일들을 이야기해 주었습니다.

부지깽이 한스가 오자 공주는 그에게 자신이 어떤 일들 겪었는지 말했습니다. 부엌 하녀가 와서 그녀를 어떻게 나무에서 끌어내리고 방죽에 던졌는지, 그녀가 어떻게 물고기, 은덩어리, 라임나무, 나무조각이 되었는지, 또 어떻게 이렇게 진짜 공주가 되었는지 말입니다.

그러나 왕에게 그 이야기를 전하기는 힘들었습니다. 못생기고 거무튀튀한 부엌 하녀가 늘 왕 곁에 붙어 떨어지지 않았기 때문입니다. 그래서 그들은 이야기 하나를 지어냈습니다. 이웃나라의 왕이 도전장을 냈다고 말입니다. 그렇게 해서 그들은 왕을 밖으로 나오게 할 수 있었습니다. 왕은 와서 사랑스러운 공주를 보았고, 그는 그녀를 데려가 그 자리에서 결혼식 축하 잔치를 벌였습니다. 그리고 못되고 못생긴 거무 튀튀한 하녀가 그녀에게 했던 짓들을 듣고는, 그 부엌 하녀를 끌고와서 못이 가득 들어 있는 통에 넣어 언덕 아래로 굴리라고 했습니다. 그런 뒤에 그들은 열두 왕국 전역에 이 일이 전해지고 이야기될 때까지 계속 결혼 축하 잔치를 했습니다.

23

사제와 교회지기

옛날 옛적에 어떤 사제가 있었는데, 몹시 불량배 같은 사람이었습니다. 그는 왕의 공공도로에서 말을 몰고 가다 누군가를 마주치면 멀리까지 들리도록 큰 소리로 고함을 질러댔습니다.

"길에서 비켜라! 길에서 비켜라! 사제 나리 납신다!"

어느 날 여느 때처럼 말을 몰며 똑같이 행동하던 그는 왕과 직접 마주치게 되었습니다.

"길에서 비켜라! 길에서 비켜라!" 그는 떠나가라 고함을 질러댔습니다. 그러나 왕은 계속해서 자신이 가던 길을 갔습니다. 그래서 사제는 말을 한쪽으로 몰아 비켜서야 했습니다. 왕은 그의 곁을 지나면서 말했습니다. "내일 궁전으로 와라. 내가 내는 세 가지 문제에 대답을 못하면 너는 네가 자랑으로 여겼던 사제의 두건과 외투를 잃게 될 것이다."

그것은 사제가 해왔던 것과는 생판 다른 일이었습니다. 그는 고함을 치고, 남을 못살게 굴고, 소리를 지르고, 몹시 못되게 굴 수는 있었습니다. 그것이 그가 할 수 있는 전부였습니다. 문제를 맞추는 것은 그의 능력 밖의 일이었습니다. 그래서 그는 〔교회에서 잡일을 하는〕 교회지기를 찾

Erik Werenskiold

아갔습니다. 그 교회지기는 사제보다 더 성직자의 외투에 어울리는 사람이었습니다. 사제는 왕한테 가고 싶지 않다고 교회지기에게 말했습니다.

"열 명의 현자라도 멍청이 하나의 질문에 대답하기 버거운 법이니 말이야."

사제는 교회지기에게 자기 대신 가라고 했습니다. 그래요! 교회지기는 사제의 외투와 두건을 걸치고 길을 떠나 왕의 궁전으로 갔습니다. 왕이 왕관을 쓰고 홀을 들고 현관에 나와서 그를 맞이했습니다. 왕관과 홀은 매우 근사했기 때문에 왕에게서 빛이 나는 것 같았습니다.

"그래! 내 말이 들리느냐?" 왕이 말했습니다.

"네, 분명히 잘 들립니다."

"첫 번째 대답을 해 보거라." 왕이 말했습니다. "서쪽에서부터 동쪽까지의 거리는 얼마냐?"

"딱 하루거리입니다." 교회지기가 말했습니다.

"어째서 그렇지?" 왕이 물었습니다.

"아시다시피" 교회지기가 말했습니다. "해는 동쪽에서 뜨고, 서쪽으로 집니다. 그러니 딱 하루가 걸립니다."

"아주 좋아!" 왕이 말했습니다. "자, 그럼 네가 보기에는 여기 서 있는 나는 얼마의 가치가 있는지 말해 보거라."

"알겠습니다." 교회지기가 말했습니다. "우리 주님의 가치는 은화 서른 닢이었습니다.* 그러니 저는 폐하의 가격이 은화 스물아홉 닢보다 크다고 생각할 수는 없습니다."

"아주 아주 좋아!" 왕이 말했습니다. "그런데 네가 그처럼 현명하다면 너는 지금 내가 무슨 생각을 하고 있는지도 말할 수 있겠지?"

"오!" 교회지기가 말했습니다. "앞에 서 있는 자가 그 사제가 맞을까 하고 생각하고 계십니다. 그러나 맹세컨대 그렇게 생각하고 계시지 않았다면, 그것은 제가 교회지기이기 때문일 것입니다."

"집으로 가도 좋다." 왕이 말했습니다. "그리고 네가 사제를 하고, 그는 교회지기를 하게 해라."

그래서 그렇게 되었습니다.

---

* 성서에는 유다가 예수를 은화 서른 닢에 팔아넘긴 것으로 나온다. 「마태오 복음서」 26장 15절 참조.

24

산 친구, 죽은 친구

옛날 옛적에 두 명의 젊은이가 있었습니다. 우애가 매우 돈독한 친구였던 그들은 죽든 살든 결코 떨어지지 말자고 서로에게 맹세를 했습니다. 그런데 두 사람 가운데 한 명이 나이가 들기도 전에 먼저 세상을 떠났습니다.

얼마 뒤 다른 친구는 어떤 농부의 딸에게 청혼해서 결혼을 하게 되었습니다. 초대받은 손님들이 결혼식장으로 모일 때, 신랑은 혼자서 친구가 누워 있는 교회의 뜰로 갔습니다. 그리고 그의 무덤을 두드리며 친구의 이름을 불렀습니다.

하지만 소용없었습니다. 대답도 없었고, 나오는 사람도 없었습니다. 그는 다시 무덤을 두드리며 친구를 불렀습니다. 그러나 아무도 나오지 않았습니다. 세 번째에는 더 세게 두드리며 할 이야기가 있으니 나오라고 큰 소리로 친구를 불렀습니다. 시간이 꽤 오래 지난 뒤에야 바스락거리는 소리가 나면서 죽은 자가 무덤 밖으로 올라왔습니다.

"드디어 와 주었군그래." 신랑이 말했습니다. "여기에 서서 꽤 오랫동안 자네를 부르며 두드리고 있었어."

"나는 아주 멀리 떨어진 곳에 있었어." 죽은 사람이 말했습니다. "그래서 자네가 마지막으로 나를 부를 때까지 소리를 듣지 못했어."

"그랬군." 신랑이 말했습니다. "그런데 나 오늘 신랑이 된다네. 예전에 우리는 늘 서로의 결혼식에서 옆에 있어 주자고 했었지. 부탁하건대 괜찮다면 자네가 신랑 들러리가 되어주길 바란다네."

"물론 하고말고." 죽은 사람이 말했습니다. "그러나 자네는 내가 차려입을 때까지 조금 기다려야 한다네. 결혼식 예복을 갖추어 입지 않았다고 타박을 받을 수는 없으니 말이야."

청년은 시간 때문에 곤란했습니다. 손님들을 집에서 맞이하기로 했던 시간은 이미 지났고, 어느덧 교회로 가야 할 시간이 다 되었기 때문입니다. 그러나 그는 혼자 방으로 들어간 죽은 친구를 한참 기다렸습니다. 죽은 친구는 바라던 대로 매무새를 깔끔하게 다듬고, 교회로 가는 다른 사람들처럼 말쑥하게 차려입었습니다. 물론 그도 교회로 가는 결혼식 행렬에 합류할 생각이었기 때문입니다.

그래요! 죽은 친구는 산 친구와 함께 이 교회에서 다른 교회로 갔습니다. 결혼식이 한참 진행되고 신부가 왕관을 벗자* 친구는 이제 가야 한다고 말했습니다. 오랜 우정 때문에 신랑은 그와 함께 무덤까지 다시 가겠다고 말했습니다. 교회의 뜰에 들어서자 신랑은 친구에게 놀라운 것들을 많이 보고, 알면 좋은 것들을 많이 들었는지 물었습니다.

"그래! 그랬지." 죽은 친구가 말했습니다. "나는 이상한 것들을 많이 보고 들었어."

"그거 정말로 멋질 것 같군." 신랑이 말했습니다. "자네와 함께 가서 내 눈으로 직접 그 모든 것을 볼 수 있을까"

"자네라면 정말 환영이지." 죽은 사람이 말했습니다. "그런데 사정에

---

* 노르웨이 전통 결혼식에서 신부는 매우 화려한 왕관을 쓴다. 신부가 움직일 때마다 왕관에 달린 장식들에서 나는 소리가 악귀를 쫓아준다고 믿었다.

따라서 시간이 좀 걸릴 수 있어."

"그럴 수도 있겠지." 신랑이 말했습니다. 하지만 그런데도 그는 무덤으로 내려가고 싶어 했습니다.

무덤으로 내려가기 전에 죽은 사람은 묘지의 잔디를 한 움큼 잘라내고는 그것을 젊은이의 머리 위에 올려놓았습니다. 그들은 내려가고 또 내려갔고, 멀리 아주 멀리까지 나아갔습니다. 어둠을 통과하고, 고요한 황무지를 지나고, 숲과 황야, 습지를 건너자 아주 크고 거대한 문이 그들 앞에 나타났습니다. 죽은 남자가 손을 대자 문이 곧바로 열렸습니다. 안으로 들어가자 점차 밝아지기 시작했습니다. 처음에는 달빛 같더니 점점 더 밝아졌습니다. 마침내 그들은 무릎 높이까지 풀이 자라 있는 푸르른 언덕에 도달했습니다. 그곳에는 많은 암소들이 떼를 지어 풀을 뜯고 있었습니다. 그러나 풀을 뜯는 그 암소들은 모두 야위고 수척해 비참한 몰골을 하고 있었습니다.

"소들이 모두 왜 저런가?" 신랑이 된 젊은이가 말했습니다. "왜 저렇게 잘 먹는데도 하나같이 야위고, 상태가 안 좋아 보이는 건가?"

"이 소들은 아무리 많이 긁어모으고 손에 넣어도 결코 만족할 줄 모르는 이들과 같네." 죽은 사람이 말했습니다.

그들은 다시 멀리 아주 멀리까지 여행을 했고, 어떤 초지에 다다랐습니다. 그곳은 바위와 돌이 대부분이며 군데군데에만 풀이 조금 나 있는 언덕이었습니다. 여기에는 다른 암소 떼가 방목되고 있었는데, 매우 윤이 나고 반들반들해 털에서 빛이 나는 것 같았습니다.

"도대체 이들은" 신랑이 물었습니다. "아주 조금밖에 먹지 못하는 것 같은데 왜 저렇게 상태가 좋은 거야? 어떻게 그럴 수 있는지 정말 궁금하군."

"이 소들은" 죽은 남자가 말했습니다. "비록 가난하더라도, 가지고 있는 적은 것에 만족하는 사람들과 같네."

그들은 멀리 더 멀리 나아갔고 커다란 호수에 다다랐습니다. 그 호수는 정말이지 매우 밝고 환하게 빛났습니다. 신랑은 두려워 그것을 제대로 쳐다볼 수 없었습니다. 너무 눈이 부셨습니다.

"이제 자네는 여기에 앉아 있도록 해." 죽은 사람이 말했습니다. "내가 돌아올 때까지 말이야. 시간이 조금 걸릴 거야."

그가 떠나자 신랑은 자리에 앉았습니다. 그는 앉은 상태로 깜박 잠이 들었고, 달콤하고 깊은 잠에 빠져 모든 것을 잊어버렸습니다. 얼마 뒤 죽은 사람이 돌아왔습니다.

"고맙게도 여기 그대로 앉아 있어 주었군. 덕분에 자네를 다시 찾을 수 있었어."

그런데 신랑이 일어나려 할 때였습니다. 이끼와 수풀이 온통 그를 둘러싸고 있었습니다. 그는 자신이 온통 가시투성이인 딸기 덤불 안에 앉아 있다는 사실을 깨달았습니다. 그는 자리에서 일어나 덤불 밖으로 나왔고, 그들은 돌아가는 여정에 올랐습니다. 죽은 사람은 올 때와 같은 길을 지나 그를 무덤 앞까지 데려다주었습니다. 그곳에서 그들은 헤어지며 작별인사를 했습니다.

신랑은 무덤에서 나오자마자 곧장 그가 결혼식을 올린 집으로 갔습

211

니다. 그러나 그는 집이 있다고 생각한 곳으로 가는 길을 찾을 수 없었습니다. 그래서 그는 사방을 돌아다니면서 사람들과 마주칠 때마다 물어보았습니다. 그러나 신부나 결혼식, 자신의 친척, 아버지, 어머니에 관해 어떤 것이라도 듣거나 아는 사람을 하나도 만나지 못했습니다. 아니, 그는 자신이 알고 있는 어느 누구도 찾을 수 없었습니다. 그를 만나는 사람들은 모두 그의 낯선 행색을 보고 놀라워했습니다. 그는 꼭 허깨비가 바삐 돌아다니는 것 같았습니다.

그래요! 그는 자신이 알던 사람을 아무도 찾을 수 없게 되자, 사제를 찾아갔습니다. 그는 자신의 친척과 그가 신랑이 되었을 때 일어났던 모든 일들, 결혼식 중간에 자신이 어떻게 사라졌는지 말했습니다. 사제는 처음에는 그 모든 것에 대해 아무것도 알지 못했습니다. 그러나 오래된 기록들을 뒤져서 그가 말한, 아주 오래전에 열렸던 결혼식에 관해 적혀 있는 것을 찾아냈습니다. 그가 말한 사람들은 모두 4백년 전에 살았던 사람들이었습니다.

그 동안 그곳 사제의 뜰에는 아주 큰 참나무가 높게 자라 있었습니다. 남자는 참나무를 보고는 나무 위로 올라가 주변을 둘러보았습니다. 그러나 천국에 앉아서 4백년 동안 깜박 잠들어 있다가 이제야 돌아온 백발노인은 올라갔던 것처럼 참나무에서 내려오지는 못했습니다. 당연한 일이겠지만, 그는 몸이 뻣뻣하고 통풍이 있었습니다. 그래서 내려오다가 발을 헛디뎌 떨어지는 바람에 목이 부러졌습니다. 그것이 그의 마지막이었습니다.

25

일곱 번째 집안 어른

옛날 옛적에 여행을 떠난 한 남자가 있었습니다. 그는 마침내 아주 크고 훌륭한 농장에 도착했습니다. 그 집은 매우 근사해서 마치 작은 궁전 같았습니다.

"이곳에서 하룻밤 묵고 가는 게 좋겠어." 남자가 혼잣말을 하며 문을 열고 들어갔습니다. 백발과 하얀 수염을 가진 노인이 근처에 서서 나무를 자르고 있었습니다.

"안녕하세요. 어르신." 나그네가 말했습니다. "제가 오늘밤 여기서 묵고 갈 수 있을까요?"

"나는 이 집안의 어른이 아니라오." 나이든 남자가 말했습니다. "부엌으로 가서 내 아버지에게 말씀드려 보시오."

나그네는 부엌으로 갔습니다. 그곳에는 훨씬 더 나이가 많아 보이는 남자가 있었습니다. 그는 벽난로 앞에 무릎을 꿇고 앉아 불을 지피고 있었습니다.

"안녕하세요. 어르신." 나그네가 말했습니다. "오늘밤 제가 이 집에서 묵고 갈 수 있을까요?"

"나는 이 집안의 어른이 아니라오." 노인이 말했습니다. "안으로 들어가 내 아버지에게 말씀드려 보시오. 거실 의자에 앉아 계실 거요."

그래서 나그네는 거실로 갔습니다. 그리고 의자에 앉아 있는 남자에게 말을 걸었습니다. 그는 앞서 만난 두 사람보다도 훨씬 더 나이가 많아 보였습니다. 앉아 있던 남자는 이빨을 딱딱 부딪치고, 몸을 떨고 흔들면서 거의 작은 아이만 한 크기의 책을 소리 내어 읽고 있었습니다.

"안녕하세요. 어르신." 남자가 말했다. "오늘밤 여기서 묵고 가게 해주시겠어요?"

"나는 이 집안의 어른이 아니라오." 의자에 앉아 있던 남자가 이를 딱딱 부딪치고, 몸을 떨고 흔들면서 말했습니다. "저기에 계신 내 아버지에게 말씀드려 보시오. 그분은 벤치에 앉아 계실 거요."

그래서 나그네는 벤치에 앉아 있는 남자에게 갔습니다. 그는 담배 파이프의 속을 채우려 하고 있었습니다. 그러나 너무나 쇠약해져서 손이 떨리는 바람에 파이프도 가까스로 손에 쥐고 있었습니다.

"안녕하세요. 어르신." 나그네가 다시 말했습니다. "제가 오늘밤 이 집에서 묵고 가도 될까요?"

"나는 이 집안의 어른이 아니라오." 말라빠진 늙은 친구가 말했습니다. "저기 침대에 누워 계시는 내 아버지에게 말씀드려 보시오."

그래서 나그네는 침대로 갔습니다. 거기에는 나이가 많은, 아주 많은 사람이 누워 있었습니다. 뚫어져라 쳐다보는 커다란 두 개의 눈동자만이 그가 살아있다는 것을 알려주는 것 같았습니다.

"안녕하세요. 어르신." 나그네가 말했습니다. "제가 오늘밤을 여기서 지내도 될까요?"

"나는 이 집안의 어른이 아니라오." 커다란 눈을 가진 늙은 촌사람이 말했습니다. "내 아버지에게 말씀드려 보시오. 그분은 저기 요람에 누워 계시오."

그래요! 나그네가 요람으로 가보니 거기에는 산만큼이나 나이가 많아 보이는 촌사람이 누워 있었습니다. 그는 너무 말라비틀어지고 쪼글쪼글해서 아기만 했습니다. 목구멍으로 때때로 숨소리가 나는 것을 빼놓고는 살아있다고 말할 수 있는 것은 거의 없었습니다.

"안녕하세요. 어르신." 나그네가 말했습니다. "오늘밤을 여기서 보내도 될까요?"

대답을 기다렸으나 감감무소식이었습니다. 그 늙은 촌사람이 입을 열 때까지는 아주 오랜 시간이 걸렸습니다. 마침내 그가 자신은 이 집의 어른이 아니라고 말했습니다. "가서" 그가 말했습니다. "내 아버지에게 말씀드려 보시오. 저쪽 벽의 뿔에 계신 걸 찾을 수 있을 거요."

그래서 나그네는 벽 주변을 둘러보았고, 마침내 뿔을 찾았습니다. 그러나 뿔 안에 걸려 있는 그 남자는 흡사 얼굴을 가진 재 덩어리 같았습니다. 나그네는 매우 놀라 소리를 질렀습니다.

"안녕하세요, 어르신! 오늘밤 제가 여기서 묵고 가는 것을 허락해 주
시겠어요?"

그러자 뿔 안에서 작은 새가 재잘거리는 듯한 소리가 들려왔습니다.
나그네는 아주 간신히 그것이 무슨 말인지 알아들을 수 있었습니다.
"그래라, 애야."

이제 식탁에는 귀한 음식과 맥주, 〔'불타는 술'이라는 의미의 독한 증류주인〕
브레네빈(brennevin)이 가득 차려졌습니다. 나그네는 그것들을 먹고 마
신 뒤 순록 가죽으로 만들어진 훌륭한 침대로 자러 갔습니다. 그는 매
우 기뻤습니다. 마침내 집안의 진짜 어르신을 찾았기 때문입니다.

Erik Werenskiold

26

보수 없는 3년

옛날 옛적에 어느 가난한 가장이 있었습니다. 그에게는 아들이 하나 있었는데, 게으르고 손재주가 없었습니다. 아들은 마을사람들과 어울리지도 않고, 세상의 그 어떤 일도 하지 않았습니다. 그래서 아버지는 말했습니다.

"평생 저런 게으름뱅이 녀석을 먹여 살릴 수 없으니, 저 놈을 아는 사람이 아무도 없는 곳으로 멀리 보내버려야겠어. 멀리 보내면 집에 돌아오기도 쉽지 않을 테니 말이야."

그래요! 남자는 아들을 데리고 아주 먼 곳까지 가서 그를 하인으로 보낼 곳을 찾아다녔습니다. 그러나 그를 하인으로 쓰겠다는 사람은 없었습니다.

이윽고 아버지와 아들은 어느 부유한 남자의 집에 도착했습니다. 소문에 따르면 그는 1스킬링을 지불하기 전에 동전을 일곱 번이나 만지작거리는 사람이었습니다. 부자는 그를 〔농장의 잡일을 하는〕 농장소년으로 쓰겠다고 하면서, 보수 없이 3년을 일하라고 했습니다. 그 대신 3년이 지나면 세 가지를 보수로 주기로 했습니다. 먼저 부자가 이틀 동안 아침마다 마을로 내려가 맨 처음 마주친 사람의 물건을 사고, 셋째 날 아침에는 소년이 내려가서 맨 처음 마주친 사람의 물건을 사면 그것들을 주겠다는 것이었습니다.

그래요! 소년은 3년 동안 일했습니다. 그는 기대 이상으로 잘 해냈습니다. 물론 그는 세상에서 으뜸가는 농장소년은 아니었습니다. 그러나 남자도 가장 좋은 농장주는 아니었습니다. 그는 소년이 입고 온 옷을 3년 동안 그대로 입고 지내게 했습니다. 그래서 소년의 옷은 이리저리 헝겊을 덧대고 또 덧댄, 바느질로 기우고 또 기운 누더기가 되어버렸습니다.

자! 그건 그렇고, 남자는 날이 새기 훨씬 전에 일어나 물건을 사려고 새벽녘에 길을 나섰습니다.

"값비싼 물건들은 낮에 보이는 법이니까." 그가 말했습니다. "이렇게 이른 시간에 마을로 가는 길에서는 만날 수 없지. 그래도 혹시 꽤나 비싼 물건일 수도 있으니, 어쨌든 위험을 무릅쓰고 운에 맡기는 거지."

아! 그가 길에서 마주친 첫 번째 사람은 늙은 아낙네였습니다. 그녀는 뚜껑이 덮인 바구니를 들고 있었습니다.

"할멈, 안녕하신가." 남자가 말했습니다.

"안녕하세요. 나리." 노파가 말했습니다.

"그 바구니에 들어 있는 것을 살 수 있겠소?" 남자가 물었습니다.

"진심이신가요?" 노파가 말했습니다.

"물론 진심이오. 맨 처음 마주친 물건을 사야 하거든."

"그럼 그렇게 하시구려." 늙은 노파가 말했습니다.

"그런데 값이 얼마요?" 남자가 물었습니다.

그래요! 노파는 4스킬링을 받아야 한다고 했습니다. 남자는 그리 비싼 가격은 아니라고 생각했습니다. 그는 그렇게 하는 것이 좋을 것 같아서 그것을 샀습니다. 뚜껑을 열자 바구니 안에는 강아지가 한 마리

있었습니다.

　남자가 외출을 마치고 집으로 돌아오자 소년은 자신의 첫 해 보수가 무엇일지 궁금해 하면서 마당에서 서성거리고 있었습니다.

　"빨리 오셨네요. 주인아저씨?" 소년이 말했습니다.

　그래요! 그는 빨리 돌아왔습니다.

　"무엇을 사왔나요?" 소년이 물었습니다.

　"내가 산 것은" 남자가 말했습니다. "아주 비싼 것은 아니야. 이것을 보여주어야 할지 말아야 할지 잘 모르겠어. 하지만 난 내가 마주친 맨 처음 물건을 사온 거야. 바로 강아지다."

　"와, 정말 고맙습니다." 소년이 말했습니다. "나는 언제나 강아지를 정말 좋아했어요."

　다음날 아침에도 마찬가지였습니다. 남자는 또 새벽에 일어나 길을 나섰고, 마을로 출발한 지 얼마 지나지 않아 먼젓번에 바구니를 들고 있던 그 늙은 아낙네를 다시 만났습니다.

"할멈, 안녕하시오." 남자가 말했습니다.

"안녕하세요. 나리." 노파가 말했습니다.

"오늘도 바구니에 있는 물건을 살 수 있겠소?" 남자가 물었습니다.

"원한다면 그렇게 하시구려." 노파가 말했습니다.

"그것은 얼마요?" 남자가 물었습니다.

그래요! 노파는 4스킬링을 받겠다고 하면서, 그 이상은 한 푼도 더 받지 않을 거라고 말했습니다. 그렇게 해서 남자는 그것을 샀습니다. 그보다 더 싼 물건을 만나기도 어려웠을 것입니다. 그가 바구니의 뚜껑을 열자 이번에는 고양이가 들어 있었습니다.

남자가 집에 도착했을 때, 소년은 마당에 나와 있었습니다. 그는 자신의 두 번째 해 보수로 그가 무엇을 사올지 궁금해 하면서 기다리고 있었습니다.

"다녀오셨어요. 주인아저씨?" 소년이 말했습니다.

그래요! 그가 왔습니다.

"오늘은 무엇을 사셨어요?" 소년이 물었습니다.

"오! 별로 시답지 않고 쓸모없는 거야." 남자가 말했습니다. "하지만 맨 처음 마주친 물건을 사기로 한 것이 우리의 계약이니 말이다. 이것은 그저 고양이일 뿐이다."

"이보다 더 좋은 것은 없을 거예요." 소년이 말했습니다. "나는 개만큼이나 고양이도 좋아했거든요."

'그래!' 남자는 생각했습니다. '어쨌든 지금까지 아주 나쁘지 않았어. 하지만 내일이 되면 저 놈이 직접 마을로 내려갈 텐데 말이야.'

셋째 날 아침에 소년이 길을 나섰습니다. 그는 마을로 내려가다가 팔에 바구니를 끼고 있는 그 노파를 만났습니다.

"안녕하세요. 할머니!" 소년이 말했습니다.

"너도 안녕하니, 얘야." 늙은 노파가 말했습니다.

"바구니 안에 들어 있는 것을 제가 살 수 있을까요?"

"원한다면 그렇게 해라." 노파가 말했습니다.

"그럼 얼마에 파시겠어요?" 소년이 물었습니다.

그래요! 그녀는 4스킬링에 팔겠다고 했습니다.

"정말 싸네요." 소년이 말했습니다. "맨 처음 마주친 것을 사야 하니 그것을 살게요."

"바구니까지 모두 가져가도 된단다." 노파가 말했습니다. "그러나 명심해. 집에 도착하기 전에는 바구니 안을 결코 들여다보면 안 된다. 내 말 알아들었지?"

"네, 걱정마세요. 결코 안을 들여다보지 않을게요. 그럼 됐죠?"

그러나 그는 길을 걸어가다가 바구니 안에 무엇이 있는지 궁금해졌습니다. 그래서 뚜껑을 살짝 열어 안에 뭐가 있는지 들여다보았습니다. 눈 깜짝할 새에 작은 도마뱀 하나가 안에서 튀어나와 바람을 가르며 길을 내달리기 시작했습니다. 바구니는 텅 비어버렸습니다.

"안 돼! 안 돼!" 소년이 소리쳤습니다. "멈춰, 달아나지 마. 너도 알다시피 내가 널 샀어."

"내 꼬리를 찔러! 내 꼬리를 찔러!" 도마뱀이 고함을 질러댔습니다.

그래서 소년은 서둘러 도마뱀을 쫓아 달렸습니다. 그리고 도마뱀이 벽의 구멍 안으로 막 기어들어가려는 순간에 칼로 도마뱀의 꼬리를 찔렀습니다. 그러자 순식간에 도마뱀은 아주 멋지고 잘생긴, 이 세상에서 가장 근사한 왕자로 변했습니다. 도마뱀은 본래 진짜 왕자였습니다.

"네가 나를 구해주었어." 왕자가 말했습니다. "너와 너의 주인이 흥정을 한 노파는 트롤마녀야. 그녀가 나는 도마뱀으로 바꾸고, 내 남동생과 여동생은 강아지와 고양이로 바꿨지."

"슬픈 일이군요!" 소년이 말했습니다.

"그래." 왕자가 말했습니다. "트롤마녀는 우리를 피오르에 던져서 죽여 버리려 했어. 하지만 누군가 와서 우리를 사겠다고 하면 그녀는 우리를 각각 4스킬링에 팔아야 했지. 그래, 우리 아버지가 할 수 있었던 것은 그게 전부였어. 이제 넌 나와 함께 우리 집으로 가서 네가 한 일에 대한 보상을 받도록 해."

"궁금한데" 소년이 말했습니다. "그곳은 아주 멀겠죠?"

"아!" 왕자가 말했습니다. "그렇게 멀지는 않아. 저기야." 그는 이렇게 말하며 멀리 있는 커다란 산 하나를 가리켰습니다.

그들은 최대한 빠르게 걸어갔습니다. 그러나 생각과는 달리, 그곳은 보기보다 훨씬 멀리 떨어져 있었습니다. 그래서 그들은 밤이 깊어서야 그 산에 도착할 수 있었습니다.

왕자는 산허리를 두드리고 또 두드렸습니다.

"누구냐." 산 안에서 누군가 말했습니다. "누가 문을 두드려서 내 휴식을 망치느냐?" 그 목소리는 너무 커서 땅이 흔들릴 정도였습니다.

"오! 문을 열어주세요. 아버지, 착한 아이가 왔어요." 왕자가 말했습니다. "아버지의 아들이 집에 돌아왔어요."

그래요! 그는 서둘러 문을 활짝 열었습니다.

"네가 바다 아래 잠들어 버린 줄 알았단다." 노인이 말했습니다. "그런데 혼자가 아니구나."

"이 소년이 저를 구해주었어요." 왕자가 말했습니다. "제가 여기로 함께 오자고 했어요. 아버지가 그에게 보답을 해주실 거라구요."

"그래, 알겠다." 늙은 사나이가 말했습니다.

"이제 안으로 들어오너라." 그가 말했습니다. "너희들에게는 휴식이 필요해 보이는구나."

그래요! 그들은 안으로 들어와 앉았습니다. 노인은 마른 땔감 한아름과 통나무 한두 개를 난로에 던져 넣었습니다. 그러자 불길이 커지면서 사방이 아주 환하게 밝아졌습니다. 그들이 있는 곳은 어느 곳보다도 근사했는데, 소년이 그때까지 보지 못했던 것들로 가득했습니다. 그리고 반백 수염 노인이 그들 앞에 차려준 요리와 음료도 소년이 이제껏 어디서도 먹어보지 못한 것들이었습니다. 접시와 잔, 대접, 커다란 술잔은 모두 순은과 진짜 금으로 만들어진 것들이었습니다.

소년은 식탁을 떠날 수 없었습니다. 그들은 먹고 마시며 즐거운 시간을 보냈습니다. 그리고 다음 날 아침이 될 때까지 잠을 잤습니다. 소년은 노인이 금색 잔에 가져온 〔이른 아침이나 아침 식사를 할 때 소량으로 마시는 맥주나 와인 등의 알코올성 음료인〕 아침음료(morgenskjenk) 한 잔을 마시고서야 가까스로 일어났습니다.

소년이 옷을 주워 입고 아침을 먹자, 노인은 그를 데리고 산책을 하며 온갖 것들을 보여주었습니다. 왕은 그에게 가지고 싶은 것을 고르라고 했습니다. 자신의 아들을 구해준 보답으로 말입니다. 여러분이 생각하듯이 거기에는 온갖 것들이 다 있었습니다.

"자, 무엇을 가지겠느냐?" 왕이 말했습니다. "네가 보고 있는 저 많은 것들 가운데 마음대로 고르려무나."

그러나 소년은 무엇을 고를지 더 생각해보고 왕자에게도 물어보고 싶다고 말했습니다. 그래요! 왕은 기꺼이 그렇게 하라고 했습니다.

"잘했어!" 왕자가 말했습니다. "너는 멋진 것들을 많이 보았겠구나."

"네, 봤어요. 정말 근사했어요." 소년이 말했습니다. "하지만 말해주세요. 제가 그 보물들 가운데 무엇을 골라야 하죠? 당신의 아버지께서 마음대로 고르라고 하셨으니 말해주세요."

"네가 본 것들 가운데 아무것도 고르지 마." 왕자가 말했습니다. "그 대신 아버지가 손가락에 끼고 있는 작은 반지를 달라고 해. 반드시 그래야 해."

그래요! 소년은 그렇게 했습니다. 그는 왕에게 끼고 있는 작은 반지를 달라고 했습니다.

"이런! 이건 내가 가장 아끼는 물건이다." 왕이 말했습니다. "그러나 어쨌든 내 아들도 그만큼이나 귀하지. 그러니 너는 그것을 가질 자격이 있다. 그런데 너는 이것을 어떻게 사용하는지 알고 있느냐?"

아니오! 그는 그것에 대해 아무것도 몰랐습니다.

"이 반지를 끼고 있을 때는" 왕이 말했습니다. "원하는 것은 뭐든 가질 수 있단다."

소년은 왕에게 고맙다고 인사를 했습니다. 왕과 왕자는 그에게 무사히 집에 도착하라며 작별 인사를 해주었습니다. 그리고 반지를 잘 간수하라고 단단히 주의를 주었습니다.

멀리 가지 않아 소년은 반지의 효능을 시험해 보고 싶다는 생각이 들었습니다. 그래서 그는 새 옷 한 벌을 원했습니다. 그렇게 소원을 빌자마자 소년은 새 옷을 입고 있었습니다. 이제 그는 새로 막 찍어낸 2스킬링짜리 동전처럼 근사하고 눈부셨습니다. 소년은 아버지에게 장난을 치면 재미있겠다고 생각했습니다. '내가 집에 있을 때 그는 나를 잘 대해 주지 않았어.' 그래서 소년은 전에 입고 있던 낡고 넝마 같은 옷을 입고 아버지 집의 문 앞에 서 있기를 바랐습니다. 그러자 순식간에 그는 문 앞에 서 있었습니다.

"아버지, 안녕하세요. 잘 지내셨나요." 소년이 말했습니다. 그러나 아버지는 소년이 출발할 때보다 훨씬 더 낡은 누더기와 넝마를 걸치고 돌아온 것을 보고는 큰 소리로 울며 한탄하기 시작했습니다.

"너는 정말 어쩔 수 없구나." 그가 말했습니다. "그렇게 먼 곳에서 오랜 시간을 있으면서도 옷 한 벌도 제대로 얻어 입지 못하다니."

"그러지 마세요. 아버지." 소년이 말했습니다. "사람은 결코 옷을 가지고 판단하면 안 돼요. 이제 아버지는 제 대신 말을 전해 주세요. 저 대신 궁전으로 가서 왕의 딸에게 제가 청혼한다고 하세요."

"오! 저런, 저런." 아버지가 말했습니다. "그랬다가는 비웃음과 조롱만 살 거다."

그러나 소년은 진심이라고 말했습니다. 그는 자작나무 몽둥이를 가져와서 아버지를 궁전 문 앞까지 내몰았습니다. 그래서 아버지는 두 눈에 눈물이 가득한 채 절뚝거리며 왕 앞으로 나아갔습니다.

"이런, 이런!" 왕이 말했습니다. "내 백성이여, 무슨 일이냐. 문제가 있다면 내가 해결해 주마."

"아니오. 그런 게 아니오라" 그가 말했습니다. "하나 있는 아들 녀석 때문에 슬퍼서 그렇습니다. 아들을 도무지 사람 구실하게 만들 수 없습니다. 이제는 그나마 멀쩡하던 정신마저 완전히 나가버렸습니다." 그는 계속 말했습니다. "아들이 커다란 자작나무 몽둥이를 가지고 저를 이 궁전 문 앞까지 내몰았습니다. 그리고 따님을 자신의 아내로 달라고 하라고 시켰습니다."

"닥쳐라! 백성아." 왕이 말했습니다. "가서 너의 아들을 이리 데려오너라. 그러면 그가 어떤지 판단할 수 있을 것이다."

그래서 소년은 누더기를 펄럭거리며 왕 앞으로 가게 되었습니다.

"제게 딸을 주시겠어요?"

"마침 우리도 그 이야기를 하고 있었다." 왕이 말했습니다. "내 딸은 너하고는 어울릴 것 같지 않구나. 너도 그녀에게 어울릴 것 같지 않고."

"아닌 것 같은데요!" 소년이 말했습니다.

여러분이 알고 있어야 할 게, 당시 그곳에는 바다 너머에서 막 도착한 커다란 배 한 척이 있었는데 궁전 창문에서 내다볼 수 있었습니다.

"아무래도 좋다!" 왕이 말했습니다. "네가 한두 시간 안에 저기 피오르에 있는 저 근사한 배와 똑같은 배를 만들어낼 수 있다면 공주를 얻을 수 있을지도 모르지." 왕은 그렇게 말했습니다.

"까짓 그쯤이야!" 소년이 말했습니다.

소년은 바다로 내려가 모래언덕에 앉았습니다. 그는 꽤 오래 그곳에 앉아 있다가 피오르에 있는 배처럼 돛대와 돛 등의 장비들이 아주 잘 갖추어져 있는 배가 하나 있었으면 하고 바랐습니다. 그가 배가 있었으면 좋겠다고 소원을 빌자마자 왕은 똑같이 생긴 두 척의 배를 볼 수 있었습니다. 확인하기 위해 바다로 내려온 왕은 손에 솔을 들고 배 위에 서 있는 소년을 보았습니다. 그는 마치 마무리로 얼룩을 닦아내고 색을 더 돋보이게 하려고 거품을 내고 있는 것처럼 보였습니다. 그러나 소년은 왕이 해안으로 내려오는 것을 보자마자 솔을 던지며 말했습니다.

"이제 배가 준비되었으니 따님과 결혼해도 될까요?"

"이번 일은 아주 잘 했다." 왕이 말했습니다. "그러나 너는 이것처럼 또 다른 큰일을 해 보여야 한다. 만일 네가 한두 시간 안에 내 궁전과 똑같은 궁전을 짓는다면 이 결혼에 대해 생각해 볼 수도 있겠지." 왕은 이렇게 말했습니다.

"까짓 그쯤이야!" 소년이 소리치며 성큼성큼 걸어갔습니다. 그는 한동안 빈둥거리며 보내다가 시간이 다 되자 자기 앞에 지금 있는 궁전과 똑같은 궁전이 서 있었으면 좋겠다고 바랐습니다. 궁전이 세워지는 데는 오랜 시간이 걸리지 않았습니다.

얼마 뒤 왕이 왕비와 공주를 모두 데리고 새 궁전으로 왔습니다. 이번에도 그곳에는 소년이 빗자루로 바닥을 쓸면서 서 있었습니다.

"여기 똑같은 궁전을 준비했습니다." 그가 소리쳤습니다. "이제 따님과 결혼해도 되나요?"

"아주 좋아. 아주 좋아." 왕이 말했습니다. "이리로 오게. 그 문제에 대해 이야기를 나눠보도록 하지." 그는 소년이 자기 입에 밥을 밀어 넣는 것 이상의 일을 해낼 수 있다는 것을 똑똑히 보았습니다. 그래서 그는 이리저리 걸으면서 어떻게 하면 그를 없앨 수 있을지 생각하고 또 생각했습니다.

그래요! 그들은 걸었습니다. 왕이 맨 앞에 먼저 갔고, 그 다음에 왕비가, 그 뒤에 공주가, 바로 다음에는 소년이 뒤따랐습니다. 그렇게 줄지어 걷는 도중에 갑자기 소년은 자신이 세상에서 가장 잘생긴 남자가 되게 해 달라고 빌었고, 순식간에 그렇게 되었습니다. 그가 한순간에 잘생겨진 것을 본 공주는 왕비를 팔꿈치로 툭 쳤고, 왕비는 다시 왕을 쿡 찔렀습니다. 그들 모두는 함께 빤히 쳐다보았고, 소년이 누더기를 걸치고 온 처음 모습이 아니라는 사실을 분명하게 알게 되었습니다. 그래서 그들은 공주가 그에 관해 모든 것을 알아낼 때까지 아주 잘 대해주기로 짰습니다.

그래요! 공주는 마치 버터통 그 자체인 양 부드럽고 감미롭게 대하면서 소년을 달래고 구슬렀습니다. 그리고 낮이든 밤이든 그가 자기 눈에 보이지 않는 것을 견딜 수 없다고 했습니다. 첫날 저녁이 끝나갈 무렵에 그녀는 말했습니다.

"당신과 나는 함께 할 거예요. 그러니 사랑하는 이여. 나 모르게 아무 것도 해서는 안 돼요. 나는 당신이 어떻게 이 모든 굉장한 일들을 해냈는지 내게 알려줄 거라 믿어요."

"그럼요. 그럼요." 소년이 말했습니다. "때가 되어 우리가 남편과 아내가 되면 당신은 모든 것을 알게 될 거예요. 그때까지는 그것에 대해 말하지 않는 게 좋겠어요." 그는 이렇게 말했습니다.

다음 날 아침에 공주는 더 안달복달했습니다. 한눈에 봐도 알 수 있다며 그녀가 말했습니다. "묻는 것에 대답을 해주지 않는 것을 보니, 당신은 나를 그리 많이 사랑하지는 않는군요. 내가 원하는 이런 작은 바람도 들어주지 않는다면 당신의 나머지 사랑도 전부 그렇겠죠."

그러자 소년의 마음은 완전히 바뀌었습니다. 둘은 사이가 다시 가까워졌고, 그는 그녀에게 처음부터 끝까지 모든 이야기를 해주었습니다. 공주는 곧바로 그 이야기를 왕과 왕비에게 전했고, 그들은 머리를 맞대고 소년에게서 반지를 어떻게 빼앗을지 궁리했습니다. 그들은 그렇게 하고 나면 그를 없애는 것이 어렵지 않을 거라고 생각했습니다.

그날 밤, 공주는 수면제를 가지고 와서 말했습니다.

"당신이 나를 충분히 사랑하는지 확신이 서지 않으니 진정한 사랑을 위해 약간의 미약을 따라 줄게요." 그녀는 이렇게 말했습니다.

그래요! 그는 어떤 위험이 올지 예상하지 못했으므로, 남자답게 잔을 비웠습니다. 순식간에 그는 잠에 빠져들었습니다. 그들은 그가 잠들어 있을 때 그의 뒤통수를 치기로 했습니다. 공주는 그의 손가락에서 반지를 빼서 자기 손에 꼈습니다. 그리고 소년이 처음 왔던 대로 누더기를 걸친 거지 같은 꼴을 하고 길 밖의 거름더미 위에 누워 있고, 그 대신 소년의 자리에 세상에서 가장 잘생긴 왕자가 있기를 바랐습니다. 눈 깜짝할 사이에 그 모든 일들이 다 일어났습니다.

밤이 되어 소년은 거름더미 위에서 깨어났습니다. 처음에 그는 그것이 꿈이라고 생각했습니다. 그러나 반지가 사라진 것을 발견하고는 어떻게 된 일인지 모두 알게 되었습니다. 소년은 너무나 당황해서 어찌해야 할지 몰랐습니다. 그래서 자리에서 일어나 호수에 빠져 죽으려고 길을 걸어갔습니다. 그러나 바로 그 순간에 그는 농장 주인이 그를 위해 샀던 고양이와 마주쳤습니다.

"어디 가니?" 고양이가 물었습니다.

"호수에 빠져 죽으러 가." 소년이 말했습니다.

"그런 생각은 하지 마." 고양이가 말했습니다. "넌 반지를 다시 찾을 거야. 걱정하지 마."

"오, 내가, 내가?" 소년이 말했습니다.

그러나 고양이는 이미 자리를 뜨고 없었습니다. 그 순간 고양이는 마주친 쥐 한 마리를 노려보고 있었습니다.

"자, 너를 잡아먹어야겠다." 고양이가 말했습니다.

"오, 제발 그러지 마." 쥐가 말했습니다. "내가 반지를 찾아 줄게."

"그럴 거면 빨리 해." 고양이가 말했습니다. "아니면 알지?"

그들은 궁전으로 갔습니다. 쥐는 왕자와 공주의 침실에 들어가려고 바삐 뛰어다니며 모든 곳에 코를 들이밀었습니다. 그러다 작은 구멍을 하나 찾아내 침실로 기어들어갔습니다. 쥐는 그들이 누워서 무슨 이야기를 하고 있는지 엿들었습니다. 반지는 왕자의 손가락에 있었습니다. 공주가 말했습니다.

"내 사랑, 내 반지를 잘 간수해야 한다는 것을 명심해요."

공주가 이렇게 말하자 왕자는 이렇게 대꾸했습니다.

"흥, 돌로 된 벽과 회반죽을 한 벽을 뚫고 반지를 찾아서 이리로 올 수 있는 사람은 없어. 그래도 당신이 내 손가락이 안전하지 않다고 생각한다면, 지금 당장 반지를 입에 넣도록 하지."

잠시 뒤에 왕자는 자러 가려고 몸을 돌렸습니다. 그는 반지를 입 안에 넣었고, 반지는 목구멍으로 미끄러져 내려갔습니다. 하지만 바로 그 순간 왕자가 기침을 하는 바람에 반지는 입에서 튀어 나와 바닥으로 굴러떨어졌습니다. 쥐가 재빠르게 반지를 낚아챘고, 밖에 앉아서 쥐구멍을 지켜보고 있던 고양이에게 가져다주었습니다.

그런 일이 벌어지고 있는 동안에 왕은 소년을 붙잡아 튼튼한 탑에 가두었습니다. 그리고 그가 자신과 자신의 딸을 조롱하고 우롱했다는 이유로 사형 선고를 내렸습니다. 소년은 그곳에서 죽을 날만 기다리고 있었습니다.

고양이는 남몰래 반지를 가지고 탑으로 들어가려고 애쓰며 열심히 주변을 서성거렸습니다. 그 순간 커다란 독수리 한 마리가 날아와 발톱으로 고양이를 낚아채더니 바다 위로 날아갔습니다. 그런데 때마침 매 한 마리가 날아와 독수리를 내리쳤고, 그 바람에 독수리는 고양이를 바다로 떨어뜨렸습니다. 고양이는 차가운 물에 빠지자 겁에 질려서 반지를 놓쳤습니다. 해안으로 헤엄쳐 나온 고양이는 몸에서 물을 털어내고 털을 가다듬기도 전에 주인이 소년을 위해 샀던 개와 만났습니다.

"안 돼! 안 돼!" 고양이가 갸르릉거리며 슬퍼하며 말했습니다. "이제 어떻게 해야 하지? 반지는 사라졌고, 그들이 소년을 죽일 거야."

"잘은 모르겠는데" 개가 말했습니다. "뭔가가 내 속을 헤집으며 뒤틀고 있어. 밖으로 뱉어내면 덜 괴로울 것 같아."

"보아하니 과식한 모양이군." 고양이가 말했습니다.

"나는 결코 내가 먹을 수 있는 양보다 많이 먹지 않아." 개가 말했습니다. "나는 썰물에 올라갔다 내려갔다 하면서 떠 있던 죽은 물고기 한 마리만 먹었을 뿐이야."

"그 물고기가 반지를 삼킨 건지도 몰라." 고양이가 말했습니다. "그리고 감히 말하건대 그렇다면 넌 목숨을 잃게 될 거야. 금을 소화시킬 수는 없으니 말이야."

"그럴지도." 개가 말했습니다. "누가 먼저 죽든 나중에 죽든 별 차이 없어. 하지만 잘만 하면 소년의 목숨은 구할 수 있을지도 몰라."

"오!" 쥐가 말했습니다. 쥐도 거기에 있었기 때문입니다. "그런 말 하지 마. 그리 바라는 바는 아니지만, 솔직히 목구멍에 반지가 있다면 내가 기어들어가서 꺼내지 못한다고는 말 못하겠어."

그래요! 얼마 지나지 않아 쥐가 개의 목구멍으로 기어들어가서 반지를 꺼냈습니다. 그러자 고양이는 다시 길을 나서서 탑 위로 기어올라갔습니다. 그리고 그 주변에서 자기 손이 들어갈 만한 작은 구멍을 하나 찾아내고는 그곳을 통해 소년에게 반지를 돌려주었습니다.

소년은 손가락에 반지를 끼자마자 탑이 산산조각 나기를 바랐습니다. 동시에 소년은 문 앞에 서서 악한 무리인 왕과 왕비, 공주를 꾸짖었습니다. 왕은 서둘러 병사들을 불러 탑 둘레를 둥글게 에워싸고, 소년을 붙잡아 죽여서든 살려서든 끌고 오라고 명령했습니다. 그러나 소년은 모든 병사들이 고원의 이끼가 잔뜩 덮인 더러운 곳에 서 있기를 바랐고, 곧 그렇게 되었습니다. 병사들은 나중에 그곳에서 벗어날 수 있었고, 그 질척거리는 곳에 남겨지지 않았습니다.

어쨌든 그렇게 전투가 끝나자 소년은 남겨 두었던 왕과 그의 가족들이 있는 곳으로 가서 그들이 저지르고 저지르려고 했던 나쁜 짓에 관해 모두 말했습니다. 그리고 자신을 가둬두었던 성에 그들이 한평생 갇혀 있기를 바랐습니다. 그들이 그곳에 완전히 갇히자 소년은 왕국과 땅을 차지했습니다. 그러자 개는 왕자가 되었고, 고양이도 본래의 공주 모습으로 돌아왔습니다. 그녀는 소년과 결혼했습니다. 그 결혼식은 매우 성대하게 오랫동안 열렸습니다. 그래서 나도 그들에 대한 이야기를 듣게 된 것입니다.

27

우리 마을 교회지기

옛날 옛적에 우리 마을에 교회지기가 하나 있었습니다. 그는 온갖 좋고 맛있는 것들에 대한 욕구가 매우 강했습니다. 마을사람들은 모두들 그는 뇌가 위장에 들어 있는 것 같다고 했습니다. 그가 예쁜 소녀들과 풍만한 여인네들을 좋아하기는 했으나, 좋은 고기와 마실 것을 훨씬 더 좋아했기 때문입니다.

"그럼, 그럼." 우리 교회지기는 말했습니다. "어느 누구도 사랑과 따뜻한 남풍만으로는 살 수 없지." 이것의 그의 좌우명이었습니다.

그래서 그는 주로 이제 막 결혼한 잘사는 집 부인네들이나 부자 남편과 결혼하기로 되어 있는 예쁜 아가씨들하고만 어울렸습니다. 우리 교회지기는 그러면 음식과 아름다움을 모두 조금씩 맛볼 수 있을 것이 분명하다고 생각했습니다. 이렇게 계산적인 사람을 애인으로 두는 것을 모든 사람이 좋아하지는 않았지만, 어떤 사람들은 그래도 좋다고 생각했습니다. 어쨌든 농부보다는 마을 교회지기의 지위가 조금 더 높았기 때문입니다.

우리 교회지기의 옆집에 사는 부유한 젊은 유부녀도 그랬습니다. 교회지기는 그곳을 들락날락거리면서 그녀의 남편과 금세 가까워졌고, 그의 아내하고는 더 가까워졌습니다. 남편이 집에 있을 때면 그들은 모두 몸가짐을 바르게 하였습니다. 그러나 그가 멀리 방앗간에 가거나, 숲에 가거나, 〔자른 나무를 뗏목으로 만들어 하루로 흘려보내는〕 뗏몰이를 가거나, 모임에 가거나 할 때면 아주머니는 그 사실을 교회지기한테 알렸습니다. 그리고 그런 날은 둘이서 한껏 시시덕대며 흥청망청 놀아났습니다. 아무도 그 일을 몰랐습니다. 농장소년이 우연히 낌새를 챌 때까지는 말입니다. 그는 그 일을 농장 주인에게 알려줘야겠다고 생각했습니다. 그러나 여차여차해서 말할 기회를 좀처럼 찾을 수 없었습니다.

그러던 어느 날 그들은 가축들의 깔개로 쓸 나뭇잎을 긁어모으기 위해 함께 멀리 떨어진 곳에 있는 밭으로 가게 되었습니다. 그곳에서 그들은 아가씨들과 부인들에 대해 이런저런 이야기를 나누었습니다. 농장 주인은 자신이 부유하고 예쁜 아내를 얻은 것이 행운이라고 생각했습니다. 그래서 대놓고 이렇게 말했습니다.

"신께 감사하게도 그녀는 예쁜 데다가 다정하기까지 해."

"그래요, 그래." 소년이 말했습니다. "모든 남자는 자신이 바라는 대로 믿으려 하는 법이지요. 하지만 주인아저씨가 그녀에 대해 나만큼 안다면 그런 말을 함부로 하지는 못할 거예요. 예쁜 여자는 따뜻한 여름날의 바람과 같거든요. 싫든 좋든 사랑은 그래요. 하지만 그것은 백합만이 아니라 교회지기와도 어울리지요."

"너 도대체 무슨 말을 하는 거니?" 남자가 말했습니다.

"저는 오랫동안 당신에게 알려줘야 한다고 생각하고 있었어요. 검은 황소 한 마리가 당신 목초지에 있는 하얀 젖소와 발굽과 발굽을 맞대고 뿔과 뿔을 맞대고 걷고 있다고 말이에요. 주인아저씨, 그게 제가 하고 싶은 말이에요."

"여름날에는 허튼 소리가 많아지는 법이지." 남자가 말했습니다. "이

야기의 요점이 뭔지 이해할 수가 없구나."

"그래요?" 소년이 말했습니다. "저, 주인아저씨한테 말하기까지 오래 생각했어요. 우리 교회지기가 몇 번이고 자주 아줌마와 어울렸어요. 그들은 마치 매일이 결혼식 날인 것처럼 지내고 있어요. 그러나 우리는 그들의 호화로운 만찬의 찌꺼기조차 얻지 못하고 있죠."

"뭐든 맛보려 하다가는 시고 짤 뿐이지."* 주인이 말했습니다. "나는 네가 하는 말을 전혀 믿을 수 없구나."

"귀가 있으면서도 듣지는 못하는군요." 소년이 말했습니다. "하지만 보면 믿게 되겠지요. 저는 주인아저씨가 제 말대로 하면 바로 증거를 손에 넣는다는 데 10달레르를 걸 수 있어요."

"좋아." 주인이 말했습니다. "나도 10달레르를 걸지. 아니, 이왕 말이 나온 김에 말과 농장을 걸고, 100달레르를 더 걸도록 하지."

그렇게 내기가 이루어졌습니다.

"늙은 여우는 잡기 어려운 법이죠." 소년이 말했습니다. 그래서 주인은 농장소년이 시키는 대로 말하고 행동하기로 했습니다.

집에 도착하자 남자는 목재를 가지러 강으로 갈 거라고 말했습니다. 그의 아내는 서둘러 그들이 가져갈 음식을 마련했습니다.

"날씨가 좋을 때 조심하는 게 좋지. 순식간에 폭풍으로 변할 수 있으니 말이야." 그래요! 남편은 그렇게 말했고, 시간에 맞춰 음식이 준비되었습니다. 소년이 목재를 끌 말들을 가져왔습니다.

그들은 출발했으나 (약 1.4km인) 반 피에르딩스베이도 가지 않았습니다. 그들은 말을 농장에 놓고 방향을 돌렸습니다. 밤이 되자 그들은 집으로 돌아왔습니다. 그러나 문은 꼭 잠겨 있었습니다.

"이제 우리는 그를 손 안에 넣었어요." 소년이 말했습니다. "밭을 언

* 우리말 속담의 "남의 제사에 감 놓아라 배 놓아라 한다"는 말과 유사한 뜻의 노르웨이 속담으로 남의 일에 쓸데없이 참견하는 사람을 질책할 때 사용한다.

제나 지키고 있기란 어려운 법이죠."

그들은 정원을 돌아 집 뒤로 가서 지하 저장실의 뚜껑문을 통해 부엌으로 들어갔습니다. 성냥불을 켜고 응접실로 간 그들은 못 볼 꼴을 보고야 말았습니다. 세상에 맙소사! 우리 교회지기가 너무 배불리 먹은 나머지 입을 벌린 채 코를 드르렁드르렁 골면서 자고 있었습니다. 아주머니도 아직 깨어나지 않았습니다.

"이제 제 말이 맞다는 걸 아시겠죠. 보는 것이 믿는 거죠, 주인아저씨." 소년이 말했습니다.

"나는 결코 다시는 뭐든 진실이라고 하지 않을 거야." 남자가 말했습니다. "열 사람이 똑같이 말해서 내가 믿을 수밖에 없더라도 말이야."

"쉿! 잠시만요." 소년은 이렇게 말하고 그를 밖으로 데려갔습니다.

"사람의 법이 땅의 법은 아니죠." 소년이 말했습니다. "하지만 다루는 법만 안다면 당신은 곰도 길들일 수 있어요. 주인아저씨, 납을 가지고 있나요?"

그래요! 남자는 주머니에 총알을 17개 이상 가지고 있었습니다. 이제 모든 것이 준비되었습니다. 그들은 냄비를 가져와서 바로 그 자리에서 납을 녹이고는 그것을 우리 교회지기의 목구멍에 들이부었습니다.

"사람마다 자신이 좋아하는 맛이 있죠. 그래서 별별 음식이 다 있는 거고요." 녹은 납이 우리 교회지기 목구멍에서 뽀글뽀글 지글지글 타는 소리를 낼 때 소년이 말했습니다. 그러고 나서 그들은 들어왔던 길을 통해 밖으로 나왔습니다. 그리고 앞문을 차고 두들기기 시작했습니다. 부인이 깨서 거기 누구냐고 물었습니다.

"나야, 문 열어. 어서." 남편이 말했습니다.

그러자 그녀는 우리 교회지기의 옆구리를 슬쩍 찔렀습니다. "남편이에요. 남편이 돌아왔다고요." 그녀가 말했습니다. 그러나 이런! 그는 그녀의 말을 들은 척도, 꼼짝도 하지 않았습니다. 그래서 그녀는 무릎으로 그의 허리를 밀어 바닥으로 굴러 떨어뜨렸습니다. 그리고 일어나서 그의 다리를 잡고 난로 뒤편 장작더미가 있는 곳으로 끌고 가서 숨겼습니다. 그런 뒤에 그녀는 서둘러 문을 열어 남편을 맞아 주었습니다.

"세례식이라도 다녀온 거요? 왜 이렇게 오래 걸렸소?" 남자가 물었습니다.

"오!" 그녀가 대답했습니다. "다시 잠이 들어서요. 그리고 당신이라고는 생각하지 못했어요."

"그건 그렇고!" 남편이 말했습니다. "어서 나와 소년에게 먹을 것 좀 내오시오. 우리는 몹시 배가 고프오."

"준비된 음식이 없어요." 아주머니가 말했습니다. "왜 안 그렇겠어요. 나는 당신이 오늘이나 내일 중으로 돌아오리라고는 꿈에도 생각지 못했거든요. 강으로 목재를 가지러 간다고 하지 않았나요?"

"배고픈 사람이 시계처럼 벽에 가만히 걸려 있을 수는 없는 법이지요." 소년이 말했습니다. "그리고 목마른 놈이 우물을 파게 마련이니 제가 가서 아까 싸 갔던 음식을 가져올게요."

그래요! 그들은 그렇게 했습니다. 그들은 앉아서 배낭에서 꺼낸 음식을 먹었습니다. 그러나 그들이 통나무 한두 개를 불에 넣으려고 갔을 때 우리 교회지기가 장작더미 사이에 누워 있었습니다.

"도대체 여기 이 사람은 누구요?" 남자가 물었습니다.

"오! 오! 늦은 시간에 와서 잠자리를 구걸한 거지일 뿐이에요. 그는 장작더미 사이에 누워 있는 것만으로도 아주 만족해 했어요." 부인이 말했습니다.

"불쌍한 거지 같으니라고." 남자가 말했습니다. "그런데 거지 신발에 왜 은 버클이 달려 있고, 무릎에 은 단추가 있지."

"거지라고 모두 누더기와 넝마를 입는 건 아니니까요." 소년이 말했습니다. "그런데 제가 보기에 이 사람은 마을 교회지기 같은데요."

"그가 여기에서 뭐를 하고 있는 거요, 부인" 남편이 물으면서 교회지기를 끌어당겨 발로 찼습니다. 그러나 우리 교회지기는 손가락 하나 까딱하지도 않았습니다. 옆에 서 있던 아주머니는 무슨 말을 해야 할지 몰라서 머뭇거리고 버벅댔습니다. 그녀가 할 수 있는 것이라고는 엄지손가락을 깨무는 것 말고는 없었습니다.

"당신 얼굴을 보니 알겠어. 안주인인 당신이 무슨 일을 했는지 말이야." 그녀의 남편이 말했습니다. "하지만 누군가 죽었다는 건 쉽게 넘어갈 문제가 아니야. 어쨌든 그는 우리 마을 교회지기야. 만약 내가 올바르게 행동하려 한다면 곧바로 치안담당관에게 가야겠지."

"하늘이시여, 우릴 도와주소서." 그의 아내가 말했습니다. "우리 그냥 교회지기를 밖에 내놓아요."

"그건 당신 문제이지, 내 문제가 아니야." 남자가 말했습니다. "나는 결코 그에게 여기로 오라고 한 적도 없고, 그를 부르러 사람을 보내지도 않았어. 하지만 당신이 그를 치워버리기 위해 누군가에게 도움을 청하겠다면 막지는 않겠소."

그러자 그녀는 소년을 한쪽으로 데리고 가서 말했습니다.

"남편을 위해 만들어 두었던 양털 옷이 있어. 네가 우리 교회지기를 파묻어 그가 다시는 사람들 눈에 띄지도, 입에 오르내리지도 않게 해준다면 그 옷을 너한테 줄게."

"해 보기 전에는 할 수 있는지 알 수 없죠. 서리가 내린 길로 마차를 몰고 가면 반드시 미끄러지고 말 거예요. 주인아저씨, 가지고 있는 밧줄이나 끈이 있나요? 있으면 제가 어떻게든 해결해 볼게요."

그래요! 소년은 우리 교회지기를 풀매듭으로 단단히 묶고는 등에 짊어졌습니다. 그는 교회지기의 모자도 들고 길을 나섰습니다. 그러나 그는 길을 따라 그리 멀리 가지 않아서 목초지에 있는 말 몇 마리와 마주쳤습니다. 그는 말들 가운데 하나를 붙잡아 등 위에 우리 교회지기를 앉히고 꽉 묶었습니다. 머리에는 모자도 씌워 놓고, 손은 허벅지에 올려놓았습니다. 그렇게 똑바로 앉히자 교회지기는 마치 말을 탄 사람처럼 오르락내리락했습니다.

"밤에는 트롤도 죽을 수 있는 법이죠." 소년이 집으로 돌아와 말했습니다. "그 남자가 언제 죽을 운명이었는지 누가 말할 수 있겠어요. 땅 아래 완전히 묻힌 사람은 결코 일어나지 못하고, 도살된 수탉은 결코 울지 못하는 법이니 말이에요."

이 말이 모두 맞든 틀리든, 그곳에는 목초지에서 들판을 가로질러 헛간으로 가는 길이 하나 있었습니다. 사람들은 그 길을 따라 건초를 운반하다 흘리기도 했습니다. 그래서 교회지기를 태운 말은 건초를 집어 먹으며 그 길을 따라 헛간을 향해 갔습니다. 그때 헛간 밖에는 두 명의 파수꾼이 건초를 훔쳐가지 못하게 지키고 있었습니다. 건초는 흉년에 사료로 쓰였기 때문입니다.

"도둑이 이리로 오고 있어." 그들은 말발굽 소리를 듣고 말했습니다. "어서 그를 붙잡자."

"거기 누구냐." 그들은 산허리가 울릴 정도로 소리를 질렀습니다. 그러나! 아무 대답도 없었습니다. 말은 신경도 쓰지 않았고, 우리 교회지기도 마찬가지였습니다.

"대답하지 않으면 네 머리통에 총알을 박아버리겠다. 이 말 탄 도둑놈아!" 그들은 함께 소리쳤습니다. 그러고는 총을 쐈습니다. 그러자 말이 놀라서 화들짝 뛰어올랐고, 그 바람에 우리 교회지기는 흔들거리다가 땅으로 쿵 하고 떨어졌습니다.

"내 생각에" 파수꾼 가운데 한 명이 뛰어올라가 살펴보면서 말했습니다. "네가 그 자를 죽인 것 같아." 그런 뒤에 그는 쓰러진 자를 보고 말했습니다. "오, 신이시여! 우리 교회지기 아냐? 다리를 맞췄어야지. 그럼 죽지 않았을 텐데."

"이미 일어난 일이야. 어쩔 수 없어." 다른 파수꾼이 말했습니다. "말수가 적으면 바로잡기도 쉽다고 했어. 우리는 보초를 서야 해. 그러니 헛간의 건초들 틈에 그를 잠시 숨겨 놓자."

그래요! 그들은 그렇게 했습니다. 일이 끝나자 그들은 잠시 누워 휴식을 취했습니다. 얼마 지나지 않아 누군가 들판이 흔들릴 정도로 쿵쾅거리고 숨을 헐떡거리며 다가왔습니다. 건초에 누워 있던 두 파수꾼은 팔꿈치로 서로를 슬쩍 쳤습니다. 다시 도둑이 왔다고 생각했기 때문입니다. 헛간 가까이에는 바위가 하나 있었습니다. 새로 나타난 자는 짐을 내려놓고 거기에 앉았습니다. 그리고 혼잣말을 하기 시작했습니다. 그는 며칠 동안 농장에서 돼지 잡는 일을 했지만, 자신이 일한 만큼 보수를 받지 못했다고 생각했습니다. 급료는 아주 적었고, 숙식도 아주 형편없었습니다. 그래서 가장 큰 돼지를 훔쳐 길을 나섰던 것입니다.

"곰과 거래를 하는 사람은 언제나 크게 당하는 법이지." 그가 말했습니다. "그러니 알아서 자신에게 옳은 일을 하는 게 최고지. 그리고 긴 소송보다는 차라리 보상이 적은 게 낫지. 빌어먹을! 깜박하고 장갑을 두고 왔잖아. 사람들이 농장에 있는 장갑을 발견하면 누가 돼지를 가져갔는지 금방 알아챌 텐데." 그는 이렇게 말한 뒤 장갑을 찾으러 서둘러 다시 뒤돌아 달려갔습니다.

두 파수꾼은 헛간에 누워 이 모든 이야기를 들었습니다.

"다른 사람을 함정에 빠뜨린 사람은 자신도 함정에 빠지게 마련이지." 한 명이 말했습니다.

"도둑의 물건을 훔치는 것은 죄가 아니야." 다른 사람이 말했습니다. "그리고 직접 훔치지 않은 사람은 구제받는 법이야. 결코 교수형에 처해지지 않지. 이거 정말 재미있겠는데. 우리 교회지기를 쉽게 처리하고, 그 대신 포동포동한 돼지를 얻을 수 있으니 말이야. 이보게, 내 생각에는 둘을 바꿔 놓는 게 좋을 것 같아."

이 말에 다른 파수꾼은 웃음을 터뜨렸습니다. 그들은 자루에 있는 돼지를 꺼내서 굴려 놓고는 그 안에 우리 교회지기를 모자까지 씌워 머리부터 집어넣었습니다. 그러고는 자루의 입구를 힘껏 꽉 묶었습니다.

그들이 일을 막 끝냈을 때였습니다. 도둑이 장갑을 가지고 달려와서는 자루를 재빨리 짊어지고 자기 집을 향해 성큼성큼 걸어갔습니다. 집에 도착한 남자는 그의 마누라의 발밑에 자루를 집어던졌습니다.

"자, 내가 말한 돼지고기야, 늙은 마누라." 그가 말했습니다.

"세상에나 크기도 해라!" 그의 마누라가 말했습니다. "이렇게 좋은 건 본 적도 없고, 먹어 본 적도 없어요. 고기 없이 지낼 수 있는 사람이 어디 있겠어요. 고기가 사람의 힘이니까요. 하늘이시여, 고맙습니다. 이제 집에서 고기를 먹으며, 한동안 아주 잘 지낼 수 있겠네요."

"내가 가져올 수 있는 가장 큰 놈으로 가져왔어." 남자가 안락의자에 앉아 숨을 몰아쉬고 이마의 땀을 닦아내면서 말했습니다. "이놈 속바지와 반바지도 입고 있는 것 같아. 아주 통통하게 살이 쪘어." 그는 돼지가 포동포동하고 지방이 많다는 의미로 이렇게 말했습니다. 그리고 계속 말했습니다. "늙은 마누라, 우리 집에 이런 고기가 있었던 적이 있었던가?"

"없었지요." 그녀가 말했습니다. "고기가 어디서 나겠어요?"

"어서 불 지펴!" 남자가 말했습니다. "그리고 칼을 날카롭게 갈아 살점을 조금 잘라서 소금 뿌리고 구워 봐. 돼지 갈빗살 좀 먹어 보자고."

아주머니는 그가 시킨 대로 했습니다. 그녀는 자루 입구를 열고, 구울 고기를 잘라내려고 했습니다.

"아이코! 이게 뭐야?" 그녀는 소리를 질렀습니다. "돼지가 신발을 신고 있어요!" 그녀는 신발을 보고 말했습니다. "그리고 돼지가 석탄처럼 새까매요."

"모르는 소리." 그녀의 남편이 말했습니다. "어둠 속에서 고양이는 모두 회색이고, 돼지는 모두 까만 법이지."

"그건 나도 알아요." 그녀가 말했습니다. "하지만 검은 것과 하얀 것은 언제나 또렷하게 구분되는 법이에요. 개구리도 월귤나무 열매와는 분명히 다르고요. 이 돼지는 반바지도 입고 있어요."

"이런 염병할!" 남자가 말했습니다. "그놈 다리에 지방이 두둑하다는 것은 나도 잘 알고 있어. 그놈을 나르느라고 내 얼굴이 땀범벅이 된 거 안 보여?"

"아니, 아니!" 아주머니가 말했습니다. "돼지가 은 버클이 달린 신발을 신고, 무릎에는 은 단추도 있단 말이에요! 세상에 맙소사! 이거 우리 교회지기 아니에요?" 그녀가 비명을 질렀습니다.

"내가 가져온 건 뚱뚱한 돼지라고 말했잖아." 남자가 무슨 일인지 보려고 일어나며 말했습니다. "이런! 세상에! 눈으로 보니 무슨 말인지 알겠네그려."

그것은 버클이 달린 신발을 신은 교회지기였습니다. 하지만 어쨌든 그가 자루에 넣었던 것은 가장 뚱뚱한 돼지였습니다.

"이럴 리가 없어." 그가 말했습니다. "최고의 하인은 자신이라고 했지만 누군가 도와주는 것은 좋은 일이지. 비록 그것이 귀리죽 냄비에서 나오는 것이라도 말이야. 어서 가서 우리 마리 좀 깨워."

여러분이 알아야 할 게, 마리는 그들의 딸이었습니다. 그녀는 듬직하고 믿음직스런 아가씨였습니다. 힘이 남자처럼 셌으며, 언제나 빈틈이 없었습니다. 그래서 그녀는 우리 교회지기를 데려가 외딴 골짜기에 묻기로 했습니다. 사람들 입에 그가 결코 오르내리지 못하도록 말입니다. 그녀가 그 일을 해내면 그녀는 어머니가 입으려고 마련해 두었던 새 작업복을 하나 받게 될 것입니다.

그래요! 아가씨는 우리 교회지기를 들어서 어깨에 둘러멨습니다. 그리고 농장 밖으로 성큼성큼 걸어갔습니다. 물론 그의 모자도 잊지 않았습니다. 그러나 얼마 가지 않아 그녀는 〔바이올린과 같은 현악기인〕 페레 켜는 소리를 들었습니다. 길 근처 농장에서 춤잔치가 열리고 있었기 때문입니다. 그래서 그녀는 안으로 몰래 들어가서 우리 교회지기를 뒤쪽 계단에 내려놓고는 똑바로 앉혀 두었습니다. 그는 그곳에서 마치 구걸을 하는 것처럼 손에 모자를 쥐고 벽과 기둥 사이에 비스듬히 기대어 앉아 있었습니다.

잠시 뒤 어떤 소녀가 허겁지겁 밖으로 나왔습니다.

"누군지 궁금했어요." 그녀가 말했습니다. "집주인은 거위처럼 잿빛인데, 당신은 까마귀처럼 까맣네요. 이것 보세요, 나리. 왜 여기 앉아서 길을 막고 계세요? 아무도 지나갈 수가 없잖아요."

그러나 우리 교회지기는 한마디도 하지 않았습니다.

　"당신 가난한가요? 제발 1스킬링만 달라고 구걸하고 있는 건가요?
오! 가여운 사람 같으니! 여기 2스킬링 받으세요." 그녀는 그의 모자에
동전을 던져주며 말했습니다. 그러나 우리 교회지기는 결코 한마디도
하지 않았습니다. 그녀는 잠시 기다렸습니다. 그녀는 그가 고맙다는 말
을 해야 한다고 생각했기 때문입니다. 그러나 우리 교회지기는 머리를
까닥거리지도 않았습니다.

　"세상에 맙소사! 나는 이제껏" 소녀가 춤잔치가 열리는 곳으로 돌아
가서 말했습니다. "저기 계단에 앉아 있는 거지와 같은 자는 결코 본 적

이 없어요. 그는 담장의 찌르레기와 전혀 달라요." 그녀가 계속 말했습니다. "그는 대답도 않고, 고맙다는 말도 하지 않았어요. 그리고 손가락 하나 까닥 않았어요. 내가 2스킬링을 주었는데도 말예요."

"거지라면 적어도 고맙다는 말은 할 줄 알 거예요!" 잔치에 참석한 사람들 가운데 하나인, 치안담당관의 젊은 서기가 소리쳤습니다. "그는 말을 할 줄 모르는 불쌍한 자임이 분명해요. 나는 전에 도둑들과 고집쟁이들도 입을 열게 한 적이 있어요."

이렇게 말하면서 그는 계단으로 달려 나왔습니다. 그리고 우리 교회지기의 귀에 대고 소리쳤습니다. 그는 교회지기가 잘 듣지 못하는 사람이라고 생각했기 때문입니다.

"이봐요. 여기에 왜 앉아 있는 거죠?" 그리고 다시 소리쳤습니다. "당신 거지인가요? 구걸하고 있는 건가요?"

이런, 우리 교회지기는 결코 한마디도 하지 않았습니다. 그래서 그는 반 달레르를 꺼내서 그의 모자에 던지며 말했습니다. "여기 받아요."

그러나 우리 교회지기는 여전히 조용했고, 아무 반응도 않았습니다. 그에게서 고맙다는 말을 듣지 못하자 치안담당관의 서기는 그의 귓방망이를 후려쳤습니다. 그 바람에 우리 교회지기는 계단에서 고꾸라졌고, 때를 맞추어 마리가 재빨리 그곳으로 달려왔습니다.

"어르신, 기절하신 거예요, 죽은 거예요?" 마리가 소리쳤습니다. 그녀는 계속 비명을 지르며 몹시 슬퍼했습니다. "진짜예요." 그녀가 말했습니다. "가난한 자에게 평안은 결코 없죠. 하지만 나는 누가 거지를 때려죽였다는 이야기는 결코 들어본 적이 없어요."

"쉿! 입 닥쳐." 치안담당관의 서기가 말했습니다. "소란 피우지 마. 여기 10달레르를 줄 테니 이제 그만 진정하고, 그를 데리고 가. 나는 단지 그를 한 대 때려서 기절시킨 것뿐이야."

그래요! 그녀는 매우 기뻤습니다. '돈이 돈을 부르는 법이지.' 그녀는 생각했습니다. '돈과 친절한 말이면 하루 사이에 아주 멀리 갈 수 있지. 그리고 지갑이 동전으로 꽉 차 있는 사람은 밥 걱정을 결코 하지 않는 법이고.'

그녀는 우리 교회지기를 들어서 다시 어깨에 들쳐 메고 가까운 농장으로 성큼성큼 걸어갔습니다. 그리고 그를 우물 가장자리에 걸쳐 놓았습니다. 우리 마리는 집으로 돌아와서 자신이 그를 아주 멀리 떨어진 숲으로 옮겨 골짜기 한쪽에 묻었다고 했습니다.

"정말 다행이구나." 아주머니가 말했습니다. "이제 우리는 그에게서 완전히 벗어났어. 네게 약속했던 모든 것을, 아니 그보다 훨씬 더 많이 주마. 그렇고말고."

우리 교회지기는 마치 우물 위에서 아래를 내려다보며 엎드려 있는 것처럼 하고 있었습니다. 새벽이 되어 앞서의 그 농장소년이 물을 뜨러 달려올 때까지 말입니다.

"거기에 왜 엎드려 있는 거죠? 뭘를 보고 있나요? 비켜요. 물을 길어야 해요." 소년이 말했습니다. 하지만! 그는 손도 발도 까닥하지 않았습니다. 그러자 소년은 그를 밀쳤고 그러는 바람에 털썩 우물 아래로 떨어졌습니다. 그렇게 해서 우리 교회지기는 우물에 빠지게 되었습니다. 소년은 그를 끄집어내려고 했으나 소용없었습니다. 결국 하인들이 갈고리가 달린 긴 장대를 가지고 온 뒤에야 그를 꺼낼 수 있었습니다.

"세상에! 이건 우리 교회지기이잖아!" 하인들이 일제히 소리쳤습니다. 그들은 모두 그가 어떤 잔치에서 너무 많이 먹고 마신 나머지 우물 가에서 잠이 들었던 거라고 생각했습니다. 그때 주인이 와서 우리 교회지기를 보았고, 무슨 일이 있었는지 모두 듣고는 이렇게 말했습니다.

"나쁜 일은 잠든 사이에 찾아오는 법이지. 하지만 사람이 끼치는 해악이야말로 가장 위험하지. 항아리로 다른 항아리를 치면 둘 다 깨져 버리는 법이야. 애야, 안장을 가져와서 검은 말 위에 얹어 놓아라. 그리고 그 말을 타고 가서 치안담당관을 데려와라. 그러면 우리는 우리 교회지기에 대해 아무런 책임을 지지 않아도 될 거다. 사고는 언제나 겹쳐 오게 마련이지만, 땅 위에서 익사하기란 어렵지." 주인은 그렇게 말했습니다.

그래요! 소년은 말을 달려 치안담당관에게 갔고, 잠시 뒤에 치안담당관이 왔습니다. 그러나 옛말에 이르기를 서두를수록 속도가 안 나고, 급하게 한 일일수록 결코 끝나지 않는다고 했습니다. 의사를 데려오고 목격자들을 불러오기까지는 시간이 한참 더 걸렸습니다.

자, 여러분 모두가 알고 있는 것처럼 우리는 신에게 죽음을 빚지고 있습니다. 하지만 우리 교회지기가 우물 안으로 떨어지기 전에 세 번이나 살해당했다는 것은 환한 대낮처럼 명백한 일입니다. 우선 납을 담은 국자가 그의 숨을 앗아갔습니다. 그 다음에는 총알이 그의 이마를 꿰뚫었습니다. 세 번째와 마지막에 그는 목이 부러졌습니다. 분명한 것은 아주머니를 만나러 온 뒤에 죽었다는 것뿐이었습니다. 이 모든 일들이 어떻게 일어났는지는 끝내 밝혀지지 않았습니다. 사람들은 뒤에서 쯧쯧거리며 수근댔지만, 그가 언제 죽었는지는 말할 수 없었습니다.

28

멍청한 남편과 교활한 아내

옛날 옛적에 두 명의 아주머니가 있었는데, 여자들이 종종 그러는 것처럼 서로 다투곤 했습니다. 다툴 거리가 다 떨어지자 그들은 누구의 남편이 더 멍청한지를 두고 싸웠습니다. 다툼이 길어질수록 더 심하게 다투었고, 이윽고 그들은 치고받으며 드잡이를 하기에 이르렀습니다.

모두가 다 알고 있듯이 시작하기는 쉬워도 끝내기는 어려운 법이고, 지혜가 모자라면 나쁜 선택을 하게 마련입니다. 마침내 그들 가운데 한 명이 자기 남편은 트롤만큼이나 단순해서 자기가 말만 하면 뭐든 다 믿는다고 말했습니다. 그러자 다른 여자가 자기 남편은 〔낫 놓고 기역자도 모르듯이〕 황소의 발을 보고도 '비(B)'자를 모르는 멍청한 인간이라서 자기가 시키면 뭐든 다 한다고 말했습니다.

"좋아! 그럼 그들 가운데 누가 더 멍청한지 증명해 보도록 하자. 그러면 누가 더 멍청한지 알 수 있을 거야." 그들은 한목소리로 그렇게 하자고 했습니다.

첫 번째 아주머니의 남편인 북쪽 농장의 주인양반이 숲에서 집으로 돌아오자, 그의 아내가 말했습니다.

"하늘이시여, 우리를 도와주소서! 세상에 무슨 일이람. 당신은 병이 들어서 저승의 문턱을 오가고 있는 게 분명해요."

"나는 음식과 술이 필요하다는 것 말고는 불편한 게 전혀 없는데." 남자가 말했습니다.

"이런, 하늘이시여. 굽어 살피소서!" 아내가 비명을 질렀습니다. "점점 더 나빠지고 있어요. 당신 얼굴이 꼭 시체 같아요. 당신은 침대로 가야 해요! 이런! 이런! 결코 오래 가지 못할 것 같아요."

그녀는 계속 이렇게 말해서 남편으로 하여금 죽음의 순간에 이르러 있다고 믿게 만들었습니다. 그녀는 남편을 침대로 데려가서 그의 두 손을 가슴 위에 포개놓도록 하고 눈을 감겼습니다. 그리고 남편의 팔다리를 반듯하게 펴서 눕힌 뒤에 그를 관 안에 넣었습니다. 그러나 그가 그곳에 누워 있다가 숨이 막힐까봐 미리 관 옆에 구멍을 몇 개 뚫어 놓았습니다. 그래서 그는 숨을 쉬고 밖을 엿볼 수 있었습니다.

다른 아주머니는 〔양털을 가지런하게 고를 때 사용하는〕 양털빗 한 쌍을 들고 빗질을 하기 시작했습니다. 그러나 거기에 양털은 없었습니다. 남편이 들어와서 그 바보 같은 짓을 보았습니다.

"소용없어." 그가 말했습니다. "물레에 양털이 없잖아. 양털 없이 빗질만 하는 것은 멍청한 짓이야."

"양털이 없다니요!" 아주머니가 말했습니다. "양털이 있어요. 당신이 보지 못할 뿐이지요. 이것은 아주 좋은 양털이에요." 그녀는 빗질이 끝나자 이번에는 물레를 가져다 빙빙 돌렸습니다.

"아니야! 아니야! 그건 완전히 쓸데없는 짓이야!" 남자가 말했습니다. "당신은 거기 앉아서 빙빙 돌리고 윙윙거리면서 물레만 닳게 하고 있어. 아무것도 없는데 말이야."

"아무것도 없다니요!" 아주머니가 말했습니다. "실이 너무 좋아서 당신 눈에 보이지 않을 뿐이에요. 그게 다예요."

그녀는 실을 잣는 일을 마치고, 이번에는 베틀을 가져와 실을 걸고 〔날실의 틈으로 넣어 씨실을 푸는 기구인〕 북을 이리저리 던지며 옷감을 짰습니다. 그런 뒤에 그녀는 그것을 꺼내서 다림질을 한 다음에 재단을 해서 남편을 위한 새 옷 한 벌을 만들었습니다.

옷이 준비되자 그녀는 옷장에 그것을 걸어 놓았습니다. 남자는 옷감도 옷도 볼 수 없었지만 너무 좋은 것이라서 보이지 않는다고 생각하고 이렇게 말했습니다. "그래, 그래. 이제 다 알겠어. 그것은 매우 훌륭해. 그래서 그런거야."

하루 뒤에 그의 아내가 그에게 말했습니다.

"오늘 당신은 장례식에 가야 해요. 북쪽 농장의 농부가 죽었어요. 사람들이 오늘 그를 땅에 묻을 거예요. 그러니 당신은 새 옷을 입고 가도록 해요."

"그래, 맞아. 나는 그의 장례식에 가 보아야 해." 그녀는 남편이 새 옷을 입는 것을 도왔습니다. 옷이 너무나 좋은 것이라서 혼자 입다가 찢어질 수도 있기 때문입니다.

그는 장례식이 치러지는 농장으로 올라갔습니다. 사람들은 모두 꽤 오랫동안 술을 많이 마셨습니다. 여러분이 생각하는 것처럼, 그들의 슬픔은 남자가 새 옷을 입고 오는 모습을 본 순간에 사그라들었습니다. 장례 행렬이 교회를 향해 출발하자 죽은 사람은 숨구멍을 통해 밖을 엿보았고, 큰 소리로 발작하듯 웃음을 터뜨렸습니다.

"아니! 아니!" 그가 말했습니다. "내 장례식인데도 웃지 않을 수 없군 그래. 남쪽 농장의 올로프(Olof)가 내 장례식에 홀딱 벌거벗고 왔어!"

관을 나르던 사람들은 이 소리를 듣고는 서둘러 관 뚜껑을 열었습니다. 새 옷을 입고 온 남편이 그에게 물었습니다. 사람들이 이제 막 그의 장례식 맥주를 마신, 슬퍼서 울어야 마땅한 상황에서 어떻게 관에 누워 웃고 떠들 수 있냐고 말입니다.

"아!" 다른 남편이 말했습니다. "무덤을 파기 전에는 결코 눈물을 흘리지 말아야 해. 이렇게 다시 살아나서 웃고 있으니 말이야."

그들이 모든 일을 이야기하자 아내들이 그들을 속였다는 사실이 밝혀졌습니다. 그래서 남편들은 집으로 와서는 너나할 것 없이 그들이 오랫동안 그래왔던 것처럼 가장 현명하게 행동했습니다. 만일 누구든 그게 뭔지 알고 싶다면 자작나무 몽둥이한테 가서 물어보면 아시게 될 겁니다.

29

부지깽이 한스

옛날 옛적에 어떤 왕이 있었습니다. 그에게는 딸이 하나 있었는데 아주 아름다웠습니다. 그녀의 아름다움은 아주 멀리까지 소문이 자자했습니다. 그러나 그녀는 늘 우울하고 심각했으며 좀처럼 웃지 않았습니다. 게다가 그녀는 아주 도도하고 거만했습니다. 그래서 자신을 아내로 삼겠다고 찾아온 구혼자들에게 모두 싫다고 했습니다. 그녀는 그들이 제아무리 대단한 영주이든 왕자이든 하나같이 어느 누구하고도 결혼하려 하지 않았습니다.

왕은 아주 오랫동안 이 문제 때문에 골치가 아팠습니다. 그는 딸이 이 세상의 다른 여자들처럼 결혼을 하면 좋겠다고 생각했기 때문입니다. 기다릴 수만은 없었습니다. 어느덧 공주는 꽤 나이를 먹었고, 어머니에게서 왕국의 절반을 상속받기로 되어 있었기 때문에 더 부유해질 수도 없었습니다.

그래서 마음이 급해진 왕은 교회 문에 글을 써 붙여 선언을 했습니다. 누구든 공주를 웃게 하는 사람이 있다면 공주와 결혼시키고 왕국의 절반을 주겠다고 말입니다. 그 대신 실패한 사람은 등을 세 번 칼로 베고 소금으로 문지르겠다고 했습니다. 그래서 왕국은 등이 아픈 사람들로 넘쳐나게 되었습니다. 공주를 웃게 하는 일을 대수롭지 않게 생각한 구혼자들이 사랑을 찾아서 남쪽과 북쪽, 동쪽과 서쪽에서 몰려왔습니다. 그 가운데에는 별난 자들도 있었습니다. 그러나 그들이 제아무리 오두방정을 떨고 재간을 부려도 공주는 슬프고 심각한 얼굴로 앉아 있을 뿐이었습니다.

당시 궁전 가까이에 한 남자가 살고 있었는데, 아들이 셋이었습니다. 그들도 공주를 웃게 만든 사람에게 왕국의 절반과 공주를 주겠다는 왕의 선언을 들었습니다. 맏아들이 먼저 길을 나섰습니다. 그는 성큼성큼 걸어갔습니다. 왕의 농장에 도착한 그는 왕에게 공주를 한번 웃겨보겠다고 했습니다.

"그래 좋다, 나의 백성이여." 왕이 말했습니다. "그러나 많은 사람들이 이미 시도를 했으나 소용없었다는 것을 알아둬라. 내 딸은 매우 침울해서 아무것도 소용이 없다. 나는 또 다른 누군가가 실패하는 것을 원치 않는다."

그러나 맏아들은 할 수 있다고 생각했습니다. 그에게는 공주를 웃기는 일이 그리 어렵게 생각되지 않았습니다. 그는 군인이었을 때 병장 닐스(Nils)에게서 받은 제식훈련으로 단순한 사람이든 점잖은 사람이든 모두 웃게 할 수 있었기 때문입니다. 그래서 그는 뜰로 들어가 공주의 창문 밑으로 갔습니다. 그리고 병장 닐스에게서 배운 제식 동작을 했습니다. 그러나 소용없었습니다. 공주는 슬프고 심각할 뿐, 단 한 번도 그를 보고 미소 짓지 않았습니다. 그래서 사람들은 그를 데려가서 등에 큰 칼자국을 세 개 낸 뒤에 집으로 돌려보냈습니다.

이런 맙소사! 그가 집에 돌아오자마자 이번에는 둘째가 길을 나서겠다고 했습니다. 그는 학교 선생님이었습니다. 게다가 참으로 우스꽝스런 모습을 하고 있었습니다. 그는 다리 한쪽이 다른 한쪽보다 짧아서

Erik Werenskiold

몸이 기우뚱했습니다. 짧은 다리로 서면 그는 한순간 소년처럼 작아졌다가, 다시 긴 다리로 서면 트롤처럼 크고 길어졌습니다. 게다가 그는 아주 설교를 잘했습니다.

왕의 농장에 도착하자 그는 공주를 웃겨보고 싶다고 말했습니다. 왕은 전과 조금도 다르지 않을 것이라고 생각했습니다. "어쨌든 하늘이 너를 돕기를 바란다!" 왕이 말했습니다. "하지만 만약 공주를 웃기지 못하면 네 등에 앞선 도전자들보다 훨씬 크고 넓은 칼자국을 내겠다."

학교 선생님은 뜰로 성큼성큼 걸어가 공주의 창문이 있는 곳까지 갔습니다. 그리고 마치 7명의 사제가 있는 것처럼 읽고 설교했으며, 마치 7명의 교회지기가 있는 것처럼 노래하며 찬송을 했습니다. 그 근방의 모든 사제와 교회지기들이 모인 것처럼 아주 큰 소리로 말입니다. 왕은 그를 보고 큰 소리로 웃었습니다. 너무 웃긴 나머지 왕은 회랑의 기둥을 붙잡고 있어야 했습니다. 공주는 입술로 미소를 지으려 하다가 갑자기 슬프고 심각한 예전 모습으로 돌아갔습니다. 학교 선생님 폴도 군인인 페르보다 그다지 나을 게 없었습니다. 여러분이 알아야 할 게 하나는 페르이고, 다른 하나는 폴이었습니다. 사람들은 폴을 데려다가 등에 칼자국을 세 번 내고는 그곳을 소금으로 박박 문질렀습니다. 그런 뒤에 그를 집으로 돌려보냈습니다.

이번에는 막내가 길을 나서려 했습니다. 그의 이름은 부지깽이 한스였습니다. 형들은 동생을 비웃고 조롱하면서 자신들의 상처 난 등을 보여주었습니다. 아버지도 그가 떠나는 것을 허락하려고 하지 않았습니다. 아버지는 네가 무슨 수로 그럴 수 있겠냐고 말했습니다. 아는 것도, 할 줄 아는 것도 없다면서 말입니다. 집에서 그는 고양이처럼 난로 귀퉁이에 앉아 재나 뒤적거리고, 전나무 불쏘시개나 쪼개고 있었습니다. 그래서 사람들이 그를 '부지깽이 한스'라고 부른 것입니다.

그러나 부지깽이 한스는 뜻을 굽히려 하지 않았습니다. 그는 오래도록 투덜거리며 보챘습니다. 그의 투덜거림에 지친 가족들은 마침내 그가 자신의 운을 시험하러 왕의 농장으로 떠나는 것을 허락했습니다.

왕의 농장에 도착했을 때 한스는 공주를 웃겨보겠다고 하지 않았습니다. 그 대신 일자리를 부탁했습니다. "안 된다." 사람들은 그에게 줄 일자리가 없다고 했습니다. 그러나 부지깽이 한스는 받아들이지 않았습니다. 그는 부엌 하녀를 위해 장작과 물을 나를 사람이 분명히 필요할 거라고 말했습니다. 이런 큰 농장에서는 늘 사람이 필요하지 않냐고 하면서 말입니다. 왕도 그렇다고 생각했습니다. 왕은 이미 골치가 아팠기 때문에 부지깽이 한스가 그곳에 머무르며 부엌 하녀를 위해 나무와 물을 나르게 했습니다.

어느 날 한스가 물을 길으러 시냇가로 갔을 때였습니다. 그는 오래된 전나무 그루터기 아래에 놓여 있는 커다란 물고기를 발견했습니다. 그곳의 물은 시내로 이미 다 흘러들어가 버린 상태였습니다. 한스는 물고기 아래로 조심스럽게 양동이를 넣어서 그것을 잡았습니다.

농장으로 돌아가던 길에 그는 황금 거위를 끈으로 묶어서 끌고 가는 어떤 노파를 만났습니다.

"안녕하세요. 할머니." 부지깽이 한스가 말했습니다. "예쁜 새를 가지고 계시네요. 깃털이 아주 멋져요! 아주 멀리 있는 사람들도 눈이 부시겠어요. 그런 깃털이 있다면 전나무 불쏘시개를 쪼개는 일은 그만둘 것 같아요."

그 부인은 한스의 양동이에 들어 있는 물고기가 마음에 들었습니다. 그래서 그 물고기를 주면 황금 거위를 그에게 주겠다고 했습니다. 그리고 그 거위는 누가 거위에 손을 대었을 때 "붙들어. 네가 우리와 함께 가려면"이라고 말하기만 하면 그 사람을 꽉 달라붙게 할 수 있다고도 했습니다.

그래요! 부지깽이 한스는 기꺼이 바꾸겠다고 했습니다.

"새는 언제나 물고기만큼이나 좋은 법이니까." 그는 혼잣말을 했습니다. "이 새가 할머니가 말한 그런 능력이 있다면 저는 이것으로 낚시도 할 수 있을 거예요." 그렇게 그는 늙은 부인에게 말했습니다. 그리고 거위를 얻은 것에 매우 기뻐했습니다.

얼마 가지 않아 한스는 또 다른 노파를 만났습니다. 그녀는 아름다운 황금 거위를 보자마자 달려와서 쓰다듬으려고 했습니다. 그녀는 그의 비위를 맞추고 알랑거리며 황금 거위를 쓰다듬게 해 달라고 했습니다.

"얼마든지요." 부지깽이 한스가 말했습니다. "하지만 깃털은 한 개도 뽑지 마세요."

그녀가 거위를 막 쓰다듬는 순간 그가 말했습니다. "붙들어. 네가 우리와 함께 가려면!" 그 부인은 손을 당기며 벗어나려 했습니다. 그러나 그녀는 어쩔 수 없이 붙들려 있을 수밖에 없었습니다. 부지깽이 한스는 마치 거위만 데려가는 것처럼 앞서 걸어갔습니다.

얼마쯤 더 걸어갔을 때 그는 어떤 남자를 만났습니다. 그는 그 부인에게 속은 일로 원한을 품고 있던 남자였습니다. 그는 그녀가 벗어나려고 버둥거리며 애쓰면서도 꼼짝하지 못하게 된 것을 보고서는 그녀에게 한방 먹여 묵은 원한을 풀 수 있는 기회라고 생각했습니다. 그래서 그는 그녀를 발로 찼습니다.

그 순간 한스가 소리쳤습니다. "붙들어. 네가 우리와 함께 가려면!" 그러자 남자는 원하든 원치 않든 한쪽 다리로만 깽깽이걸음으로 따라가야 했습니다. 그가 주춤거리거나 뒷걸음질을 치며 벗어나려고 할수록 상황은 더 나빠졌습니다. 앞으로 걸어갈 때마다 그는 뒤로 나자빠지기 일쑤였습니다.

그들은 그런 모습으로 왕의 농장을 향해 꽤 오래 걸어갔습니다. 그러다 그들은 왕의 대장장이를 만났습니다. 그는 손에 커다란 부젓가락을 들고 대장간으로 가던 중이었습니다. 여기에서 여러분이 알아야 할 것이 이 대장장이는 유쾌한 친구였습니다. 그는 달걀 안이 꽉 들어차 있는 것처럼 장난과 농담으로 가득 차 있는 사람이었습니다. 대장장이는 기우뚱거리고 깽깽이걸음으로 걷는 이 행렬을 보고는 허리가 끊어질 듯이 웃어댔습니다. 그러면서 소리쳤습니다.

"이것은 분명 공주님이 가지게 될 새로운 거위 떼로군! 누구라도 암컷 거위와 수컷 거위를 구분할 수 있겠어! 아! 알겠어. 앞에서 되똑되똑 걷는 게 수컷 거위로군. 바보 거위! 바보 거위! 바보 거위!" 그는 외쳤습니다. 그리고 그들을 자신이 있는 쪽으로 유인해서 손으로 거위에게 곡식을 뿌려주는 시늉을 했습니다.

그러나 행렬은 결코 멈추지 않았습니다. 그들은 계속 나아갔습니다. 아주머니와 남자는 자신들을 조롱하는 대장장이를 노려보고 있을 뿐이었습니다. 그러자 대장장이는 계속 말했습니다.

"이 무리를 전부 붙들어 보는 것도 아주 재미있겠어. 정말 그럴 거

Erik Werenskiold

야." 그는 튼튼하고 힘이 센 사나이였기 때문입니다. 그래서 그는 커다란 부젓가락으로 늙은 남자의 윗옷 뒷자락을 붙잡았습니다. 대장장이는 큰 소리를 지르며 용을 썼습니다. 그러나 부지깽이 한스는 단지 이렇게 말할 뿐이었습니다. "붙들어. 네가 우리와 함께 가고 싶다면."

그래서 대장장이도 딸려가게 되었습니다. 언덕에서 그는 허리를 굽히고 구두 뒤축으로 땅바닥을 끌며 벗어나 보려고 했습니다. 그러나 아무 소용이 없었습니다. 그는 꽉 붙들렸습니다. 마치 집게에 단단히 고정된 것처럼 말입니다. 원하든 원치 않든 그는 다른 사람들과 함께 춤을 추어야만 했습니다.

그렇게 그들은 왕의 농장에 다다랐습니다. 〔털이 짧고 덩치가 크며 주둥이가 짧은 개인〕 마스티프가 달려 나와서 늑대나 거지들한테 하는 것처럼 으르렁거리며 짖었습니다. 공주는 무슨 일이 생겼는지 보려고 창문 밖을 내다보다가 이 이상한 무리를 발견하고는 작은 소리로 웃었습니다. 그러나 부지깽이 한스는 그것에 만족하지 않았습니다.

"잠시만 기다려줘요." 그는 말했습니다. "분명 그녀가 곧 입을 크게 벌리고 웃을 거예요." 그렇게 말하며 그는 자신의 행렬을 돌려 농장의 뒤로 갔습니다.

그들이 문이 열려 있는 부엌 옆을 지나갈 때 요리사는 귀리죽을 젓고 있었습니다. 그러나 그녀는 부지깽이 한스와 그의 무리를 보고는 한 손에는 젓개를, 다른 한 손에는 모락모락 연기가 나는 귀리죽이 가득한 나무 국자를 쥔 채로 문 앞으로 나왔습니다. 요리사는 마치 옆구리에 구멍이 날 듯이 웃었습니다. 그녀는 대장장이도 거기 있는 것을 보고는 허벅지를 치며 다시 큰 소리로 웃었습니다. 그러나 웃음이 그치자 그녀도 황금 거위를 한 번 쓰다듬어 보고 싶다는 생각이 들었습니다.

"부지깽이 한스!" 그녀가 소리치며 손에 귀리죽 국자를 쥐고 뛰어 나왔습니다. "내가 너의 예쁜 새를 한 번 쓰다듬어 봐도 될까?"

"그녀가 차라리 나를 쓰다듬게 해줘." 대장장이가 말했습니다.

"좋아요." 부지깽이 한스가 말했습니다.

그러나 요리사는 이 말을 듣고 화가 났습니다.

"이봐 뭐라고 그랬어!" 그녀는 소리를 지르며 대장장이를 국자로 후려쳤습니다.

"붙들어. 네가 우리와 함께 가고 싶다면." 부지깽이 한스가 말했습니다. 그래서 그녀도 꽉 붙들렸습니다. 요리사는 발을 차고 뛰어오르고, 꾸짖으며 소리를 지르고, 잡아 뜯고 난리를 치며 몹시 화를 냈습니다. 그러나 그녀도 다른 이들과 함께 절뚝거리며 나아가야 했습니다.

그들이 공주의 창문이 있는 곳으로 갔을 때 공주는 그들을 기다리며 서 있었습니다. 그녀는 국자와 젓개를 든 요리사까지 데려온 것을 보고는 입을 활짝 벌리고 큰 소리로 웃었습니다. 그녀가 웃다가 쓰러지지 않게 왕이 붙잡고 있어야 할 정도로 말입니다.

그래서 부지깽이 한스는 공주와 왕국의 절반을 얻었습니다. 그들은 아주 즐겁게 결혼식을 치렀고, 그 소식은 아주 멀리까지 전해졌습니다.

30

헤달 숲속의 트롤

옛날 옛적에〔노르웨이 남부 오플란 주에 있는 골짜기인〕구드브란스달 (Gudbrandsdal)의 보고(Vågå) 마을에 늙고 가난한 부부가 살고 있었습니다. 그들에게는 아이들이 많았는데, 그 가운데 아들 두 명은 어느 정도 자라자 마을 여기저기를 돌아다니며 구걸을 했습니다. 그래서 그들은 큰길과 샛길을 모두 알고 있었고, 헤달(Hedal)로 가는 지름길도 알고 있었습니다.

어느 날 그들은 그곳으로 가려고 했습니다. 그런데 때마침 매를 부리는 어떤 사람들이 맬라(Mæla)에 오두막을 세웠다는 이야기를 들었습니다. 두 아들은 새들 구경도 하고 잡을 수도 있는 일석이조의 기회라고 생각했습니다. 그래서 그들은〔이끼로 덮인〕랑미레네(Langmyrene)를 가로질러서 가기로 했습니다. 그러나 가을로 들어선 지 이미 한참 지난 때라서 우유 짜는 여자들도 여름농장에서 집으로 모두 돌아가고 없었습니다. 그래서 그들은 잠자리도 먹을거리도 구할 수 없었습니다. 그들은 지름길을 이용해 헤달로 곧장 가야 했습니다. 그러나 그 길은 거의 흔적만 남아 있었기 때문에 어두워지자 그들은 길을 잃었습니다. 설상가

상으로 매를 부리는 사람들이 있는 오두막도 찾을 수 없었습니다.

그들은 자신들이 어디에 있는지 알기도 전에 깊은 숲으로 들어와 버렸습니다. 그들은 곧 더는 갈 수 없다는 사실을 깨닫고는 나뭇가지들을 부러뜨려 불을 지피기 시작했습니다. 그리고 가지고 있던 손도끼를 이용해 나뭇가지들로 덮개를 만들었습니다. 그런 뒤에 관목과 이끼를 모아서 잠자리를 준비했습니다.

그들이 자리에 눕고 나서 얼마 지나지 않아 어디선가 코를 킁킁거리고 컹컹거리는 소리가 들려왔습니다. 소년들은 그것이 야생동물인지, 아니면 숲의 트롤인지 알아내려고 귀를 쫑긋 세웠습니다. 바로 그때 뭔가가 전보다 더 크게 코로 숨을 들이마시며 말했습니다.

"여기에서 인간의 피 냄새가 나는데."

동시에 소년들은 땅을 뒤흔드는 무거운 발소리를 들었습니다. 그래서 그들은 그것이 트롤이라는 사실을 또렷하게 알게 되었습니다.

"하늘이시여, 도와주세요! 우리 이제 어떻게 해야 해?" 어린 소년이 형에게 말했습니다.

"너는 전나무 아래에서 짐을 챙겨 준비하고 있다가 그들이 오는 게 보이면 달아나. 나는 도끼를 가지고 있을게." 형이 말했습니다.

그들은 트롤들이 갑자기 자신들을 향해 맹렬히 다가오는 것을 보았습니다. 트롤들은 아주 크고 웅장해서 머리가 전나무 꼭대기에 닿았습니다. 그러나 다행히도 그들은 셋이 합쳐 눈이 하나밖에 없었습니다. 트롤들은 돌아가면서 그 눈을 사용했습니다. 그들은 이마에 구멍이 하나씩 있었는데 거기에 눈알을 넣고 손으로 돌리며 맞추었습니다. 하나가 그렇게 해서 길을 보면 나머지들은 앞의 트롤을 붙잡고 그 뒤를 따라갔습니다.

"그들을 유인해." 나이를 더 먹은 소년이 말했습니다. "하지만 너무 멀리까지 뛰어가지 말고, 어떻게 되는지 보고 있어. 그들은 눈이 아주 높은 곳에 달려 있어서 바로 아래에 있으면 찾지 못할 거야."

그래요! 동생이 앞으로 달려가자 그들은 그 뒤를 쫓았습니다. 그러는 동안 형은 뒤에 남았다가 가장 마지막에 가는 트롤의 발목을 도끼로 내리쳤습니다. 그러자 그 트롤은 고통에 찬 비명을 질렀습니다. 가장 앞에 있던 트롤은 너무 무서운 나머지 온 몸을 떨다가 그만 하나 있는 눈을 떨어뜨리고 말았습니다. 소년이 재빨리 눈알을 낚아챘습니다. 그것은 냄비 두 개를 합친 것보다도 컸습니다. 그리고 칠흑처럼 검었지만 아주 투명하고 밝았습니다. 그래서 그 눈알을 통해 보면 모든 것이 대낮처럼 또렷하게 보였습니다.

트롤들은 그가 자신들의 눈알을 빼앗아가고 자신들 가운데 한 명을 다치게 한 것을 알고는 즉시 눈알을 돌려주지 않으면 그에게 온갖 해코지를 하겠다고 위협하기 시작했습니다.

"나는 트롤이나 그런 위협 따위는 하나도 무섭지 않아." 소년이 말했습니다. "이제 나는 눈이 세 개가 되었지만 너희 셋은 하나도 없지. 게다가 너희들 둘은 나머지 트롤 하나를 들고 가야 하지."

"만약 우리가 1분 안에 눈을 돌려받지 못하면, 너를 통나무나 돌로 바꿔버리겠다" 트롤들이 새된 소리를 질러댔습니다.

그러나 소년은 서두를 필요가 없다고 생각했습니다. 그는 마법이나 성난 말투가 두렵지 않았습니다. 소년은 그들이 자신을 순순히 보내주지 않으면 그들 셋을 모두 도끼로 찍어서 벌레와 게처럼 땅에 엎드려 기어가게 만들겠다고 했습니다.

트롤들은 그 말을 듣고는 훨씬 더 두려워져서 부드러운 말투를 쓰기 시작했습니다. 그들은 눈을 돌려 달라고 간절하게 빌면서, 그렇게만 해주면 금과 은을 비롯해 그가 원하는 것을 모두 주겠다고 했습니다.

그래요! 그것은 소년에게 매우 좋은 일 같아 보였습니다. 그러나 그는 먼저 금과 은을 가져야 했습니다. 그래서 소년은 트롤들 가운데 하나가 집으로 가서 금과 은을 자신과 동생의 자루에 가득 채워오고 거기에 더해서 두 개의 좋은 석궁을 준다면 눈을 돌려주겠지만, 그가 말한 대로 하기 전까지는 눈을 보관하고 있겠다고 했습니다.

트롤들은 몹시 화가 나서 눈이 없어 보지 못하니 그들 가운데 어느 누구도 갈 수 없다고 말했습니다. 그러다 갑자기 그들 가운데 하나가 그들의 부인을 소리쳐 부르기 시작했습니다. 여러분이 알고 있어야 할 게, 그들 셋은 눈이 하나인 것처럼 부인도 하나였습니다.

잠시 뒤에 북쪽의 멀리 떨어진 작은 언덕에서 대답이 들려왔습니다. 그러자 트롤들은 그녀가 쇠로 만든 석궁 두 개와 금과 은이 가득한 통 두 개를 가져와야 한다고 말했습니다.

여러분이 생각하듯이, 그녀가 그곳에 오기까지는 그리 오랜 시간이 걸리지 않았습니다. 그녀는 무슨 일이 일어났는지 듣고는 마법으로 그들을 때리기 시작했습니다. 그러나 트롤들은 너무나 겁에 질린 나머지 그녀에게 작은 말벌을 조심하라고 애원했습니다. 그가 그녀의 눈마저 빼앗을까 두려웠기 때문입니다.

그래서 그녀는 금과 은이 들어 있는 통과 석궁을 던져 놓고서는 트롤들과 함께 둔덕으로 성큼성큼 걸어갔습니다. 그날 이후 헤달에서 트롤들이 사람 피를 쫓아 쿵쿵거리며 돌아다닌다는 소리를 들은 사람은 아무도 없었습니다.

31

선장과 악마

옛날 옛적에 맡은 일마다 성공해내는 아주 놀랍게 운이 좋은 선장이 있었습니다. 그만큼 화물 수송을 잘 해내고, 그만큼 돈을 많이 번 사람은 없었습니다. 사방에서 돈이 굴러 들어왔습니다. 한마디로 어느 누구도 그처럼 훌륭하게 항해를 해내는 사람은 없었습니다. 바람은 어김없이 그가 가고자 하는 곳을 향해 불어주었습니다. 사실! 사람들은 그가 단지 모자를 돌리는 것만으로도 바람을 원하는 방향으로 바꿀 수 있다고 말했습니다. 그렇게 그는 수십 년 동안 항해를 하면서 먼 곳으로 목재를 싣고 가서 팔았고, 중국까지도 다녀왔습니다. 그는 돈을 풀처럼 많이 긁어모았습니다.

그가 여느 때처럼 출항을 해서 북해를 가로질러 집으로 가던 어느 날이었습니다. 그는 마치 배와 화물을 훔쳐 달아나고 있는 것처럼 서둘러 댔습니다. 그를 붙잡으러 더 빨리 쫓아오고 있는 자가 있었기 때문입니다. 그것은 늙은 에리크였습니다. 누구나 생각할 수 있는 것처럼, 선장은 그와 계약을 했고, 바로 그 날이 계약이 끝나는 날이었습니다. 당장이라도 늙은 에리크가 와서 그를 잡아갈 수 있었습니다.

늙은 에리크(Gamle-Erik) 영미권의 '늙은 닉(Old-Nick)'처럼 노르웨이에서 악마를 에둘러 부르는 이름으로 '늙은 에이리크(Gamle Eirik)'라고도 한다. 민간에서는 질병이나 맹수와 마찬가지로 악마도 이름 그대로 부르는 것을 꺼려 별칭으로 부르곤 했다.

자! 선장은 선실에서 갑판으로 나와 날씨를 지켜보았습니다. 그러고
는 목수와 몇 명의 선원을 불러서 아래로 내려가 배 바닥에 구멍 두 개
를 새로 뚫으라고 말했습니다. 그리고 그 일을 다 마치면 펌프를 가져
가다 새로 만든 구멍에 꽉 끼워 놓고 바닷물이 높이 솟아오르게 퍼 올
리라고 시켰습니다.

선원들은 어리둥절했습니다. 그들은 조금 엉뚱한 짓이라고 생각했
지만 선장이 시키는 대로 했습니다. 그들은 배 밑바닥에 구멍을 냈습니
다. 그리고 그곳을 물 한 방울도 화물칸으로 들어가지 않게 꽉 막는 대
신에 펌프로 북해의 물을 〔약 2m인〕 7푸트까지 높게 솟아오르게 퍼 올렸
습니다.

그들이 구멍을 뚫으면서 생긴 나뭇조각들을 배 밖으로 막 던졌을 때,
늙은 에리크가 돌풍을 타고 나타났습니다. 그는 배 위로 올라서서 선장
의 목을 움켜쥐었습니다.

"잠깐만, 이보게!" 선장이 말했습니다. "그렇게 서두를 필요는 없지
않은가." 그는 이렇게 말하면서 자신을 꽉 움켜쥐고 있는 늙은 에리크
의 발톱을 〔밧줄의 가닥을 푸는 데 쓰이는〕 쇠바늘(merlespiker)을 이용해 느슨
하게 해서 뿌리쳤습니다.

"자네는 내 배를 늘 바짝 마르고 단단한 상태로 유지하게 해 주겠다
고 나랑 계약하지 않았나?" 선장이 말했습니다. "그래! 자네는 대단한
친구지. 저 아래 펌프를 봐! 물이 파이프를 통해 7푸트나 높이 치솟고
있어. 퍼내. 제기랄, 어서 퍼내! 다 퍼내서 배에서 물이 빠지고 나면 자
네가 원할 때 나를 언제라도 데려갈 수 있어."

늙은 에리크는 그다지 영리하지 않았기 때문에 속아 넘어갔습니다.
그는 물을 퍼내려고 애를 썼습니다. 등에 땀이 개울처럼 흘러내려서 등
뼈 끝에서 물레방아를 돌릴 수 있을 정도였습니다. 그러나 그는 단지
북해의 물을 퍼내고, 또 퍼낼 뿐이었습니다. 마침내 그는 그 일을 하다

가 완전히 지쳐버려서 더는 퍼낼 수 없게 되었습니다. 늙은 에리크는
울적한 기분이 들어서 그의 할멈이 있는 집으로 쉬러 갔습니다.

　선장에 관해 말하자면, 그는 자신이 원할 때까지 선장 노릇을 하며
지낼 수 있게 되었습니다. 만약 아직도 그가 죽지 않았다면, 그는 여전
히 어딘가로 항해를 하고 있을 것입니다. 모자를 돌리는 것만으로 바람
의 방향을 자신이 원하는 쪽으로 바꾸면서 말입니다.

32

물길마저 거스른 아주머니

옛날 옛적에 어떤 남자가 있었습니다. 그에게는 성격이 비뚤어진 아내가 있었는데, 그녀를 참아낼 수 있는 사람은 아무도 없었습니다. 남편도 그녀와 전혀 잘 지낼 수 없었습니다. 그가 무엇을 원하든 그녀는 무조건 거꾸로만 하려고 했습니다.

어느 여름날 일요일에 남자와 그의 아내는 작물을 살펴보려고 밭에 갔습니다. 강 건너편 호밀밭에 도착하자 남자가 말했습니다.

"오! 이제 다 익었군그래. 내일이면 호밀을 거둬들이기 시작할 수 있겠어."

"그래요." 그의 아내가 말했습니다. "내일이면 호밀을 잘라버리기 시작할 수 있겠어요."

"무슨 말을 하는 거야" 남자가 말했습니다. "잘라버릴 거라고? 거둬들이는 게 아니고?"

"아뇨." 부인이 말했습니다. "잘라야 해요."

"아는 게 적은 것만큼 나쁜 것도 없지." 남자가 말했습니다. "당신 그나마 있던 정신까지 나가버린 게 확실하군그래. 밭을 잘라버린다는 이

Erik Werenskiold

야기를 들어본 적 있어?"

"나는 아는 게 적고, 그게 좋아요." 아주머니가 말했습니다. "하지만 나는 이 밭을 거둬들이는 게 아니라 잘라버려야 한다는 것은 아주 잘 알고 있어요." 그녀는 이렇게 말했습니다. 그리고 잘라버리는 것 말고 다른 방법은 결코 없다고 했습니다.

그들은 강을 건너기 위해 깊은 웅덩이 바로 위에 있는 다리에 도착할 때까지 걸어가면서 계속 말다툼을 했습니다.

"옛말이 이르기를" 남자가 말했습니다. "좋은 연장이 좋은 작업을 만든다고 했어. 가위를 가지고 자르면 아주 고른 띠 모양으로 잘 잘릴 거라고 생각해. 어쨌든 지금은 밭에서 거둬들이는 게 좋지 않겠어?" 남자가 말했습니다.

"아니! 아니! 잘라, 잘라." 아주머니가 펄쩍펄쩍 뛰면서 소리를 질러댔습니다. 남편의 코 밑에 대고 가위질하는 시늉까지 하면서 말입니다. 그녀는 고집불통으로 굴며 주위를 살피지 않다가 그만 난간에 발이 걸려 강으로 철퍼덕 떨어졌습니다.

"누군가를 나쁜 일로부터 떼어놓기란 어려운 법이지." 남자가 말했습니다. "나도 가끔은 맞지 않을 때가 있는데 이상하단 말이야."

그는 물구덩이로 헤엄쳐 들어가서 마누라의 머리채를 잡고는 그녀의 머리를 물 밖으로 꺼냈습니다.

"이제 우리 밭에서 거둬들일까?" 남자가 꺼낸 첫 마디였습니다.

"잘라! 잘라! 잘라!" 아주머니가 날카롭게 소리쳤습니다.

"당신에게 자르는 것을 가르쳐 주지." 남자가 물속으로 그녀를 처넣으며 말했습니다. 그러나 소용없었습니다. 그녀는 머리가 물 밖에 나올 때마다 반드시 잘라야 한다고 말했습니다.

"여편네가 미쳐버린 게 확실하군." 남자가 혼잣말을 했습니다. "많은 사람들이 미치고서도 그것을 결코 알지 못하지. 많은 똑똑한 이들이 그것을 결코 드러내지 않는 것처럼 말이야. 하지만 그래도 한번 더 그녀에게 확인을 해봐야겠군."

그러나 남자가 물 아래로 마누라를 다시 집어넣자마자 그녀는 손을 물 밖으로 꺼내놓고는 손가락을 가위 모양으로 재깍거렸습니다. 그러자 남자는 화가 치솟아 그녀를 아주 오랫동안 계속 물에 처박았습니다. 하지만 그가 그렇게 하는 동안 아주머니의 머리는 물 아래로 고꾸라졌고, 갑자기 너무 무거워지는 바람에 그는 마누라를 놓쳐버렸습니다.

"안 돼! 안 돼!" 그가 말했습니다. "나를 물구덩이로 끌어들이고 싶은 모양이군. 하지만 당신 혼자 거기 나자빠져 있어."

그렇게 아주머니는 강에 버려졌습니다.

잠시 뒤 남자는 그녀가 기독교식으로 매장되지 못하고 그렇게 그곳에 나자빠져 있으면 안 되겠다는 생각이 들었습니다. 그래서 그는 강을

Erik Werenskiold

따라 내려가면서 그녀를 찾기 시작했습니다. 하지만 수고한 보람도 없이 그녀를 찾을 수 없었습니다. 그러자 그는 자신의 이웃과 동료들을 모두 데리고 왔습니다. 그들은 다 함께 물이 흘러가는 방향으로 내려가며 그녀를 찾아 강을 뒤졌습니다. 그러나 온갖 노력을 했는데도 그들은 아주머니를 찾을 수 없었습니다.

"오!" 남자가 말했습니다. "알았다. 이 모든 건 소용없어. 우리는 잘못된 곳을 찾고 있었어. 이 여편네가 어떤 여자요. 살아 있는 동안 그녀는 이 세상의 다른 사람들과 조금도 같지 않았다오. 아주 엇나가고 비뚤어졌지. 확신하건대 죽어서도 마찬가지일 거요. 우리는 강의 상류로 올라가 그녀를 찾는 게 나을 거요. 어쩌면 폭포 위에서 그녀를 찾아야 할지도 모르지. 어쨌든 그녀는 저 위쪽에 떠 있을 거요."

그래서 그렇게 했습니다. 그들은 강을 거슬러 올라갔고 폭포 위를 뒤져 보았습니다. 그런데 거기에 정말로 그 아주머니가 있었습니다! 그래요! 그녀는 정말이지 '물길마저 거스른 아주머니'였습니다.

33

어떻게 왕자를 얻었나

옛날 옛적에 왕의 아들이 있었습니다. 그는 한 아가씨에게 청혼을 했습니다. 그러나 연인이 되어 약혼을 하고 나자 왕자는 그녀에 대해 덜 생각하게 되었습니다. 그는 그녀가 자신에게 어울릴 만큼 충분히 영리하지 않다고 생각했습니다. 그래서 그녀와 결혼하지 않으려 했습니다.

그는 어떻게 하면 그녀를 떼어낼 수 있을지 생각했습니다. 마침내 그는 그녀가 이렇게 오면 아내로 삼겠다고 말했습니다.

몰지도 타지도 말고,

걷지도 실리지도 말고,

굶지도 배부르지도 말고,

벌거벗지도 옷을 입지도 말고,

낮도 밤도 말고.

그는 그녀가 결코 그렇게 하지 못할 거라고 생각했습니다. 하지만!

그녀는 보리알 세 개를 가져와 삼켰습니다. 그래서 그녀는 굶은 것도 아니고 배부른 것도 아니게 되었습니다. 그런 뒤에 그녀는 그물을 뒤집어썼습니다. 그래서 그녀는 벌거벗지도, 옷을 입지도 않았습니다. 그러

고 나서 그녀는 숫양을 끌고 와 그 위에 앉고는 발을 땅에 댄 채로 어기 적어기적 걸었습니다. 그래서 그녀는 몰지도 타지도, 걷지도 실리지도 않았습니다. 그녀는 이 모든 일을 밤과 낮 사이인 해질녘에 했습니다.

그녀는 그렇게 하고 궁전으로 가서 경비병에게 왕자와 이야기할 수 있게 해 달라고 간청했습니다. 그러나 그들은 그녀의 그러한 우스운 꼴을 보고는 문을 열어 주려고 하지 않았습니다. 소란스러운 소리에 잠에서 깬 왕자는 무슨 일인지 보려고 창문 옆으로 다가왔습니다.

그녀는 어기적어기적 걸어서 창문 아래로 갔습니다. 그리고 숫양의 뿔 하나를 비틀어 뽑아서는 그것으로 창문을 톡톡 두드렸습니다. 그러자 사람들은 그녀를 안으로 들여보냈고, 왕자의 아내로 삼았습니다.

34

변신하는 소년

옛날 옛적에 한 남자가 있었습니다. 그에게는 아들만 하나 있었습니다. 그런데 남자는 궁핍하고 불쌍하게 살았습니다. 죽음을 맞이하는 자리에서 그는 자신이 남겨줄 것이라고는 칼 한 자루와 거친 아마포 조각, 얼마 안 되는 딱딱한 빵 껍질뿐이라고 아들에게 말했습니다. 이런! 남자는 죽었고, 소년은 세상 밖으로 나가서 자신의 운을 시험해 보기로 했습니다. 그래서 그는 칼을 허리에 차고, 빵 껍질은 여행 식량으로 쓰기 위해 아마포 조각에 쌌습니다.

당신이 알아야 할 것이, 그들은 마을에서 아주 멀리 떨어진 산비탈의 숲속에 살고 있었습니다. 이제 소년은 산 하나를 넘어야 했습니다. 그는 모든 것이 내려다보이는 아주 높은 곳까지 올라갔습니다. 그곳에서 그는 사자와 매, 개미가 서로 버티고 서서 죽은 말 한 마리를 놓고 싸우고 있는 것을 보았습니다. 소년은 사자를 보자 몹시 두려웠습니다. 하지만 그는 사자를 큰 소리로 불러서 자신이 다툼을 중재해 말을 나누어 주겠다고 했습니다. 그렇게 하면 모두가 저마다 가져야 할 몫을 고르게 가질 수 있게 될 거라면서 말입니다.

소년은 칼을 꺼내서 정성껏 말을 잘 나누었습니다. 사자한테는 가장 큰 부분인 말의 몸통을 주었습니다. 매한테는 내장을 비롯한 다른 한입 거리들을 주었습니다. 그리고 개미한테는 말의 머리를 주었습니다. 분배를 마치고 그가 말했습니다.

"자, 내 생각에는 알맞게 잘 나눈 것 같아. 사자는 가장 큰 것을 가져야 해. 그는 가장 크고 힘이 세니까 말이야. 매는 가장 좋은 것을 가져야 해. 그는 까다로운 미식가이거든. 그리고 개미는 머리뼈를 가져야 해. 그는 구멍과 갈라진 틈 사이를 기어다니는 것을 좋아하니 말이야."

그래요! 동물들은 모두 자신들이 받은 것에 흡족해 했습니다. 그래서 그들은 소년에게 말을 잘 나누어준 보상으로 받고 싶은 게 있냐고 물었습니다.

"오." 소년이 말했습니다. "내가 한 일이 너희를 기쁘게 했다니 나도 기뻐. 하지만 나는 보상 같은 것은 필요 없어."

"그래? 하지만 너는 뭔가를 받아야 해." 그들은 말했습니다.

"만약 네가 뭔가를 받지 않겠다면" 사자가 말했습니다. "세 가지 소

원을 빌어."

하지만 소년은 무슨 소원을 빌어야 할지 몰랐습니다. 그러자 사자는 소년에게 원할 때마다 자신처럼 사자로 변하게 해주는 것은 어떠냐고 물었습니다. 다른 두 동물들도 소년이 원할 때 자신들처럼 매와 개미로 변하게 해주는 게 어떠냐고 물었습니다. 그래요! 소년은 그 모두가 만족스럽고 좋았습니다. 그래서 그는 그것을 세 가지 소원으로 하겠다고 했습니다.

그러고 나서 소년은 칼과 지갑을 옆에 던져 놓고 매로 변신했습니다. 그리고 날기 시작했습니다. 쉬지 않고 날아가던 그는 커다란 호수를 건너게 되었습니다. 그러나 호수를 거의 다 건넜을 때쯤 그는 너무 지치고 날개가 아파서 더는 날 수 없었습니다. 소년은 물 위로 가파른 바위가 솟아 있는 것이 보이자 그곳에 앉아 쉬었습니다. 그는 놀랄 만큼 튼튼한 바위라고 생각하면서 잠시 그 위를 이리저리 걸었습니다. 그리고 충분히 쉰 뒤에 그는 다시 작은 매로 변신해서 아주 먼 곳에 있는 왕의 농장까지 날아갔습니다.

그곳에 도착한 소년은 공주의 창문 바로 앞에 있는 나무에 앉았습니다. 매를 본 공주는 그것이 애타게 잡고 싶어졌습니다. 그래서 그녀는 매를 자신이 있는 쪽으로 유인했습니다. 매가 공주가 열어 놓은 여닫이 창 안으로 들어서자 그녀는 탁 하고 창문을 닫아 그 새를 붙잡았습니다. 그리고 새장 안에 가두었습니다.

밤이 되자 소년은 개미로 변신해서 새장에서 빠져나왔습니다. 그런 뒤에 자신의 본모습으로 돌아와서 공주의 침대 옆에 올라가 앉았습니다. 그러자 그녀는 매우 두려워하며 비명을 질렀습니다. 잠에서 깬 왕은 공주의 방으로 들어와서 무슨 일이냐고 물었습니다.

"아!" 공주가 말했습니다. "여기에 누가 있어요."

그러나 순식간에 개미로 변한 소년은 새장 안으로 기어들어가서 매

하우게바세(haugebasse) : 산에 사는 머리가 여럿 달린 거대하고 못생긴 트롤

로 변신했습니다. 왕은 그녀가 두려워할 만한 것을 아무것도 찾을 수 없었습니다. 그래서 공주에게 악몽을 꾼 것이라고 말했습니다.

그러나 왕이 문 밖으로 나가자마자 앞서와 똑같은 일이 다시 일어났습니다. 소년은 개미로 변해서 새장에서 빠져나온 뒤에 본모습으로 돌아와 공주의 침대 옆에 앉았습니다. 그러자 그녀는 큰 소리로 비명을 질렀고, 왕은 다시 무슨 일인지 보러 들어왔습니다.

"여기에 누가 있어요!" 공주가 소리를 질렀습니다. 그러나 소년은 다시 새장으로 기어들어가서 매로 변신해 횃대에 앉아 있었습니다. 왕은 위아래를 살피며 샅샅이 뒤졌습니다. 그러나 아무것도 찾을 수 없었습니다. 왕은 자신의 잠을 깨운 것에 화를 내며 이 모든 것이 공주의 장난이라고 했습니다.

"만약 다시 소리를 지른다면" 그가 말했습니다. "너는 네 아버지가 왕임을 바로 깨달을 수 있게 될 거다."

하지만 왕이 등을 돌리자마자 소년이 다시 공주의 옆에 있었습니다. 그녀는 이번에는 소리를 지르지 않았습니다. 너무나 무서웠지만, 그녀는 어찌해야 좋을지 몰랐습니다.

소년은 도대체 왜 그렇게 두려워하냐고 물었습니다. 몰랐나요? 그녀는 하우게바세와 결혼하기로 되어 있었습니다. 그녀가 밖으로 나가서 맨 하늘 아래에 있게 되는 순간에 그가 와서 그녀를 데려가게 됩니다. 그래서 소년이 나타났을 때 그녀는 그가 하우게바세라고 생각했던 것입니다. 게다가 매주 목요일 아침마다 하우게바세가 보낸 전령이 왔습니다. 용이었습니다. 왕은 그 용이 올 때마다 살찐 돼지 아홉 마리를 주어야 했습니다. 그래서 왕은 용에게서 자유롭게 해주는 자에게 공주와 왕국의 절반을 주겠다고 선언했습니다.

소년은 자신이 그렇게 하겠다고 말했습니다. 동이 트자 공주는 곧바로 왕에게 가서 용과 돼지 세금에게서 벗어나게 해줄 사람이 있다고 알렸습니다. 왕은 그 말을 듣자마자 매우 기뻐했습니다. 용이 돼지를 너무 많이 먹어치우는 바람에 왕국 전체에 돼지가 더 이상 남아나지 않을 지경에 이르렀기 때문입니다.

마침내 목요일 아침이 되었고, 소년은 용이 돼지를 먹기 위해 찾아온다는 곳으로 성큼성큼 출발했습니다. 왕의 농장에 있던 구두닦이가 길을 안내했습니다. 그래요! 용이 왔습니다. 머리가 아홉 개나 달린 용이었습니다. 자기가 먹을 돼지 만찬이 보이지 않자 용은 매우 사납게 날뛰며 콧구멍으로 불과 연기를 뿜어냈습니다. 그리고 산 채로 집어삼킬 것처럼 소년에게 달려들었습니다. 그러나 팡! 소년은 사자로 변해서 용과 싸웠습니다. 그리고 용의 머리를 차례로 물어뜯었습니다. 용은 강했습니다. 진짜 그랬습니다. 용은 불과 독액을 내뿜었습니다. 하지만 싸움이 계속 이어지고, 용의 머리는 하나만 남게 되었습니다. 그것은 가장 강한 머리였습니다. 마침내 소년은 그 머리마저 물어뜯었습니다. 그러자 용은 쓰러졌습니다.

소년이 왕에게 돌아가자 왕궁 전체가 큰 기쁨으로 가득 찼습니다. 소년은 공주와 결혼하기로 했습니다. 하지만 어느 날 그들이 함께 정원에서 거닐고 있을 때였습니다. 하우게바세가 하늘에서 날아와 공주를 낚아채 데려가 버렸습니다. 소년은 곧바로 그녀를 쫓아가려 했지만, 왕은 그를 말렸습니다. 딸을 잃은 그에게는 이제 기댈 사람이 아무도 없었기 때문입니다. 그렇지만 왕의 애원과 설득은 아무 소용이 없었습니다.

소년은 매로 변신해 날아갔습니다. 그러나 그들이 어디로 갔는지 알 수 없었습니다. 그때 소년은 자신이 날아오다가 쉬었던 호수의 그 놀라운 바위가 떠올랐습니다. 그래서 그는 그곳으로 날아가 내려앉았습니다. 그러고는 개미로 변신해서 바위의 틈으로 기어들어갔습니다. 그렇게 한동안을 기어들어가자 굳게 닫혀 있는 문에 다다랐습니다. 그는 안으로 들어갈 방법을 알고 있었습니다. 그는 열쇠구멍으로 기어들어갔

습니다. 그가 그곳에서 무엇을 보았을 것 같나요? 세상에나! 낯선 공주
가 머리가 세 개인 하우게바세의 머리카락을 빗겨주고 있었습니다.

"제대로 왔군." 소년이 혼잣말을 했습니다. 그는 트롤들이 왕의 다른
두 딸도 데려갔다는 이야기를 들은 적이 있었기 때문입니다.

"둘째 공주도 찾을 수 있겠지." 그는 두 번째 문의 열쇠구멍을 기어
서 통과하면서 또 혼잣말을 했습니다. 그곳에는 다른 낯선 공주가 머리
가 여섯 개인 하우게바세의 머리카락을 빗겨주고 있었습니다. 그가 세
번째 열쇠 구멍을 통해 기어들어가자 이번에는 막내 공주가 머리가 아
홉 개인 하우게바세의 머리카락을 빗겨주고 있었습니다.

그는 그녀의 다리로 기어올라가서 깨물었습니다. 공주는 개미가 소

년이고, 그가 자기하고 이야기하고 싶어 한다는 것을 알았습니다. 그래서 그녀는 하우게바세에게 잠시 바깥에 나갔다 올 수 있게 해 달라고 청했습니다.

공주가 밖으로 나오자 소년은 본모습으로 돌아왔습니다. 그리고 하우게바세에게 물어보라고 했습니다. 그녀가 이곳을 벗어나 아버지가 있는 집으로 갈 수 있을지 말입니다. 그런 뒤에 그는 다시 개미로 변신해 그녀의 발 위에 앉았습니다. 공주는 방으로 들어가서 하우게바세의 머리카락을 빗겨주기 시작했습니다. 한동안 머리를 빗기던 그녀는 생각에 잠겼습니다.

"너는 내 머리를 빗겨야 한다는 사실을 잊고 있어." 하우게바세가 말했습니다. "도대체 무슨 생각을 하는 거야?"

"내가 이 궁전에서 벗어나 아버지의 농장으로 돌아갈 수 있을지 생각하고 있었어요." 공주가 말했습니다.

"안 돼! 안 돼! 너는 결코 그럴 수 없어." 하우게바세가 말했습니다. "네 아버지가 세금을 바쳤던 용의 아홉 번째 머리의 아홉 번째 혓바닥 아래에 있는 모래알 하나를 찾아낸다면 모를까. 하지만 아무도 모를걸. 그 모래알을 바위를 향해 던지면 하우게바세가 모두 터져버리고, 바위는 금으로 덮인 궁전으로 변하고, 호수는 푸르른 목초지로 바뀐다는 사실을 말이야."

그 말을 들은 소년은 곧바로 열쇠구멍들을 지나고 바위틈을 거쳐 밖으로 나왔습니다. 그리고 매로 변신해서 용이 쓰러진 곳으로 날아갔습니다. 소년은 그곳을 샅샅이 뒤져서 용의 아홉 번째 머리의 아홉 번째 혓바닥 아래에 있는 모래알을 찾아냈습니다. 그러고는 그것을 가지고 날아올랐습니다. 하지만 호수 가까이까지 왔을 때 그는 너무 지치고 너무 힘들었습니다. 그래서 맥없이 호숫가에 있는 바위 위로 내려앉았습니다. 그곳에 앉자마자 그는 꾸벅꾸벅 졸았습니다. 그러고 있는 사이에 모래알은 그의 부리에서 빠져나와 호숫가의 모래들 사이로 떨어졌습니다. 그는 3일이나 뒤지고 나서야 그것을 다시 찾아냈습니다.

그는 모래알을 찾자마자 그것을 가지고 가파른 바위를 향해 곧바로 날아갔습니다. 그리고 그것을 바위의 갈라진 틈으로 떨어뜨렸습니다. 그러자 하우게바세들이 일제히 터져버렸습니다. 그리고 바위가 갈라지면서 그 자리에 이 세상에서 가장 커다란 황금성이 나타났고, 호수는 지금껏 아무도 본 적이 없는 가장 아름답고 푸르른 들판과 목초지로 변했습니다.

그들은 다시 왕의 농장으로 돌아가는 여행길에 올랐습니다. 그러자 그곳은 여러분도 예상했겠지만 기쁨과 즐거움이 넘쳐났습니다. 소년과 막내 공주는 결혼하게 되었습니다. 그들의 결혼식 잔치가 왕국의 전역에서 7주를 모두 채워서 열렸습니다. 누군가 그들이 잘 살지 못했다고 하는 사람도 있을지 모르겠지만, 나는 그저 여러분도 그들처럼 살 수 있게 되기만을 바랄 뿐입니다!

35

숲속의 애인

옛날 옛적에 한 남자가 있었습니다. 그에게는 딸이 하나 있었는데 매우 아름다워서 수많은 왕국들에 이름이 널리 알려졌습니다. 그래서 가을날 땅에 떨어진 낙엽처럼 구혼자들이 잔뜩 몰려들었습니다. 이들 가운데 한 명은 다른 사람들보다 부자였습니다. 그리고 멋지고 잘생기기까지 했습니다. 그래서 그가 그녀와 약혼을 하게 되었습니다. 그날 이후 그는 그녀를 보기 위해 몇 번이고 찾아왔습니다.

시간이 흐른 뒤에 그는 그녀가 자기 집으로 와서 어떻게 살고 있는지 보았으면 좋겠다고 말했습니다. 그는 그녀를 데리러 오거나 그녀와 함께 가지 못하는 것을 아쉬워했습니다. 그러나 자기 집 문 앞까지 길에 완두콩을 뿌려놓을 테니 그것을 따라오면 될 거라고 말했습니다.

그런데 어찌 된 일인지 그가 미리 뿌려놓겠다던 완두콩들은 흩어져 보이지 않았습니다. 그래서 그녀는 오래오래 길을 걸어서, 숲과 황무지를 지나서야 마침내 숲 한가운데 푸른 들판에 서 있는 커다란 집에 도착할 수 있었습니다.

그녀의 연인은 집에 없었습니다. 그런데 그 집에는 다른 사람도 전혀

없었습니다. 그녀는 먼저 부엌으로 들어갔습니다. 그곳에서 그녀는 천장에 걸려 있는 새장 안에 이상한 새 한 마리가 있는 것을 보았습니다. 그녀는 거실로 향했습니다. 그곳에 있는 모든 것들은 믿기 힘들 정도로 몹시 훌륭했습니다. 그러나 그녀가 거실 안으로 들어가려고 하자 새가 그녀를 불렀습니다.

"예쁜 아가씨, 용감하기도 해라. 하지만 너무 용감해도 안 돼."

그녀가 안쪽에 있는 방으로 들어가자 새는 똑같이 외쳤습니다. 거기에는 지금까지 그녀가 본 것보다도 서랍장이 훨씬 더 많이 있었습니다. 서랍을 당겨서 열자 그 안에는 금과 은 같은 호화롭고 진귀한 것들이 가득했습니다.

그녀가 두 번째 방으로 들어가려 하자 새가 다시 외쳤습니다.

"예쁜 아가씨! 용감하기도 해라. 하지만 너무 용감해도 안 돼."

그 방에는 근사한 드레스들이 사방에 가득 걸려 있었습니다.

그녀는 세 번째 방으로 갔습니다. 그러자 새가 날카롭게 외쳤습니다.

"예쁜 아가씨! 용감하기도 해라. 하지만 너무 용감해도 안 돼."

여러분은 그녀가 거기서 무엇을 보았을 것 같나요? 세상에 맙소사! 피가 가득 들어 있는 들통들이 셀 수 없이 많이 있었습니다.

그녀는 네 번째 방으로 갔습니다. 그러자 그 새가 그녀의 뒤에 대고 비명을 지르며 날카롭게 외쳤습니다.

"예쁜 아가씨! 용감하기도 해라. 하지만 너무 용감해도 안 돼."

그 방에는 살해된 여성들의 시신과 뼈가 한가득 쌓여 있었습니다. 소녀는 너무나 두려워져 그 집을 빠져나오려 했습니다. 그러나 그녀가 피가 담긴 들통이 있는 옆방까지 갔을 때 새가 그녀에게 소리쳤습니다.

"예쁜 아가씨! 예쁜 아가씨! 빨리 침대 밑으로 들어가. 빨리 침대 밑으로 들어가. 그가 오고 있어."

그녀는 재빨리 새가 시키는 대로 침대 밑으로 숨었습니다. 그리고 최대한 벽 가까이로 기어갔습니다. 그녀는 너무나 두려운 나머지 할 수만 있다면 아예 벽 안으로 들어가고 싶었습니다.

곧 그녀의 연인이 다른 소녀와 함께 들어왔습니다. 그녀는 매우 간절하게 애원하면서 목숨만 살려 달라고 빌었습니다. 그녀는 그에 대해 한마디도 입 밖에 내지 않겠다고 했습니다. 그러나 아무 소용없었습니다. 그는 그녀의 옷과 보석을 모두 벗긴 다음에 그녀가 손가락에 끼고 있던 반지도 빼내려고 했습니다. 그는 반지를 잡아당겼으나 빠지지 않았습니다. 그러자 그는 그녀의 손가락을 난도질했고, 그것은 소녀가 숨어 있는 침대 아래로 굴러떨어졌습니다. 그녀는 얼른 그것을 집어서 숨겼습니다.

그녀의 연인은 함께 있던 작은 소년에게 침대 밑으로 들어가 반지를 찾아오라고 했습니다. "예!" 소년은 몸을 굽혀 침대 밑으로 기어들어갔고, 거기에 숨어 있는 소녀를 보았습니다. 소녀가 그의 손을 꽉 움켜쥐자 그는 그 행동이 무엇을 뜻하는지 알아차렸습니다.

"반지가 너무 깊숙하게 들어가서 닿지가 않아요." 소년이 소리쳤습니다. "내일까지 기다리시면 제가 그것을 꺼낼게요."

다음날 아침 일찍 강도는 밖으로 나갔고, 소년은 집을 돌보기 위해 남겨졌습니다. 소년은 주인과 약혼했던 그 소녀에게 가볼 참이었습니다. 알다시피 그 소녀는 약속했던 날보다 하루 먼저 왔습니다. 그러나 〔그 사실을 모른〕 강도는 나가기 전에 소년에게 소녀가 도착하면 가장 안쪽에 있는 두 개의 침실로는 결코 들어가지 못하게 하라고 말했습니다.

그가 숲의 아주 멀리까지 사라지자, 소년은 그녀에게 가서 이제 나와도 된다고 말했습니다.

"당신은 운이 좋았어요." 그가 말했습니다. "빨리 나와요. 안 그러면 당신도 다른 여자들처럼 그에게 죽임을 당할 거예요."

그녀는 그곳에 오래 머무르지 않았습니다. 여러분이 생각하는 것처럼 그녀는 최대한 서둘러 집으로 돌아왔습니다. 그녀의 아버지는 왜 이렇게 빨리 돌아왔냐고 물었습니다. 그녀는 아버지에게 그녀의 연인이 어떤 자인지를 말하고, 자신이 보고 들은 것을 모두 이야기했습니다.

얼마 지나지 않아 그녀의 연인이 그 길로 왔습니다. 그는 아주 근사해 보였고, 입고 있는 옷은 반짝반짝 빛났습니다. 그는 약속을 하고서도 왜 그녀가 자신을 찾아오지 않았는지 물으러 왔다고 말했습니다.

"오!" 그녀의 아버지가 말했습니다. "어떤 사람이 썰매를 타고 그 길을 지나는 바람에 완두콩들이 흩어져 버렸다네. 그래서 딸아이가 길을 찾을 수 없었어. 하지만 이왕 누추한 우리 집까지 왔으니 자고 가게나. 약혼을 축하하는 잔치를 하러 손님들이 오기로 했거든."

사람들은 모두 먹고 마셨습니다. 그리고 탁자에 둘러앉았습니다. 그러자 그 집의 딸은 지난 밤에 이상한 꿈을 꾸었다고 말했습니다. 그녀는 사람들에게 자신의 이야기가 듣고 싶다면 이야기가 끝날 때까지 조용히 앉아서 자리를 뜨지 않겠다고 약속하라고 했습니다. 그들은 모두 이야기를 들을 준비가 되었고, 계속 앉아 있겠다고 약속했습니다. 그녀의 연인도 그렇게 하겠다고 했습니다.

"나는 꿈에서 넓은 길을 따라 걷고 있었어요. 거기에는 완두콩이 뿌려져 있었죠."

"그래! 그래!" 그녀의 연인이 말했습니다. "내 사랑, 당신이 내 집에 왔다면 꼭 그랬을 거요."

"길은 점점 더 좁아졌고, 숲과 황야를 지나 아주 멀리까지 계속 나아갔어요."

"내 사랑, 내 집으로 오는 길이 꼭 그렇다오." 그녀의 연인이 말했습니다.

"나는 푸른 들판에 도착했고 거기에는 크고 근사한 집이 한 채 있었어요."

"내 집과 똑같군, 내 사랑." 그녀의 연인이 말했습니다.

"그래서 나는 부엌으로 들어갔어요. 하지만 살아 있는 사람은 아무도 볼 수 없었고, 천장에 걸려 있는 새장에 이상한 새만 한 마리 있었어요. 내가 거실로 가자 그 새가 저에게 '예쁜 아가씨, 용감하기도 해라. 하지만 너무 용감해도 안 돼'라고 말했어요."

"내 사랑, 내 집이 꼭 그렇다오." 그녀의 연인이 말했습니다.

"다음에 나는 침실로 갔어요. 그러자 그 새가 내 뒤에 대고 똑같이 소리쳤어요. 거기에는 서랍장이 아주 많았는데, 당겨서 열어보자 그 안에 금과 은으로 된 물건들, 온갖 근사한 것들이 가득했어요."

"내 사랑, 내 집이 꼭 그렇다오." 그녀의 연인이 말했습니다. "나도 금과 은, 값비싼 것들로 가득한 수많은 서랍장이 있지."

"그 다음에 나는 다른 방으로 갔어요. 그러자 새가 날카로운 소리로 내게 똑같은 말을 했어요. 그 방에는 아주 근사한 드레스들이 사방에 걸려 있었어요."

"그래, 마찬가지요. 내 집도 꼭 그러하다오." 그가 말했습니다. "그곳의 옷과 장신구들은 모두 은과 공단으로 된 것들이지."

"이런! 제가 다음 방으로 가자 그 새가 '예쁜 아가씨, 예쁜 아가씨! 용감하기도 해라. 하지만 너무 용감해도 안 돼'라고 날카롭게 비명을 질러댔어요. 그 방에는 양동이와 들통들이 가득 놓여 있었는데, 모두 피가 들어 있었어요."

"쳇!" 그녀의 연인이 말했습니다. "불쾌하기도 해라. 그것은 내 집과 같지 않군, 내 사랑." 이제 그는 불편한 기색을 보이며 자리를 뜨려 했습니다.

"어머!" 딸이 말했습니다. "당신도 알다시피 내가 말하는 것은 꿈일 뿐이에요. 자리에 앉아 있어요. 당신은 내 꿈 이야기를 그저 끝까지 들어주기만 하면 돼요." 그러고 나서 그녀가 계속 말했습니다.

"내가 다음 침실로 들어가자 그 새가 전처럼 큰 소리로 같은 비명을 질러댔어요. '예쁜 아가씨, 예쁜 아가씨! 용감하기도 해라. 하지만 너무 용감해도 안 돼'라고요. 그 방에는 살해당한 사람들의 시신과 뼈가 한가득 놓여 있었어요."

"아니오, 아니오!" 그녀의 연인이 말했습니다. "그곳은 내 집과 똑같은 것이 전혀 없소." 그는 다시 뛰쳐나가려 했습니다.

"내가 앉아 있으라고 했잖아요." 그녀가 말했습니다. "그저 꿈일 뿐이에요. 당신은 이야기가 끝날 때까지 듣고 있기만 하면 돼요. 나도 그것이 끔찍해서 뛰쳐나가려고 했어요. 그러나 피로 가득한 들통이 있는 방까지 갔을 때 새가 지금 그가 오고 있으니 침대 밑으로 들어가 숨으라고 소리를 질렀어요. 곧이어 내가 생각하기에 지금까지 본 적이 없는 아주 사랑스러운 소녀가 그와 함께 들어왔어요. 그녀는 빌면서 목숨만 살려 달라고 간절하게 애원했어요. 하지만 그는 그녀의 눈물이나 애원 따위는 털끝만치도 신경 쓰지 않았어요. 그는 그녀의 옷을 벗기고 그녀가 가지고 있던 것을 모두 빼앗았어요. 그녀의 목숨을 비롯한 모든 것들을 말이지요. 그런데 그녀가 왼손에 끼고 있던 반지는 잘 빠지지 않았어요. 그래서 그는 그녀의 손가락을 난도질했고, 그것이 제가 숨어 있던 침대 밑으로 굴러떨어졌어요."

"정말이지! 내 사랑," 그녀의 연인이 말했습니다. "그것은 내 집과 전혀 같지 않군."

"아니오. 그것은 당신 집이었어요." 그녀가 말했습니다. "여기 손가락과 반지가 있어요. 손가락을 난도질한 그 사람은 바로 당신이에요."

그러자 사람들이 그를 덮쳐 붙잡았습니다. 그리고 그를 죽인 뒤에 그의 시신과 숲에 있는 그의 집을 모두 불태웠습니다.

36

머리끄덩이

옛날 옛적에 아들 셋을 둔 어떤 아주머니가 있었습니다. 맏아들은 페르, 둘째는 폴, 셋째는 에스펜 아스켈라드였습니다. 아주머니에게는 암염소도 한 마리 있었습니다. 그런데 '머리끄덩이(Hårslå)'라고 불리는 그 암염소는 차를 마실 시간이 다 되었는데도 좀처럼 집으로 돌아오지 않았습니다. 페르와 폴이 그녀를 집으로 데려오려고 나섰지만 찾을 수 없었습니다. 그래서 에스펜 아스켈라드가 길을 나섰습니다. 그는 한참을 걷다가 높게 솟은 벼랑 위에 서 있는 머리끄덩이를 보았습니다.

"착한 머리끄덩이야! 예쁜 머리끄덩이야!" 그가 소리쳤습니다. "거기에 더 있으면 안 돼. 오늘 차 마실 시간까지 집으로 돌아와야 해."

"안 돼, 안 돼, 싫어!" 머리끄덩이가 말했습니다. "나는 양말 한 짝도 젖게 하고 싶지 않아. 그러니 나를 원하거든 네가 와서 들고 가."

그러나 에스펜 아스켈라드는 그럴 수 없었습니다. 그래서 그는 엄마에게 가서 말했습니다. "이런!" 엄마가 말했습니다. "여우한테 가서 머리끄덩이를 물어 달라고 부탁해 보렴."

소년은 여우에게 갔습니다. "착한 여우야, 머리끄덩이를 물어 줘. 오

늘 차 마실 시간에 맞춰 집에 오려고 하지 않거든."

"싫어." 여우가 말했습니다. "나는 돼지의 뻣뻣한 털과 염소의 수염에 내 주둥이를 무디게 하지 않을 거야."

그래서 소년은 엄마에게 가서 말했습니다. "이런! 그러면" 그녀가 말했습니다. "회색다리 늑대한테 가서 부탁해 보렴."

그래서 소년은 회색다리에게 말했습니다. "착한 회색다리야! 부탁이야. 회색다리야, 여우를 찢어 줘. 머리끄덩이가 오늘 차 마실 시간에 맞춰 집으로 오려고 하지 않는데, 여우가 머리끄덩이를 물지 않을 거래."

"싫어." 회색다리가 말했습니다. "나는 내 발과 이빨을 여우의 딱딱한 몸뚱이 때문에 닳게 하지 않을 거야."

그래서 소년은 엄마에게 가서 말했습니다. "이런! 그러면" 엄마가 말했습니다. "곰한테 가서 회색다리를 죽여 달라고 부탁하렴."

그래서 소년은 곰에게 말했습니다. "착한 곰아, 부탁이야. 곰아, 회색다리를 죽여 줘. 오늘 차 마실 시간에 맞춰 머리끄덩이가 집에 오려고 하지 않는데, 여우는 머리끄덩이를 물지 않을 거고, 늑대는 여우를 찢지 않을 거래."

"싫어, 안 할래." 곰이 말했습니다. "나는 내 발톱을 그런 일로 무디게 하고 싶지 않아. 그러니 안 할래."

그래서 소년은 엄마에게 말했습니다. "그래 그렇다면" 그녀가 말했습니다. "핀(Finn)한테 가서 곰을 쏘아 달라고 부탁하렴."

그래서 소년은 핀에게 말했습니다. "착한 핀! 부탁해요. 핀, 곰을 쏴 주세요. 오늘 차 마실 시간에 맞춰 머리끄덩이가 집에 오려고 하지 않는데, 여우는 머리끄덩이를 물지 않을 거고, 회색다리는 여우를 찢지 않을 거고, 곰은 회색다리를 죽이지 않을 거래요."

"싫어! 안 할래." 핀이 말했습니다. "나는 내 총알들을 그렇게 쓰고 싶지 않아."

그래서 소년은 엄마에게 말했습니다. "그래, 그렇다면" 엄마가 말했습니다. "전나무한테 가서 핀 위로 쓰러져 달라고 부탁하렴."

그래서 소년은 전나무에게 말했습니다. "착한 전나무야! 전나무야, 핀 위로 쓰려져 주렴. 오늘 차 마실 시간에 맞춰 머리끄덩이가 집에 오려고 하지 않는데, 여우는 머리끄덩이를 물지 않을 거고, 늑대는 여우를 찢지 않을 거고, 곰은 늑대를 죽이지 않을 거고, 핀은 곰을 쏘지 않을 거래."

"싫어! 안 할래." 전나무가 말했습니다. "나는 그런 일로 내 가지를 부러뜨리고 싶지 않아."

그래서 소년은 엄마에게 말했습니다. "그래, 그러면" 그녀가 말했습니다. "불한테 가서 전나무를 태워 달라고 부탁하렴."

그래서 소년은 불에게 말했습니다. "착한 불아! 부탁이야. 불아, 전나무를 태워 줘. 오늘 차 마실 시간에 맞춰 머리끄덩이가 집에 오려고 하지 않는데, 여우는 머리끄덩이를 물지 않을 거고, 늑대는 여우를 찢지 않을 거고, 곰은 늑대를 죽이지 않을 거고, 핀은 곰을 쏘지 않을 거고, 전나무는 핀 위로 쓰러지지 않을 거래."

"싫어! 안 할래." 불이 말했습니다. "나는 그런 일로 타오르지 않을 거야. 안 할래."

그래서 소년은 엄마에게 말했습니다. "그래, 그러면" 그녀가 말했습니다. "물한테 가서 불을 꺼 달라고 부탁하렴."

그래서 소년은 물에게 가서 말했습니다. "착한 물아! 부탁이야. 물아, 불을 꺼 줘. 오늘 차 마실 시간에 맞춰 머리끄덩이가 집에 오려고 하지 않는데, 여우는 머리끄덩이를 물지 않을 거고, 늑대는 여우를 찢지 않을 거고, 곰은 늑대를 죽이지 않을 거고, 핀은 곰을 쏘지 않을 거고, 전나무는 핀 위로 쓰러지지 않을 거고, 불은 전나무를 태우지 않을 거래."

"싫어, 안 할래." 물이 말했습니다. "나는 그런 일에 나 자신을 쏟고 싶지 않아. 그렇고 말고."

그래서 소년은 엄마에게 말했습니다. "그래, 그렇다면" 엄마가 말했습니다. "황소한테 가서 물을 마셔 달라고 부탁하렴."

그래서 소년은 황소에게 말했습니다. "착한 황소야! 부탁이야. 황소야, 물을 마셔 줘. 오늘 차 마실 시간에 맞춰 머리끄덩이가 집에 오려고 하지 않는데, 여우는 머리끄덩이를 물지 않을 거고, 늑대는 여우를 찢지 않을 거고, 곰은 늑대를 죽이지 않을 거고, 핀은 곰을 쏘지 않을 거고, 전나무는 핀 위로 쓰러지지 않을 거고, 불은 전나무를 태우지 않을 거고, 물은 불을 끄지 않을 거래."

"싫어! 안 할래." 황소가 말했습니다. "나는 그렇게 하다가 배터지고 싶지 않아. 나는 그렇게 생각해."

그래서 소년은 엄마에게 말했습니다. "그래, 그러면" 그녀가 말했습니다. "멍에한테 가서 황소를 꽉 조여 달라고 부탁하렴."

그래서 소년은 멍에한테 말했습니다. "착한 멍에야! 멍에야, 황소를 꽉 조여 줘. 오늘 차 마실 시간에 맞춰 머리끄덩이가 집에 오려고 하지 않는데, 여우는 머리끄덩이를 물지 않을 거고, 늑대는 여우를 찢지 않을 거고, 곰은 늑대를 죽이지 않을 거고, 핀은 곰을 쏘지 않을 거고, 전나무는 핀 위로 쓰러지지 않을 거고, 불은 전나무를 태우지 않을 거고, 물은 불을 끄지 않을 거고, 황소는 물을 마셔 버리지 않을 거래."

"싫어, 안 할래." 멍에가 말했습니다. "나는 그러다가 두 동강이 나고 싶지 않아."

그래서 소년은 엄마에게 말했습니다. "그래, 그렇다면" 그녀가 말했습니다. "도끼한테 가서 멍에를 잘라 달라고 부탁하렴."

그래서 소년은 도끼에게 말했습니다. "착한 도끼야, 부탁이야. 멍에를 잘라 줘. 오늘 차 마실 시간에 맞춰 머리끄덩이가 집에 오려고 하지 않는데, 여우는 머리끄덩이를 물지 않을 거고, 늑대는 여우를 찢지 않을 거고, 곰은 늑대를 죽이지 않을 거고, 핀은 곰을 쏘지 않을 거고, 전나무는 핀 위로 쓰러지지 않을 거고, 불은 전나무를 태우지 않을 거고, 물은 불을 끄지 않을 거고, 황소는 물을 마셔 버리지 않을 거고, 멍에는 황소를 꽉 조이지 않을 거래."

"싫어, 안 할래." 도끼가 말했습니다. "내 날을 그런 일로 망가뜨리고 싶지 않아. 그러니 안 할래."

그래서 소년은 엄마에게 말했습니다. "그래, 그렇다면" 그녀가 말했습니다. "대장장이한테 가서 망치로 도끼를 때려 달라고 부탁하렴."

그래서 소년은 대장장이에게 말했습니다. "착한 대장장이! 부탁이에요. 대장장이, 망치로 도끼를 때려 줘요. 오늘 차 마실 시간에 맞춰 머리끄덩이가 집에 오려고 하지 않는데, 여우는 머리끄덩이를 물지 않을 거고, 늑대는 여우를 찢지 않을 거고, 곰은 늑대를 죽이지 않을 거고, 핀은 곰을 쏘지 않을 거고, 전나무는 핀 위로 쓰러지지 않을 거고, 불은 전나무를 태우지 않을 거고, 물은 불을 끄지 않을 거고, 황소는 물을 마셔버리지 않을 거고, 멍에는 황소를 꽉 조이지 않을 거고, 도끼는 멍에를 자르지 않을 거래요."

"싫어, 안 할래." 대장장이가 말했습니다. "나는 그런 일로 내 석탄을 태우고, 망치를 닳게 하지 않을 거야." 그가 말했습니다.

그래서 소년이 엄마에게 말했습니다. "그래, 그러면" 그녀가 말했습니다. "밧줄한테 가서 대장장이를 매달아 달라고 하렴."

그래서 소년은 밧줄에게 갔습니다. "착한 밧줄아! 부탁이야. 밧줄아, 대장장이를 매달아 줘. 오늘 차 마실 시간에 맞춰 머리끄덩이가 집에 오려고 하지 않는데, 여우는 머리끄덩이를 물지 않을 거고, 늑대는 여우를 찢지 않을 거고, 곰은 늑대를 죽이지 않을 거고, 핀은 곰을 쏘지 않을 거고, 전나무는 핀 위로 쓰러지지 않을 거고, 불은 전나무를 태우지 않을 거고, 물은 불을 끄지 않을 거고, 황소는 물을 마셔버리지 않을 거고, 멍에는 황소를 꽉 조이지 않을 거고, 도끼는 멍에를 자르지 않을 거고, 대장장이는 도끼를 망치질하지 않을 거래."

"싫어!" 밧줄이 말했습니다. "안 할래. 나는 그런 일로 나를 헐게 하고 싶지 않아."

그래서 소년은 엄마에게 말했습니다. "그래, 그러면!" 그녀가 말했습니다. "쥐한테 가서 밧줄을 갉아먹어 달라고 하렴."

그래서 소년은 쥐에게 말했습니다. "착한 쥐야! 부탁이야. 쥐야, 밧줄을 갉아먹어 줘. 오늘 차 마실 시간에 맞춰 머리끄덩이가 집에 오려고 하지 않는데, 여우는 머리끄덩이를 물지 않을 거고, 늑대는 여우를 찢지 않을 거고, 곰은 늑대를 죽이지 않을 거고, 핀은 곰을 쏘지 않을 거고, 전나무는 핀 위로 쓰러지지 않을 거고, 불은 전나무를 태우지 않을 거고, 물은 불을 끄지 않을 거고, 황소는 물을 마셔버리지 않을 거고, 멍에는 황소를 꽉 조이지 않을 거고, 도끼는 멍에를 자르지 않을 거고, 대장장이는 도끼를 망치질하지 않을 거고, 밧줄을 대장장이를 매달지 않을 거래."

"싫어! 안 할래." 쥐가 말했습니다. "나는 그런 일로 이빨을 닳게 하고 싶지 않아."

그래서 소년은 엄마에게 말했습니다. "그래, 그러면" 그녀가 말했습니다. "고양이한테 가서 쥐를 잡아 달라고 부탁하렴."

그래서 소년은 고양이에게 말했습니다. "착한 고양이야! 부탁이야. 고양이야, 쥐를 잡아 줘. 오늘 차 마실 시간에 맞춰 머리끄덩이가 집에 오려고 하지 않는데, 여우는 머리끄덩이를 물지 않을 거고, 늑대는 여우를 찢지 않을 거고, 곰은 늑대를 죽이지 않을 거고, 핀은 곰을 쏘지 않을 거고, 전나무는 핀 위로 쓰러지지 않을 거고, 불은 전나무를 태우지 않을 거고, 물은 불을 끄지 않을 거고, 황소는 물을 마셔버리지 않을 거고, 멍에는 황소를 꽉 조이지 않을 거고, 도끼는 멍에를 자르지 않을 거고, 대장장이는 도끼를 망치질하지 않을 거고, 밧줄은 대장장이를 매달지 않을 거고, 쥐는 밧줄을 갉아먹지 않을 거래."

"그래! 알았어." 고양이가 말했습니다. "나한테 새끼 고양이들에게 줄 우유를 한 그릇 주면 그러지."

고양이가 이렇게 말하자 소년이 대답했습니다. "그래, 그렇게 할게."

그러자 고양이는 쥐를 물려고 했고, 쥐는 밧줄을 갉아먹으려 했고, 밧줄은 대장장이를 매달려 했고, 대장장이는 도끼를 망치질하려 했고, 도끼는 멍에를 자르려 했고, 멍에는 황소를 꽉 조이려 했고, 황소는 물을 마시려 했고, 물은 불을 끄려 했고, 불은 전나무를 태우려 했고, 전나무는 핀에게 쓰러지려 했고, 핀은 곰을 쏘려 했고, 곰은 회색다리를 죽이려 했고, 회색다리는 여우를 찢으려 했고, 여우는 머리끄덩이를 물려고 했습니다. 그래서 염소는 집으로 뛰어오다가 헛간 벽에 한쪽 뒷다리를 부딪쳐 나자빠졌습니다.

"매애~애." 염소가 울었습니다. 그녀가 죽지 않았다면 다리 세 개로 절뚝거리고 있을 것입니다. 그러나 에스펜 아스켈라드는 그래도 싸다고 생각했습니다. 그녀는 그 날 차 마실 시간에 맞춰 집에 오려고 하지 않았기 때문입니다.

37

아스켈라덴과 붉은 여우

옛날 옛적에 어느 왕이 있었습니다. 그는 수백 마리의 양과 수백 마리의 염소와 암소를 가지고 있었습니다. 그는 말도 수백 마리 있었고, 산더미처럼 쌓인 은과 금도 가지고 있었습니다. 그러나 이 모든 것들을 가지고 있으면서도 그는 매우 슬펐습니다. 그는 좀처럼, 아니 거의 사람을 만나지 않았고, 말 한 마디도 잘 나누지 않았습니다. 둘째 딸을 잃은 뒤부터 그는 줄곧 그래왔습니다. 그가 딸을 잃지 않았더라도 상황은 마찬가지로 나빴을 것입니다. 바로 그곳에 사는 트롤 때문입니다. 트롤이 그곳을 황폐하고 불안하게 만들어 사람들은 도무지 왕의 농장으로 편하게 건너오지 못했습니다. 트롤은 말들을 풀어 목초지와 밭을 짓밟게 하고, 곡식도 모조리 먹어치우게 했습니다. 왕의 오리와 거위들을 공격해 머리도 뜯어냈습니다. 외양간에 있는 왕의 암소를 죽였고, 왕의 양과 염소들을 절벽으로 몰아 떨어뜨려 목을 부러뜨렸습니다. 그리고 사람들이 낚시를 하러 물레방아가 있는 방죽으로 갈 때마다 그곳에 있는 물고기를 모조리 잡아서 땅위로 던져 죽게 만들었습니다.

그건 그렇고! 그곳에는 세 아들을 둔 늙은 부부가 있었습니다. 큰 아들은 페르, 둘째는 폴이었습니다. 셋째는 언제나 엎드려서 재만 뒤적거렸기 때문에 〔재투성이 에스펜이라는 의미의〕 에스펜 아스켈라드나 아스켈라덴이라고 불렸습니다.

그들은 희망에 부풀어 있는 젊은이들이었습니다. 그 가운데에서도 첫째인 페르가 가장 의욕이 넘쳤습니다. 그래서 그는 아버지를 찾아가 자신의 운을 시험해 볼 수 있게 바깥세상으로 나가도록 허락해 달라고 했습니다.

"그래! 그렇게 해라." 늙은 사나이가 말했습니다. "안 하는 것보다는 늦은 게 그나마 나은 법이니 말이다. 아들아."

그래서 페르는 병에 독한 술을 담고, 음식을 보따리에 쌌습니다. 그런 뒤에 식량을 등에 짊어지고 산 아래로 어기적어기적 내려갔습니다. 한참을 걸어가던 그는 길가에 누워 있는 어떤 노파와 마주쳤습니다.

"얘야! 내게 오늘 먹을 음식을 한입만 다오." 노파가 말했습니다.

하지만 페르는 쳐다보지도 않았습니다. 그는 앞만 보고 가던 길을 계속 갔습니다.

"그래, 그래." 노파가 말했습니다. "계속 가거라. 네가 보려던 것을 보게 될 거다."

페르는 멀리 더 멀리, 아주 멀리 가서 마침내 왕의 농장에 도착했습니다. 왕은 회랑에 서서 수탉과 암탉들에게 모이를 주고 있었습니다.

"좋은 저녁이에요. 신이 축복을 내려주시길." 페르가 말했습니다.

"삐악삐악! 삐악삐악!" 왕이 말하면서 곡식을 동쪽과 서쪽으로 뿌렸습니다. 그는 페르의 말을 듣지도 않았습니다.

"그래!" 페르는 혼잣말을 했습니다. "거기에 서서 곡식이나 뿌리며 곰이 될 때까지 닭들하고 말이나 하고 있어라." 그는 그러고는 부엌으로 가서 마치 높은 사람이나 되는 것처럼 의자에 앉았습니다.

"웬 애송이냐." 요리를 하고 있던 사람이 말했습니다. 페르는 아직 수

염이 나지 않았기 때문입니다. 페르는 자신을 깔보고 조롱한 것이라고 생각해서 부엌하녀를 마구 두들겨 팼습니다. 그가 한참을 그러고 있는데 왕이 들어왔습니다. 왕은 사람들을 시켜서 페르의 등에 칼자국을 세 번 내고 상처를 소금으로 문지르게 했습니다. 그리고 왔던 길로 쫓아내 집으로 돌려보냈습니다.

페르가 집에 오자 이번에는 폴이 떠나겠다고 나섰습니다. 그래요! 그도 독한 술을 병에 담고 보따리에 음식을 싸고는 등에 식량을 짊어지고 산을 어기적어기적 내려갔습니다. 길을 가던 폴도 음식을 구걸하는 노파를 만났습니다. 그러나 그도 그녀를 성큼성큼 지나치며 대꾸도 하지 않았습니다. 왕의 농장에 도착한 뒤에도 페르와 조금도 다르지 않았습니다. 왕은 삐악삐악 소리를 냈고, 부엌하녀는 그를 애송이라고 불렀습니다. 폴이 그녀를 마구 두들겨 패자 왕이 푸줏간 칼을 가지고 들어와서 그의 등에 세 번 칼자국을 냈습니다. 그리고 상처에 벌겋게 타오르는 석탄을 문질렀습니다.

폴도 등에 상처만 입고 다시 집으로 돌아왔습니다. 그러자 이번에는 재에 파묻혀 있던 아스켈라덴이 기어나와 몸을 털었습니다. 첫날에 그는 자기 몸에 붙어 있던 재를 모두 털어냈습니다. 둘째 날에는 몸을 씻고 빗질을 했습니다. 그리고 셋째 날에는 마치 주일처럼 옷을 아주 잘 차려 입었습니다.

"이런! 이런! 쟤 좀 봐." 페르가 말했습니다. "이제 우리에게 새로운 희망이 생겼나 보네. 너도 왕의 딸과 왕국의 절반을 얻으러 왕의 농장으로 가려고 하는구나. 하지만 장담하건대 네가 이제껏 그랬던 것처럼 재 속에 파묻혀 먼지구덩이에 구르고 있던 게 훨씬 나을 거다."

하지만 아스켈라덴은 귀를 기울이려 하지 않았습니다. 그는 아버지한테 가서 바깥세상으로 나가 보겠다고 했습니다.

"네가 밖에서 뭘 할 건데?" 노인이 말했습니다. "페르와 폴도 잘 해내지 못했어. 그런데 네가 가서 뭘 어쩌겠다는 거니?"

하지만 아스켈라덴은 뜻을 굽히지 않았고, 마침내 떠나는 것을 허락받았습니다. 그의 형제들은 동생에게 음식을 조금도 싸 주려 하지 않았습니다. 하지만 어머니는 그에게 치즈의 겉껍질과 살점이 조금 붙어 있는 뼈 하나를 주었습니다. 그는 그것을 가지고 오두막집을 나와 터덜터덜 걸어갔습니다. 그는 서두르지 않고 계속 걸어갔습니다.

"곧 도착할 수 있을 거야." 그는 스스로에게 말했습니다. "내게는 낮이 온전히 남았어. 그리고 해가 떨어진 뒤에는 달이 떠오를 거야. 운이 좋다면 말이야." 그는 발을 힘차게 앞으로 내디뎠고, 숨을 헉헉거리면서 산을 올라갔습니다. 그러면서 계속 길 주변을 둘러보았습니다.

오랫동안 먼 길을 걷던 그는 길가에 누워 있는 노파와 마주쳤습니다.

"몸이 불편한 노인이네." 아스켈라덴이 말했습니다. "내가 보기에 당신은 굶주린 것 같아요."

"그래! 그렇단다." 노파가 말했습니다.

"그러세요? 그러면 제 음식을 나눠드릴게요." 에스펜 아스켈라드가 말했습니다. 그는 그녀에게 치즈의 겉껍질을 주었습니다.

"추우시군요." 노파가 이를 딱딱 부딪치는 것을 보고 그가 말했습니다. "제 낡은 외투라도 입으세요. 소매가 다 해지고 등 쪽이 닳았지만 예전에 새것이었을 때는 좋은 외투였어요."

"잠시만 있어 봐라." 노파가 말하며 자신의 커다란 주머니를 뒤적거렸습니다. "이 낡은 열쇠를 가져가거라. 이것밖에 네게 줄 게 없구나. 하지만 너는 이 열쇠구멍을 통해서 원하는 것은 뭐든 볼 수 있을 게다."

그가 왕의 농장에 도착했을 때 요리사는 힘들게 물을 긷고 있었습니다. 그것은 그녀에게 버거운 일로 보였습니다.

"당신에게는 너무 무거워 보이는데요." 아스켈라덴이 말했습니다. "하지만 제가 하기에는 적당할 것 같아요."

소년은 그녀를 도왔고, 그 일은 여러분도 생각했겠지만 부엌하녀를 기쁘게 했습니다. 그래서 그날 이후 그녀는 언제나 귀리죽 냄비를 박박 긁어서 아스켈라덴에게 주었습니다. 그러나 그 일 때문에 얼마 지나지 않아 그에게는 많은 적이 생겼습니다. 그들은 아스켈라덴이 어떤 일이든 가리지 않고 모두 해낼 수 있는 남자라고 자기들에게 말했다고 왕한테 거짓말을 했습니다.

어느 날 왕이 찾아와서 아스켈라덴에게 물었습니다. 트롤이 물고기를 해치지 못하게 방앗간 방죽에 있는 물고기를 지킬 수 있다고 했다는 게 정말이냐고 말입니다.

"사람들이 내게 네가 그렇게 말했다고 하더군." 왕이 말했습니다.

"저는 그런 말을 한 적이 없어요." 아스켈라덴이 말했습니다. "제가 그렇게 말했다면, 저는 두말하지 않고 그렇게 했을 거예요."

그래요! 하지만 왕은 그가 그 말을 했든 안 했든 등가죽을 온전히 지키고 싶으면 그렇게 해야 할 거라고 말했습니다.

"뭐, 해야 한다면 해야죠." 아스켈라덴이 말했습니다. 그는 자신의 외투 아래에 빨간 줄 세 개를 낼 필요가 없다고 생각했기 때문입니다.

저녁이 되자 아스켈라덴은 열쇠구멍을 들여다보았고, 그것을 통해 트롤이 백리향을 두려워한다는 사실을 알 수 있었습니다. 그래서 그는 백리향을 눈에 보이는 대로 뽑아다가 일부는 물에 뿌리고, 일부는 땅에 뿌리고, 나머지는 방죽 언저리에 뿌려 놓았습니다.

트롤은 물고기들이 평온하게 있도록 내버려둘 수밖에 없었습니다. 그러자 양이 앙갚음 대상이 되었습니다. 트롤은 밤새 그들을 벼랑과 낭떠러지로 몰아 떨어뜨렸습니다.

그러자 하인들 가운데 한 명이 왕에게 와서 아스켈라덴이 가축들을 잘 지킬 수 있는 방법을 알고 있다고 말했습니다. 그리고 그가 자신은 뭐든 해낼 수 있는 남자이므로 원하기만 한다면 그것을 바로 증명할 수 있다고도 했다고 전했습니다.

그래요! 왕은 아스켈라덴에게 와서 전과 똑같이 말했습니다. 그가 말한 것을 지키지 않으면 등에 커다란 칼자국 세 개를 내겠다는 위협도 빠뜨리지 않고 말입니다.

어쩔 도리가 없었습니다. 아스켈라덴은 생각했습니다. 왕의 붉은 예복과 빨간 외투를 입어볼 수 있다면 아주 멋진 일이겠지만, 자신의 등

가죽에서 옷감을 구해야 한다면 입지 않는 편이 더 낫겠다고 말입니다. 그는 그렇게 생각했고 그렇게 말했습니다.

그는 다시 백리향을 사용하기로 했습니다. 그러나 일을 끝낼 수가 없었습니다. 양들한테 백리향을 묶자, 양들이 곧바로 서로의 등에 있는 백리향을 뜯어먹었기 때문입니다. 그는 계속해서 묶었고, 양들은 계속해서 먹었습니다. 그가 묶는 속도보다 양들이 뜯어먹는 속도가 더 빨랐습니다. 마침내 그는 백리향을 타르와 섞어 연고로 만들었습니다. 그리고 그것을 양들에게 발랐습니다. 그러자 양들은 그것을 먹지 않았습니다. 암소와 말들한테도 똑같은 연고를 발랐습니다. 그렇게 해서 가축들은 트롤로부터 자유로워질 수 있었습니다.

그러던 어느 날 왕이 사냥을 하러 바깥에 나갔을 때였습니다. 왕은 숲으로 들어갔다가 당황하는 바람에 그만 길을 잃어버렸습니다. 그래서 그는 여러 날을 빙글빙글 돌았습니다. 먹을 것도 마실 것도 없었습니다. 가시덤불에 옷이 찢겨서 해지는 바람에 그의 등에는 넝마 쪼가리 하나 남지 않게 되었습니다. 그때 트롤이 와서 왕에게 말했습니다. 집이 있는 농장으로 돌려보내 줄 테니, 돌아간 뒤에 왕의 땅에서 처음 본 것을 자신에게 달라고 말입니다.

그래요! 그는 그러겠다고 했습니다. 왕은 그것이 언제나 자신을 마중 나와서 알랑거리며 뛰어다니던 작은 강아지일 것이라고 생각했기 때문입니다. 그러나 그가 농장에 막 다다랐을 때, 그의 눈에 맨 처음 들어온 것은 왕이 무사히 돌아온 것을 환영하기 위해 마중 나와 하인들 앞에 서 있던 첫째 딸이었습니다. 맨 앞에서 자신을 맞이하는 그녀를 보고 왕은 가슴이 찢어지는 것 같았습니다. 왕은 그 자리에서 땅에 쓰러졌습니다. 그리고 그날 이후로는 거의 넋이 나간 것 같았습니다.

어느 날 저녁, 트롤이 공주를 데리러 왔습니다. 그녀는 가장 좋은 드레스를 입고, 호숫가 옆 들판에 앉아서 흐느끼면서 몹시 슬퍼하고 있었습니다. 거기에는 그녀와 사귀려고 했던, '붉은 여우(Rødrev)'라고 불리는 남자도 있었습니다. 그 남자는 너무 두려워 높은 가문비나무 위로 올라가 꼼짝 않고 숨어 있었습니다.

바로 그때 아스켈라덴이 와서 공주 옆에 앉았습니다. 그러자 그녀는 매우 기뻐했습니다. 여러분이 생각하듯이 그녀는 아직도 자기 옆에 머물러 있으려 하는 사람이 있다는 사실에 무척 감격했습니다.

"내 무릎을 베고 누우세요." 그녀가 말했습니다. "머리를 빗겨드릴게요." 에스펜 아스켈라드는 공주가 시킨 대로 했고, 그녀는 그가 잠들 때까지 한참 그의 머리를 빗겨주었습니다. 그리고 그녀는 자신의 손가락에 끼고 있던 황금반지를 빼서 그의 머리카락에 묶었습니다.

바로 그때 트롤이 숨을 헐떡이고 바람을 일으키면서 나타났습니다. 트롤의 발걸음이 어찌나 육중했던지〔약 2.8km인〕 1피에르딩 안에 있는 모든 나무들이 신음을 흘리며 갈라졌습니다. 트롤은 나무꼭대기에 마치 작은 멧닭처럼 앉아 있는 붉은 여우를 보고는 그에게 침을 뱉었습니다. 트롤이 흥 하고 콧김을 내뱉자 붉은 여우는 가문비나무에서 떨어졌습니다. 그리고 물 밖으로 나온 물고기처럼 땅바닥에 큰대자로 뻗어버렸습니다.

"후! 후!" 트롤이 말했습니다. "여기에 앉아서 남의 머리카락을 빗겨주고 있었던 거야? 이제 너를 잡아먹겠다."

"시시하군." 아스켈라덴이 잠에서 깨어 말했습니다. 그러고는 열쇠구멍을 통해서 트롤을 쳐다보았습니다.

"후! 후!" 트롤이 말했습니다. "뭘 뚫어져라 보는 거야? 후! 후!"

트롤은 그렇게 말하면서 쇠로 된 몽둥이를 아스켈라덴을 향해 세게 던졌습니다. 바위에 깊게 박힌 그것은 길이가〔약 9.3m인〕 15알렌이나 되었습니다. 그러자 아스켈라덴은 재빨리 일어서서 몽둥이의 한쪽 끝을 잡았습니다. 트롤이 그것을 내던질 때 했던 것과 똑같이 말입니다.

"시시하군! 늙은 여편네 수준이야." 아스켈라덴이 말했습니다. "네 이쑤시개를 가지고 꺼져버려. 그러지 않으면 너는 던진다는 게 어떤 건지 알게 될 거야."

그래요! 트롤은 단숨에 몽둥이를 잡아 뽑았습니다. 그것은 베 짜는 사람이 쓰는 막대기의 세 배는 되었습니다. 그러는 사이에 아스켈라덴은 하늘의 북쪽과 남쪽을 빤히 쳐다보고 있었습니다.

"후! 후!" 트롤이 말했습니다. "지금 뭘 보고 있는 거야?"

"나는 내가 던졌던 별을 찾고 있어." 아스켈라덴이 말했습니다. "저기 북쪽에 작은 거 보여? 그게 내가 던졌던 거야."

"안 돼! 안 돼!" 트롤이 말했습니다. "거기 그대로 가만히 있어. 너는 내 쇠몽둥이를 던지면 안 돼."

"그래! 그래!" 아스켈라덴이 말했습니다. "그러면 네가 다시 가져가. 내가 너를 달까지 단번에 던져버려도 좋다면 말이야."

이런! 트롤은 더는 아무 말도 하지 못했습니다.

"대신 〔술래가 수건으로 눈을 가리고 다른 사람을 잡는〕 장님술래잡기를 하는 게 어때?" 아스켈라덴이 말했습니다. 그래요! 트롤은 재미있을 것 같다고 생각했습니다.

"네가 먼저 눈가리개를 해." 트롤이 아스켈라덴에게 말했습니다.

"오, 좋아. 기꺼이 그렇게 하지." 소년이 말했습니다. "하지만 가장 공정한 것은 제비를 뽑는 거야. 그래야 다툴 일이 없지."

그래요! 그래요! 그것이 최선이었습니다. 그 뒤 여러분이 생각하는 것처럼 아스켈라덴은 수를 써서 트롤이 먼저 손수건으로 눈을 가리게 만들었습니다. 트롤이 첫 번째 술래였습니다.

이제 놀이가 시작되었습니다. 세상에 맙소사! 그들은 숲 여기저기를 들락날락거렸습니다. 트롤은 너무 열심히 달리다 그루터기에 발이 걸려 넘어졌습니다. 그러자 먼지가 피어오르며 숲이 울렸습니다.

"아이쿠! 아이쿠!" 트롤이 소리를 질렀습니다. "더 이상 술래를 하다
가는 악마가 나를 데리러 오겠어."

"잠깐만." 아스켈라덴이 말했습니다. "그러면 네가 다가와서 나를 잡
을 때까지 가만히 서서 소리를 질러줄게."

그러면서 아스켈라덴은 〔대마 줄기에서 섬유를 추출하기 위해 쇠꼬챙이를 달아
놓은〕 대마 빗(hampehekle) 하나를 가지고 호수 한쪽으로 빙 돌아 달려갔
습니다. 그곳은 바닥이 닿지 않는 아주 깊은 호수였습니다.

"이리 와. 나는 여기에 서 있어." 아스켈라덴이 소리를 질렀습니다.

"아마 통나무들과 그루터기들이 막고 있겠지." 트롤이 말했습니다.

"네 귀가 너한테 알려 주잖아. 여기에는 나무가 하나도 없어." 아스켈
라덴이 말했습니다. 그는 그곳에는 그루터기도, 굵은 나무줄기도 없다
고 맹세를 했습니다.

"자, 이리로 와."

그래서 트롤은 다시 출발했고, 풍덩 하고 호수의 물속으로 빠졌습니
다. 그러자 아스켈라덴은 트롤이 물 밖으로 머리를 내밀 때마다 대마
빗으로 트롤의 눈을 마구 찔렀습니다. 트롤이 목숨만 살려 달라고 아
주 간절히 매달렸기 때문에 아스켈라덴은 그의 목숨을 빼앗는 것은 부
끄러운 일이라고 생각했습니다. 그래서 그 대신 첫째 공주를 포기하고,
그가 전에 잡아갔던 둘째 공주도 데려오라고 했습니다. 앞으로는 사람
과 가축들도 그대로 내버려두겠다는 약속도 하게 했습니다. 그런 뒤에
그는 트롤을 풀어주고, 자기는 산에 있는 집으로 돌아갔습니다.

그런데 그때 붉은 여우가 다시 사람으로 변해서 나무꼭대기에서 아
래로 내려왔습니다. 그는 공주를 데리고 농장으로 갔습니다. 마치 자신
이 그녀를 구한 것처럼 말입니다. 그리고 또 살금살금 가서 아스켈라덴
이 정원까지 데려다 놓은 공주한테도 손을 뻗쳤습니다. 이제 왕의 농
장은 기쁨으로 가득했고, 온 나라가 그 기쁜 소식으로 떠들썩했습니다.

마침내 붉은 여우는 왕의 둘째 딸과 결혼하게 되었습니다.

그렇게 모든 일이 순조롭게 잘 되는 것 같았으나, 결국에는 그렇지 못했습니다. 사람들이 축하 잔치를 열려고 하자, 땅 아래에 있던 트롤이 모든 샘물을 막아버렸습니다.

"내가 너희들에게 다른 해를 끼칠 수 없다면" 그는 말했습니다. "결혼식에서 먹을 귀리죽을 끓이지 못하게 물이라도 주지 않겠어."

그래서 어쩔 수 없이 다시 아스켈라덴을 불러야 했습니다. 그러자 그는 6명의 대장장이가 뜨거운 불로 달군, 길이가 〔약 9.3m인〕 15알렌이나 되는 쇠막대기를 가지고 왔습니다. 아스켈라덴은 열쇠구멍을 통해 트롤이 어디에 있는지 들여다보았습니다. 그리고 트롤이 땅 밑에 숨어 있는 있는 바로 위로 가서 쇠막대기를 똑바로 땅에 꽂았습니다. 그러자 트롤의 등뼈에 쇠막대기가 박혔습니다. 내가 확실히 말할 수 있는 것은, 그 타는 냄새가 〔약 42km인〕 15피에르딩 떨어진 곳까지 났다는 것입니다.

"아이쿠! 아이쿠!" 트롤은 울부짖었습니다. "나를 놓아 줘." 트롤이 구멍을 뚫고 뛰쳐나왔습니다. 그의 등은 모두 타서 목덜미까지 검게 그슬려 있었습니다. 그러자 아스켈라덴은 재빨리 트롤을 붙잡아 말뚝에 묶었습니다. 그리고 자기가 대마 빗으로 난도질했던 눈이 어디에서 다시 났는지 밝히라고 말했습니다.

"알고 싶다면 말할게." 트롤이 말했습니다. "나는 순무 하나를 훔쳐다가 연고로 잘 문질렀어. 그런 다음에 내게 필요한 크기로 잘랐어. 그리고 긴 못으로 그것을 박아 넣었어. 그렇게 해서 나는 어떤 인간도 가질 수 없는 좋은 눈을 갖게 된 거야."

뒤이어 왕이 두 공주와 함께 도착했습니다. 그는 트롤을 보고 싶어 했습니다. 붉은 여우는 연미복 뒷자락이 목보다 높게 들릴 정도로 아주 구부정하게 수그린 채 걸어왔습니다. 그런데 그때 아스켈라덴의 머리에 있는 반짝이는 뭔가가 왕의 눈에 들어왔습니다.

"자네 그것이 무엇인가?" 왕이 물었습니다.

"오!" 아스켈라덴이 말했습니다. "제가 트롤로부터 따님을 구했을 때 받은 반지예요."

마침내 모든 일이 밝혀졌습니다. 붉은 여우는 살려 달라고 빌었지만, 그의 애원과 울부짖음은 아무 소용이 없었습니다. 사람들은 그를 못이 가득 들어 있는 통 안에 넣고 굴렸습니다. 터질 때까지 말입니다. 그런 뒤에 사람들은 트롤을 죽였습니다. 그리고 아스켈라덴의 결혼식에서 왁자지껄 떠들면서 춤추고 마시며 즐거워했습니다. 둘째 공주와 왕국의 절반을 얻은 아스켈라덴은 이제 그들의 왕이었습니다.

자, 여기 내 이야기를 썰매에 실어서
말재주가 좋다는 그대에게 보냅니다.
만일 그대 혀의 재주가 더 낫지 않다면
나를 나무란 것을 부끄러운 줄 아세요!

38

돼지를 판 소년

옛날 옛적에 어떤 과부가 있었습니다. 그리고 그녀에게는 상인이 꼭 되고 싶어 하는 아들이 하나 있었습니다. 그러나 알아야 할 게, 그들은 매우 가난했으므로 사고팔 만한 물건이 없었습니다. 그의 어머니가 가지고 있는 것이라고는 암돼지 한 마리뿐이었습니다. 아들은 아주 오랫동안 무척 간절하게 조르고 또 졸랐습니다. 마침내 어머니는 마지못해서 소년에게 돼지를 마음대로 해도 좋다고 허락해 주었습니다.

아들은 돼지를 내다 팔기 위해 길을 나섰습니다. 돼지를 팔아서 장사하는 데 쓸 밑천을 마련할 생각이었습니다. 그래서 그는 좋은 사람이든 나쁜 사람이든, 이 사람이든 저 사람이든 가리지 않고 그것을 팔려고 했습니다. 그러나 공교롭게도 돼지를 사려는 사람이 아무도 없었습니다. 마침내 그는 어떤 나이 들고 부유한 욕심쟁이에게 갔습니다. 그러나 여러분도 다 알다시피 많이 가지고 있을수록 더 많이 가지고 싶어하는 법입니다. 게다가 그 부자는 아무리 재물이 많아도 결코 만족하지 못하는 사람들 가운데 하나였습니다.

"오늘 돼지를 사시겠어요?" 소년이 말했습니다. "좋은 돼지, 기다란

돼지, 뚱뚱한 돼지예요." 소년이 말했습니다.

　나이 지긋한 욕심쟁이는 그에게 돼지를 얼마에 팔 생각이냐고 물었습니다. 소년은 적어도 6달레르 정도는 받아야 하지만, 시간도 없고 돈도 떨어졌으니 4달레르만 받고 팔겠다고 대답했습니다. 거저 주는 것이나 마찬가지였습니다.

　그러나 나이 지긋한 욕심쟁이는 사려고 하지 않았습니다. 그는 심지어 1달레르도 주려 하지 않았습니다. 그에게는 이미 돼지가 원하는 것보다 더 많이 있고, 그 따위 돼지는 넘쳐난다고 했습니다. 소년은 돼지를 너무나 팔고 싶었으므로, 어떻게든 거래를 하려 했습니다. 나이 지긋한 욕심쟁이는 그 돼지 몸뚱이 전체에 최대한 지불할 수 있는 돈은 기껏해야 4스킬링 정도라고 했습니다. 그러면서 소년이 그 가격을 받아들이면, 돼지를 다른 돼지들과 함께 돼지우리 안에 들여놓을 수 있을 거라고 했습니다. 나이 지긋한 욕심쟁이는 그렇게 말했습니다.

소년은 돼지를 그만큼밖에 받지 못하는 것은 부끄러운 일이라고 여겼지만, 그나마 얼마라도 버는 것이 빈손으로 돌아가는 것보다는 낫다고 생각했습니다. 그래서 소년은 4스킬링만 받고 돼지를 넘겼습니다.

소년은 돈을 만지작거리며 장사를 시작하려 했습니다. 그러나 큰길로 접어들자 속아서 돼지를 빼앗겼다는 생각을 떨쳐낼 수 없었습니다. 4스킬링만 받은 것은 아무것도 받지 않는 것보다 그다지 나을 것도 없었습니다. 길을 걸어가면서 생각할수록 그는 더 화가 났습니다. 마침내 그는 혼잣말을 했습니다.

"그럴싸한 속임수로 그를 골탕 먹일 수만 있다면, 돼지나 스킬링 따위는 아무 상관없어."

그래서 그는 가죽으로 된 튼튼한 끈 한 뭉치와 〔죄수를 벌할 때 쓰던, 매듭이 있는 아홉 가닥의 줄이 달린〕 아홉 꼬리 고양이 채찍을 샀습니다. 그러고 나서 그는 커다란 망토를 두르고 숫염소 수염을 얼굴에 붙이고는 욕심쟁이를 찾아갔습니다. 그는 자신이 외국의 다른 지방에서 온 사람으로, 그곳에서 집 짓는 일을 배웠다고 말했습니다. 여러분이 알아야 할 게, 소년은 늙은 욕심쟁이가 집을 지으려 한다는 소식을 들었던 것입니다.

그래요! 욕심쟁이는 그에게 집 짓는 일을 맡기고 싶어 했습니다. 그 근방에는 주먹구구식으로 배운 목수들밖에 없었기 때문입니다. 그래서 두 사람은 목재를 살펴보러 갔습니다. 어떤 사람이라도 집의 벽으로 사용하고 싶어 할 만큼 좋은 소나무였습니다. 소년은 그것이 두말할 나위 없이 좋은 목재라고 말했습니다. 그러나 외국의 다른 지방에서는 새로운 방식을 써서 집을 짓는데, 그것이 옛날 방식보다 훨씬 좋다고 말했습니다. 외국에서는 벽의 길이에 맞는 기다란 목재를 찾지 않고, 목재들을 작은 통나무로 잘라 그것들을 햇볕에 바짝 말린 뒤에 하나로 이어서 쓴다고 했습니다. 그렇게 하면 옛날 방식대로 집을 짓는 것보다 훨씬 더 튼튼하고 근사하게 집을 지을 수 있다면서 말입니다.

"다른 나라에서는 요즘 집을 모두 그런 식으로 만듭니다." 소년이 말했습니다.

"그렇게 하는 게 더 좋다면 그렇게 해야겠지요." 욕심쟁이가 말했습니다. 그는 근방의 목수들과 산지기들을 모두 불러서 자신의 목재들을 작은 통나무로 토막을 내어 자르게 했습니다.

"하지만!" 소년이 말했습니다. "큰 나무가 여전히 조금은 있어야 해요. 문틀 만들 때 재목으로 쓸 키 큰 전나무 말이에요. 당신 숲에 그런 큰 나무는 없겠죠?

"이런!" 남자가 말했습니다. "내 숲에서 찾지 못한다면 다른 어떤 곳에서도 찾지 못할 거요."

그들은 함께 성큼성큼 걸어서 숲으로 갔습니다. 산을 조금 올라가자 커다란 나무 하나가 보였습니다.

"내 생각에 이 정도면 충분한 크기 같소만." 남자가 말했습니다.

"아뇨. 충분하지 않아요." 소년이 말했습니다. "만약 당신에게 더 큰 나무들이 없다면, 우리는 온전하게 새로운 방식대로 집을 지을 수 없을 거예요."

"그래요? 나한테는 더 큰 나무도 있소." 남자가 말했습니다. "곧 보게 될 거요. 그러려면 조금 더 가야 하오."

그들은 언덕을 따라 한참을 올라갔고, 마침내 어떤 커다란 나무 앞에 도착했습니다. 그것은 그 숲에서 높은 기둥으로 쓰기에 가장 좋은 나무 가운데 하나였습니다.

"이 정도면 충분한 크기 같나요?" 남자가 말했습니다.

"그런 것 같아요." 소년이 말했습니다. "길이를 재보면 확실히 알 수

있겠죠. 전나무 반대편으로 가세요. 나는 여기 서 있을게요. 우리의 손이 서로 닿지 않으면 크기가 충분한 거예요. 손을 쭉 뻗고 있어야 해요. 쭉 뻗어요. 알아들었어요?" 소년이 말했습니다. 그러고는 가죽 끈을 꺼냈습니다. 남자는 소년이 시킨 대로 열심히 하고 있었습니다.

"그래요!" 소년이 말했습니다. "우리가 제대로 찾은 것처럼 보이네요. 그러니 잠시 그대로 있어요. 내가 당신의 손을 더 잘 뻗게 할게요." 소년은 이렇게 말하면서 고리를 만들어 나이 지긋한 욕심쟁이의 손목에 슬쩍 걸고는 팽팽하게 당겼습니다. 그리고 그를 나무에 단단히 묶었습니다. 그리고 나서 아홉 꼬리 고양이 채찍을 꺼내 그를 힘껏 때리면서 이렇게 계속 소리쳤습니다.

"돼지를 판 소년이다! 돼지를 판 소년이다!"

소년은 나이 지긋한 욕심쟁이가 충분히 맞았다는 생각이 들 때까지 멈추지 않고 때렸고, 돼지에 대한 권리를 되찾은 뒤에야 그를 풀어주었습니다. 소년은 나무 아래에 욕심쟁이를 내팽개쳐 둔 채 떠났습니다.

남자가 집으로 돌아오지 않자 사람들은 그를 찾아 크게 소리치며 마을 주변을 돌아다녔습니다. 이윽고 그들은 전나무 아래에서 거의 초주검이 되어 있는 그를 찾아냈습니다.

그들이 남자를 집으로 데려가자 소년은 의사처럼 변장을 하고 그를 다시 찾아갔습니다. 그리고 자신이 외국에서 왔으며, 상처를 낫게 할 치료법을 알고 있다고 했습니다. 그 말을 들은 남자는 소년을 자신의 의사로 삼는 것에 찬성했습니다. 소년은 그를 치료하는 데 그리 오래 걸리지 않을 거라고 말했습니다. 하지만 방에는 그와 자신만 있어야 하고, 다른 사람은 결코 들어와서는 안 된다고 했습니다.

"만약 환자가 비명을 지르거나 고함을 치는 소리를 듣게 되더라도" 그가 말했습니다. "전혀 신경 쓸 필요 없습니다. 비명소리가 클수록 더 빨리 낫는 겁니다."

둘만 남겨지자 의사가 말했습니다.

"우선 나는 당신이 피를 흘리게 해야 합니다." 그는 남자를 거칠게 의자에 앉히고는 가죽 끈으로 꽉 묶었습니다. 그리고 아홉 꼬리 고양이 채찍을 꺼내서 최대한 빨리 잇달아 채찍질을 해댔습니다. 남자는 비명을 지르고 고함을 쳤습니다. 그의 등은 채찍질을 할 때마다 맨살이 드러나고 상처가 났습니다. 그러나 소년은 끝없이 채찍질을 하고 또 채찍질을 했습니다. 그러면서 이렇게 소리를 계속 질렀습니다.

"돼지를 판 소년이다! 돼지를 판 소년이다!"

나이 지긋한 욕심쟁이는 큰 소리로 울부짖었습니다. 마치 칼에 찔리는 것 같았습니다. 그러나 아무도 그 소리에 신경 쓰지 않았습니다. 그가 비명을 크게 지를수록 더 빨리 낫게 된다고 생각했기 때문입니다.

의사 시늉을 마친 소년은 서둘러 농장을 빠져나왔습니다. 그러나 사람들이 뒤쫓아와서 그를 붙잡아 감옥에 가두었습니다. 소년은 교수형을 선고받았습니다. 그런데 나이 지긋한 욕심쟁이는 너무나 화가 난 나머지 교수형이 집행될 때까지 소년이 잘 지내는 것조차 참을 수 없었습니다. 그래서 그는 자기 손으로 직접 그를 매달기로 했습니다.

소년이 감옥에 앉아 교수형이 집행될 날을 기다리는 동안에 하인들 가운데 하나가 밤에 나이 지긋한 욕심쟁이의 정원에서 케일을 훔쳤습니다. 소년이 그 광경을 보았습니다.

"그럼, 그럼!" 소년은 혼잣말을 했습니다. "왕도둑놈, 내가 교수형을 당하기 전에 속임수로 너를 골탕 먹이지 않는 건 말이 안 되지."

시간이 지나 남자는 회복되었습니다. 그는 자신이 소년의 목을 매달수 있을 정도로 충분히 튼튼해졌다고 생각했습니다. 그는 사람들을 시켜서 방앗간으로 가는 길에 있는 언덕에 교수대를 만들게 했습니다. 방앗간을 오갈 때마다 소년의 시신이 매달려 있는 것을 보고 싶었기 때문입니다. 소년의 목을 매달기 위해 사람들이 출발했습니다. 조금 걸어갔을 때 소년이 말했습니다.

"저기 방앗간에서 곡식을 빻고 있는 당신네 하인과 따로 이야기를 나눌 수 있게 해주겠어요? 나는 전에 그에게 나쁜 짓을 저질렀어요. 그래서 죽기 전에 그에게 그 일을 털어놓고 용서를 빌고 싶어요."

그래요! 그는 그렇게 하라고 허락을 받았습니다.

"하늘이시여, 당신을 도와주소서!" 그는 방앗간 남자에게 말했습니다. "이제 당신의 주인이 당신의 목을 매달기 위해 올 거예요. 당신이 그의 정원에서 케일을 훔쳤기 때문이죠."

방앗간 남자는 그 이야기를 듣자마자 깜짝 놀라서 어쩔 줄 몰랐습니다. 그래서 그는 소년에게 어떻게 하는 게 좋겠냐고 물었습니다.

"나하고 옷을 바꿔 입고 저 문 뒤에 숨어 있어요." 소년이 말했습니다. "그러면 내가 당신인 줄 알 거예요. 그가 손찌검을 해도 당신이 아니라 내가 받게 될 거예요."

그들이 옷을 바꿔 입느라 시간이 걸리자 나이 지긋한 욕심쟁이는 소년이 달아난 것은 아닌지 걱정되기 시작했습니다. 그래서 서둘러 방앗간으로 갔습니다.

"그는 어디에 있는가?" 그는 밀가루를 빻는 사람처럼 하얗게 분장하고 서 있는 소년에게 말했습니다.

"방금까지 여기 있었습니다만" 소년이 말했습니다. "제 생각에 문 뒤에 숨어 있는 것 같습니다."

"이 악당 같은 놈. 문 뒤에 숨은 대가를 치르게 해주지." 나이 지긋한 욕심쟁이가 말했습니다. 그는 분노에 사로잡혀서 서둘러 그를 교수대로 끌고 가서는 목을 매달았습니다. 그러는 동안 남자는 자신이 목을 매단 사람이 소년이 아니라는 사실을 결코 알지 못했습니다.

일을 끝낸 뒤 남자는 방앗간으로 가서 곡식을 빻느라 바쁜 하인에게 말을 걸려고 했습니다. 그동안 소년은 위쪽 맷돌을 쐐기로 고정시키고 그 아래를 손으로 만져보게 했습니다.

"이리 와 보세요. 여기요." 나이 지긋한 욕심쟁이가 보이자 그는 큰 소리로 불렀습니다. "이 맷돌이 얼마나 멋진지 한번 만져보세요."

그러자 남자는 들어와서 한 손으로 맷돌을 만졌습니다.

"안 됩니다. 안 돼요." 소년이 말했습니다. "두 손을 모두 집어넣지 않으면 결코 제대로 느끼지 못해요."

그래서 그는 시키는 대로 했습니다. 바로 그때 소년이 쐐기를 빼자 위쪽 맷돌이 그를 덮쳤습니다. 그렇게 그는 돌 사이에 손이 꽉 끼인 채 붙잡혔습니다. 그러자 소년은 아홉 꼬리 고양이 채찍을 다시 꺼내들고는 최대한 빨리 잇달아 그를 매질했습니다. 그리고 목이 쉴 때까지 소리를 질렀습니다.

"돼지를 판 소년이다! 돼지를 판 소년이다!"

채찍질을 실컷 한 뒤에 소년은 어머니가 있는 집으로 돌아갔습니다. 소년은 시간이 지나면 남자가 의식을 되찾을 거라고 생각했습니다. 그래서 어머니에게 말했습니다.

"아마 제가 돼지를 판 남자가 찾아올 거예요. 이제는 그에게서 저를 지킬 다른 속임수가 없어요. 저는 집 남쪽에 구덩이를 파고 하루 종일 누워 있을 거예요. 명심하세요. 제가 일러준 대로 그에게 말해야 해요."

소년은 어머니에게 어떻게 말하고 해야 할지 미리 일러두었습니다. 그런 뒤에 그는 자신이 말했던 것처럼 구덩이를 파고는 푸줏간에서 쓰는 긴 칼을 들고 그 안에 누웠습니다. 어머니가 나뭇가지들과 나뭇잎, 이끼를 가져다가 그 위를 덮어주었습니다. 그렇게 그는 감쪽같이 숨었습니다.

소년이 그곳에 드러누운 바로 그날이었습니다. 얼마 지나지 않아 남자가 빠른 걸음으로 와서는 소년에 대해 물었습니다.

"네, 네." 그의 어머니가 말했습니다. "그 아이는 사내였어요. 그래요.

비록 나한테 암퇘지 한 마리만 받았지만 말이에요. 그는 건축가가 되었다가 의사도 되었고, 나중에는 교수형을 당하고서도 다시 살아났어요. 나는 그에 관해 좋지 않은 소리밖에 듣지 못했어요. 하지만 어느 날 집으로 돌아온 그는 여태까지 내가 그에게서 받은 것 가운데 가장 큰 기쁨을 주었어요. 쓰러져 죽었거든요. 나는 그를 위해 사제를 부르고 기독교인의 묘지에 묻는 데 돈을 들이고 싶지 않았어요. 그래서 그를 그냥 집의 남쪽에 묻고 나뭇가지와 나뭇잎으로 덮어 놓았답니다."

"한번 보아야겠소." 나이 지긋한 욕심쟁이가 말했습니다. "그는 결국 더 이상 나를 속이지는 못하겠지만, 내 손아귀에서는 벗어났군. 하지만 비록 살아있는 그놈에게 복수할 수는 없더라도, 그의 무덤을 욕보일 수는 있을 거야."

그는 이렇게 말하고는 무덤이 있는 남쪽으로 성큼성큼 걸어갔습니다. 그리고 몸을 구부리고 침을 뱉었습니다. 바로 그 순간 소년이 칼을 들어 손잡이까지 깊숙이 그를 찌르며 고함을 질렀습니다.

"돼지를 판 소년이다! 돼지를 판 소년이다!"

남자는 칼이 꽂힌 채 멀리 달아났습니다. 그는 매우 놀라고 겁을 먹었습니다. 그래서 그 뒤로는 그를 볼 수 없었고, 그에 관한 소식도 들을 수 없었답니다.

39

집을 지은 양과 돼지

옛날 옛적에 양 한 마리가 있었습니다. 살을 찌우기 위해 울타리 안에 들여 놓은 덕에 아주 잘 지냈습니다. 양은 온갖 좋은 것들을 배불리 맘껏 먹었습니다. 그러던 어느 날 우유 짜는 여자가 그에게 와서 평소보다 음식을 더 많이 주며 말했습니다.

"양아, 열심히 먹으렴. 넌 여기 그리 오래 있지 않을 거야. 내일 너를 잡을 거거든."

옛말에 이르기를 여자들의 충고는 언제나 들을 가치가 있다고 했습니다. 그것은 죽은 사람 빼고는 모두에게 약이 되고 해결책도 되는 법이니까요.

"아무튼" 양은 혼잣말을 했습니다. "이번에는 죽은 사람도 되살릴 만한 충고였어."

양은 배가 터질 때까지 잔뜩 먹었습니다. 그리고 배가 빵빵해지자 머리로 울타리 문을 들이받고 달아났습니다. 그는 이웃농장의 돼지우리로 갔습니다. 거기에는 그가 마을 공유지에서 안면을 트고 절친하게 지내던 돼지 한 마리가 있었습니다.

"안녕!" 양이 말했습니다. "지난번 만남 고마워(takk for sist)."[*]

"안녕!" 돼지가 대답했습니다. "나도 지난번 만남 고마워."

"너 알고 있니?" 양이 말했습니다. "네가 왜 잘 먹고 잘 지내고, 그들이 너를 살찌우려고 공을 들이는지?"

"아니, 몰라." 돼지가 말했습니다.

"많은 사람들이 휴대용 병에 술을 따르고 있어. 나는 네가 알 거라고 생각해." 양이 말했습니다. "그들은 너를 잡아먹을 거야."

"그들이?" 돼지가 말했습니다. "그럼, 나는 그들이 식후에 감사기도라도 올려주기만 바라고 있어야겠군."

"너도 나처럼 해." 양이 말했습니다. "우리 숲으로 가서, 우리 힘으로 집을 짓고, 우리끼리 살아보자. 아무리 편안해도 내 집만큼 좋은 곳은 없으니 말이야."

그래요! 돼지는 기꺼이 그러겠다고 했습니다. "좋은 친구만큼 위안이 되는 것은 없지." 양이 말했습니다.

둘은 함께 출발했습니다. 그들은 얼마쯤 가다가 거위를 만났습니다.

"안녕, 친구들. 지난번 만남 고마워." 거위가 말했습니다. "어디를 그렇게 서둘러 가니?"

"안녕, 나도 지난번 만남 고마워." 양이 말했습니다. "말해줄게. 우리는 집에서 아주 잘 지냈어. 그래서 숲으로 가서 우리 자신을 위한 집을 지을 거야. 너도 알다시피 '누구에게나 집은 그의 궁궐'이니 말이야."

"그래!" 거위가 말했습니다. "나도 마찬가지야. 내가 너희와 함께 가도 될까. 백지장도 맞들면 낫다고 하잖아."

"떠들고 지껄이는 것으로는 집은커녕 외양간도 세울 수 없지." 돼지가 말했습니다. "네가 무엇을 할 수 있는지 말해봐."

---

[*] "덕분에 즐거웠어요"라는 의미의 노르웨이의 관습적인 인사말이다. 과거에 있었던 만남을 상기하며 둘 사이의 관계와 유대를 확인하는 것이 특징이다.

"게도 수완과 재주가 좋으면 거인만큼 멀리 갈 수 있는 법이야." 거위가 말했습니다. "나는 이끼를 뽑아서 널빤지의 홈을 메울게. 그러면 너희들의 집은 더 단단하고 따뜻해질 거야."

그래요! 그들은 거위를 데려가기로 했습니다. 꿀꿀이는 무엇보다도 따뜻하고 아늑한 게 좋았기 때문입니다.

그렇게 그들은 얼마쯤 걸어갔습니다. 거위는 빨리 걷는 것이 힘들었습니다. 그러다 그들은 숲에서 촐싹거리며 뛰어나오는 산토끼를 만났습니다.

"안녕, 친구들. 지난번 만남 고마워." 산토끼가 말했습니다. "오늘 그렇게 잰걸음으로 어디를 가는 거야?"

"안녕, 나도 지난번 만남 고마워." 양이 말했습니다. "우리는 모두 집에서 아주 잘 지냈어. 그래서 숲으로 가서, 집을 짓고, 우리끼리 살 거야. 알다시피 세상 어디를 다녀도 내 집만큼 좋은 곳은 없거든."

"그런 거라면" 산토끼가 말했습니다. "나는 덤불마다 집이 있어. 그래, 모든 덤불이 내 집이야. 하지만 겨울이 되면 나는 자주 말하지. '만약 내가 여름까지 살아남는다면 내 집을 지을 거야'라고 말이야. 그래서 어쨌든 나는 너희와 같이 가서 집을 지을까 말까 생각중이야."

"그렇게 하자!" 돼지가 말했습니다. "곤경에 빠지면 우리는 너를 이용해 개들을 쫓을 수 있을 거야. 너는 집을 짓는 데는 도움이 되지 않을 것 같으니 말이야."

"세상사람 누구나 언제나 뭔가를 하는 법이야." 산토끼가 말했습니다. "나는 이빨로 말뚝을 갈아서 그것을 발로 차서 벽에 박아 넣을게. 나는 집을 짓는 데 목수 역할을 아주 훌륭하게 할 수 있을 거야. 사람들이 (T자형의 자루가 달리고 끝에 나선형의 홈이 있는) 나사송곳으로 암말의 가죽을 벗기면서 '좋은 연장이 좋은 작업을 만든다'고 말하잖아."

그래요! 두말할 필요 없이 산토끼도 그들과 함께 가서 집을 짓기로 했습니다.

그들은 얼마쯤 가다가 수탉을 만났습니다.

"안녕, 친구들." 수탉이 말했습니다. "지난번 만남 고마워. 신사분들, 오늘 어디를 가시나?"

"안녕, 나도 지난번 만남 고마워." 양이 말했습니다. "집에 있을 때 우리는 너무 잘 지냈어, 그래서 숲으로 가서 스스로 집을 짓고 우리끼리 살 거야. 문 밖에서 빵을 굽는 사람은 석탄과 케이크를 모두 잃는 법이니 말이야."

"맞아!" 수탉이 말했습니다. "나도 아주 잘 지내고 있어. 하지만 누구나 자기 홰대에 앉아 있는 게 낫지. 그러면 곤경에 빠질 일은 결코 없으니 말이야. 게다가 모든 수탉은 집에서 가장 크게 우는 법이지. 이제 나도 이 용감한 무리에 합류하고 싶어. 나도 숲으로 가서 집을 짓겠어."

"그럼! 그럼!" 돼지가 말했습니다. "날개를 퍼덕이고 울어대며 입방정은 떨 수 있겠지. 하지만 그 꼬챙이 같은 주둥이로는 벽돌 하나도 나르지 못할 거야. 집을 짓는 데 네가 우리를 어떻게 도울 수 있겠어?"

"오!" 수탉이 말했습니다. "개나 수탉이 없는 집은 시계가 없는 것이나 마찬가지야. 나는 일찍 일어나서 모두를 깨울게."

"정말 그렇군." 돼지가 말했습니다. "아침 시간은 귀한 지참금과도 같지. 너도 우리와 함께 가자." 여러분이 알아야 할 게 꿀꿀이는 항상 깊은 잠을 잤기 때문입니다. "잠은 가장 큰 도둑이야." 그가 말했습니다. "나는 잠이 우리 인생의 절반을 훔친다고 생각해."

그렇게 그들은 의형제처럼 무리를 이루어 함께 숲으로 출발했습니다. 그리고 집을 지었습니다. 돼지는 목재를 쪼갰고, 양은 그것을 날랐습니다. 토끼는 목수가 되어 이빨로 갈아서 못과 나사를 만든 뒤에 그것을 벽과 지붕에 박았습니다. 거위는 이끼를 뽑아와서 틈새를 메웠습니다. 수탉은 꼬끼오 울음을 울어 그들이 아침에 늦잠을 자지 못하게 했습니다. 집이 완성되자 자작나무 껍질을 천장에 붙이고, 지붕에 잔디를 얹었습니다. 그들은 그곳에서 그들끼리 즐겁게 잘 지냈습니다. "동쪽과 서쪽을 다니며 여행을 하는 것도 좋지만," 양이 말했습니다. "결국은 내 집이 최고야."

그러나 여러분이 알아야 할 게 그 집에서 조금 떨어진 숲에는 늑대굴이 있었습니다. 그리고 거기에는 회색다리 늑대 두 마리가 살고 있었습니다. 그들은 새 집이 세워지는 것을 가까이에서 지켜보고는 누가 이웃이 되었는지 알고 싶어졌습니다. 그들은 좋은 이웃은 먼 곳에 있는 형제보다 낫고, 멀리 떨어진 곳에 사는 많은 이들과 알고 지내는 것보다 좋은 이웃 하나를 아는 것이 더 낫다고 생각하고 있었기 때문입니다.

그래서 그들 가운데 하나가 새 집으로 가서 담배파이프에 붙일 불을 달라고 부탁하기로 했습니다. 그러나 늑대가 문 안으로 들어서자마자 양은 그를 머리로 들이받았습니다. 그 바람에 늑대는 난로에 머리가 처박혔습니다. 그러자 돼지가 그를 엄니로 찌르고 물었고, 거위는 꼬집고 쪼았고, 수탉은 울면서 요란하게 소리를 질렀습니다. 토끼로 말하자면 너무 놀라 정신이 나간 나머지 바닥과 천장을 이리저리 뛰면서, 집 안의 귀퉁이란 귀퉁이는 모조리 긁고 휘젓고 다녔습니다.

한참이 지난 뒤에야 늑대는 밖으로 빠져나올 수 있었습니다.

"그래!" 밖에서 기다리던 다른 늑대가 말했습니다. "이웃들과 친분은 쌓았는가. 아주 오래 머문 것을 보니 천국이 따로 없었는가 보군. 그런데 불은 어떻게 되었는가. 파이프도 연기도 안 보이는데."

"그래, 그래!" 늑대가 말했습니다. "정말이지 굉장한 불이었고, 굉장한 자들이었어. 내 평생 그런 예절은 처음 겪어봐. 하지만 자네도 알다시피 이 험한 세상에서 우리가 따지고 고를 수 있는 건 없어. 그리고 초대받지 않은 손님은 나쁜 대접을 받는 법이지. 내가 문 안으로 들어서자마자 구두 수선공이〔신발을 만들거나 수리할 때 쓰는 발 모양의 틀인〕구두

골을 가지고 나에게 달려들었어. 그러는 바람에 내 이마가 대장간의 불구덩이로 처박혔지. 거기에 앉아 있던 다른 두 명의 대장장이는 풀무질을 해서 불꽃이 타오르게 만들었어. 그리고 빨갛게 달군 부젓가락과 집게발로 나를 때렸어. 그렇게 그들은 내 몸을 전부 잡아 뜯었어. 사냥꾼도 있었는데 자기 총을 찾으려고 휘젓고 다녔지. 그가 총을 찾지 못한 게 정말 다행이야. 그러는 내내 또 다른 누군가는 천장 아래에 앉아서 팔을 철썩거리며 큰 소리로 노래를 부르더군. 그 자는 '갈고리에 끼워. 여기로 끌고 와, 여기로 끌고 와'라고 소리쳤어. 만약 그에게 잡혔다면 나는 결코 살아서 그곳을 빠져나오지 못했을 거야."

Erik Werenskiold

40

하늘에 매달린 황금 궁전

옛날 옛적에 아들이 셋 있는 어느 가난한 남자가 있었습니다. 그가 죽자 맏이와 둘째는 세상으로 나가서 자신들의 운을 시험하려 했습니다. 그러나 그들은 어떻게든 막내만은 데려가지 않으려 했습니다.

"너는" 그들이 말했습니다. "자작나무 부지깽이를 쥐고 여기 앉아서 재나 뒤적거리며 타고 남은 불씨에 바람이나 불고 있는 게 딱이야. 너한테는 그게 딱 맞는 일이야."

"알았어, 알았어." 아스켈라덴이 말했습니다. "그러면 혼자서라도 가겠어. 적어도 누구하고 티격태격할 일은 없겠네."

두 형은 그들의 길을 갔습니다. 며칠을 걸어 그들은 커다란 숲에 도착했습니다. 그들은 지치고 배가 고팠습니다. 그래서 그곳에서 쉬면서 싸온 음식을 먹기로 했습니다. 그들이 앉아 있는데, 노파 하나가 작은 언덕에서 나타나 먹을 것을 한입만 달라고 구걸을 했습니다. 그녀는 너무나 늙고 말라서 코와 입이 붙어버릴 정도였으며, 머리를 심하게 떨면서 지팡이를 짚고 간신히 걷고 있었습니다. 노파는 백 년 동안이나 먹을 것을 한입도 먹지 못했다고 말했습니다. 하지만 소년들은 그녀를 보고 웃기만 했습니다. 그들은 음식을 먹으면서 자기들이 먹을 것도 모자라 남는 것이 없다고 했습니다. 그리고 아무것도 먹지 않고 그렇게 오래 살았으니, 자신들의 부족한 음식을 달라고 해서 먹지 않더라도 남은 삶을 아주 잘 살 수 있을 것이라고 말했습니다.

그들은 더 먹을 수 없을 때까지 배불리 먹고 나서는 자리를 털고 일어나 갈 길을 계속 갔습니다. 얼마 지나지 않아 그들은 왕의 농장에 도착했고 그곳에서 일자리를 얻었습니다.

그들이 집을 떠난 지 얼마 지나지 않아서 아스켈라덴은 형들이 한쪽에 버려두고 간 빵부스러기들을 모아서 자신의 작은 보따리에 넣었습니다. 그리고 잠금장치가 없는 낡은 총도 한 자루 챙겼습니다. 도중에 쓸모가 있으리라 생각했기 때문입니다. 그런 뒤 그는 집을 나섰습니다.

여러 날을 돌아다닌 끝에 마침내 그도 형들이 지나갔던 바로 그 커다란 숲에 도착했습니다. 그는 지치고 배가 고파서 나무 아래 앉아 쉬면서 음식을 먹기로 했습니다. 그러면서도 그는 계속 주변을 살폈습니다. 보따리를 풀었을 때 그는 나무에 매달려 있는 그림을 보았습니다. 어린 소녀나 공주를 그린 그림이었습니다. 너무 사랑스러워 그는 그림에서 눈을 뗄 수 없었습니다. 그래서 음식이나 보따리는 까맣게 잊어버리고, 그림을 내려 땅바닥에 눕혀 놓고는 뚫어져라 쳐다보았습니다.

바로 그때 늙은 할머니가 작은 언덕에서 나타나 지팡이를 짚고 절뚝거리면서 다가왔습니다. 그녀는 코와 입이 붙어 있었고, 머리는 흔들거렸습니다. 노파는 음식을 조금만 달라고 구걸하면서 백 년이나 입에 빵한 조각도 넣지 못했다고 말했습니다.

"때마침 잘 오셨어요. 먹을 것을 드릴게요, 할머니(galemor)." 소년이 말했습니다. 그는 싸온 음식 부스러기들을 노파에게 나눠주었습니다.

노파는 지난 몇백 년 동안 아무도 자기를 어머니(mor)라고 부른 적이 없다면서, 그에게 어머니답게 보답을 해주겠다고 말했습니다. 그런 뒤 그녀는 그에게 양털로 만든 회색 공을 하나 주었습니다. 그것은 앞으로 굴리기만 하면 어디로든 원하는 곳으로 데려다주는 공이었습니다. 그리고 노파는 불행해질 수 있으니 그림에 너무 마음을 빼앗기지 말라고 했습니다. 아스켈라덴은 걱정해주는 노파의 말이 정말 고마웠지만, 그 그림이 없으면 견딜 수 없을 것 같았습니다. 그래서 그는 그림을 팔에 끼고, 양털 공을 앞으로 굴렸습니다.

이윽고 그도 얼마 지나지 않아 형들이 일하고 있는 왕의 농장에 도착했습니다. 아스켈라덴은 일자리를 달라고 부탁했습니다. 하지만 그에게 줄 일자리가 없다는 대답밖에 들을 수 없었습니다. 얼마 전에 두 명의 일꾼을 새로 고용했기 때문입니다. 그러나 아스켈라덴은 아주 간절히 부탁해서 마부 옆에 있어도 좋다는 허락을 받았습니다.

그는 마부에게서 말을 어떻게 돌보고 다루는지 배웠습니다. 그는 기쁘게 그 일을 했습니다. 말을 좋아했기 때문입니다. 그는 부지런했고, 뭐든 기꺼이 하려고 했습니다. 그래서 말들을 재우고 매끈하게 손질하는 방법도 배울 수 있었습니다. 얼마 지나지 않아 왕의 농장에 있는 모든 사람들이 그를 좋아하게 되었습니다. 그는 숲에서 가져온 그림을 헛간 2층에 있는, 건초를 저장해 두는 다락 한구석에 걸어 놓았습니다. 그러고는 시간이 날 때마다 다락으로 올라가 그림을 보았습니다.

그의 형들은 멍청하고 게을렀습니다. 그래서 자주 꾸지람을 듣고, 매를 맞았습니다. 그들은 아스켈라덴이 자신들보다 더 잘 해나가는 것을 보고는 참을 수 없었습니다. 그래서 마부한테 가서 그가 거짓 신들을 섬기고 있다고 했습니다. 그가 주님이 아니라, 그림에게 기도를 올린다고 말입니다. 마부는 소년을 좋게 생각하고 있었지만, 자신이 들은 이야기를 왕에게 전했습니다. 그러나 왕은 단지 마부에게 욕을 하며 딱딱거릴 뿐이었습니다. 왕은 딸들이 트롤에게 납치되어 슬픔에 빠져 한숨만 쉬고 있었기 때문입니다. 그러나 사람들이 쉴 새 없이 떠들어대는 바람에 그 말이 다시 왕의 귀에 들어갔습니다. 마침내 왕은 소년이 무엇을 하는지 알아내려 했고, 또 그래야 했습니다.

건초가 저장된 다락으로 올라간 왕은 그림을 보았습니다. 그것은 자신의 막내딸을 그린 것이었습니다. 그러나 아스켈라덴의 형들은 이를 듣고는 옳다구나 하고 마부에게 말했습니다.

"동생은 자기가 왕의 딸을 찾아올 수 있다고 떠벌이곤 했습니다."

여러분이 생각한 것처럼, 마부는 왕한테 가서 그 말을 전했습니다. 그 말을 들은 왕은 아스켈라덴을 불러 말했습니다.

"네 형들이, 네가 내 딸을 도로 찾아올 수 있다고 했다고 하더군. 그러니 지금 당장 그렇게 해봐라."

아스켈라덴은 왕이 알려주기 전까지는 그림의 소녀가 왕의 딸인지도 알지 못했다고 대답했습니다. 그리고 만약 그녀를 구해서 데려올 수 있다면 자신은 최선을 다해 그렇게 할 것이라고 말했습니다. 하지만 그 일에 대해 생각하고 준비할 시간이 이틀 필요하다고 말했습니다.

그래요! 그는 이틀의 시간을 얻게 되었습니다. 아스켈라덴은 회색 양털 공을 가지고 가서 길에 던졌습니다. 그러자 그것은 앞으로 굴러가고 또 굴러갔습니다. 양털 공은 그 공을 준 노파에게 아스켈라덴을 데려갔습니다. 그는 노파한테 자신이 어떻게 해야 하는지 물었습니다. 그러자 그녀는 낡은 총 한 자루, 큰 못과 머리가 구부러거나 없는 편자용 가는 못이 들어 있는 상자 3백 개, 보리 3백 통, 곡식가루 3백 통, 도축한 돼지 3백 마리와 도축한 소 3백 마리를 준비하라고 했습니다. 그리고 양털 공을 앞으로 던지고 그 뒤를 따라가면 큰 까마귀와 아기 트롤을 만나게 될 것이라고 알려 주고, 자신이 말한 대로만 하면 아무 일도 없을 것이라고 말했습니다.

그래요! 소년은 그녀가 시킨 대로 했습니다. 그는 곧장 왕의 농장으로 갔습니다. 그리고 자신의 낡은 총을 챙기고, 왕에게 큰 못과 가는

못, 음식과 고기, 곡식, 그것들을 옮길 수레와 말, 사람들을 준비해 달라고 했습니다. 왕은 많은 양이라고 생각했으나, 딸을 다시 데려올 수만 있다면 왕국 절반이라고 기꺼이 내놓을 수 있었습니다.

소년은 준비를 모두 마치자 양털 공을 다시 앞으로 던져 굴렸습니다. 여러 날을 계속해서 가던 그는 커다란 산에 도착했습니다. 그곳에는 큰 까마귀 한 마리가 전나무 위에 앉아 있었습니다. 아스켈라덴은 나무 아래로 가까이 다가가 총으로 큰 까마귀를 겨누었습니다.

"안 돼! 안 돼!" 큰 까마귀가 소리를 질렀습니다. "쏘지 마! 쏘지 마! 내가 널 도와줄게."

"좋아." 아스켈라덴이 말했습니다. "나는 이제껏 까마귀구이를 먹었다고 자랑하는 사람은 결코 본 적이 없어. 게다가 네가 이리 간절히 목숨을 구걸하니 살려주도록 하지."

아스켈라덴은 자신의 총을 내던졌습니다. 그러자 큰 까마귀가 그에게 날아 내려와서 말했습니다.

"여기 이 산을 올라가면 이리저리 갈팡질팡하며 걷고 있는 아기 트롤이 있을 거야. 그 애는 길을 잃어 내려가지 못하고 있어. 내가 올라갈 수 있게 도와줄게. 그러면 너는 아기 트롤을 집까지 데려다주고, 은혜를 갚으라고 해. 너한테 큰 도움이 될 거야. 트롤의 집에 가면, 그는 자기가 가지고 있는 가장 비싼 것들을 네게 주려고 할 거야. 하지만 그런 것들에 조금도 관심을 가져서는 안 돼. 마구간 문 뒤에 서 있는 작은 회색 당나귀 하나만 달라고 해야 해. 꼭 그래야 한다는 것을 명심해."

그런 뒤에 큰 까마귀는 아스켈라덴을 등에 태우고 날아올라서 그를 산 위에 내려주었습니다. 얼마쯤 걷던 그는 아기 트롤이 산을 내려가지 못해 울부짖으며 낑낑거리는 소리를 들었습니다. 소년은 아기 트롤에게 친절하게 말을 걸었고, 그들은 세상에서 둘도 없는 친구가 되었습니다. 소년은 아기 트롤에게 늙은 트롤의 집으로 길을 잃지 않고 다시 돌아갈 수 있게 산에서 내려가는 것을 도와주겠다고 했습니다. 그런 뒤에 그들은 큰 까마귀에게 갔습니다. 큰 까마귀는 그들을 등에 태우고 날아가 트롤의 집이 있는 산에 내려주었습니다.

늙은 트롤은 자신의 아기를 보고는 너무 기뻐서 어쩔 줄 몰라 했습니다. 그는 아스켈라덴에게 집 안으로 들어와 원하는 것은 뭐든 가지라고 했습니다. 자신의 아기를 구해주었기 때문입니다. 그러면서 그에게 금과 은 같은 값지고 귀한 것들을 주려고 했습니다. 하지만 소년은 다른 것은 필요 없고 말 한 마리만 갖겠다고 했습니다.

그래요! 트롤은 그가 말을 가져가도 좋다고 하면서 그를 마구간으로 데려갔습니다. 거기에는 털가죽이 해와 달처럼 빛나는 아주 근사한 말들이 가득 있었습니다. 하지만 아스켈라덴은 그것들은 모두 자기한테는 너무 크다고 생각했습니다. 그러면서 그는 마구간의 문 뒤를 슬쩍 보았는데, 거기에 작은 회색 당나귀가 서 있었습니다. 아스켈라덴이 말했습니다.

"나는 이것을 가질래. 이것이 나한테는 딱 맞아. 내가 땅으로 떨어지더라도 그렇게 높지 않을 테니 말이야."

늙은 트롤은 자기 당나귀를 내주는 것이 내키지 않았지만, 이미 약속을 했기 때문에 그렇게 하라고 했습니다. 그래서 아스켈라덴은 당나귀

와 안장, 굴레를 얻었습니다.

그는 그것들을 모두 가지고 길을 떠났습니다. 그들은 숲과 들판을 지나고 산을 넘고 넓은 황야를 건넜습니다. 그들이 멀리 아주 멀리까지 갔을 때, 당나귀는 아스켈라덴에게 뭐가 보이냐고 물었습니다.

"저 멀리 파랗게 보이는 산밖에 안 보여." 아스켈라덴이 말했습니다.

"오!" 당나귀가 말했습니다. "우리는 그 산을 뚫고 지나가야 해."

"그럴싸한 말이야." 아스켈라덴이 말했습니다. 그는 그 말을 믿지 않았기 때문입니다.

그들이 산에 가까이 왔을 때 유니콘 한 마리가 그들을 맹렬히 쫓아왔습니다. 마치 그들을 산 채로 잡아먹으려는 것 같았습니다.

"무서워서 어쩔 줄 모르겠어." 아스켈라덴이 말했습니다.

"오!" 당나귀가 말했습니다. "그렇게 말하지 마. 그냥 유니콘에게 소고기를 20마리쯤 던져줘. 그리고 산에 구멍을 뚫어서 우리가 지나갈 수 있게 길을 내 달라고 부탁해."

아스켈라덴은 당나귀가 시킨 대로 했습니다. 유니콘이 배불리 먹고 나자 아스켈라덴은 유니콘한테 앞에 가면서 산에 구멍을 뚫어 지나갈 수 있게 해주면 돼지고기도 20마리나 40마리 주겠다고 했습니다. 이 말을 들은 유니콘은 곧바로 산에 구멍을 뚫기 시작했습니다. 어찌나 빠르게 길을 내는지 뒤를 따라가기도 힘들 정도였습니다. 유니콘이 일을 마치자, 아스켈라덴은 돼지 40마리를 던져주었습니다.

그렇게 그곳을 잘 통과한 그들은 더 멀리 여행을 했습니다. 그들은 다시 숲과 들판을 거치고, 고원과 넓은 황야를 지났습니다.

"지금은 뭐가 보이니?" 당나귀가 물었습니다.

"지금은 하늘과 황량한 고원들만 보여." 아스켈라덴이 말했습니다.

그들은 더 멀리멀리 갔습니다. 고원 위로 올라가자 반듯하고 평평한 곳이 나왔습니다. 그래서 주변을 더 멀리 볼 수 있었습니다.

"지금은 뭐가 보이니?" 당나귀가 말했습니다.

"응, 저 멀리 뭔가 보여." 아스켈라덴이 말했습니다. "별처럼 반짝거리며 어슴푸레 빛이 나고 있어."

"그래, 아직도 멀었구나." 당나귀가 말했습니다.

그들이 다시 더 멀리멀리멀리 갔을 때 당나귀가 또 물었습니다.

"지금은 뭐가 보이니?"

"저 멀리에서 뭔가 달처럼 빛나고 있어." 아스켈라덴이 말했습니다.

"그것은 달이 아니야." 당나귀가 말했습니다. "우리가 가고 있는 곳은 은으로 된 궁전이야. 이제 그곳에 도착하게 되면 너는 세 마리 용이 엎드린 채 문 앞을 지키고 있는 모습을 보게 될 거야. 그들은 몇백 년 동안 잠을 자고 있어. 그래서 눈에 이끼가 덮여 있지."

"나는 용들이 무서워." 아스켈라덴이 말했습니다.

"그런 말 하지 마." 당나귀가 말했습니다. "너는 가장 어린 용을 깨운 뒤 소고기와 돼지고기를 20마리쯤 던져주기만 하면 돼. 그러면 그 용이 다른 용들한테 말해서 네가 성 안으로 들어갈 수 있게 해줄 거야."

그들은 멀리 아주 멀리 걸은 뒤에야 그 성에 다다랐습니다. 그들이 도착한 그곳은 크고 근사했으며, 보이는 곳은 모두 은으로 되어 있었습니다. 그리고 성문 바깥에 용들이 엎드려 길목을 막고 있었습니다. 그래서 아무도 안으로 들어갈 수 없었습니다. 하지만 용들은 편하게 잠을 자느라, 보초를 서는 것에는 별로 신경을 쓰지 않았습니다. 심지어 용들은 온통 이끼로 덮여 있어 알아보기도 쉽지 않았습니다. 그들 양옆 풀무더기 사이에는 관목들이 솟아 있었습니다. 아스켈라덴은 용들 중에서 가장 어린 놈을 깨웠습니다. 용은 눈을 비비며 이끼를 벗겨내기 시작했습니다. 그리고 인간이 있는 것을 보자마자 입을 크게 벌리고 다가왔습니다. 하지만 소년은 용에게 미리 준비해 두었던 소고기를 던져주었고, 뒤이어 소금에 절인 돼지고기도 주었습니다. 용이 배가 차서 대화를 나눌 수 있을 정도의 분별력이 생길 때까지 말입니다. 그런 뒤에 소년은 어린 용한테 다른 용들을 깨워서 자신이 성 안으로 들어갈 수 있게 길을 열어 달라고 부탁했습니다. 하지만 용은 처음에는 그렇게 하려고 하지도 않았고, 감히 그렇게 할 수도 없다고 했습니다. 그러면서 용은 자기 동료들이 몇백 년 동안 잠을 자느라 아무것도 먹지 못했기 때문에, 깨어나면 미쳐 날뛰면서 산 것이든 죽은 것이든 모조리 삼켜버리려고 하지는 않을까 걱정이라고 했습니다.

하지만 아스켈라덴은 그런 걱정은 할 필요가 없다고 했습니다. 백 마리 분량의 소고기와 백 마리 분량의 소금에 절인 돼지고기를 놓고 잠시 옆으로 비켜서서 용들에게 배를 채울 시간을 준 뒤에, 용들이 정신을 차리고 나면 성으로 들어갈 것이기 때문입니다.

그래요! 어린 용은 다른 용들을 깨웠습니다. 용들은 완전히 깨기 전에 먼저 눈을 문질러 이끼를 벗겨냈습니다. 그런 뒤 포효하며 미쳐 날뛰면서 산 것이든 죽은 것이든 모조리 갈기갈기 찢어대기 시작했습니다. 하지만 가장 어린 용은 그들이 고기 냄새를 맡을 때까지 홀로 그들을 충분히 막아낼 수 있었습니다. 용들은 황소와 돼지를 통째로 삼키고 배가 부를 때까지 먹고 또 먹었습니다. 그 뒤 그들도 어린 용처럼 포만감을 느끼고 온순해졌고, 아스켈라덴이 자기들 사이를 지나서 성으로 들어갈 수 있게 해주었습니다.

아스켈라덴이 들어간 성은 그보다 더 좋은 곳을 상상조차 할 수 없을 정도로 멋졌습니다. 하지만 그곳에는 사람이 하나도 보이지 않았습니다. 그는 이 방 저 방을 돌아다니며 문을 모두 열어보았지만, 아무도 볼 수 없었습니다. 그러다 마침내 어떤 문을 열자 그가 일찍이 보지 못했던 침실이 나왔고, 공주가 물레를 돌리며 앉아 있었습니다. 그녀는 그를 보자 매우 기뻐하고 행복해 했습니다.

"세상에나, 세상에나!" 그녀가 소리쳤습니다. "인간이 이곳에 들어올 수 있다니! 하지만 빨리 나가는 게 좋아요. 그러지 않으면 트롤한테 죽임을 당할 거예요. 여기에는 머리가 세 개인 트롤이 살고 있거든요."

그러나 아스켈라덴은 머리가 일곱 달린 트롤이 있다고 해도 자신은 달아나지 않을 것이라고 말했습니다. 공주는 그 말을 듣고는 문 뒤에 걸려 있는 커다란 녹슨 칼을 한번 휘둘러보라고 했습니다. 이런! 그는 그 칼을 휘두르기는커녕 들 수조차 없었습니다.

"아!" 공주가 말했습니다. "그러면 저기 칼 옆에 매달린 병에 들어 있는 것을 마셔보세요. 트롤도 그 칼을 사용할 때면 그렇게 하거든요."

그래서 아스켈라덴은 그것을 두세 모금 마셨습니다. 그러자 그는 칼을 마치 〔반죽을 펴는 데 쓰는〕 밀방망이처럼 휘두를 수 있게 되었습니다.

그때 트롤이 바람을 일으키며 들어왔습니다.

"후!" 트롤이 소리를 질렀습니다. "여기에서 사람의 피 냄새가 나!"

"맞아! 여기 있다." 아스켈라덴이 말했습니다. "하지만 그렇게 쿵쿵대며 숨을 들이쉴 필요는 없어. 너는 그 냄새 때문에 오래 고생하지 않아도 될 테니 말이야." 그러면서 그는 순식간에 트롤의 모든 머리를 잘랐습니다.

공주는 마치 아주 귀한 것을 얻은 것처럼 매우 기뻐했습니다. 그러나 얼마 지나지 않아 그녀는 마음이 무거워졌습니다. 머리 여섯 달린 트롤에게 납치된 자매가 애타게 그리웠기 때문입니다. 그녀는 세상 끝 저 너머 〔약 3360km인〕 3백 밀 떨어진 곳에 있는 황금성에 살고 있었습니다. 아스켈라덴은 매우 슬픈 일이라고 생각했습니다. 그래서 그는 그곳으로 가서 공주와 그 성을 모두 데려오기로 했습니다.

그는 칼과 병을 들고, 당나귀를 타고, 용들에게 따라오라고 시키고, 고기와 곡식, 못을 가지고 다시 길을 나섰습니다. 땅과 물을 지나 멀리 아주 멀리 여행을 하며 길을 가던 어느 날 당나귀가 말했습니다.

"뭐가 보이니?"

"아무 것도." 아스켈라덴이 말했습니다. "맨 땅과 물, 하늘과 높은 바위들뿐이야."

그들이 멀리 훨씬 더 멀리까지 갔을 때 당나귀가 다시 말했습니다.

"이제는 뭐가 보이니?"

"응." 앞을 잘 살펴보자 길고 긴 길의 끝자락에 작은 별처럼 빛나는 뭔가가 보였습니다.

"그것은 머지않아 꽤 커질 거야." 당나귀가 말했습니다.

한참을 더 갔을 때 당나귀가 물었습니다.

"이제는 뭐가 보이니?"

"지금은 그것이 달처럼 빛나고 있어." 소년이 말했습니다.

"그래, 그래." 당나귀가 말했고, 그들은 계속 갔습니다.

한참을 멀리멀리 훨씬 더 멀리 나아가 땅과 물을 건너고, 산과 야생화가 무성한 황야를 지났을 때 당나귀가 물었습니다.

"지금은 뭐가 보이니?"

"지금은 내가 생각하기에" 아스켈라덴이 말했습니다. "그것은 꼭 해처럼 빛나고 있어."

"아아!" 당나귀가 말했습니다. "그게 우리가 가야 할 황금성이야. 하지만 바깥에 벌레 한 마리가 살면서 길목을 막고 주변을 지키고 있지."

"무서울 것 같아." 아스켈라덴이 말했습니다.

"그런 말 하지 마." 당나귀가 말했습니다. "우리는 그 벌레 위에 나뭇가지를 덮고, 그 사이사이에 편자용 가는 못들과 대못들을 켜켜이 쌓아야 해. 그런 뒤에 그것들 모두에 불을 붙여서 그 벌레를 없애면 돼."

오랜 아주 오랜 시간 뒤에 그들은 하늘에 매달려 있는 성 가까이에 다다랐습니다. 하지만 그 아래에는 벌레가 엎드려 길을 막고 있었습니다. 그래서 소년은 용들에게 소고기와 소금에 절인 돼지고기를 배불리 먹이고는 자신을 돕게 했습니다. 용들은 벌레 위에 나뭇가지와 나무들을 덮고, 그 사이사이에 그들이 가져온 상자 3백 개에 들어 있던 대못과 작은 못들을 켜켜이 쌓았습니다. 그리고 그 더미에 불을 붙이자 벌레는 뜨거운 불길 안에서 산 채로 타버렸습니다.

일을 마치자 소년은 용 한 마리를 성 아래로 날려 보내 그것을 떠받치고 있게 하고, 나머지 두 마리는 하늘 높이 아주 높이 날아올라 황금성이 걸려 있는 줄과 고리를 풀게 했습니다. 그런 뒤에 용들은 성을 아래로 옮겨 땅 위에 잘 내려놓았습니다. 그 일들이 끝나자 아스켈라덴은 성 안으로 들어갔습니다. 그곳은 은으로 된 성보다도 훨씬 더 멋졌습니다. 그러나 그는 가장 안쪽 방에 들어갈 때까지는 아무도 보지 못했습니다. 그 방의 황금 침대에는 공주가 누워 있었습니다. 그녀는 아주 깊이 잠들어 있었습니다. 마치 죽은 것처럼 말입니다. 하지만 그녀는 죽은 것이 아니었습니다. 비록 그녀를 깨울 수는 없었지만, 그녀의 얼굴은 피처럼 붉고 우유처럼 희었습니다. 아스켈라덴이 그 자리에 서서 그녀를 뚫어지게 바라보고 있던 바로 그때 트롤이 쿵쾅거리며 돌아왔습니다. 트롤은 첫 번째 머리를 문 안으로 들이밀며 고함을 질렀습니다.

"후! 여기에서 사람의 피 냄새가 나잖아!"

"아마도." 아스켈라덴이 말했습니다. "하지만 그렇게 쿵쿵거리며 냄새를 맡을 필요 없어. 너는 더는 그 냄새 때문에 고생하지 않아도 돼."

그러면서 그는 케일 줄거리 같은 트롤의 머리를 모두 잘랐습니다.

용들은 황금성을 등에 짊어지고 날랐습니다. 내가 생각하기에 용들한테는 그 길이 그리 멀지 않았을 것입니다. 그들은 황금성을 은으로 된 성 옆에 나란히 내려놓았습니다. 그러자 두 성은 아주 멀리까지 환하게 빛났습니다.

은으로 된 성의 공주는 아침에 창가로 나왔다가 황금성을 발견했습니다. 그녀는 너무 기뻐서 곧바로 황금성으로 달려갔습니다. 거기에는 그녀의 자매가 마치 죽은 것처럼 누워 잠들어 있었습니다. 그녀는 아스

켈라덴에게 삶과 죽음의 물을 찾기 전에는 자신의 자매를 결코 되살릴수 없을 것이라고 말했습니다. 그것은 세상 끝 저 너머 (약 10080km인)9백 밀 떨어진 곳에 있는, 하늘에 매달린 황금 궁전 양쪽의 두 우물에서 나는 물이었습니다. 그 궁전에는 세 번째 자매가 살고 있었습니다.

그래요! 아스켈라덴은 어쩔 수 없다고 생각했습니다. 그는 가서 그것을 가지고 와야 했습니다. 그는 곧바로 길을 나섰습니다. 그는 많은 왕국들을 거치며 멀리 아주 멀리 여행을 했습니다. 그리고 숲과 들판을지나고, 고원과 만을 건너고, 언덕과 황야를 거쳐 마침내 세상의 끝에이르렀습니다. 그 뒤 그는 다시 멀리멀리 여행하면서 바위와 황무지,높은 암벽들을 넘었습니다.

"뭐가 보이니?" 어느 날 당나귀가 물었습니다.

"하늘과 땅밖에 안 보여." 소년이 말했습니다.

"이제는 뭐가 보이니?" 며칠이 지났을 때 당나귀가 다시 물었습니다.

"응." 아스켈라덴이 말했습니다. "지금은 아주 멀리 저 멀리 높은 곳에서 작은 별처럼 어렴풋하게 빛나고 있는 것이 보여."

"아직 더 가야 하는구나." 당나귀가 말했습니다.

한동안 더 여행을 하고 난 뒤에 당나귀가 물었습니다.

"이제는 뭐가 보이니?"

"응." 아스켈라덴이 말했습니다. "그게 이제 해처럼 빛나고 있어."

"그곳이 우리가 가야 할 곳이야." 당나귀가 말했습니다. "그것은 하늘에 매달린 황금 궁전이야. 거기에는 머리 아홉 달린 트롤에게 납치된공주가 살고 있어. 하지만 그곳으로 가는 길은 이 세상의 온갖 야수들이 엎드려 지키고 있어."

"세상에나!" 아스켈라덴이 말했습니다. "무서울 것 같아."

"그런 소리 하지 마." 당나귀가 말했습니다. 그런 뒤에 당나귀는 그에게 병에 물을 채우자마자 꾸물거리지 않고 곧바로 돌아오기만 하면 위험하지 않을 것이라고 했습니다. 정오부터 하루에 한 시간 동안은 그곳으로 갈 수 있기 때문입니다. 하지만 만약 제시간에 그곳을 빠져나오지 않으면 야수들이 그를 수천 조각으로 찢어발길 것이라고 했습니다.

그래요! 아스켈라덴은 너무 오래 머물 생각은 하지 않겠다고, 반드시 그렇게 하겠다고 했습니다.

시계가 정오를 알릴 때 그들은 궁전에 도착했습니다. 거기에는 온갖 야수들과 사나운 짐승들이 마치 담처럼 길의 양쪽과 문 앞을 에워싼 채로 엎드려 있었습니다. 하지만 그들은 모두 나무의 그루터기나 바위처럼 꼼짝 않고 잠을 자고 있었습니다. 어느 짐승도 발 하나 까딱하지 않았습니다. 그래서 아스켈라덴은 짐승들의 발이나 꼬리를 밟지 않으려 조심하지 않고서도 그들 사이를 지나갈 수 있었습니다. 그는 생명과 죽음의 물을 각각 병에 채우면서 궁전을 올려다보았습니다. 보이는 곳이 모두 순금으로 되어 있었습니다. 그는 그처럼 근사한 것을 본 적이 없었습니다. 소년은 궁전 바깥보다 안이 훨씬 더 멋질 것이라는 생각이 들었습니다.

'바보 같은 말이지.' 아스켈라덴은 생각했습니다. '시간은 충분해. 반 시간이면 다 둘러볼 수 있을 거야.' 그래서 그는 문을 열고 안으로 들어갔습니다. 그래요! 궁전 안은 바깥보다도 훨씬 근사했습니다. 호화로운 방을 지나자, 또 다른 호화로운 방이 나왔습니다. 그곳은 금과 진주, 세상에서 가장 값진 온갖 것으로 만들어진 것 같았습니다. 사람은 전혀 보이지 않았습니다. 그러나 마침내 그가 어떤 침실에 들어갔을 때였습니다. 황금으로 된 침대 위에 공주가 누워 있었습니다. 마치 죽은 것처럼 말입니다. 하지만 그녀는 가장 고귀한 여왕처럼 근사했고, 피처럼 붉고 눈처럼 하얘 너무나 아름다웠습니다. 그는 그림 속의 공주 말고는 그처럼 아름다운 모습을 결코 본 적이 없었습니다. 그 그림은 바로 그녀를 그린 것이었습니다.

아스켈라덴은 자기가 가지고 가려고 했던 물과 야수들, 궁전과 다른 모든 것들을 까맣게 잊어버리고 오로지 공주만 바라보았습니다. 바라보고 또 바라봐도 지겹지 않았습니다. 하지만 그녀는 계속 마치 죽은 것처럼 누워 있었습니다. 그는 그녀를 깨울 수 없었습니다.

그러다 저녁이 되었고, 트롤이 바람을 일으키며 맹렬히 들이닥쳤습니다. 그는 성 전체가 울릴 정도로 성문과 문들을 세게 열어젖히고 쾅 닫았습니다.

"후흡!" 트롤이 소리를 질렀습니다. "여기에서 사람의 피 냄새가 지독하게 나는군!" 그렇게 말하며 트롤은 첫 번째 머리를 문 안으로 들이밀고 허공에 대고 코를 쿵쿵댔습니다.

"그래, 여기 있다." 아스켈라덴이 말했습니다. "하지만 마치 터져버릴 것처럼 그렇게 쿵쿵대며 숨을 들이쉴 필요는 없어. 그것이 너를 오래 괴롭히지는 않을 거야." 그렇게 말하고 그는 트롤의 머리 아홉 개를 모두 잘랐습니다.

하지만 그렇게 하고나자 소년은 너무 지쳐서 눈조차 뜰 수 없었습니다. 그래서 그는 공주 곁에 나란히 누웠습니다. 하루 밤낮을 그러고 있었는데 공주는 마치 결코 깨어나지 않을 것처럼 계속 잠들어 있었습니다. 그녀는 오직 자정이 되어야 눈 깜짝할 동안만 깨어 있었습니다. 그녀는 소년에게 자신을 구해주었으나 자신은 3년을 더 기다려야 한다고 말했습니다. 그리고 만약 그녀가 그에게 돌아가지 못하면, 그때는 그가 그녀를 꼭 데리러 와야 한다고 했습니다.

다음날 아스켈라덴이 먼저 깨어났습니다. 그는 가장 먼저 당나귀가 시끄럽게 울고 소리치면서 소란을 피우는 소리를 들었습니다. 그러자 그는 일어나 집으로 가야 한다는 생각이 떠올랐습니다. 떠나기 전에 그는 공주의 치맛자락을 잘라서 몸에 지녔습니다. 그러나 그가 그곳에서 너무 오랜 시간을 머무른 탓에 야수들이 깨어나 움직이기 시작했습니다. 그가 당나귀에 올라타자 야수들이 그를 빙 둘러쌌습니다. 그는 너무 무시무시한 광경이라고 생각했습니다. 그러나 당나귀는 그에게 죽음의 물을 몇 방울 뿌리라고 했습니다. 그 말대로 하자 순식간에 야수들이 모두 그 자리에서 고꾸라져서 꼼짝도 하지 않았습니다.

집으로 돌아가는 길에 당나귀가 아스켈라덴에게 말했습니다.

"이제 너는 명예와 영광을 얻게 될 거야. 그러면 너는 나뿐 아니라, 내가 너한테 해준 일들도 모두 잊을 거고, 나는 굶주려 무릎이 꺾이게 될 거야."

"아니야! 아니야! 결코 그렇게 되지 않을 거야." 소년이 말했습니다.

그 뒤 그는 생명의 물을 가지고 첫째 공주에게 갔습니다. 그리고 그것을 그녀의 자매에게 몇 방울 뿌렸습니다. 그러자 그녀가 깨어났습니다. 그들은 너무 기쁘고 행복했습니다. 그 뒤 그들은 왕에게 돌아왔습니다. 왕도 크게 기뻐하고 즐거워했습니다. 두 딸을 되찾았기 때문입니다. 그러나 그는 막내딸이 집으로 돌아올 때까지 3년을 기다리고 또 기다려야 했습니다.

왕은 공주들을 데리고 돌아온 아스켈라덴을 높은 사람으로 만들어주었습니다. 소년은 이제 나라에서 왕 다음으로 높은 사람이 되었습니다. 그러나 소년이 그렇게 높은 자리에 오르는 것을 시기하는 사람들도 많았습니다. 그들 가운데 한 명은 첫째 공주와 결혼할 예정이었던 붉은 기사(Ridder Rød)였습니다. 그는 그녀로 하여금 죽음의 물을 아스켈라덴에게 조금 뿌리게 했습니다. 그러자 소년은 마치 죽은 것처럼 정신을 잃고 쓰러졌습니다.

3년이 지나고 네 번째 해가 되었을 때였습니다. 낯선 전함 한 척이 다가왔습니다. 그 배에는 세 번째 자매가 세 살짜리 소년과 함께 타고 있었습니다. 그녀는 왕의 농장으로 전령을 보내 황금 궁전으로 와서 자신을 구해주었던 사람을 보내기 전까지는 배에서 내리지 않겠다고 했습

니다. 그러자 사람들은 궁정에서 가장 높은 사람들 가운데 하나인 시종
관을 그녀에게 보냈습니다. 공주의 배로 다가온 그는 모자를 벗고 고개
를 숙이고 몸을 뒤로 빼며 허리를 굽혀 그녀에게 인사를 했습니다.

"아들아, 저 사람이 네 아버지니?" 공주가 황금사과를 가지고 놀고
있는 소년에게 말했습니다.

"아니오." 아이가 말했습니다. "내 아버지는 저렇게 치즈진드기처럼
굽실거리지 않아요."

그러자 사람들은 또 다른 비슷한 사람을 보냈습니다. 그는 바로 붉은
기사였습니다. 하지만 이번에도 다르지 않았습니다. 그래서 공주는 그
에게 말을 전하게 했습니다. 만약에 그들이 꾸물거리고 제대로 된 사람
을 보내지 않는다면 좋지 않은 일이 생길 거라고 말입니다. 그들은 이
말을 듣고는 생명의 물로 아스켈라덴을 깨울 수밖에 없었습니다. 그는
공주가 있는 배 아래로 왔습니다. 하지만 고개를 숙이며 인사를 하지
않고, 단지 머리만 살짝 끄덕였습니다. 그러고는 황금 궁전에서 가져온
공주의 치맛자락을 꺼냈습니다.

"저분이 아버지예요! 저분이 아버지예요!" 소년이 소리쳤습니다. 그
리고 자신이 가지고 놀던 황금사과를 그에게 주었습니다.

왕국 전체에 기쁨과 반가움이 흘러넘쳤습니다. 늙은 왕은 어느 누구
보다도 기뻐했습니다. 가장 사랑하는 사람을 되찾았기 때문입니다. 붉
은 기사와 첫째 공주가 아스켈라덴에게 한 짓이 밝혀지자 왕은 그들을
못과 나사가 가득 들어 있는 통에 각각 넣고는 언덕에서 굴리라고 명령
했습니다. 그러나 아스켈라덴과 막내공주가 그들을 살려 달라고 요청
했기 때문에 그들은 목숨을 건질 수 있었습니다.

결혼식 잔치를 막 시작하려 할 때였습니다. 아스켈라덴과 막내공주
는 창밖을 내다보며 서 있었습니다. 봄이 오고 있던 때라 사람들은 겨
우내 마구간에 있던 말과 소들을 밖으로 끌어내고 있었습니다. 맨 마지

막에 나온 것은 당나귀였습니다. 하지만 당나귀는 너무 굵은 나머지 무릎으로 마구간 문을 넘어야 했습니다.

아스켈라덴은 가슴이 찢어지는 것 같았습니다. 자신이 당나귀를 잊어버렸기 때문입니다. 그는 아래로 내려갔습니다. 하지만 이 가엾은 짐승에게 무엇을 어떻게 해주어야 할지 몰랐습니다. 그러자 당나귀는 자신의 목을 자르는 것이 그가 해줄 수 있는 가장 좋은 보답이라고 말했습니다. 그는 정말로 그렇게 하고 싶지 않았습니다. 하지만 당나귀의 간절한 애원을 이기지 못해 마침내 그렇게 했습니다. 당나귀의 머리가 땅에 떨어지자 마법 때문에 덮어쓰고 있던 껍질이 벗겨졌습니다. 그 자리에는 누구라도 관심을 가질 만큼 잘생긴 왕자가 서 있었습니다. 그 왕자는 두 번째 공주를 아내로 삼았습니다. 그런 뒤에 그들은 결혼식 잔치를 계속했고, 일곱 왕국 전역에 그 소식이 알려졌습니다.

그들은 집을 지었습니다.
그들은 구두를 기웠습니다.
그들은 많은 아이들을 낳았습니다.
모든 것이 평온했습니다.

41

작은 프리크

옛날 옛적에 어느 가난한 농부가 있었습니다. 그에게는 아들만 하나 있었습니다. 그런데 이 소년은 몸이 약했으며, 그다지 건강하다고 할 수 없었습니다. 그래서 소년은 들판으로 가서 일을 할 수 없었습니다. 소년의 이름은 프리크(Frikk)였는데, 체구도 남들보다 작았습니다. 그래서 사람들은 그를 '작은 프리크'라고 불렀습니다.

집에는 한입 먹을 것도, 한 모금 마실 것도 없었습니다. 그래서 그의 아버지는 이곳저곳을 돌아다니며 아들을 목동이나 심부름 소년으로 보내려 했습니다. 하지만 아무도 그의 아들을 데려가려 하지 않았습니다. 치안담당관에게 가기 전까지는 말입니다. 그는 기꺼이 소년을 데려가겠다고 했습니다. 그는 막 심부름 소년을 해고했는데, 지독한 구두쇠로 소문이 나서 아직 대신할 사람을 찾지 못했기 때문입니다. 가난한 농부는 그보다 나은 일자리는 없을 것이라고 생각했습니다.

소년은 일을 하는 대가로 밥을 얻어먹고, 잠자리도 얻을 수 있었습니다. 그렇지만 보수나 옷에 관해서는 어떤 말도 없었습니다. 소년이 3년 동안 일한 뒤에 떠나겠다고 하자, 그제야 치안담당관은 그 동안의 보수를 한꺼번에 주었습니다. 소년의 보수는 겨우 1년에 1스킬링이었습니다. "그 이상은 줄 수 없어." 치안담당관이 말했습니다. 그래서 소년이 받은 보수는 모두 합해 3스킬링이었습니다.

작은 프리크는 그것이 큰돈이라고 생각했습니다. 그는 그 정도의 돈을 가져본 적이 한번도 없었기 때문입니다. 그러나 소년은 다른 것을 더 받을 수는 없냐고 물어 보았습니다.

"너는 이미 네가 받아야 할 것보다 많이 받았다." 치안담당관이 말했습니다.

"제가 뭔가를 더 받을 수는 없을까요? 이를테면 옷이라든지?" 작은 프리크가 물었습니다. "저는 이곳에 처음 입고 온 해진 누더기를 지금까지 입고 있어요. 새 옷을 받지 못했어요."

솔직히 말해 소년은 너무나 남루했습니다. 그의 몸에는 이제는 다 찢어져 퍼덕거리는 넝마쪼가리만 걸쳐져 있었습니다.

"돈을 받았을 때 너는 이미 동의한 거야." 치안담당관이 말했습니다. "나는 3스킬링 이외에는 네게 한 푼도 더 줄 수 없어. 썩 꺼져!"

소년은 부엌으로 가서 보따리에 넣을 음식을 조금 챙기는 것만 겨우 허락받을 수 있었습니다. 길을 나선 소년은 스스로 옷을 사기로 했습니다. 그는 즐겁고 행복했습니다. 그때까지 1스킬링도 가져본 적이 없었기 때문입니다. 그래서 그는 길을 걸어가면서 가끔씩 주머니에 손을 넣어 동전 세 개가 모두 잘 있는지 확인했습니다.

아주 멀리멀리 걸어갔을 때였습니다. 소년은 사방이 높은 산으로 둘러싸인 좁은 골짜기에 들어섰는데, 그곳을 벗어날 길을 알지 못했습니다. 그는 어떻게 해야 골짜기를 벗어나 산 너머로 갈 수 있을지 걱정되기 시작했습니다.

그렇지만 그는 성큼성큼 걸어서 위로 또 위로 올라갔습니다. 소년은 다리가 튼튼하지 않으므로 가끔씩 쉬어야 했습니다. 그때마다 소년은 자신이 동전을 얼마나 가지고 있는지 세고 또 세었습니다. 아주 높은 꼭대기까지 올라가자 거기에는 이끼로 덮인 넓은 평원이 있었습니다. 소년은 그곳에 앉아서 돈이 잘 있는지 확인해보려 했습니다. 그런데 그가 미처 알아채기도 전에 남자 거지 하나가 다가왔습니다. 거지는 키도 덩치도 아주 컸기 때문에, 소년은 그의 큰 키와 덩치를 가까이에서 보고는 비명을 질러댔습니다.

"두려워하지 말거라." 남자 거지가 말했습니다. "널 해치지 않을 거야. 나는 그저 1스킬링을 구걸할 뿐이야. 제발."

"하늘이시여, 저를 도와주세요!" 소년이 말했습니다. "나는 3스킬링밖에 없어요. 그걸로 마을에 가서 옷을 살 거예요."

"너보다 내가 더 어려워." 남자 거지가 말했습니다. "나는 돈이 하나도 없어. 그리고 너보다 훨씬 더 남루해."

"그래요! 그렇다면 이것을 가지세요." 소년이 말했습니다.

소년은 얼마 동안 더 걷다가 피곤해져서 다시 자리에 앉아 쉬었습니다. 그런데 위를 올려다보았을 때 거기에는 또 다른 남자 거지가 있었습니다. 그는 앞서 보았던 거지보다도 훨씬 키가 크고 추했습니다. 어찌나 크고 못생기고 길쭉했는지 소년은 그를 보자마자 놀라 비명을 지르기 시작했습니다.

"이런, 나를 두려워하지 말거라." 거지가 말했습니다. "나는 널 해치지 않아. 그저 1스킬링을 구걸하고 있을 뿐이야. 제발."

"아, 하늘이시여, 저를 도와주세요!" 소년이 말했습니다. "내가 가진 것은 2스킬링뿐이에요. 나는 그걸로 마을에 가서 옷을 살 거예요. 당신을 일찍 만났더라면, 그랬더라면……."

"내가 너보다 더 어려워." 남자 거지가 말했습니다. "나는 돈이 하나도 없고, 몸이 커서 옷도 더 작아."

"그렇다면, 이것은 당신이 가져야겠군요." 소년이 말했습니다.

그 뒤 한참을 더 걷던 소년은 다시 피곤해지자 쉬려고 자리에 앉았습니다. 그러나 그가 자리에 앉자마자 세 번째 거지가 그에게 다가왔습니다. 그는 아주 크고 못생기고 길쭉했습니다. 그래서 소년은 위로 또 위로 거의 하늘까지 똑바로 올려다보아야 했습니다. 그의 모습이 눈에 다 들어오자 소년은 너무나도 크고 못생기고 남루한 그 모양새에 놀라 다시 비명을 지르기 시작했습니다.

"이런, 날 두려워하지 말거라. 소년아." 남자 거지가 말했습니다. "해치지 않아. 나는 그저 1스킬링만 달라고 구걸하는 거지일 뿐이야."

"하늘이시여, 저를 도와주세요!" 소년이 말했습니다. "나에게 남은 것은 딱 1스킬링뿐이에요. 그걸로 마을에 가서 옷을 살 거예요. 내가 당신을 조금만 더 일찍 만났더라면, 그랬더라면……."

"거기에 대해 말하자면" 남자 거지가 말했습니다. "나는 돈이 하나도 없어. 아무것도 없지. 그리고 몸이 커서 옷도 더 작아. 그러니 너보다는 내가 더 어려워."

"좋아요!" 작은 프리크가 말했습니다. 그렇다면 그가 동전을 가지라고 말입니다. 어쩔 수가 없었습니다. 그렇게 거지들에게 동전을 하나씩 주는 바람에 소년에게는 결국 아무것도 남지 않게 되었습니다.

"이런 세상에나!" 남자 거지가 말했습니다. "너는 정말 좋은 마음씨를 지니고 있구나. 네가 이 세상에서 가지고 있는 것을 모두 내줄 정도로 말이야. 내가 동전 하나에 소원을 하나씩 들어주마." 여러분이 알아야 할 것이 그 세 거지는 모두 같은 남자였습니다. 그가 매번 모습을 바꾸는 바람에 소년이 그를 알아보지 못했던 것이었습니다.

"나는 언제나 〔바이올린 같은 현악기인〕 페레의 소리를 무척이나 좋아했어요. 그걸 들으면 너무 즐겁고 행복해져서 춤을 추지 않을 수가 없어요." 소년이 말했습니다. "그래서 내가 빌고 싶은 소원은 살아 있는 모든 것을 춤추게 할 수 있는 페레를 갖는 거예요."

359

"가지게 될 거다." 남자 거지가 말했습니다. 그러나 그것은 하찮은 소원이었습니다. "남은 2스킬링으로는 좀 더 큰 소원을 빌어 봐라."

"나는 언제나 사냥하고 총 쏘는 것을 무척이나 좋아했어요." 작은 프리크가 말했습니다. "그러니 만일 소원을 빌 수 있다면 조준하는 것은 뭐든 맞출 수 있는 총을 가지고 싶어요. 아주 멀리 떨어져 있는 것이라도 말이에요."

"너는 그것을 가지게 될 거다." 남자 거지가 말했습니다. "하지만 그것도 하찮은 소원이야. 마지막 1스킬링으로는 더 큰 소원을 빌어 봐."

"나는 언제나 친절하고 좋은 사람들과 어울리고 싶었어요." 작은 프리크가 말했습니다. "그러니 마음대로 소원을 빌 수 있다면 내가 먼저 부탁한 것에 대해 아무도 '안 돼'라고 말하지 않았으면 좋겠어요."

"그것은 그리 하찮은 소원이 아니구나." 남자 거지가 말했습니다. 그리고 성큼성큼 언덕 사이로 걸어가 버렸습니다. 소년은 더 이상 그를 볼 수 없었습니다. 그 뒤 소년은 누워 잠이 들었습니다.

다음날 소년은 페레와 총을 들고 산에서 내려왔습니다. 그는 먼저 가게 주인한테 가서 옷을 달라고 했습니다. 그리고 농장에 가서는 말을 달라고 했습니다. 그는 또 여기에 가서는 마차를 달라고 하고, 저기에 가서는 털외투를 달라고 했습니다. 아무도 그에게, 심지어 가장 구두쇠인 사람도 안 된다고 말하지 않았습니다. 그들은 모두 소년이 요구하는 것을 들어줄 수밖에 없었습니다. 마침내 소년은 그 고장을 지나면서 근사한 신사가 되었고, 말과 썰매도 생겼습니다. 그는 얼마쯤 가다가 전에 심부름을 했던 치안담당관을 만났습니다.

"안녕하세요, 주인아저씨." 프리크가 모자를 벗으며 말했습니다.

"안녕하시오." 치안담당관이 인사했습니다. 그런 뒤에 그는 계속 말했습니다. "그런데 내가 언제 당신 주인아저씨였던 적이 있었나요?"

"오, 그럼요!" 작은 프리크가 말했습니다. "제가 지난 3년 동안 3스킬링을 받고 일한 것 기억 안 나세요?"

"세상에 맙소사!" 치안담당관이 말했습니다. "어떻게 이 모든 것을 갑자기 갖게 된 거야! 어떻게 네가 이렇게 근사한 신사가 된 거야?"

"오, 그건 비밀이에요!" 작은 프리크가 말했습니다.

"그리고 아주 즐거워 보이는구나. 너 페레를 가지고 다니는 거야?" 치안담당관이 물었습니다.

"그럼요! 그럼요!" 프리크가 말했습니다. "나는 언제나 사람들이 춤을 추길 원했거든요. 하지만 무엇보다 재미있는 것은 이 총이에요. 조준하는 것은 뭐든 맞출 수 있거든요. 아무리 멀리 있더라도 말이에요. 저기 가문비나무에 앉아 있는 까치 보이세요? 여기서 내가 저것을 맞출 수 있는지 내기하실래요?"

그때 치안담당관에게는 좋은 말과 마부, 100달레르가 있었습니다. 하지만 그는 그것만 걸지 않았습니다. 그는 자신이 가지고 있는 돈을 모두 내놓겠다고 했습니다. 그는 소년이 까치를 맞추어 떨어뜨린다면 그것들을 모두 가져오겠다고 했습니다. 그렇게 멀리 떨어진 곳에 있는 것을 맞출 수 있는 총은 없다고 생각했기 때문입니다.

그러나 소년이 총을 쏘자마자 까치는 큰 가시나무 덤불 속으로 떨어졌습니다. 치안담당관이 가시나무 있는 곳으로 쫓아갔고, 까치를 집어 올려 소년에게 보여주었습니다. 그런데 갑자기 작은 프리크가 자신의 페레를 켜자, 치안담당관은 춤을 추기 시작했습니다. 가시가 그를 찌르는데도 말입니다. 그러나 소년은 연주를 멈추지 않았습니다. 치안담당관은 춤을 추면서 소리를 지르며 애원했습니다. 그의 옷은 넝마쪼가리가 되었고, 등에는 실오라기 하나도 남지 않았습니다.

"그래요!" 작은 프리크가 말했습니다. "이제 당신은 떠날 때의 나처럼 너덜너덜하네요. 자, 이제 당신이 가진 것을 모두 내놓으세요."

치안담당관은 소년이 까치를 맞추지 못한다고 내기를 하면서 걸었던 것들을 모두 주어야 했습니다. 그 뒤 마을로 온 소년은 여관으로 갔습니다. 그가 연주를 시작하자 모든 사람들이 춤을 추었습니다. 소년은 행복했습니다. 아무도 그가 부탁한 것에 대해 안 된다고 말하지 않았으므로 그는 아무런 걱정이 없었습니다.

모두 한창 즐겁게 놀고 있을 때 집행관(fut)*이 와서 소년을 붙잡아 끌고 갔습니다. 치안담당관이 소년을 고발했기 때문입니다. 그는 소년이 자신을 불러 세워 강탈한 뒤에 목숨마저 빼앗아가려 했다고 말했습니다. 마침내 소년은 교수형 판결을 받게 될 처지에 놓이게 되었습니다. 아무도 소년의 말을 들으려 하지 않았습니다. 그러나 작은 프리크에게는 이 모든 문제를 해결할 방법이 있었습니다. 페레였습니다. 그가 연주를 시작하자 집행관은 쓰러져서 숨이 넘어갈 지경이 될 때까지 춤을 추었습니다.

그들은 병사들을 보내 일을 처리하려고 했으나 그들도 나을 게 없었습니다. 작은 프리크가 페레를 켜자마자 그들도 모두 춤을 추기 시작했습니다. 춤은 그가 손가락을 들어 연주를 하는 동안에만 계속되었습니다. 하지만 소년이 지치기 전에 그들이 먼저 초주검이 되었습니다.

마침내 그들은 그를 몰래 습격하기로 했습니다. 밤에 소년이 잠들어 있을 때 그들은 소년을 붙잡았습니다. 그리고 소년을 붙잡자마자 그 자리에서 교수형을 선고하고 서둘러 그를 교수대로 끌고 갔습니다. 많은 군중들이 모여 이 놀라운 광경을 지켜보았습니다. 치안담당관도 그곳에 있었습니다. 그는 마침내 잃어버린 돈과 피부에 대한 보복을 할 수 있다는 생각에 매우 기뻤습니다. 그는 소년이 교수형에 처해지는 장면을 직접 눈으로 보고 싶었습니다. 그러나 사람들은 소년을 교수대로 빨

---

* 중앙 정부로부터 권력을 위임받아 지방에서 경찰력을 가지고 세금이나 벌금을 부과하는 지방관으로 '포그드(fogd)'라고도 한다. 민담에서는 주로 마을사람들을 괴롭히는 악역으로 등장한다.

리 끌고 갈 수 없었습니다. 작은 프리크는 다리가 언제나 약했고, 지금은 전보다도 훨씬 더 약해졌기 때문입니다. 그의 페레와 총은 여전히 그의 곁에 있었습니다. 그에게서 그것들을 떼어놓을 수는 없었습니다.

프리크는 교수대로 가기 위해 많은 계단을 올라가야 했습니다. 그는 계단마다 멈추었습니다. 맨 꼭대기까지 올라가자 그는 주저앉았습니다. 그리고 그의 소원을 무시하지 않는다면, 하나만 허락해 주면 안 되겠냐고 물었습니다. 그는 교수형을 당하기 전에 페레를 한 번 켜보기를 간절히 바랐습니다. "그럼! 그럼!" 그들은 말했습니다. "그런 소원도 들어주지 않는 것은 죄이자 부끄러운 일이지." 여러분이 알다시피 그가 요구하는 것에 대해 아무도 안 된다고 할 수 없었기 때문입니다.

치안담당관은 그들에게 제발 그가 줄을 만지게 허락하지 말아 달라고 빌었습니다. 그렇게 하지 않으면 모든 것이 끝나버릴 거라면서 말입니다. 그리고 만약 소년이 페레를 켤 수 있게 허락할 거라면 자기를 그곳에 서 있는 자작나무에 묶어 달라고 애원했습니다.

작은 프리크가 서둘러 자기의 페레를 켜자 곧바로 모든 이들이 춤을 추었습니다. 두 다리를 가진 자들도 춤을 추었고, 네 다리를 가진 것들도 춤을 추었습니다. 사제장과 교구 사제, 변호사, 집행관, 치안담당관, 주인들, 개들, 돼지들 모두가 춤을 추고 웃으며 서로를 향해 괴성을 질러댔습니다. 어떤 이들은 쓰러져 죽을 때까지 춤을 추었고, 어떤 이들은 기절할 때까지 춤을 추었습니다. 그들 모두 상황이 좋지 않았지만, 가장 상황이 좋지 않았던 것은 자작나무에 묶여 있던 치안담당관이었습니다. 그는 춤을 추면서 자신의 등을 계속 나무줄기에 긁어댔습니다.

어느 누구도 작은 프리크를 어떻게 할 생각을 하지 못했습니다. 그는 자신이 원하는 대로 페레와 총을 가지고 떠났습니다. 그리고 평생을 즐겁고 행복하게 살았습니다. 어느 누구도 그가 먼저 부탁했을 때 "안 돼"라고 말할 수 없었기 때문입니다

42

구석어머니의 딸

옛날 옛적에 한 아주머니가 있었습니다. 그녀에게는 아들이 하나 있었는데 매우 게으르고 느려 터졌습니다. 그는 뭔가 쓸모 있는 일을 결코 하려 들지 않았으며, 노래 부르고 춤추는 것만 좋아했습니다. 그래서 한나절 내내 춤추고 노래를 불렀고, 밤에도 이따금 틈이 날 때마다 그렇게 했습니다. 오래 될수록 더 어려워진다는 것은 아주머니에게도 해당되는 말이었습니다. 소년은 자라면서 마구 먹어댔습니다. 그리고 몸도 점점 커져서 옷도 더 많이 필요해졌습니다. 그의 옷은 금방 해어졌습니다. 그럴 수밖에 없는 것이 노상 숲과 들판을 쏘다니며 춤을 추었기 때문입니다.

마침내 아주머니는 더는 안 되겠다고 생각했습니다. 그래서 그녀는 소년에게 이제부터는 네 손으로 일을 하고, 착실하게 살아야 한다고 말했습니다. 그렇게 하지 않으면 굶어죽는 수밖에 없다고 말입니다. 그러나 소년은 그럴 생각이 전혀 없었습니다. 그는 차라리 [쥐의 별칭인] 구석어머니(mor i kroken)의 딸에게 청혼을 하는 편이 더 낫겠다고 말했습니다. 만일 그가 그녀와 결혼을 하게 된다면 노래하고 춤추며 한평생 잘 먹고 잘 살면서 일이라고는 조금도 하지 않아도 될 거라면서 말입니다. 이 말을 들은 어머니는 그것이 아주 좋은 일이라고 생각했습니다. 그래서 그녀는 소년을 구석어머니의 집으로 보내기 위해 아주 말쑥해 보이게 그를 정성껏 차려입혔습니다.

그렇게 해서 소년은 길을 나서게 되었습니다. 그가 문 밖으로 나왔을 때에는 해가 따뜻하고 밝게 비추고 있었습니다. 그러나 전날 밤 비가 내렸기 때문에 길은 여전히 진창이 되어 질척거렸습니다. 진흙 구렁들마다 물이 가득 차 있었습니다. 소년은 지름길로 구석어머니에게 갔습니다. 그는 늘 그러던 것처럼 노래를 부르며 팔짝거렸습니다. 그리고 늘 그러던 것처럼 진흙 구렁을 뛰어넘었고, 그렇게 작은 다리가 있는 곳까지 갔습니다. 그 다리에서 그는 풀 무더기에 있는 구렁을 건너기 위해 뛰었습니다. 신발을 더럽히고 싶지 않았기 때문입니다. 그러나 "털썩!" 갑작스러운 일이었습니다. 그가 풀 무더기를 밟는 순간 발아래가 푹 꺼져버렸습니다.

떨어지기를 멈추었을 때, 그는 자신이 좁고 깊고 어두운 구멍 안에 있다는 사실을 알 수 있었습니다. 처음에는 아무것도 보이지 않았지만, 얼마 뒤에 쥐 한 마리가 언뜻 보였습니다. 그것은 꼬리에 열쇠 뭉치를 매달고 소년을 향해 꿈틀꿈틀 다가왔습니다.

"내 소년이여, 여기서 뭐하고 있어요?" 쥐가 말했습니다. "친절하게도 나를 보러 와주었군요. 고마워요. 나는 당신을 오랫동안 기다리고 있었어요. 물론 당신은 나에게 청혼을 하러 왔고, 그것을 열렬히 원하고 있지요. 나는 잘 알고 있어요. 하지만 당신은 아직 조금 더 기다려야 해요. 지참금을 많이 마련할 계획이거든요. 나는 아직 결혼 준비를 마치지 못했어요. 하지만 최선을 다해 곧 끝낼 수 있도록 할게요."

그녀는 이렇게 말하면서 계란껍질에 온갖 종류의 찌꺼기와 부스러기들을 넣어 가져왔습니다. 그리고 쥐가 먹는 것 같은 그것들을 그의 앞에 차려놓고 말했습니다.

"자, 앉아서 드세요. 당신은 지쳐서 배가 고플 거예요."

하지만 소년은 그런 것은 조금도 좋아하지 않는다고 생각했습니다.

'여기에서 나가 다시 땅 위로 갈 수만 있다면.' 그는 속으로 그저 이런 생각만 했습니다. 그러나 소리를 내어 말하지는 않았습니다.

"괜찮다면, 당신은 다시 집으로 가는 게 좋을 것 같아요." 쥐가 말했습니다. "나는 당신이 이 결혼에 온통 마음을 쏟고 있다는 것을 알고 있어요. 그러니 나도 할 수 있는 최선을 다해 서두를게요. 당신은 이 〔마로 만들어 질기고 튼튼한〕 아마실을 가지고 가야 해요. 그리고 위로 올라가면 반드시 뒤를 돌아보지 말고 곧장 집으로 가세요. 가는 길에 당신은 단지 이렇게만 말하면 된다는 것을 명심하세요."

"앞은 짧고, 뒤는 길지! 앞은 짧고, 뒤는 길지!"

그녀는 이렇게 말하면서 아마실을 그의 손에 쥐어 주었습니다.

"고맙기도 해라!" 소년이 말했습니다. 그 순간 어느새 그는 땅위로 올라와 있었습니다. "나는 저곳에 다시는 가지 않겠어. 그럴 수만 있다면 말이야."

그런데 그의 손에는 여전히 실이 있었습니다. 그는 언제나 그랬듯이 팔짝거리며 노래를 했습니다. 쥐구멍에서 있었던 일을 더는 생각하지 않았지만, 그는 가락까지 붙여서 노래를 불렀습니다.

"앞은 짧고, 뒤는 길지! 앞은 짧고, 뒤는 길지!"

그가 집에 도착해 현관에서 돌아보자 하얀 아마포가 〔약 62m인〕 100 알렌이나 놓여 있었습니다. 얼마나 좋은 것이었는가 하면, 가장 솜씨가 좋은 소녀가 짠 아마포보다도 훌륭했습니다.

"어머니! 어머니! 이리 와 보세요." 소년이 소리를 지르며 고함을 쳤습니다. 아주머니가 급히 나와 도대체 무슨 일이냐고 물었습니다. 그러나 그녀는 곧 아마포를 발견했습니다. 그것은 그녀가 볼 수 있는 저 멀리까지 펼쳐져 있었습니다. 아주머니는 자기 눈을 믿을 수 없었습니다. 소년이 지금까지 있었던 모든 일을 이야기해줄 때까지 말입니다. 그녀는 그 이야기를 듣고, 손으로 직물을 만져보고 나서야 매우 기뻐하며 춤을 추고 노래를 부르기 시작했습니다.

그녀는 아마포를 가져다가 재단을 하고 바느질을 해서 자신과 아들을 위한 옷을 만들었습니다. 그리고 나머지는 마을로 가져가 팔아서 돈으로 바꿨습니다. 그렇게 그들은 한동안 행복하게 잘 살았습니다.

그러나 돈이 다 떨어져 집에 먹을 것이 없게 되자 그녀는 아들에게 이제는 정말로 그가 세상의 다른 사람들처럼 일을 하면서 살아야 한다고 말했습니다. 그렇게 하지 않으면 둘 다 굶어죽을 수밖에 없다고 말입니다. 하지만 소년은 차라리 구석어머니에게 가서 그의 딸한테 청혼을 하는 편이 낫겠다고 했습니다.

그래요! 아주머니도 그게 더 좋겠다고 생각했습니다. 지금 소년은 좋은 옷을 걸치고 있어서 몰골도 그렇게 나쁘지 않았습니다. 그녀는 그를 말쑥하게 꾸미고, 할 수 있는 한 가장 잘 차려 입게 했습니다. 그는 새 구두를 꺼내서 유리처럼 반짝일 때까지 닦았습니다.

준비를 마친 그는 길을 나섰습니다. 모든 것이 전과 똑같았습니다. 그가 문 밖으로 나갔을 때는 햇빛이 비추어 밝고 따뜻했습니다. 그러나 전날 밤에 온 비로 길은 진창이 되어 질척거렸습니다. 진흙 구렁마다 물이 가득했습니다. 소년은 지름길로 구석어머니에게 갔고, 늘 그랬던 것처럼 노래를 부르며 팔짝거렸습니다. 이번에 그는 전에 갔던 길과 다른 길을 택했습니다. 하지만 그는 똑같이 뛰고 팔짝거렸고, 다시 습지 위의 다리를 건너게 되었습니다. 거기에서 그는 풀 무더기에 있는 구렁을 또 뛰어넘었습니다. 신발을 더럽히고 싶지 않았기 때문입니다. 그러나 털썩 떨어졌고, 발아래가 푹 꺼져버렸습니다.

그는 계속 떨어졌습니다. 멈추었을 때 그는 자신이 좁고 깊고 어두운 구멍 안에 있다는 것을 알았습니다. 처음에는 아무것도 볼 수 없었으나, 잠시 뒤에 꼬리에 열쇠꾸러미를 매단 쥐 한 마리가 그를 향해 옴질옴질 다가오는 것이 어렴풋이 보였습니다.

"내 소년이여, 여기서 뭐 하세요?" 쥐가 말했습니다. "나를 보러 다시 와 주다니 정말 친절하시군요. 당신이 아주 열심이라는 것을 나는 알고 있어요. 하지만 조금 더 기다려야만 해요. 내 지참금이 아직도 부족해요. 다음에 올 때에는 준비를 다 끝마칠 수 있을 거예요."

그녀는 이렇게 말하고는 계란껍질에 쥐가 먹으면 좋아할 것 같은 온갖 찌꺼기와 부스러기들을 담아 그의 앞에 차려 놓았습니다. 그러나 소년은 그것들이 모두 이미 한번 먹다 남은 음식 같다고 생각했습니다. 그래서 그는 배가 고프지 않다고 말했습니다. 소년은 생각했습니다. '이 구멍에서 빠져나가 땅위로 꼭 한 번만 다시 올라갈 수 있다면.'

그러자 잠시 뒤에 쥐가 말했습니다.

"괜찮다면, 이제 당신은 집으로 가는 게 좋을 것 같아요. 결혼식 준비를 최대한 서둘러서 할게요. 자, 이 양털실을 가지고 가세요. 그리고 땅위로 나가면 반드시 뒤를 돌아보지 말고 곧장 집으로 가세요. 그리고 계속해서 이 말을 하는 것만 기억하세요."

"앞은 짧고, 뒤는 길지! 앞은 짧고, 뒤는 길지!"

그녀는 이렇게 말하면서 그의 손에 양털실을 건네주었습니다.

"고맙기도 해라!" 소년이 말했습니다. 그리고 밖으로 나온 뒤에는 이렇게 말했습니다. "빠져 나왔군. 그럴 수 있다면 다시는 그곳에 가지 말아야지." 그런 뒤에 그는 늘 그랬던 것처럼 노래를 부르며 팔짝거렸습니다. 그는 쥐구멍에 대해서는 더는 생각하지 않으나 가락을 붙여가며 노래를 불렀습니다.

"앞은 짧고, 뒤는 길지! 앞은 짧고, 뒤는 길지!"

집에 가면서 그는 계속 그렇게 했습니다. 집으로 돌아온 그가 마당에

서서 뒤를 돌아보자 거기에는 길이가 100알렌이 훨씬 넘는 최상품의 모직물이 놓여 있었습니다. 와! 그것은 [약 1.4km인] 반 피에르딩이 훨씬 넘었습니다. 얼마나 좋은 것이었는가 하면 마을의 어떤 멋쟁이가 입는 외투도 그보다 좋을 수는 없을 정도였습니다.

"어머니! 어머니! 나와 보세요." 소년이 소리쳤습니다. 문 밖으로 나온 아주머니는 손뼉을 쳤습니다. 그녀는 그 아름다운 옷감을 보고는 좋아서 거의 정신을 잃을 지경이었습니다. 소년은 어머니에게 그가 그것을 어떻게 얻었는지 처음부터 끝까지 모든 일을 이야기해 주었습니다. 그 뒤 그들은 여러분이 생각하는 것처럼 옷감 덕분에 좋은 시절을 보냈습니다. 소년은 가장 좋은 옷이 생겼습니다. 아주머니는 마을로 가서 조금씩 옷감을 팔아 많은 돈을 벌었습니다. 그러자 그녀는 오두막을 꾸미고, 마치 태생이 숙녀인 것처럼 옛 시절로 돌아가 말쑥하게 차려입었습니다. 그들은 행복하게 살았습니다.

그러나 마침내 돈이 다 떨어지는 날이 다시 찾아왔습니다. 아주머니는 집에 더는 먹을 것이 없게 되자 아들에게 이제는 정말로 그가 일을 하면서 세상 다른 사람들처럼 살아야 한다고, 그러지 않으면 당장 둘다 굶어죽는 수밖에 없다고 말했습니다. 하지만 소년은 차라리 구석어머니에게 가서 그녀의 딸에게 청혼하는 게 더 낫겠다고 했습니다. 이번에도 아주머니는 같은 생각이었습니다. 그래서 그 말에 반대하지 않았습니다. 지금 그는 가장 좋은 새 옷을 입고 있어서 아주 멋져 보였습니다. 그녀는 말쑥한 소년에게는 어느 누구도 "안 돼!"라고 말하지 않을 것이라고 생각했습니다. 그래서 그녀는 그를 맵시 있게 차려 입히고, 그녀가 할 수 있는 한 가장 멋지게 꾸며주었습니다. 소년은 스스로 새 구두를 가져와서 자기 얼굴이 비칠 때까지 반짝거리게 문질렀습니다.

모든 준비를 마친 그는 길을 나섰습니다. 이번에 그는 지름길로 가지 않고 아주 많이 돌아가는 길을 택했습니다. 그는 가능하면 쥐가 있는 곳으로 내려가고 싶지 않았기 때문입니다. 그는 꿈틀대는 것과 결혼식에 관한 끝없는 수다가 너무 참기 힘들었습니다. 날씨와 길들은 모두 앞서의 두 번과 똑같았습니다. 햇빛이 비추었고, 그 때문에 진흙 구렁과 물웅덩이들이 눈부시게 반짝거렸습니다. 소년은 늘 그랬던 것처럼 노래를 부르고 팔짝거렸습니다. 그러나 노래를 부르며 뛰던 소년은 자신이 어디 있는지 깨닫기도 전에 그가 진흙 구렁을 건너갔던 똑같은 다리에 다시 와 있었습니다. 반짝이는 구두를 더럽히고 싶지 않았던 그는 풀 무더기의 구렁을 넘어가려고 다리에서 폴짝 뛰었습니다. "털썩!" 그래요! 발아래가 꺼지면서 그는 아래로 끝없이 떨어졌습니다. 멈추었을 때 그는 전과 같은 좁고 깊고 어두운 굴에 다시 와 있었습니다.

처음에 그는 아무것도 보이지 않아서 기뻤습니다. 그러나 잠시 뒤에 못생긴 쥐가 어렴풋이 눈에 들어왔습니다. 그는 꼬리 끝에 열쇠꾸러미를 매달고 있는 그녀를 보는 것이 정말로 지긋지긋했습니다.

"반가워요, 내 소년이여!" 쥐가 말했습니다. "다시 온 것을 진심으로 환영해요. 나는 당신이 내가 없는 것을 더는 견딜 수 없다는 것을 알아요. 고마워요, 정말 고마워요. 하지만 이제 결혼 준비가 모두 끝났어요. 우리는 당장 교회로 출발할 거예요."

'뭔가 끔찍한 일이 일어나고 있군.' 소년은 생각했습니다. 그러나 그 생각을 입 밖으로 드러내지는 않았습니다.

쥐가 휘파람을 불자 수많은 쥐와 작은 생쥐들이 구멍과 틈에서 몰려나왔습니다. 여섯 마리의 큰 쥐가 프라이팬을 메고 있었습니다. 생쥐 두 마리가 하인처럼 뒤에 섰습니다. 그리고 다른 생쥐 두 마리는 앞에서 운전을 했습니다. 쥐 몇 마리가 프라이팬에 탔고, 꼬리에 열쇠를 매단 쥐는 그들 사이에 자리를 잡았습니다. 그녀는 소년에게 말했습니다.

"이곳의 길은 매우 좁아요. 그러니 당신은 마차 옆에서 걸어와 주셔야 해요. 내 사랑이여, 길이 넓어지고 나면 그때는 나와 나란히 마차에

앉을 수 있을 거예요.”

'아주 잘 됐군그래.' 소년은 생각했습니다. '땅 위로 나가기만 하면 나는 너희 무리에게서 달아날 테니 말이야.' 그는 그렇게 생각했지만 소리 내어 말하지는 않았습니다.

그는 최대한 열심히 그들을 따라갔습니다. 이따금 소년은 네 발로 기어야 했고, 때로는 등을 잔뜩 구부린 채 웅크려야 했습니다. 군데군데 길이 너무 낮고 좁았기 때문입니다. 그러나 넓은 곳으로 나오자 그는 앞으로 나아가며, 어떻게 해야 그들을 따돌리고 달아날 수 있을지 이리저리 둘러보았습니다. 그러나 그가 맨 앞까지 갔을 때, 등 뒤에서 맑고 달콤한 목소리가 들려왔습니다. “이제 길이 좋아요. 이리 와요, 내 사랑. 마차를 타세요.”

소년은 순간 고개를 돌렸습니다. 그리고 너무 놀란 나머지 하마터면 코와 귀가 다 없어질 뻔했습니다. 거기에는 세상에서 가장 근사한 마차가 여섯 마리의 백마에 묶여 있었습니다. 그리고 마차 안에는 해처럼 눈부시고 사랑스러운 아가씨가 앉아 있었습니다. 그리고 그녀 주변에는 별처럼 예쁘고 상냥한 여자들이 둘러앉아 있었습니다. 공주와 그녀의 놀이친구들이었습니다. 그들은 함께 마법에 걸려 있었는데, 소년이 그들에 대한 불평을 한마디도 입 밖으로 내뱉지 않은 덕분에 마법에서 풀려날 수 있었던 것입니다.

"자, 어서요." 공주가 말했습니다. 소년은 마차로 뛰어올랐습니다. 그리고 그들은 함께 교회로 갔습니다. 〔결혼식을 마치고〕 교회에서 나오자 공주가 말했습니다. "자, 우선 내 집으로 가요. 그런 뒤에 당신 어머니도 모셔오게 해요."

'다 좋기는 한데.' 소년은 생각했지만 여전히 말로 내뱉지는 않았습니다. 하지만 그가 보기에는 좁은 쥐구멍으로 내려가는 것보다는 어머니가 있는 집으로 가는 것이 더 나을 것 같았습니다. 그러나 그런 생각을 하고 있던 바로 그 순간에 그들은 어느 멋진 성에 도착했습니다. 그들은 그곳으로 들어가 살게 되었습니다.

그 뒤 여섯 마리 말이 끄는 마차를 보내 아주머니를 데려오게 했습니다. 그리고 아주머니가 오자 그들은 결혼식 준비를 시작했습니다. 축하 잔치가 14일 동안이나 계속되었는데, 어쩌면 지금까지 계속되고 있을지도 모르겠습니다. 그러니 우리 모두 서둘러야 합니다. 잘만 하면 우리도 시간 안에 도착해서 신랑과 신부를 위해 축배를 들고, 신부와 함께 춤을 출 수 있을 것입니다.

43

녹색 기사

옛날 옛적에 어떤 왕이 있었습니다. 홀아비인 그에게는 딸만 하나 있었습니다. 그러나 옛말에 이르기를, 홀아비의 슬픔은 팔꿈치를 맞은 것과 같다고 했습니다. 아프기는 하지만 이내 사라지지요. 그리하여 왕은 두 딸을 가진 왕비와 결혼하게 되었습니다. 그런데 이런! 이 왕비는 다른 계모들보다 조금도 낫지 않았습니다. 그녀는 늘 자신의 의붓딸에게 딱딱거리면서 심술궂게 대했습니다.

자! 오랜 시간이 흘러 세 소녀가 다 자랐을 때였습니다. 전쟁이 일어나 왕은 자기 나라와 왕국을 위해 싸우러 가야 했습니다. 떠나기 전에 그는 세 딸을 불러서 적을 물리칠 그날이 오면 무엇을 사다주면 좋겠냐고 물었습니다. 그러자 여러분이 생각하는 것처럼, 두 의붓딸이 먼저 냉큼 원하는 것이 무엇인지 말했습니다. 그래요! 첫째 딸은 금으로 된 물레를 원했습니다. 아주 작아서 8스킬링 은화 위에 세울 수 있는 것으로 말입니다. 둘째 딸은 금으로 된 실패를 사다 달라고 했습니다. 너무 작아서 8스킬링 은화 위에 세울 수 있는 것으로 말입니다. 그것이 그들이 가지고 싶은 것들이었습니다. 그들은 그것들을 갖게 될 때까지 물레도 돌리지 않고, 실패도 감지 않겠다고 했습니다. 그러나 왕의 친딸은 자신의 이름으로 녹색 기사를 반겨 달라고만 부탁했습니다.

왕은 전쟁터로 갔고, 어디서든 승리했습니다. 그래요! 그는 의붓딸들에게 가져다주기로 약속했던 것들을 샀습니다. 그러나 그는 자신의 친딸이 부탁했던 것은 까맣게 잊고 있었습니다. 그가 승리를 기념하는 축하 잔치를 연 그날까지 말입니다. 거기에서 왕은 녹색 기사를 발견했고, 그 순간 자신의 딸이 했던 말이 떠올랐습니다. 그래서 왕은 녹색 기사를 자기 딸의 이름으로 반겨 주었습니다. 녹색 기사는 환대에 고마워하면서 왕에게 책 한 권을 주었습니다. 그것은 양피지로 된 잠금장치가 달린 찬송가책처럼 보이는 것이었습니다. 왕은 그것을 집으로 가져가 공주에게 주기로 했습니다. 하지만 그는 잠금장치를 벗겨보지는 않았습니다. 공주가 혼자 있을 때 끌러야 했기 때문입니다.

전쟁이 끝나고 축하 잔치까지 마친 왕은 다시 집으로 돌아왔습니다. 왕이 문 안으로 들어서자 두 의붓딸은 그에게 달라붙어서 자신들에게 사다 주겠다고 약속했던 것을 받으려고 했습니다. "그래." 왕은 그들이 원하는 것을 사왔다고 말했습니다. 그러나 그의 친딸은 가만히 뒤에 있으면서 아무것도 요구하지 않았습니다. 그래서 왕은 그 책에 관한 것을 까맣게 잊고 있었습니다. 그날이 될 때까지 말입니다.

어느 날 왕은 외출을 하기 위해 축하 잔치에서 입었던 외투를 꺼내 입었습니다. 손수건을 꺼내려고 주머니에 손을 넣은 순간 책이 잡혔고, 그는 그것이 무엇인지 생각났습니다. 그래서 왕은 자신의 딸에게 그것을 주었습니다. 그리고 녹색 기사가 공주의 인사에 대한 화답으로 전한 책이니, 그녀가 온전히 혼자 있을 때까지는 잠금장치를 끌러보지 말라고 했습니다.

그래요! 그날 저녁 혼자 침실에 있게 되었을 때 그녀는 책의 잠금장치를 벗겼습니다. 그러자 곧바로 음악소리 같은 것이 들려왔습니다. 그것은 그녀가 그때까지 한번도 들어보지 못한 달콤한 소리였습니다. 그리고 이게 누구입니까! 세상에나! 녹색 기사가 나타났습니다. 그는 그녀에게 그 책은 펼 때마다 자신이 그녀에게 올 수 있게 해줄 것이라고 했습니다. 그녀가 어디에 있든 말입니다. 그리고 그것을 닫으면 그는 다시 그곳을 떠나 사라지게 될 것입니다. 그래요! 그녀는 저녁에 혼자서 쉴 때면 몇 번이고 그 책을 펼쳤습니다. 그때마다 기사가 그녀에게 왔고, 거의 언제나 그곳에 머물렀습니다.

그러나 공주의 계모는 늘 코를 킁킁대며 모든 일의 냄새를 맡고 다니는 여자였습니다. 왕비는 공주가 누군가와 함께 방 안에 있다는 사실을 알아챘고, 곧바로 왕에게 그 사실을 알렸습니다. 그러나 왕은 그 말을 믿으려 하지 않았습니다. "그럴 리 없소!" 왕은 공주의 방을 지켜본 뒤에 거짓말임이 밝혀지면 그녀를 꾸짖겠다고 말했습니다.

어느 날 저녁에 그들은 문 밖에 서 있다가 소리를 들었습니다. 그것은 마치 안에서 누군가와 이야기를 나누고 있는 것 같은 소리였습니다. 그러나 그들이 안으로 들어갔을 때에는 아무도 없었습니다.

"누구하고 이야기하고 있었니?" 계모가 앙칼지게 물었습니다.

"아무도 없었어요. 정말이에요." 공주가 말했습니다.

"아니야!" 그녀가 말했습니다. "내가 아주 똑똑히 들었어."

"오!" 공주가 말했습니다. "저는 단지 누워서 기도서를 큰 소리로 읽고 있었을 뿐이에요."

"이리 줘봐." 왕비가 말했습니다.

"이런! 이것은 그냥 기도서 아니오. 공주가 읽도록 내버려 두시오." 왕이 말했습니다. 그러나 계모의 생각은 바뀌지 않았습니다. 그래서 그녀는 벽에 구멍 하나를 뚫어서 공주의 방을 엿보았습니다.

어느 날 저녁에 계모는 기사가 방에 있는 소리를 듣고는 문을 벌컥 열어젖히고 바람을 일으키며 의붓딸의 방으로 쏜살같이 뛰어 들어갔습니다. 그러나 공주는 서둘러 책의 잠금장치를 잠갔고 기사는 순식간에 사라졌습니다. 공주가 재빨리 그렇게 했는데도 계모는 얼핏 그를 보았고, 누군가 그곳에 있다고 확신하게 되었습니다.

때마침 왕이 긴 여행을 떠나게 되었습니다. 그러자 왕이 없는 사이에 왕비는 땅에 깊은 구덩이를 파게 한 뒤에 그곳에 지하감옥을 만들었습니다. 그녀는 그곳의 돌벽과 회반죽벽에 쥐약을 비롯한 온갖 독들을 넣었습니다. 그래서 쥐 한 마리도 그 벽을 통과할 수 없었습니다. 왕비는 석공에게 후한 보수를 주면서 나라를 떠나라고 명령했습니다. 하지만 그는 그렇게 하지 않고 자신이 살던 곳에 남았습니다.

공주는 시녀와 함께 지하감옥으로 던져졌습니다. 그들을 안에 집어넣자 왕비는 벽을 쌓아 문을 막아버리고, 꼭대기에 음식을 던져줄 작은 구멍 하나만 남겨 놓았습니다. 공주는 그곳에 앉아 슬픔에 빠졌습니다. 아주 길고 기나긴 시간이 흐른 것 같았습니다. 마침내 공주는 자신이 책을 가지고 있다는 사실을 기억해냈습니다. 그래서 그것을 꺼내 잠금장치를 끌렀습니다. 처음에 그녀는 전에 들었던 것과 같은 감미로운 노랫소리를 들었습니다. 하지만 그 다음에는 흐느끼는 듯한 비통한 소리가 났습니다. 그때 녹색 기사가 나타났습니다.

"나는 죽음에 문턱에 서 있어요." 그가 말했습니다. 그런 뒤 그는 공주에게 그녀의 계모가 회반죽벽 안에 독을 넣어놓았다며, 자신이 다시 살아서 나갈 수 있을지 모르겠다고 했습니다. 그래서 공주는 재빨리 책을 다시 덮었지만, 흐느끼는 듯한 소리가 계속 들려왔습니다.

그런데 여러분이 알아야 할 것이, 공주와 함께 갇힌 시녀한테는 애인이 있었습니다. 그래서 그녀는 그에게 소식을 보내서 석공에게 부탁하게 했습니다. 그들이 기어서 나갈 수 있게끔 꼭대기에 있는 구멍을 넓혀 달라고 말입니다. 그리고 석공이 그렇게 해주면, 평생을 먹고 살 수 있을 만큼 공주가 넉넉히 보상을 해줄 것이라고 전하게 했습니다.

그래요! 그는 그렇게 했고, 그들은 그곳에서 빠져나와 여행길에 올랐습니다. 공주와 시녀는 아주 머나먼 낯선 나라들까지 돌아다녔는데, 어디를 가든 녹색 기사를 수소문하며 찾았습니다. 아주 길고 기나긴 시간이 지난 뒤에 그들은 온통 검은색으로 뒤덮인 어느 성에 이르렀습니다. 그들이 그 옆을 지나갈 때였습니다. 갑자기 폭우가 쏟아졌습니다. 그래서 공주는 교회로 가서 문 앞에서 비가 그치기를 기다렸습니다. 그녀가 거기에 서 있을 때, 젊은 남자 한 명과 나이 든 남자 한 명도 비를 피해 그곳으로 왔습니다. 공주는 멀리 떨어진 모퉁이로 물러나 있었기 때문에 그들은 그녀를 보지 못했습니다.

"도대체 왜" 젊은이가 말했습니다. "왕의 성이 온통 검게 장식되어 있는 거죠?"

"모르고 있었구나." 노인이 말했습니다. "이곳의 왕자가 죽을 병에 걸렸단다. 사람들은 그를 녹색 기사라고 불렀는데 말이야." 그러고 나서 그는 그에게 무슨 일이 있었는지 모두 이야기해 주었습니다. 이야기를 들은 젊은이는 그를 다시 건강하게 해줄 누군가가 있지 않겠냐고 말했습니다.

"아니, 아니!" 노인이 말했습니다. "치료 방법은 하나뿐이야. 지하감옥에 갇힌 아가씨가 찾아와서 들판에 있는 약초들을 뽑아 신선한 우유와 함께 끓인 다음에 그것으로 그를 세 번 씻겨야 해."

노인은 왕자가 건강을 되찾는 데 필요한 약초들의 이름을 하나하나 말했습니다. 공주는 이 모든 것을 잘 듣고 머릿속에 담아두었습니다.

비가 그치고 두 남자가 떠나자 그녀는 더 이상 머뭇거릴 수 없었습니다. 공주와 시녀는 머무르던 집으로 돌아오자마자 밖으로 나가 들판과 숲에 있는 모든 종류의 식물과 풀들을 모았습니다. 그들은 아침부터 밤까지 약초를 뽑고 모았습니다. 약초가 다 모이자 공주는 그것을 끓였습니다. 그런 뒤에 그녀는 의사의 모자와 외투를 사서 걸치고는 왕의 검

은 성으로 갔습니다. 그리고 왕자를 다시 낫게 할 수 있다고 했습니다.

"아니야, 아니야. 소용없는 일이다." 왕이 말했습니다. 많은 이들이 찾아와 이미 이런저런 방법을 써보았지만 낫기는커녕 더 나빠지기만 했기 때문입니다. 하지만 그녀는 물러서지 않았습니다. 그리고 왕자가 곧 건강해져서 행복해질 수 있을 것이라고 장담했습니다.

그렇게 해서 그녀는 치료할 기회를 얻게 되었습니다. 그녀는 녹색 기사의 침실로 들어가서 그를 씻겼습니다. 다음날 그녀가 왔을 때 그는 침대에 앉아 있을 만큼 좋아졌습니다. 그는 그 다음날에는 방안을 걸어 다닐 수 있을 만큼 좋아졌습니다. 그리고 세 번째로 씻기고 나자 그는 물 안에 있는 물고기처럼 활기차고 쌩쌩해졌습니다.

"이제 그는 사냥을 가도 됩니다." 의사가 말했습니다. 그러자 왕은 의사와 함께 매우 기뻐했습니다. 마치 한낮의 새처럼 말입니다. 그러나 의사는 자신은 집으로 가야만 한다고 말했습니다. 그런 뒤에 그녀는 모자와 외투를 던져버리고 옷을 멋지게 차려입은 뒤에 잔치를 벌였습니다. 그리고 책의 잠금장치를 풀었습니다. 그러자 전과 똑같은 달콤한 노랫소리가 들려왔고, 순식간에 녹색 기사가 와 있었습니다.

그는 그녀가 어떻게 그곳으로 왔는지 매우 궁금해 했습니다. 그래서 그녀는 그에게 무슨 일이 있었는지 모든 것을 이야기해 주었습니다. 사람들이 먹고 마시는 동안 그는 그녀를 데리고 곧장 성으로 갔습니다. 그리고 왕에게 처음부터 끝까지 모든 이야기를 했습니다. 그러자 그곳은 결혼식과 축하 잔치가 열리는 자리가 되었습니다. 잔치가 끝나자 그들은 신부의 집으로 출발했습니다. 그녀의 아버지는 진심으로 크게 기뻐했습니다. 그러나 계모는 사람들에게 붙잡혔습니다. 그들은 그녀를 못으로 가득한 통 안에 넣어 언덕에서 굴려 버렸습니다.

44

아스켈라덴과 그의 선원들

옛날 옛적에 어떤 왕이 있었습니다. 그 왕은 물에서처럼 육지에서도 빨리 가는 배가 있다는 이야기를 듣고는, 그런 배가 너무나 가지고 싶어졌습니다. 그래서 그런 배를 만드는 사람에게는 왕국의 절반과 공주를 주겠다고 약속했습니다. 이 약속은 왕국의 모든 교구 교회들과 모든 교구 회의들에서 발표되었습니다. 여러분이 생각하는 것처럼 많은 사람들이 그런 배를 만들려고 시도했습니다. 왕국의 절반을 가질 수 있는 좋은 기회였고, 더불어 공주까지 얻을 수 있는 멋진 일이었기 때문입니다. 그러나 그들은 모두 잘 해내지 못했습니다.

그때 숲속 깊은 곳에는 세 명의 형제가 살고 있었습니다. 첫째는 페르였고, 둘째는 폴이었습니다. 막내는 늘 앉아서 재만 뒤적이고 있었기 때문에 〔재투성이 에스펜이라는 뜻의〕 에스펜 아스켈라드라고 불렸습니다. 그런데 왕의 약속이 발표된 어느 일요일에 셋째도 교회에 있었습니다. 집으로 돌아온 그는 그 이야기를 큰형 페르에게 해주었습니다. 그러자 페르는 어머니에게 음식을 준비해 달라고 부탁했습니다. 그는 배를 만들어 왕국의 절반과 공주를 얻을 수 있을지, 길을 나서서 자신의 운을 시험해보고 싶었기 때문입니다. 그래서 그는 배낭 가득 먹을 것을 담고 성큼성큼 농장을 나섰습니다. 그렇게 길을 가던 그는 나이가 아주 많은 노인을 만났습니다. 그는 등이 많이 굽고 몰골이 딱했습니다.

"어디 가니?" 노인이 물었습니다.

"아!" 페르가 말했습니다. "아버지가 쓸 접시를 만들려고 숲으로 가요. 그는 우리하고 같은 접시로 음식을 먹는 것을 좋아하지 않거든요."

"접시가 될 거다." 노인이 말했습니다. "그런데 네 배낭에는 뭐가 들었니?"

"잡동사니요." 페르가 말했습니다.

"잡동사니가 될 거다." 노인이 말했습니다.

그들은 곧 헤어졌고, 페르는 성큼성큼 걸어서 참나무 숲으로 갔습니다. 그러고는 나무를 자르고 뚝딱거렸습니다. 그러나 그가 아무리 자르고 뚝딱거려도 계속 접시만 될 뿐이었습니다. 정오가 되자 그는 식사를 하려고 배낭을 열었습니다. 하지만 안에는 음식이 하나도 없었습니다. 그래서 그는 아무것도 먹지 못했습니다. 목수일도 전혀 나아질 기미가 보이지 않자 그는 진절머리가 났습니다. 그래서 도끼와 배낭을 도로 짊어지고는 어머니가 있는 집으로 다시 성큼성큼 걸어서 돌아왔습니다.

다음은 폴이 배를 만들어 자신의 운은 시험하기 위해 나섰습니다. 잘만 하면 왕의 딸과 왕국의 절반을 얻을 수 있을 것입니다. 그도 마찬가지로 어머니에게 음식을 준비해 달라고 부탁했습니다. 음식이 다 준비되자 그는 배낭을 짊어지고 농장을 출발했습니다. 그도 가다가 등이 몹시 굽고 몰골이 비참한 노인을 만났습니다.

"어디 가니?" 노인이 말했습니다.

"별것 아녜요. 우리 집 새끼 돼지를 위한 여물통을 만들려고 숲으로 가고 있어요." 폴이 말했습니다.

"돼지 여물통이 될 거다." 노인이 말했습니다.

"네 보따리에는 뭐가 들었니?" 다시 노인이 물었습니다.

"잡동사니요." 폴이 말했습니다.

"잡동사니가 될 거다." 남자가 말했습니다.

폴은 숲으로 터덕터덕 걸어갔습니다. 그리고 힘껏 나무를 자르고 뚝딱거렸습니다. 그러나 그가 아무리 나무를 패고, 아무리 뚝딱거려도 계속 돼지 여물통만 만들어질 뿐이었습니다. 하지만 오후가 되어 식사를 해야겠다는 생각이 들기 전까지 포기하지 않고 계속 일을 했습니다. 갑자기 너무 배가 고파지자 그는 서둘러 배낭을 열었습니다. 하지만 그 안에는 먹을 것이 하나도 없었습니다. 그러자 폴은 너무 화가 나서 배낭을 둥글게 말아 나무 그루터기에 세게 내동댕이쳤습니다. 그러고는 도끼를 어깨에 메고 숲을 나와 서둘러 집으로 돌아왔습니다.

그렇게 폴이 집에 돌아오자 이번에는 아스켈라덴이 출발하려 했습니다. 그래서 그는 어머니에게 음식을 부탁했습니다.

"어쩌면 배를 만들어서 왕국의 절반과 공주를 얻을 강한 남자가 저일지도 몰라요." 그가 그렇게 말했습니다.

"그래! 퍽이나 그렇겠다." 그의 어머니가 말했습니다. "퍽이나 네가 왕국의 절반과 공주를 얻을 수 있을 것 같구나. 암 그렇고말고. 내 장담하마. 이 녀석아, 넌 재나 들쑤시고 뒤적이고 있는 게 딱이야! 안 되지, 안 돼! 네게는 음식을 해줄 수 없어." 아주머니가 말했습니다.

그러나 아스켈라덴은 포기하지 않았습니다. 그는 오랫동안 간청했고 마침내 허락을 받았습니다. 그렇지만 음식은 조금도 얻을 수 없었습니다. 하지만 그랬을 것 같나요? 그는 몰래 귀리 케이크 두 조각과 김빠진 맥주 한 모금을 챙겼습니다. 그리고 그것들을 가지고 농장에서 터덕터덕 걸어 나왔습니다.

그래요! 그는 한참을 걷다가 똑같은 노인을 만났습니다. 그는 등이 구부러지고 꾀죄죄한 비참한 몰골이었습니다.

"어디 가니?" 그 남자가 물었습니다.

"땅에서도 바다에서도 잘 나아가는 배를 만들려고 숲에 가요. 왕이 그런 배를 만든 사람한테 왕국의 절반과 공주를 주겠다고 했거든요."

"네 보따리에는 뭐가 들었니?" 남자가 물었습니다.

"여행길 음식이긴 한데 크게 자랑할 만한 건 못 돼요." 아스켈라덴이 말했습니다.

"내게 음식을 좀 나눠주면 널 도와주마." 남자가 말했습니다.

"얼마든지요." 아스켈라덴이 말했습니다. "하지만 귀리 케이크 두 조각과 김빠진 맥주 한 모금이 전부예요."

"뭐든 좋아." 그는 음식을 받으며, 소년을 반드시 돕겠다고 했습니다.

그 뒤 숲에 있는 큰 참나무에 도착하자 남자가 소년에게 말했습니다.

"도끼질을 해서 한 조각 잘라내라. 그런 뒤에 그것을 원래 있던 자리로 되돌려 놓아야 한다. 그리고 일을 다 마치면 누워서 잠을 자거라."

그래요! 아스켈라덴은 그가 말한 대로 하고 누워서 잤습니다. 잠결에 그는 누군가가 나무를 베고, 망치질하고, 뚝딱거리고, 톱으로 켜고, 대패질을 하는 소리를 들었습니다. 그러나 그는 남자가 부를 때까지 일어나지 않았습니다. 그가 일어났을 때 참나무 옆에는 배가 완벽하게 준비되어 있었습니다.

"이제 그 배를 타고 가거라. 그리고 마주치는 사람을 모두 너의 선원으로 삼거라." 남자가 말했습니다.

그래요! 아스켈라덴은 그에게 배를 준비해줘서 고맙다고 인사를 하고, 그의 지시를 반드시 따르겠다고 말하며 항해를 시작했습니다.

그렇게 한참을 항해하고 있을 때였습니다. 그는 몸집이 거대하면서도 길고 마른 친구와 마주쳤습니다. 그 사람은 언덕에 엎드려 [회색을 띠는 화강암 따위의 단단한] 굳은돌을 먹고 있었습니다.

"당신은 어떤 사람이죠?" 아스켈라덴이 말했습니다. "여기 엎드려서

굳은돌을 먹고 있는 것인가요?"

그래요! 그는 식탐이 아주 강해서 결코 배가 불러본 적이 없는 자였습니다. 그래서 굳은돌까지 먹으려 들었던 것입니다. 그는 말을 마친 뒤에 자신을 배의 선원으로 삼아줄 수는 없겠냐고 부탁했습니다.

"오, 좋아요." 아스켈라덴이 말했습니다. "함께 하고 싶으시면, 배에 오르세요."

그래요! 남자는 기꺼이 그렇게 했습니다. 그 사람은 항해를 위한 물품으로 커다랗고 단단한 바위 몇 개를 가지고 왔습니다.

그렇게 얼마간 항해를 해가던 그들은 해가 비치는 비탈에 누워 술통의 꼭지를 빨고 있는 사람과 마주쳤습니다.

"당신은 어떤 사람이죠?" 아스켈라덴이 물었습니다. "왜 여기에 누워서 술통의 꼭지를 빨고 있나요?"

"오!" 그가 말했습니다. "술통이 없을 때는 술통 꼭지도 감지덕지한 법이라고 했어. 나는 맥주든 포도주든 아무리 마셔도 늘 부족하게 느껴져. 그래서 언제나 술을 더 먹고 싶은 생각 뿐이지." 그렇게 말한 뒤에 그는 자신을 배의 동료로 받아줄 수 없냐고 물었습니다.

"원하시면 배에 오르세요." 아스켈라덴이 말했습니다.

그래요! 남자는 기꺼이 그렇게 했습니다. 그는 술에 대한 갈망 때문에 자신의 술통 꼭지를 가지고 배에 올랐습니다.

더 멀리 항해를 했을 때였습니다. 그들은 한쪽 귀를 땅에 대고 있는 사람과 마주쳤습니다.

"당신은 대체 어떤 사람이죠?" 아스켈라덴이 물었습니다. "왜 땅에 귀를 대고 있는 거죠?"

"나는 풀이 자라는 소리를 듣고 있던 중이었어." 남자가 말했습니다. "나는 귀가 매우 밝아서 풀이 자라는 소리도 들을 수 있거든." 그렇게 말하고 나서 그는 자신도 배의 일원으로 끼워 달라고 부탁했습니다. 그래요! 그도 마찬가지로 안 된다는 대답을 듣지 않았습니다.

"원한다면 배에 올라오세요." 아스켈라덴이 말했습니다.

그래요! 그는 기꺼이 그렇게 했습니다. 그도 다른 이들과 마찬가지로 배에 올라탔습니다.

더 멀리 항해를 했을 때였습니다. 그들은 조준하고 또 조준하며 서 있는 어떤 남자와 마주쳤습니다.

"당신은 어떤 사람이죠?" 아스켈라덴이 말했습니다. "왜 거기에 서서 조준하고 또 조준하고 있는 거죠?"

"나는 시력이 매우 좋아." 그가 말했습니다. "그래서 세상 끝에 있는 것도 한번에 맞출 수 있어." 그렇게 말한 뒤에 그는 자신도 배의 일원이 될 수 있겠냐고 물었습니다.

"원한다면 올라오세요." 아스켈라덴이 말했습니다.

그래요! 남자는 기꺼이 그렇게 했습니다. 그도 배에 올라타 아스켈라덴과 그의 동료들의 무리에 끼어들었습니다.

더 멀리 항해를 해 갔을 때였습니다. 그들은 한쪽 다리에 무게가 [약 1.2톤인] 7십푼이나 되는 추를 달고, 다른 한쪽 다리로 깡충깡충 뛰고 있는 사람과 마주쳤습니다.

"당신은 어떤 사람이죠?" 아스켈라덴이 물었습니다. "왜 한쪽 다리에 7십푼짜리 추를 달고 다른 다리로 절뚝거리고 있는 거죠?"

"오!" 그가 말했습니다. "나는 깃털처럼 가벼워. 만약 두 다리로 다 걸으면 나는 5분도 안 되어 세상 끝까지 가게 될 거야." 그렇게 말하고 나서 그는 자신도 배의 일원이 되게 해 달라고 부탁했습니다.

"원한다면 올라오세요." 아스켈라덴이 말했습니다.

그래요! 그는 기꺼이 그렇게 하겠다고 했습니다. 그는 아스켈라덴과 그의 동료들이 있는 배에 올라탔습니다.

항해를 계속하던 그들은 자기 목을 움켜쥐고 서 있는 한 남자를 만났습니다.

"당신은 어떤 사람이죠?" 아스켈라덴이 물었습니다. "도대체 왜 자기 목을 움켜쥐고 서 있는 거죠?"

"오!" 그가 말했습니다. "내 안에는 7개의 여름과 15개의 겨울이 있어. 그래서 목구멍을 꽉 움켜쥐고 있어야 해. 그것들이 한꺼번에 쏟아져 나오면 세상이 순식간에 얼어버릴 테니까 말이야." 그렇게 말하고 그는 자신도 그들과 함께 갈 수 있게 해 달라고 부탁했습니다.

"원하시면 올라오세요." 아스켈라덴이 말했습니다.

그래요! 그는 기꺼이 그러겠다고 했습니다. 그래서 그도 다른 이들과 마찬가지로 배에 올라탔습니다.

그들은 조금 더 멀리 항해를 했고, 왕의 농장에 도착했습니다. 그러자 아스켈라덴은 곧장 왕에게 성큼성큼 걸어가 안마당에 배가 준비되었다고 말하며, 약속한 대로 공주와 결혼하게 해 달라고 했습니다.

그러나 왕은 그렇게 하지 않으려 했습니다. 아스켈라덴의 꼴이 별로 좋아 보이지 않았기 때문입니다. 그는 거무튀튀하고 꾀죄죄했습니다. 왕은 그런 녀석에게 딸을 주는 것이 꺼려졌습니다. 그래서 왕은 조금 기다리라고 말하며 헛간을 치울 때까지 공주와 결혼할 수 없다고 했습

니다. 헛간에는 소금에 절인 고기가 담긴 3백 개의 통이 있었습니다.

"그렇지만" 왕이 말했습니다. "만약 네가 내일 이 시간까지 그 일을 다 해낸다면 공주와 결혼을 시켜 주마."

"한번 해 보죠." 아스켈라덴이 말했습니다. "그런데 제 선원 하나를 데려가도 될까요?"

"그래, 마음대로 해라. 원한다면 여섯 명을 모두 데려가도 좋다." 왕이 말했습니다. 6백 명이 돕는다고 해도 힘에 부치는 일이라고 생각했기 때문입니다.

하지만 아스켈라덴은 늘 배가 고파서 굳은돌을 먹는 남자 하나만 데리고 갔습니다. 다음날 아침 사람들이 와서 헛간 문을 열었습니다. 그때 그 남자는 동료들에게 하나씩 나눠줄 갈비 여섯 대만 남기고 나머지 고기를 모조리 먹어치운 상태였습니다. 아스켈라덴은 왕에게 성큼성큼 걸어가 헛간을 깨끗하게 비웠으니 이제 공주와 결혼시켜 달라고 했습니다.

왕이 헛간으로 갔을 때 그곳은 완전히 텅 비어 있었습니다. 하지만 아스켈라덴은 여전히 너무 거무튀튀하고 꾀죄죄했습니다. 왕은 그런 녀석에게 자신의 딸을 주는 것이 수치스러웠습니다. 그래서 왕은 먼저 지하실을 가득 채우고 있는 맥주와 오래된 포도주를 다 마셔야 한다고 했습니다. 그곳에는 맥주와 포도주가 각각 3백통씩이나 있었습니다.

"만약 네가 내일 이 시간까지 그것들을 전부 마신다면 그녀와 결혼할 수 있을 거다."

"한번 해 보지요." 아스켈라덴이 말했습니다. "하지만 제 선원 하나를 데려가게 해주세요."

"얼마든지." 왕이 말했습니다. 왕은 맥주와 포도주가 너무 많아서 그들 7명이 모두 달라붙어 마신다고 해도 해낼 수 없을 것이라고 생각했습니다.

그러나 아스켈라덴은 술통의 꼭지를 빨고 있던, 맥주를 한번에 엄청나게 들이키는 남자만 데려왔습니다. 그러자 왕은 그들 둘을 지하실에 넣고 문을 잠갔습니다.

남자는 남은 술이 보이지 않을 때까지 술통을 비우고 또 비웠습니다. 마침내 그는 동료들이 각각 한두 병씩 마실 수 있는 만큼만 남겨두고 모든 술을 다 마셨습니다. 그것은 그에게 한 모금도 안 되는 양이었습니다. 다음날 아침에 사람들이 지하실 문을 열자 아스켈라덴이 성큼성큼 걸어 나왔습니다. 그는 곧바로 왕에게 가서 맥주와 포도주를 다 마셨으니 이제 약속한 대로 왕의 딸과 결혼시켜 달라고 말했습니다.

"그래, 그래. 하지만 먼저 지하실로 내려가서 확인을 해보아야겠다." 왕이 말했습니다. 도저히 믿을 수 없었기 때문입니다. 하지만 그가 지하실로 내려갔을 때 그곳에는 빈 통들만 남아 있었습니다.

그렇지만 아스켈라덴은 여전히 거무튀튀하고 꾀죄죄했습니다. 왕은 그런 녀석이 자신의 사위가 되는 것을 견딜 수 없었습니다. 그래서 그

는 "안 돼."라고 말했습니다. 그러면서 만일 그가 공주의 찻물을 위해 세상 끝에 있는 물을 10분 안에 가져온다면 왕국의 절반과 공주를 둘 다 가질 수 있을 것이라고 했습니다. 왕은 그것이 그에게는 불가능한 일이라고 생각했습니다.

"한번 해 보지요." 아스켈라덴이 말했습니다.

그는 다리 한쪽에 7십푼짜리 추를 달고 다른 한쪽 다리로 절뚝거리며 걷는 사람을 붙잡았습니다. 그리고 그에게 추를 풀고 두 다리를 써서 최대한 서둘러 세상 끝까지 갔다가 오라고 했습니다. 공주의 찻물로 쓸 물을 10분 안에 떠 와야 한다고 말입니다. 그러자 남자는 추를 떼어 낸 뒤에 들통 하나를 들고 출발했습니다. 그는 눈 깜짝할 사이에 사라져 보이지 않았습니다.

시간이 흘러 7분이 지났습니다. 하지만 그는 아직 돌아오지 않았습니다. 남은 시간이 3분도 되지 않자 왕은 마치 누군가에게 말 한 마리를 받은 것처럼 즐거워했습니다. 그러나 바로 그때 아스켈라덴은 잔디가 자라는 소리를 듣는 남자에게 소리를 질러서 어떻게 된 일인지 소리를 들어보라고 했습니다.

"그는 우물가에서 잠들었어." 그가 말했습니다. "코고는 소리만 들려. 트롤이 그의 머리카락을 빗겨주고 있어."

그래서 아스켈라덴은 세상 끝에 있는 것도 맞출 수 있는 남자를 불러서 트롤에게 총을 쏘게 시켰습니다. 그래요! 그는 그렇게 했습니다. 그는 트롤의 눈을 정확히 맞추었습니다. 트롤이 울부짖자 남자는 곧 깨어났습니다. 그는 찻물로 쓸 물을 가지고 왕의 농장으로 돌아왔습니다. 10분에서 1분을 남겨둔 때였습니다.

그러자 아스켈라덴은 왕에게 성큼성큼 걸어가 물을 가져왔으니 이제는 공주와 결혼을 하겠다고 했습니다. 더는 말할 필요도 없었습니다. 그러나 왕은 그가 전과 다름없이 거무튀튀하고 꾀죄죄하다고 생각했고, 그를 사위로 맞이하고 싶지 않았습니다. 그래서 왕은 맥아를 만드는 곳으로 가서 자신에게 있는 3백 개의 〔절단면이 1.8m인 목재인〕 파븐 (favn)으로 곡식을 말려야 한다며 이렇게 말했습니다.

"만약 네가, 그 연료를 모두 태우는 동안 그 안에 있을 만큼 강한 사내라면 공주와 결혼해도 좋다. 그렇다면 내 깨끗하게 인정하지."

"한번 해 보지요." 아스켈라덴이 말했습니다. "하지만 제 선원을 한 명 데려가겠어요."

"그래, 그래!" 왕이 말했습니다. "원하면 여섯 명을 모두 데려가도 좋다." 왕이 생각하기에 그들이 모두 있어도 힘에 부치는 일이었습니다.

그러나 아스켈라덴은 15개의 겨울과 7개의 여름을 가지고 있는 남자만 데려갔습니다. 그들은 터벅터벅 걸어 저녁에 맥아 만드는 곳으로 갔습니다. 왕이 땔감을 너무 많이 넣은 바람에 불길이 활활 타오르고 있었습니다. 난로가 거의 녹을 지경이었습니다. 그들은 더는 들어갈 수 없어 다시 나가려 했습니다. 그러나 그들이 안으로 들어서자마자 왕은 뒤에서 빗장을 걸어버렸습니다. 그리고 거기에 더해 문에 통자물쇠를 두 개나 채웠습니다.

그러자 아스켈라덴이 남자에게 말했습니다.

"지금 당장 겨울을 예닐곱 개 꺼내야겠어요. 그러면 화창한 여름 날씨처럼 될 거예요."

그렇게 하자 열기가 꺾이면서 참을 만해졌으며, 밤이 되자 오히려 추워지기까지 했습니다. 그래서 아스켈라덴은 남자에게 여름을 두 개 꺼내 따뜻하게 해 달라고 했습니다. 그 뒤 그들은 잠을 잤습니다.

다음날 왕이 문 밖에서 덜그럭대는 소리가 들려오자 아스켈라덴이 말했습니다.

"겨울을 더 내보내세요. 그것들을 여기에 깔아놓고 마지막 것은 왕의 얼굴로 바로 보내세요."

그래요! 남자는 그렇게 했습니다. 왕은 맥아 만드는 곳의 문을 열면서 그들이 타서 재가 되었을 것이라고 생각했습니다. 그러나 그들은 그곳에서 이빨이 딱딱 부딪칠 정도로 몸을 덜덜 떨면서 앉아 있었습니다. 15개의 겨울을 가진 남자는 마지막 겨울을 왕의 얼굴로 곧장 보냈습니다. 그러자 심한 동상으로 왕의 얼굴이 곧바로 부어올랐습니다.

"이제 제가 따님과 결혼해도 될까요?" 아스켈라덴이 말했습니다.

"그래, 그래! 제발 그녀와 결혼해. 제발 아내로 맞이해! 그리고 왕국의 절반도 가져!" 왕이 말했습니다. 그는 더 이상 "안 돼"라고 말할 수 없었기 때문입니다.

그 뒤 그들은 결혼식 잔치를 벌였습니다. 그들은 잔치를 계속하며 기뻐했고, 축포를 쏘아 올렸습니다. 그들은 여기저기 장전할 거리를 찾다가 나를 데려와 귀리죽 한 병과 우유 한 통을 주고는 여기 여러분들 앞으로 쏘았습니다. 그래서 제가 여러분들에게 그 결혼식이 어떻게 된 것인지 모두 이야기해 줄 수 있게 된 것이랍니다.

45

마을 쥐와 고원 쥐

옛날 옛적에 고원 쥐 한 마리와 마을 쥐 한 마리가 있었습니다. 그들은 산비탈에서 만났습니다. 그곳에서 고원 쥐는 개암나무 덤불에 앉아 개암을 빼내고 있었습니다.

"자매여, 신이 너의 일을 돕기를(Signe arbeidet)."* 마을 쥐가 말했습니다. "이렇게 먼 시골에서 친척을 만나게 될지는 몰랐어!"

"응! 정말 그러네." 고원 쥐가 말했습니다.

"이 개암들을 모아서 집으로 가져갈 거니?" 마을 쥐가 말했습니다.

"응, 그렇게 할 거야." 고원 쥐가 말했습니다. "겨울에 먹고살기 위해서는 이것들이 필요해."

"올해는 껍질이 길쭉하고, 알맹이가 가득하니" 마을 쥐가 말했습니다. "굶주린 배를 채우는 데 도움이 될 거야."

"정말 그래." 고원 쥐가 말했습니다. 그러고는 자기가 얼마나 행복하

---

* 노르웨이의 농촌에서 이웃이 일하는 것을 보았을 때 사용하던 인사말이다. 지나가다가 이웃과 마주쳤을 때는 "용기를 간직하기를(Godt mod)", 식탁에 둘러앉아 음식을 먹을 때에는 "당신의 음식에 신의 가호가 있기를(Gud velsigne maden)"이라고 인사했다.

게 잘 사는지 이야기를 했습니다. 그러나 마을 쥐는 자기가 더 행복하게 잘 산다고 했습니다. 고원 쥐는 지지 않고, 숲과 고원만큼 좋은 곳은 없다고 했습니다. 그녀는 자기가 가장 잘 살고 있다고 했습니다. 그러나 마을 쥐는 자기야말로 가장 잘 산다고 말했습니다. 둘은 전혀 의견의 일치를 보지 못했습니다. 그래서 마침내 그들은 크리스마스에 서로를 방문하기로 약속했습니다. 누가 더 잘 살고 있는지 직접 보고 확인하기 위해서 말입니다.

마을 쥐가 먼저 방문하기로 했습니다. 그녀는 숲과 깊은 골짜기를 지났습니다. 비록 겨울이라서 고원 쥐가 저지대로 내려와 있었으나, 그래도 길은 멀고 험했습니다. 그것은 힘든 여정이었습니다. 눈이 깊게 쌓여 움푹움푹 빠졌습니다. 그래서 마을 쥐는 여행을 마칠 무렵에는 완전히 녹초가 되었고, 배도 고팠습니다.

"기쁘게도 이제는 음식을 먹을 수 있겠어." 그곳에 도착하자 그녀가 말했습니다. 고원 쥐는 온갖 좋은 것들을 모두 모아 놓았습니다. 개암 열매, 감초 뿌리와 같은 나무 뿌리들, 그 밖에 숲과 들판에서 자라는 많은 것들을 말입니다. 그녀는 그것들이 얼지 않게끔 땅 아래 깊은 곳에 구멍을 파서 넣어 놓았습니다. 그리고 가까운 곳에 겨우내 흐르는 샘이 있어서 원할 때마다 마음껏 물을 마실 수 있었습니다. 그곳에는 모든 것들이 풍족했습니다. 그들은 양껏 맛있게 먹었습니다.

하지만 마을 쥐는 그래봤자 거친 음식일 뿐이라고 생각했습니다.

"그것으로 목숨은 부지해갈 수 있겠네." 그녀가 말했습니다. "하지만 최상품은 아니야. 전혀 아니지. 자, 이제는 네가 나를 찾아와, 마을에서 우리가 누리고 있는 것들을 한번 맛보렴."

그래요! 고원 쥐는 기꺼이 그러겠다고 했습니다. 그리고 얼마 뒤에 도시 쥐를 찾아왔습니다. 마을 쥐는 집주인 아주머니가 크리스마스에 술을 많이 마시고 바삐 움직이는 바람에 떨어뜨린 크리스마스 음식들을 죄다 모아놓고 있었습니다. 치즈 조각, 버터 끄트머리, 지방 약간, 치즈케이크, 와인에 적신 스펀지케이크, 그 밖에 많은 좋은 것들을 말입니다. 집주인 아주머니는 맥주통 꼭지 아래에 있는 단지에 담긴 술을 아주 많이 마셨고, 방 전체가 온갖 맛있는 것들로 가득했습니다.

마을 쥐와 고원 쥐는 아주 잘 먹고 잘 지냈습니다. 고원 쥐의 식탐은 끝이 없었습니다. 그것들은 그녀가 결코 먹어보지 못했던 음식들이었습니다. 그러다 고원 쥐는 너무 기름지고 센 맛의 음식을 먹은 바람에 목이 말랐습니다. 그래서 물이 마시고 싶어졌습니다.

"맥주가 멀지 않은 곳에 있어." 마을 쥐가 말했습니다. "우리는 그걸 마셔." 마을 쥐는 술단지 가장자리로 뛰어올라가 목마른 게 가실 때까지 실컷 들이켰습니다. 그러나 그녀는 몸을 가누지 못할 정도까지는 마시지 않았습니다. 크리스마스 맥주가 얼마나 독한지 알고 있었기 때문입니다. 그러나 물 말고 다른 것을 마셔본 적이 없는 고원 쥐는 그것이 아주 맛좋은 음료라고 생각하고는 계속 홀짝홀짝 마셔댔습니다. 그녀는 독한 술을 가릴 줄도 몰랐으므로 마침내 크게 취해버렸습니다.

고원 쥐는 나동그라지고, 정신이 오락가락하고, 발바닥이 얼얼했습니다. 그녀는 이쪽 맥주통에서 저쪽 맥주통으로 달리고 뛰기 시작했습니다. 그리고 컵과 단지들이 놓여 있는 선반 위에 서서 춤을 추고 까불거렸습니다. 휘파람을 불고 징징거리기도 했습니다. 꼭 술이 거나하게 취한 멍청이처럼 말입니다. 그녀가 술에 취했다는 것은 부정할 수 없었습니다.

"너 여기에서는 산에서처럼 행동하면 안 돼." 마을 쥐가 말했습니다. "소란 피워서 문제를 일으키지 마. 이곳의 집행관은 아주 난폭한 자란 말이야."

그러나 고원 쥐는 말했습니다. "나는 사람이든 집행관이든 티끌만치도 신경 안 써!"

그러나 그들이 그러고 있는 동안 고양이가 지하실 위의 뚜껑문에 앉아서 쥐들이 나누는 대화와 장난치는 소리를 모두 엿듣고 있었습니다. 아주머니가 맥주잔을 꺼내러 내려가려고 뚜껑문을 들어 올린 순간, 고양이는 지하실로 슬그머니 들어와서는 발톱으로 고원 쥐를 움켜쥐었습니다. 다시 한바탕 춤판이 벌어지고 있던 때였습니다. 마을 쥐는 쥐구멍으로 기어들어가 안전한 곳에 앉아 지켜보았습니다. 고원 쥐는 고양이의 발톱을 느끼자마자 곧바로 정신이 번쩍 들었습니다.

"오, 존경하는 집행관 나리! 존경하는 집행관 나리! 부디 자비를 베풀어 목숨을 살려주세요. 그러면 당신에게 이야기를 하나 들려드릴게요." 그렇게 고원 쥐는 말했습니다.

"말해 봐라." 고양이가 말했습니다.

"옛날 옛적에 쥐 두 마리가 있었어요." 고원 쥐가 말했습니다. 그녀는 아주 천천히 가련한 목소리로 찍찍거리며 말했습니다. 되도록 이야기를 길게 끌고 싶었기 때문입니다.

"그러면 그들은 혼자가 아니군." 고양이가 쌀쌀맞게 이야기를 끊으며 말했습니다.

"우리는 스테이크가 하나 있어서 그것을 구웠어요."

"그러면 너는 배가 고프지 않겠군." 고양이가 말했습니다.

"그런 뒤에 우리는 그것을 알맞게 식히려고 지붕에 올려놓았어요." 고원 쥐가 말했습니다.

"그렇다면 너는 혀를 데지 않았겠군." 고양이가 말했습니다.

"그때 여우와 까마귀가 와서 그것을 게걸스럽게 먹어치웠어요." 고원 쥐가 말했습니다.

"이제는 내가 너를 게걸스럽게 먹어치우겠다!" 고양이가 말했습니다. 그런데 바로 그때 아주머니가 뚜껑문을 다시 쾅 닫았습니다. 그래서 고양이는 놀란 나머지 쥐고 있던 손을 놓았습니다. 휘리릭! 고원 쥐는 마을 쥐의 구멍으로 달아났습니다. 그리고 쥐구멍을 통해 눈이 쌓인 바깥으로 나갔습니다.

고원 쥐는 서둘러 집으로 돌아가려 했습니다. "이게 네가 말한 잘 사는 거니. 가장 잘 살고 있다고 하지 않았어?" 그녀는 마을 쥐에게 말했습니다. "하늘이시여, 이런 큰 집과 무서운 집행관이 있는 곳에서 살지 않게 도와주소서! 하마터면 죽을 뻔했네."

46

멍청한 마티스

옛날 옛적에 한 아주머니가 있었습니다. 그녀에게는 마티스라는 이름의 아들이 하나 있었는데 너무 멍청해서 똥인지 된장인지도 분간 못했고, 할 줄 아는 것도 없었습니다. 그는 늘 뒤죽박죽으로 행동했고, 도무지 제대로 하는 법이 없었습니다. 그래서 사람들은 그를 언제나 '멍청한 마티스(Gale-Mattis)'라고 불렀습니다.

아주머니는 이 모든 것이 탐탁지 않았습니다. 게다가 그녀의 아들은 침대에서 하품하고 기지개를 켜는 것 말고는 손가락 하나 까딱 않았습니다. 그녀는 자신의 아들이 게으르기만 한 것이 퍽 못마땅했습니다.

그들은 물살이 세고 건너기 어려운 큰 강 가까이에 살고 있었습니다. 어느 날 아주머니는 소년에게 강가에 오두막의 벽만큼이나 자란 나무가 잔뜩 있다고 말했습니다. 그러니 나무를 잘라 둑까지 끌고 가서 강을 건너는 다리를 만들어 통행료를 받으라고 했습니다. 그렇게 하면 뭔가 할 일이 생기고, 먹고살 수단도 얻게 될 거라고 말입니다.

그래요! 마티스도 어머니가 말한 대로 해야겠다고 생각했습니다. 그는 어머니가 시킨 일을 하기로 했습니다. 그리고 어머니가 일러준 대로

만 하고 결코 다르게는 하지 않겠다고 확실하고 분명하게 말했습니다. 그래서 그는 나무를 베어 넘기고, 그것을 끌고 내려와서 다리를 만들었습니다. 작업은 그리 빨리 이루어지지 않았지만, 어쨌든 그는 그 일을 그만두지 않았습니다.

다리가 다 만들어지자 소년은 다리 끝에서 기다리고 있다가 건너가려는 사람이 오면 요금을 받기로 했습니다. 그의 어머니는 아들에게 통행료를 내지 않는 사람은 결코 건너게 해서는 안 된다며 신신당부를 했습니다. 그렇지만 통행료는 꼭 돈이 아니더라도 괜찮다고 했습니다. 상품이나 물건을 받아도 좋다고 말입니다.

첫날에는 건초더미를 하나씩 짊어진 세 남자가 와서 다리를 건너려고 했습니다.

"안 돼요! 안 돼!" 소년이 말했습니다. "통행료를 내기 전에는 건널 수 없어요."

"우리는 통행료를 낼 돈이 없어." 그들은 말했습니다.

"좋아요, 그러면! 당신들은 건널 수 없어요. 하지만 돈이 아니어도 괜찮아요. 물건으로 내도 돼요."

그래서 그들은 그에게 건초 한 줌씩을 주었고, 마티스는 작은 손썰매에 실을 만큼의 건초를 가지게 되었습니다. 그렇게 해서 그들은 다리를 건널 수 있었습니다.

다음에는 보따리장수가 보따리를 메고 왔습니다. 그는 바늘이나 실과 같은 자질구레한 물건들을 파는 사람이었습니다. 그도 다리를 건너기를 원했습니다.

"통행료를 내기 전에는 건널 수 없어요." 소년이 말했습니다.

"나는 통행료를 낼 돈이 없어." 보따리장수가 말했습니다.

"하지만 당신에게는 물건들이 있잖아요."

그래서 보따리장수는 바늘 두 개를 꺼내 그에게 주었고, 다리를 건너도 좋다는 허락을 받을 수 있었습니다. 소년은 바늘들을 건초 안에 찔러 넣었습니다. 그리고 곧바로 집으로 출발했습니다.

그는 집에 도착해서 말했습니다.

"통행료를 받아왔어요. 먹고살 것을 벌어왔어요."

"무엇을 벌어왔니?" 아주머니가 물었습니다.

"오!" 그는 말했습니다. "세 녀석이 건초더미를 저마다 하나씩 짊어지고 왔어요. 그들이 건초를 한 줌씩 주고 가서, 작은 썰매에 실을 만큼 건초가 생겼어요. 그리고 보따리장수에게는 바늘 두 개를 받았어요."

"그 건초로 무엇을 했니?" 아주머니가 물었습니다.

"이빨 사이에 넣고 씹어봤는데 풀 맛밖에 안 나던데요. 그래서 강에 던져 버렸어요."

"건초는 외양간 바닥에 깔았어야지!" 아주머니가 말했습니다.

"알았어요! 다음에는 그렇게 할게요." 그가 말했습니다.

"바늘은 어떻게 했니?" 아주머니가 물었습니다.

"바늘은 건초에 찔러 넣었어요!"

"아!" 그의 어머니가 말했습니다. "넌 타고난 멍청이로구나. 바늘은 모자에 꿰어 두었어야지."

"알았어요! 더는 말하지 마세요. 다음에는 확실히 그렇게 할게요."

다음날 소년은 다시 다리에서 사람들이 오기를 기다렸습니다. 그때 방앗간에 다녀오던 남자가 곡식자루를 들고 와서는 다리를 건너기를 원했습니다.

"통행료를 내기 전에는 다리를 건널 수 없어요." 소년이 말했습니다.

"나는 통행료를 낼 돈이 없는데." 남자가 말했습니다.

"그래요? 그러면 당신은 다리를 건널 수 없어요." 소년이 말했습니다. "하지만 물건으로 내도 좋아요."

그래서 남자는 소년에게 〔약 0.5kg인〕 1푼(pund)의 곡식을 주고 다리를 건너도 좋다는 허락을 받았습니다.

얼마 지나지 않아 이번에는 대장장이가 일거리를 한 짐 가득 가지고 와서는 다리를 건너기를 원했습니다. 상황은 전과 같았습니다.

"통행료를 내기 전에는 건너갈 수 없어요." 소년이 말했습니다. 그러나 대장장이도 돈이 하나도 없었습니다. 그래서 그는 소년에게 끝이 나사 모양으로 된 송곳을 하나 주었습니다. 그런 뒤에야 그는 다리를 건널 수 있었습니다.

소년이 집에 도착하자 그의 어머니는 통행료에 대해서 먼저 물어보았습니다.

"오늘은 통행료로 무엇을 받았니?"

"오! 방앗간에 다녀오던 남자가 곡식 한 자루를 가지고 왔어요. 그에게 1푼의 곡식을 받았어요. 그 다음에는 대장장이가 대장간 일거리를 한 짐 가지고 왔어요. 그에게는 송곳을 하나 받았어요."

"송곳으로 무엇을 했니?" 아주머니가 물었습니다.

"시키신 대로 했어요." 소년이 말했습니다. "그것을 모자에 꿰어 두었어요."

"오! 정말 멍청한 짓을 했구나." 아주머니가 말했습니다. "송곳은 모자에 꿰어 두면 안 돼. 그것은 네 셔츠 소매에 넣고 왔어야지."

"네! 네! 진정하세요, 어머니. 다음에는 확실히 그렇게 할게요."

"곡식은 어떻게 했는지 알려주지 않겠니?" 아주머니가 말했습니다.

"오! 시키신 대로 했어요, 어머니. 외양간 바닥에 깔아 놓았어요."

"내 평생 이런 바보 같은 소리는 처음 들어보는구나." 아주머니가 말했습니다. "세상에나! 집에서 가져간 들통 안에 넣었어야지."

"알았어요! 알았어! 진정하세요, 어머니." 소년이 말했습니다. "다음에는 확실히 그렇게 할게요."

다음 날 소년은 통행료를 받기 위해 다리 발치에 다시 자리를 잡았습니다. 그때 어떤 남자가 독한 술을 한 짐 들고 와서는 다리를 건너려 했습니다.

"통행료를 내기 전에는 건너갈 수 없어요." 소년이 말했습니다.

"나는 가지고 있는 돈이 없어." 남자가 말했습니다.

"그래요? 그렇다면 당신은 건너갈 수 없어요. 하지만 당신은 물건이 있잖아요. 안 그래요?" 소년이 말했습니다. 네, 그렇게 해서 소년은 독한 술을 반 병 얻었고, 그것을 자신의 셔츠 소매에 따랐습니다.

잠시 뒤 남자 하나가 염소 떼를 몰고 와서 다리를 건너려 했습니다.

"통행료를 내기 전에는 건너갈 수 없어요." 소년이 말했습니다.

이런! 그도 다른 사람들보다 부자가 아니었습니다. 그도 가지고 있는 돈이 없었습니다. 그래서 그는 소년에게 작은 숫염소 한 마리를 주고는, 염소 떼를 몰고 다리를 건너갔습니다. 그런데 소년은 염소를 자신이 가져온 들통 안에 밟아 넣었습니다.

그가 집에 오자 아주머니가 또 물었습니다.

"오늘은 무엇을 가져왔니?"

"독한 술 한 짐을 들고 어떤 남자가 왔어요. 그에게서 독한 술 반 병을 받았어요."

"그것을 어떻게 했니?"

"시키신 대로 했어요, 어머니. 셔츠 소매에 부어서 넣었어요."

"아아! 정말 멍청한 짓을 했구나, 아들아. 너는 그것은 집으로 가져와서 병에 따랐어야지."

"알았어요! 알았어! 그만하세요, 어머니. 다음에는 말하신 대로 꼭 할게요." 그런 다음 그는 계속 말했습니다.

"그 다음에는 한 남자가 염소 떼를 몰고 왔어요. 그가 작은 숫염소 한마리를 제게 주었어요. 그래서 들통 안에 밟아 넣었어요."

"아니!" 어머니가 말했습니다. "그것은 멍청한 짓이야. 이루 말할 수 없이 멍청한 짓이라구. 아들아! 너는 숫염소의 목에 버드나무 가지를 엮어서 둘러맨 뒤에 집으로 끌고 왔어야 해."

"알았어요! 그만하세요, 어머니. 다음에는 말씀하신 대로 할 테니 지켜보세요."

다음 날 그는 다시 통행료를 받기 위해 다리로 갔습니다. 이번에는 버터 덩어리를 가진 남자가 와서는 다리를 건너가기를 원했습니다. 그러나 소년은 "통행료를 내지 않으면 다리를 건널 수 없어요"라고 말했습니다.

"나는 통행료로 낼 돈이 없어." 남자가 말했습니다.

"그래요! 그러면 당신은 건널 수 없어요." 소년이 말했습니다. "하지만 당신은 물건이 있잖아요. 돈 대신에 물건으로 받을게요."

그래서 남자는 소년에게 작은 버터 덩어리를 하나 주고는 다리를 건널 수 있었습니다. 소년은 버드나무들이 있는 곳으로 가서 버들가지 하나를 꺾었습니다. 그리고 그것을 엮어서 버터에 둘러맸습니다. 그런 뒤에 길을 따라 그것을 끌고 집으로 왔습니다. 그러나 그가 걸어갈 때마

다 버터는 조금씩 떨어져 나갔고, 집에 도착했을 때는 아무것도 남지 않게 되었습니다.

"그래서 오늘은 무엇을 가져왔니?" 어머니가 물었습니다.

"어떤 남자가 버터 덩어리를 들고 왔고, 그에게서 작은 버터 덩어리를 받았어요."

"버터라고!" 아주머니가 말했습니다. "어디에 있니?"

"시키신 대로 했어요, 어머니." 소년이 말했습니다. "버터를 버들가지로 묶어 집까지 끌고 왔어요. 그런데 오는 길에 모두 없어졌어요."

"오!" 아주머니가 말했습니다. "너는 바보로 태어났고, 바보로 죽을 거다. 온갖 노력을 했으면서도 너는 조금도 얻은 것이 없구나. 네가 다른 사람과 같았더라면 너는 음식과 술, 건초와 도구를 모두 얻었을 거야. 만약 네가 더 낫게 행동하는 방법을 모른다면, 나도 너를 어떻게 해야 할지 모르겠구나. 아마 너를 위해 일을 처리해 줄 누군가와 결혼을 한다면 네가 세상의 다른 사람들처럼 사리를 분별할 수 있게 될지도 모르겠다. 그러니 내 생각에는 네가 길을 나서서 멋진 아가씨를 찾아보는 게 좋을 것 같구나. 도중에 누구를 만나든 친절하게 인사하고 예의바르게 행동해야 한다는 것을 꼭 명심해야 해."

"그들에게 뭐라고 인사하면 좋을까요?" 소년이 물었습니다.

"생각해 보자." 그의 어머니가 말했습니다. "그래, 당연히 너는 그들에게 '신의 평화가 함께 하기를'이라고 말해야 해. 알아들었니?"

"네! 네! 말하신 대로 할게요." 소년이 말했습니다. 그리고 그는 아내를 얻기 위해 길을 나섰습니다.

얼마 가지 않았을 때, 그는 새끼 일곱 마리를 데리고 있는 회색다리 늑대를 만났습니다. 그는 그들이 곁을 지나가자 잠시 서서 인사를 했습니다. "신의 평화가 함께 하기를!" 그렇게 말하고 나서 그는 집으로 왔습니다.

"시키신 대로 말했어요, 어머니." 마티스가 말했습니다.

"뭐라고 했는데?" 어머니가 물었습니다.

"신의 평화가 함께 하기를!" 마티스가 말했습니다.

"누구를 만나 인사를 한 거니?"

"새끼 일곱 마리를 데리고 있는 늑대 암컷이요. 그게 제가 만난 전부예요." 마티스가 말했습니다.

"아! 아! 정말 너답구나." 그의 어머니가 말했습니다. "지금도 그렇고, 앞으로도 그렇겠지. 세상에 맙소사 늑대한테 '신의 평화가 함께 하기를'이라고 말한 거니. 손뼉을 치면서 '워이! 워이! 이 막돼먹은 암늑대야!'라고 말했어야지. 넌 그렇게 말했어야 해."

"알았어요! 알았어요! 진정하세요, 어머니." 그가 말했습니다. "다음에는 꼭 그렇게 말할게요." 그리고 나서 그는 농장을 출발했습니다. 그리고 얼마 가지 않아 결혼식 행렬과 마주쳤습니다. 그는 그 자리에 멈춰 서서 신부와 신랑이 가까이 오자 손뼉을 치면서 말했습니다. "워이!

워이! 이 막돼먹은 암늑대야!"

그 뒤 그는 집으로 돌아와서 어머니에게 말했습니다.

"어머니가 시키신 대로 했어요. 하지만 그러는 바람에 정말이지 호되게 두들겨 맞았어요."

"뭐라고 했는데?" 그녀가 물었습니다.

"손뼉을 치며 '워이! 워이! 이 막돼먹은 암늑대야!'라고 소리쳤어요."

"누구를 만났는데?"

"결혼식 행렬이요."

"오! 이 바보 녀석아, 넌 앞으로도 쭉 바보일 거다." 그의 어머니가 말했습니다. "도대체 왜 결혼식 행렬에 대고 그따위 소리를 한 거니. 너는 '신부와 신랑이여, 행복한 행진이 되기를'이라고 말했어야 해."

"네! 네! 다음에는 그렇게 말할게요." 소년이 말했습니다.

그는 다시 길을 나섰습니다. 이번에는 말을 타고 가는 곰 한 마리와 마주쳤습니다. 마티스는 곰이 자신의 곁을 지날 때까지 기다렸다가 이렇게 말했습니다. "신부와 신랑이여, 행복한 행진이 되길." 그러고 나서 집으로 돌아와서 어머니에게 시킨 대로 했다고 말했습니다.

"제발! 뭐라고 말했는데?" 그녀가 물었습니다.

"나는 '신부와 신랑이여, 행복한 행진이 되기를'이라고 말했어요."

"누구를 만났는데?"

"말을 타고 가는 곰 한 마리요." 마티스가 말했습니다.

"세상에 맙소사! 이런 바보 같으니." 그의 어머니가 말했습니다. "지옥에나 가버려라 하고 말했어야지. 그게 네가 했어야 하는 말이야."

"네! 네! 어머니. 다음번에는 확실히 그렇게 말할게요."

그래서 그는 다시 출발했습니다. 그리고 이번에는 장례식 행렬을 만났습니다. 그는 관이 가까이 다가오자 인사를 하며 말했습니다. "지옥에나 가버려라!"

그는 집으로 달려와서 시킨 대로 했다고 어머니에게 말했습니다.

"뭐라고 했는데?" 그녀가 물었습니다.

"지옥에나 가버려라 하고 말했어요."

"누구를 만났는데?"

"장례식 행렬이요." 마티스가 말했습니다. "하지만 나는 오히려 호되게 얻어맞았어요."

"너는 더 맞았어야 해." 아주머니가 말했습니다. "세상에 맙소사! 그럴 때는 '당신 가족의 불쌍한 영혼에 자비가 있기를'이라고 말해야지. 너는 그렇게 말했어야 해."

"아! 아! 어머니! 다음에는 그럴게요, 진정하세요." 마티스가 말했습니다.

그는 다시 집을 나섰습니다. 그리고 얼마 가지 않아서 추악한 두 명의 떠돌이를 만났습니다. 그들은 개의 껍질을 벗기고 있었습니다. 그는 떠돌이들과 가까워지자 인사를 하며 말했습니다. "당신 가족의 불쌍한 영혼에 자비가 있기를."

그 뒤 그는 집으로 와서 어머니에게 시킨 대로 했지만, 걷지도 못할 만큼 몽둥이찜질만 당했다고 말했습니다.

"네가 뭐라고 했는데?" 아주머니가 물었습니다.

"나는 '당신 가족의 불쌍한 영혼에 자비가 있기를'이라고 말했어요."

"누구를 만났는데?"

"개 껍질을 벗기고 있는 한 쌍의 떠돌이들이요." 그가 말했습니다.

"이런! 이런!" 아주머니가 말했습니다. "너는 나아질 기미가 전혀 보이질 않아. 너는 어디를 가든지 늘 우리를 창피하고 슬프게 하는구나. 나는 지금까지 그런 충격적인 말은 결코 들어보지 못했다. 그러니 이제부터는 길을 나서면 누구를 만나도 아는 척을 하지 말거라. 너는 아내를 얻으러 가야 하니까 말이다. 네가 너보다 세상을 사는 방법을 더 잘 알고, 어깨 위에 너보다 더 좋은 머리가 있는 사람을 얻을 수 있는지 한 번 보자. 지금부터 너는 다른 사람들처럼 행동해야 해. 그리고 모든 일이 잘 되면 네 행운에 기뻐하며 '만세!'라고 외쳐도 좋아."

그래요! 소년은 그의 어머니가 시킨 대로 했습니다. 그는 길을 나섰고, 한 아가씨에게 청혼했습니다. 그녀는 어쨌든 그가 그렇게 나쁜 남자는 아니라고 생각했습니다. 그래서 그녀는 "네, 당신과 결혼하겠어요"라고 말했습니다.

소년이 집에 오자 아주머니는 그의 약혼녀 이름이 무엇인지 물어보았습니다. 그러나 그는 몰랐습니다. 그래서 아주머니는 화가 나서 그녀의 이름을 알아야겠으니 당장 다시 길을 나서라고 말했습니다. 집으로 돌아가려 할 때 이번에 마티스는 그녀를 뭐라고 불러야 할지 물어볼 정신이 있었습니다. "어머!" 그녀가 말했습니다. "내 이름은 쇨비(Sølvi)예요. 그런데 나는 당신이 이미 알고 있는 줄 알았어요."

마티스는 집으로 달려갔습니다. 혼잣말을 중얼거리면서 말입니다.

"쇨비, 쇨비. 내 사랑!"

"쇨비, 쇨비. 내 사랑?"

그는 집에 도착할 때까지 잊지 않기 위해 온갖 노력을 다하며 달렸습니다. 하지만 풀덤불에 걸려 넘어지는 바람에 이름을 다시 잊어버렸습니다. 그래서 그는 다시 발걸음을 돌려 작은 언덕 주변을 두리번거리기 시작했습니다. 그러나 그가 찾은 것은 삽 한 자루가 전부였습니다. 그래서 그는 그것을 쥐고 땅을 파기 시작했습니다. 그리고 땀을 뻘뻘 흘리며 열심히 찾았습니다. 그가 아주 열심히 그렇게 하고 있을 때 어떤 나이 든 남자가 다가왔습니다.

"무엇을 파고 있니?" 남자가 말했습니다. "여기서 뭐 잊어버렸니?"

"오, 맞아요! 오, 맞아요! 나는 애인의 이름을 잊어버렸어요. 그런데 그것을 다시 찾을 수가 없어요."

"내 생각에 그녀의 이름은 쉴비인 것 같구나." 남자가 말했습니다.

"네, 맞아요." 마티스가 말했습니다. 그리고 손에 삽을 쥔 채로 달려가며 소리를 질렀습니다.

"쉴비, 쉴비. 내 사랑!"

그러나 얼마 가지 않아 그는 자신이 삽을 들고 있다는 것을 깨닫고는 그것을 뒤로 던져버렸습니다. 그런데 그것이 아까 그 남자의 다리에 곧바로 떨어졌습니다. 그러자 남자는 마치 칼에 찔리기라도 한 것처럼 비명을 지르며 신음을 흘렸습니다. 그래서 마티스는 다시 그녀의 이름을 잊어버렸습니다. 그는 되도록 빨리 집으로 달려왔습니다. 마티스가 도착하자 그의 어머니가 가장 먼저 이렇게 물었습니다.

"네 약혼녀의 이름이 무엇이니?"

그러나 마티스는 딱 출발했을 때만큼만 똑똑했습니다. 그는 처음처럼 지금도 이름을 알지 못했습니다.

"너는 한결같이 바보천치로구나. 정말 그래." 아주머니가 말했습니다. "너는 이번에도 전혀 나아지지 않았어. 그러니 이제는 내가 직접 가서 그 소녀를 집으로 데려와 너와 결혼시켜야겠다. 그동안 너는 거실의

〔난롯가와 방을 구분하는 칸막이인〕 '다섯 번째 벽(femte vegg)'까지 물을 길어와서 그것을 씻어라. 그 다음에는 '기름진 것(bust)'과 '기름기가 없는 것(bog)'을 조금씩 가져다 양배추 정원에서 찾을 수 있는 가장 '푸른 것'과 함께 넣고 '모두(alt)' 끓여라. 그 일을 다하면 옷이 날개라고 했으니 잘 차려입고 있어라. 아가씨가 왔을 때 달콤해 보이게 말이야. 그런 뒤에 의자에 앉아 있어."

그래요! 마티스는 그 모든 것을 잘 해낼 수 있다고 생각했습니다. 그는 물을 길어왔고, 그것을 방에 쏟아 물을 채웠습니다. 그러나 그는 네 번째 통나무 위로는 물을 채울 수 없었습니다. 더 위로 올라가면 물이 빠져나갔기 때문입니다. 그래서 그는 그 일을 그만두어야 했습니다. 그런데 여러분이 알아야 할 게, 그 집에는 '뚱뚱이(bust)'라는 이름의 개와 '말라깽이(bog)'라는 이름의 고양이가 있었습니다. 소년은 이들을 데려와서 솥에 넣었습니다. 그리고 정원에는 아주머니가 며느리에게 줄 생각으로 마련한 녹색 가운이 있었는데, 그게 정원에 있는 것들 가운데 가장 '푸른 것'이었습니다. 그래서 그는 녹색 가운을 잘게 잘라서 솥에 넣었습니다. 그리고 그 집에는 '모두(alt)'라고 부르는 새끼 돼지도 있었습니다. 그는 새끼 돼지는 따로 술 담그는 통에 넣고 요리했습니다. 모든 일이 끝나자 마티스는 〔설탕을 녹인 끈적거리는 즙액인〕 당밀 한 냄비와 깃털 베개를 가져왔습니다. 그는 먼저 당밀을 자신의 온몸에 발랐습니다. 그리고 베개를 찢어 깃털을 빼내고 그 위를 뒹굴뒹굴 굴렀습니다. 그런 뒤에 그는 부엌에서 나와서 어머니와 아가씨가 올 때까지 의자에 앉아 있었습니다.

집으로 돌아온 아주머니는 가장 먼저 개가 사라진 것을 알았습니다. 그 개는 언제나 문 밖까지 아주머니를 마중 나오고는 했기 때문입니다. 다음에는 고양이가 사라진 것을 알았습니다. 그 고양이는 언제나 현관에서 아주머니를 맞이했기 때문입니다. 날씨가 아주 좋고 햇볕이 따뜻

할 때면 고양이는 마당까지 나와서 정원 문 앞에서 그녀를 마중하기도 했습니다. 아주머니는 며느리를 주기 위해 마련해 두었던 녹색 가운도 볼 수 없었고, 그녀가 어디를 가든 꿀꿀거리며 따라다녔던 새끼 돼지도 볼 수 없었습니다. 아주머니는 어떻게 된 일인지 확인하려고 집 안으로 들어가려 했습니다. 그러나 걸쇠를 들어 올리자마자 홍수라도 난 것처럼 문으로 물이 쏟아져 나왔습니다. 그래서 아주머니와 아가씨는 둘 다 쏟아져 나오는 물을 피해야 했습니다.

그들은 뒷문으로 돌아서 집으로 들어가야 했습니다. 그들이 부엌으로 들어가자, 거기에는 온몸에 깃털을 붙인 우스꽝스러운 자가 앉아 있었습니다.

"무슨 짓을 한 거니?" 아주머니가 말했습니다.

"시키신 그대로 했어요, 어머니." 마티스가 말했습니다. "다섯 번째 통나무까지 물을 채우려고 했어요. 그러나 아무리 열심히 물을 채워도 다시 빠져나가 버렸어요. 그래서 저는 네 번째 통나무까지만 물을 채울 수 있었어요."

"그래! 그런데 '뚱뚱이'와 '말라깽이'는?" 아주머니는 대수롭지 않은 듯 그 일을 넘겨보려 하면서 말했습니다. "그들은 어떻게 했니?"

"시키신 대로 했어요, 어머니." 마티스가 말했습니다. "그들을 데려와서 솥에 넣었어요. 둘 다 긁고 차고 난리였어요. 그들은 야옹거리고 낑낑거렸어요. 힘이 센 뚱뚱이는 저항하려 했어요. 그러나 그도 결국 똑같이 되었어요. 그리고 '모두'는 양조장의 술 담그는 통에 넣어서 따로 요리했어요. 솥에는 그를 넣을 자리가 없었거든요."

"그러면 내가 며느리를 주려고 마련해 두었던 녹색 가운은 어쨌니?" 아주머니가 그의 멍청함을 감추려고 노력하면서 말했습니다.

"오! 시키신 대로 했어요, 어머니. 그것은 양배추 정원에 걸려 있었고, 거기에 있던 것들 중에 가장 푸른색이었어요. 저는 그것을 가져다 잘게 자른 뒤에 솥 안에 넣고 끓였어요.”

아주머니는 난로 모퉁이로 뛰어가 황급히 솥을 뒤집어서 안에 들어 있던 것을 모두 쏟아 버렸습니다. 그런 뒤에 그녀는 냄비를 새로 채워서 다시 불에 올려놓고 끓였습니다. 그러나 마티스가 하고 있는 꼴이 눈에 들어오자 아주머니는 꽤 충격을 받았습니다.

“왜 그런 모양으로 있는 거니?” 그녀가 소리쳤습니다.

“시키신 대로 했어요, 어머니.” 마티스가 말했습니다. “먼저 신부를 위해 저를 달콤하게 만들려고 온몸에 당밀을 발랐어요. 그런 뒤에 베개를 찢어서 깃털을 잔뜩 붙였어요.”

아주머니는 할 수 있는 한 최선을 다해 상황을 수습했습니다. 그녀는 아들에게서 깃털을 떼어내고, 그를 씻긴 뒤 깨끗한 옷을 입혔습니다. 그래서 마침내 결혼식을 하게 되었습니다.

결혼식을 위한 물건들을 사기 위해 마티스는 먼저 마을로 가서 젖소를 팔아야 했습니다. 아주머니는 그에게 어떻게 해야 하는지를 말해주었습니다. 처음부터 끝까지 그녀가 했던 말은 그가 젖소 값으로 뭔가를 확실히 받아와야 한다는 것이었습니다.

그가 젖소를 끌고 시장에 도착하자 사람들은 그에게 젖소를 얼마에 팔 거냐고 물었습니다. 그러나 그는 사람들에게 젖소 값으로 뭔가를 받을 거라는 말만 할 뿐이었습니다. 마침내 푸줏간 주인이 와서 젖소를 달라고 했습니다. 그리고 집으로 자신을 따라오면 젖소 값으로 분명히 뭔가를 주겠다고 했습니다.

그래요! 마티스는 젖소를 끌고 출발했습니다. 푸줏간 주인의 집에 도착하자, 그는 마티스의 손바닥에 침을 뱉으며 말했습니다.

“여기, 이게 젖소 값으로 네가 받은 뭔가이다. 그러니 그것을 잘 간수하도록 해.”

마티스는 마치 계란을 밟고 선 것처럼 조심조심 손을 꼭 쥐고 걸어갔습니다. 그런데 그가 자기네 농장과 이어져 있는 교차로까지 거의 다 걸어왔을 때, 마차를 몰고 오는 사제와 마주쳤습니다.

"나를 위해 문을 열거라, 소년아." 사제가 말했습니다.

그래서 소년은 서둘러 문을 열었습니다. 그러나 손바닥에 뭔가가 들어 있다는 것을 잊어버리고는 두 손으로 문을 당겼습니다. 그러는 바람에 젖소 값으로 얻은 것이 문에 달라붙게 되었습니다. 그것이 사라졌다는 것을 알게 된 소년은 화가 났습니다. 그래서 그 대신 그에게서 뭔가를 받아 가겠다고 말했습니다. 하지만 사제는 그에게 제정신이냐고 묻고는, 자신에게서 아무것도 얻지 못할 것이라고 말했습니다. 마티스는 매우 화가 나서 단번에 사제를 때려죽였습니다. 그리고 그를 길가의 습지에 묻었습니다.

집으로 돌아온 그는 어머니에게 모든 일을 말했습니다. 그러자 그녀는 숫염소 한 마리를 잡고는, 마티스에게 그것을 사제를 묻은 곳에 가져다 놓으라고 했습니다. 그리고 나서 그녀는 사제를 다른 곳으로 옮겨 묻었습니다.

일을 마친 뒤에 아주머니는 귀리죽이 담긴 냄비를 불에 올렸습니다. 그리고 요리가 끝나자 마티스에게 난로에 앉아 나무토막들을 잘게 쪼개고 있으라고 시켰습니다. 그가 그러고 있는 동안에 그녀는 냄비를 가지고 지붕 위로 올라가서 귀리죽을 굴뚝 아래로 부었고, 그것이 아들의 머리 위로 흘러내리게 했습니다.

다음날 치안담당관이 왔습니다. 치안담당관이 묻자 마티스는 자신이 사제를 죽인 일을 부정하지 않았습니다. 게다가 그는 어디에서 사제에게 복수를 했는지 기꺼이 보여주겠다고 했습니다. 그런데 치안담당관이 그 날이 언제였냐고 묻자 마티스는 말했습니다.

"온 세상에 귀리죽이 비처럼 내렸던 날이에요."

소년이 사제를 묻었다는 장소에서 치안담당관이 꺼낸 것은 숫염소였습니다. 그는 물었습니다.

"네 사제는 뿔이 있니?"

재판관은 이 이야기를 듣고는 소년이 완전히 미쳤다고 판단했고, 소년이 무죄라며 풀어주었습니다. 그래서 마침내 결혼식이 열리게 되었습니다.

아주머니는 아들을 데리고 길게 이야기하며, 식탁에 앉았을 때 점잖게 행동하라고 신신당부를 했습니다. 그는 신부와 너무 자주 눈을 맞추어서는 안 되고, 가끔씩만 그녀의 얼굴에 눈을 맞추어야 했습니다. 그리고 완두콩은 혼자 먹어도 되지만, 달걀은 반드시 신부와 나누어 먹어야 했습니다. 또 발라낸 다리뼈는 식탁 위에 아무렇게나 두어서는 안 되고, 접시 위에 가지런히 올려놓아야 했습니다.

그래요! 마티스는 그 모든 것을 하려 했고, 아주 잘 해냈습니다. 네, 그는 다른 것은 결코 하지 않고 오로지 어머니가 시킨 대로만 했습니다. 우선 그는 양을 가둬둔 우리로 가서 눈에 띄는 양과 염소의 눈을 모조리 뽑아서 가져왔습니다. 사람들이 저녁을 먹으러 왔을 때 그는 신부에게 등을 돌리고 앉았습니다. 갑자기 그는 눈알 하나를 신부의 얼굴에 던졌고, 그것은 그녀의 얼굴에 똑바로 맞았습니다. 잠시 뒤에 그는 또 눈알 하나를 던졌고, 되풀이해서 그렇게 했습니다. 달걀로 말할 것 같으면, 그는 혼자서 그것들을 독차지하고 모조리 먹어치웠습니다. 그래서 아가씨는 맛도 볼 수 없었습니다. 그러나 그는 완두콩은 그녀에게 나누어주었습니다. 밥을 먹는 동안 마티스는 두 발을 가지런히 모아서 자기 접시 위에 올려놓았습니다.

밤이 되어 잠자리에 들 때가 되자 아가씨는 이미 넌더리가 나고 지긋지긋해졌습니다. 그녀는 그런 바보를 남편으로 맞이하는 것은 도움이 되지 않는다고 생각했습니다. 그래서 뭔가를 잊어버렸다면서 잠깐 밖에 나갔다 오겠다고 했습니다. 그러나 그녀는 마티스의 허락을 받을 수

없었습니다. 그는 그녀를 따라가려 했습니다. 솔직히 말해 그는 그녀가 다시는 돌아오지 않을까봐 두려웠던 것입니다.

"안 돼요! 안 돼! 그냥 누워 있으라고 말했잖아요." 신부가 말했습니다. "봐요. 여기 (머리털을 꼬아서 만들어서 질긴) 타락줄이 하나 있어요. 이것을 나한테 묶고 문을 조금 열어둔 채로 나갔다 올게요. 내가 너무 오래 나가 있는 것 같으면 이 줄을 당기기만 하면 돼요. 그러면 나를 다시 끌어올 수 있어요."

그래요! 마티스는 이 방법이 만족스러웠습니다. 그러나 아가씨는 마당으로 나가자마자 숫염소 한 마리를 붙잡았습니다. 그리고 줄을 풀어 염소에게 묶었습니다.

마티스는 그녀가 너무 오래 밖에 있다는 생각이 들자 줄을 당겼습니다. 그렇게 해서 그는 숫염소를 침대로 끌어오게 되었습니다. 그는 잠시 누워 있다가 고함을 질렀습니다.

"어머니! 어머니! 내 신부가 숫염소처럼 뿔이 있어요!"

"쓸데없는 소리! 멍청한 녀석아! 누워서 네 자신이나 한탄해라." 어머니가 말했습니다. "그것은 그녀의 땋은 머리일 뿐이야. 불쌍한 것, 내 보장하마."

잠시 있다가 마티스는 다시 소리를 질렀습니다.

"어머니! 어머니! 내 신부가 염소처럼 수염이 있어요."

"쓸데없는 소리! 멍청한 녀석, 누워서 헛소리나 해대고 있구나." 아주머니가 말했습니다.

그러나 그날 밤 집은 조용할 새가 없었습니다. 얼마 안 되어 마티스가 자신의 신부가 완전히 염소 같다며 비명을 질러댔기 때문입니다. 아침이 다가오자 아주머니가 말했습니다.

"얼른 몸을 위로 들어올려, 아들아. 그리고 불을 지펴."

그래서 마티스는 지붕 아래 선반이 있는 위로 올라갔습니다. 그리고 지푸라기와 나무 조각들과 같은 잡동사니들을 놓고 불을 지폈습니다. 연기가 피어오르자 그는 집 안에 더는 있을 수 없었습니다. 그는 밖으로 나와야 했고, 때마침 동이 텄습니다. 아주머니도 빠져나와야 했습니다. 그들이 바깥으로 나왔을 때 집은 불타고 있었고, 불길이 지붕을 집어삼켰습니다.

"행운이다! 행운이야! 만세!"

마티스가 소리쳤습니다. 자신의 결혼식 잔치가 아주 재미있게 끝났다고 생각했기 때문입니다.

47

하얀 곰 발레몬 왕

옛날 옛적에 어떤 왕이 있었습니다. 아마 틀림없이 있었을 것입니다. 왕에게는 못생기고 못된 두 딸이 있었습니다. 하지만 셋째 딸은 햇살이 밝게 비치는 날처럼 아름답고 상냥했습니다. 그녀는 왕과 다른 모든 이들의 기쁨이었습니다.

어느 날 그녀는 꿈에서 황금으로 아름답게 장식된 화관을 보았습니다. 그 화관은 너무 아름다워 그녀는 가지고 싶은 마음을 참을 수 없었습니다. 하지만 가질 수 없었기 때문에 시무룩해졌고, 슬픔에 잠겨 말수도 줄었습니다. 왕은 막내딸이 화관 때문에 슬퍼하고 있다는 것을 알고는 공주가 꿈에서 본 것과 똑같이 그림을 그려서 나라 안의 모든 금세공사에게 보냈습니다. 그리고 그것과 똑같은 화관을 만들라고 명령했습니다. 금세공사들은 밤낮으로 열심히 일했습니다. 하지만 그녀는 그렇게 만든 화관들을 일부는 멀리 내던져버렸고, 나머지는 아예 쳐다보지도 않았습니다.

그런데 그녀가 숲에 있을 때였습니다. 그녀는 하얀 곰 한 마리가 자신이 꿈에서 보았던 바로 그 화관을 두 발 사이에 놓고 놀고 있는 모습을 보았습니다. 그녀는 그것을 사려고 했습니다. "안 돼!" 그것은 돈으로 살 수 없는 것이었습니다. 그녀가 그것을 가지려 한다면, 그녀가 곰의 것이 되어야 했습니다. "그래!" 그녀는 그 화관이 없는 삶은 아무런 가치도 없다고 말했습니다. 그 화관만 가질 수 있다면 그녀는 어디로 가든 상관없었습니다. 그렇게 그들 사이에 계약이 맺어졌고, 그는 그로부터 3일째 되는 날에 그녀를 데리러 오기로 했습니다. 그날은 목요일이었습니다.

그녀가 화관을 가지고 돌아오자 모든 사람들이 기뻐했습니다. 그녀가 다시 밝아졌기 때문입니다. 그리고 왕은 하얀 곰을 막는 일이 그리 어렵지 않을 것이라고 했습니다.

3일째 되는 날, 왕은 곰을 물리치기 위해 자신의 모든 병사들을 내보내 성을 에워싸게 했습니다. 그러나 곰이 오자 아무도 곰 앞에서 버텨내지 못했습니다. 어떤 무기도 곰의 가죽을 뚫지 못했습니다. 곰은 그들을 양옆으로 내던졌고, 그렇게 내던져진 사람들이 산더미처럼 쌓였습니다. 왕은 완전히 졌다고 생각했습니다. 그래서 그는 자신의 큰 딸을 보냈습니다. 하얀 곰은 그녀를 등에 태우고 함께 출발했습니다. 그들이 멀리 아주 멀리까지 왔을 때, 하얀 곰이 물었습니다.

"너는 이보다 더 부드러운 곳에 앉아본 적이 있니? 너는 이보다 더 깨끗한 것을 본 적이 있니?"

"응! 내 어머니 무릎이 더 부드럽고, 내 아버지의 홀이 더 깨끗해." 그녀가 말했습니다.

"오!" 하얀 곰이 말했습니다. "그렇다면 너는 그 사람이 아니구나." 그러고 나서 곰은 그녀를 쫓아내 집으로 돌려보냈습니다.

그 다음 목요일에 곰이 다시 왔습니다. 모든 것이 전과 같았습니다. 군대가 하얀 곰을 물리치기 위해 나섰습니다. 그러나 어떤 쇠로도 곰의 가죽을 뚫지 못했습니다. 곰은 그들을 마치 풀처럼 쓰러뜨렸습니다. 왕이 멈춰 달라고 빌 때까지 말입니다. 왕은 그에게 둘째 딸을 보냈습니다. 하얀 곰은 그녀를 등에 태우고 함께 길을 나섰습니다. 그들이 멀리 아주 멀리까지 여행했을 때, 하얀 곰이 물었습니다.

"이보다 깨끗한 것을 본 적 있니? 이보다 부드러운 곳에 앉아 본 적 있니?"

"응!" 그녀가 말했습니다. "내 아버지 홀이 더 깨끗하고, 내 어머니 무릎이 더 부드러워."

"오! 그렇다면 너는 그 사람이 아니구나." 하얀 곰이 말했습니다. 그러고 나서 그는 그녀를 쫓아내 집으로 돌려보냈습니다.

세 번째 목요일에 그는 다시 왔습니다. 그는 전보다 더 호되게 군대를 공격했습니다. 왕은 그가 자신의 군대를 다 죽이게 둘 수는 없다고 생각했습니다. 그래서 왕은 하늘에 맹세하며 그에게 자신의 셋째 딸을 주었습니다. 곰은 그녀를 등에 태우고 멀리 아주 멀리 걸어갔습니다. 깊고 깊은 숲속에 들어서자 그는 다른 공주들에게 했던 것과 똑같이 그녀에게 물었습니다. 이보다 더 부드러운 곳에 앉아 보거나, 이보다 더 깨끗한 것을 본 적이 있냐고 말입니다.

"아니! 결코!" 그녀가 대답했습니다.

"아!" 그가 말했습니다. "너는 그 사람이 맞구나."

그들은 어떤 성으로 들어갔습니다. 그 성은 너무나 커서 그녀 아버지의 성이 초라해 보일 정도였습니다. 그녀는 그곳에서 행복하게 지냈습니다. 그녀는 불이 꺼지지 않도록 지켜보는 것 말고는 아무것도 하지 않아도 되었습니다. 곰은 낮에는 밖에 나가 있다가, 밤이 되면 그녀 곁으로 돌아와 사람이 되었습니다. 3년 동안 모든 것이 평안했습니다.

그녀는 해마다 아기를 하나씩 낳았는데, 그때마다 그는 아기가 세상에 나오자마자 데리고 가버렸습니다. 그녀는 점점 더 지루해졌습니다. 그래서 집에 가서 부모님을 보고 오는 것을 허락해 달라고 간청했습니

다. 그래요! 그것을 가로막는 것은 아무것도 없었습니다. 그러나 먼저 그녀는 아버지가 말하는 것은 들어도, 어머니가 바라는 것은 하지 않겠다고 약속해야 했습니다. 그러고 나서 그녀는 집으로 갔습니다.

부모님하고만 있게 되자 그녀는 자신이 어떤 대우를 받았는지 모두 이야기했습니다. 그러자 그녀의 어머니는 공주에게 불을 들려 보내 줄 테니 그가 어떤 사람인지 보는 게 좋겠다고 했습니다. 하지만 아버지가 말했습니다. "안 될 소리! 공주는 그렇게 해서는 결코 안 되오. 얻는 것은 하나도 없고, 화만 불러올 거요."

그러나 일어날 일은 일어나게 되어 있습니다. 그녀는 출발할 때 타고 남은 양초 동강이를 조금 챙겼습니다. 그녀는 남편이 깊이 잠들자마자 양초 동강이에 불을 붙이고는 그에게 비추었습니다. 그는 너무 멋졌기 때문에 그녀는 결코 그에게서 눈을 뗄 수가 없었습니다. 그러나 그녀가 초를 가까이 댈 때 뜨거운 촛농 한 방울이 이마로 떨어지는 바람에 그는 잠에서 깨어났습니다.

"당신, 도대체 무슨 짓을 한 거요?" 그가 말했습니다. "지금 당신은 우리 둘을 모두 불행하게 만들었소. 한 달도 남지 않았는데, 당신이 그것만 견뎌내면 나는 구원을 받을 수 있었을 텐데 말이오. 트롤마녀가 내게 마법을 거는 바람에 나는 낮에는 하얀 곰으로 있어야 했소. 그러나 이제 당신과 나의 관계는 모두 끝나버렸소. 이제 나는 트롤마녀한테 가서 그녀를 아내로 맞이해야 한다오."

공주는 흐느끼고 자책했습니다. 그러나 그는 떠나야 했고, 떠나려 했습니다. 그러자 그녀는 자신이 그와 함께 갈 수는 없는지 물었습니다.

"안 되오!" 그가 말했습니다. "그럴 수 있는 방법은 없소."

그러나 그가 곰의 모습을 하고 떠날 때, 그녀는 그의 털가죽을 쥐고 그의 등 위로 몸을 던지고는 꽉 붙잡았습니다. 그들은 험한 바위와 산을 지나고, 덤불과 가시나무를 거쳐서 멀리까지 갔습니다. 옷은 등이

드러날 정도로 찢어졌고, 그녀는 녹초가 되었습니다. 그래서 그녀는 붙잡고 있던 손을 놓치고, 정신을 잃었습니다. 정신을 되찾았을 때 그녀는 아주 큰 숲속에 혼자 남겨져 있었습니다. 그녀는 다시 길을 나섰으나, 어디로 가야할지 몰랐습니다.

오랜 아주 오랜 시간이 지난 뒤에 그녀는 어떤 오두막집에 도착했습니다. 그곳에서 그녀는 두 명의 여자와 마주쳤는데, 한 명은 나이 든 여인이었고, 다른 한 명은 작고 예쁜 계집아이였습니다. 공주는 그들에게 하얀 곰 발레몬(Valemon) 왕을 본 적이 있는지 물었습니다.

"네!" 그들이 대답했습니다. "그는 오늘 아침 일찍 이곳을 지나갔어요. 하지만 그는 너무 빨라서 당신은 그를 따라잡을 수 없을 거예요."

계집아이는 황금가위를 가지고 공중에 가위질을 하면서 뛰어놀고 있었습니다. 그것은 공중에 가위질을 하는 것만으로도 비단과 매끄러운 옷감으로 된 물건들이 흩날리게 할 수 있는 가위였습니다. 그 가위만 있으면 옷감이 따로 필요하지 않았습니다.

"그런데 이 아줌마는" 작은 소녀가 말했습니다. "아주 멀리까지 험한 길을 가면서 많은 힘든 일들을 겪을 거예요. 이 가위는 내 옷을 만드는 데 쓰는 것보다 이 아줌마한테 더 쓸모가 있을 것 같아요."

그러면서 소녀는 어머니를 매우 간절히 졸랐고, 마침내 여자에게 가위를 주어도 좋다는 허락을 받을 수 있었습니다.

그 뒤 공주는 다시 결코 끝날 것처럼 보이지 않는 숲을 온종일 걸었습니다. 다음날 아침에 그녀는 또 다른 오두막에 도착했습니다. 그곳에도 늙은 아낙과 어린 소녀, 그렇게 두 명의 여자가 있었습니다.

"안녕하세요!" 공주가 말했습니다. "하얀 곰 발레몬 왕에 대해 들어본 적 있으세요?" 그녀는 그들에게 물었습니다.

"아마 당신이 그와 결혼한 여자이겠지요?" 늙은 아낙이 말했습니다.

"네! 맞아요."

"이런, 그는 어제 여기를 지나갔어요. 그는 너무 빨라서 당신은 그를 따라잡을 수 없을 거예요."

그곳의 작은 소녀는 바닥에 앉아 작고 납작한 휴대용 병을 가지고 놀고 있었습니다. 그것은 음료를 뭐든 원하는 대로 나오게 할 수 있는 병이었습니다.

"그런데 이 불쌍한 아줌마는" 소녀가 말했습니다. "아직도 더 멀리 험한 길을 가야만 해요. 그녀는 몹시 목이 마를 거예요. 그리고 다른 힘든 일들도 많이 겪게 될 거라고 생각해요. 분명히 나보다는 그녀에게 이 병이 더 필요할 거예요." 그렇게 소녀는 그녀에게 병을 주는 것을 허락받았습니다.

공주는 병을 받아 들고 그들에게 고맙다고 인사를 했습니다. 그리고 다시 길을 떠나 똑같은 숲을 마찬가지로 온종일 걸었습니다. 3일째 되는 날 아침에 그녀는 어떤 오두막에 도착했고, 거기에도 똑같이 늙은 아낙과 어린 계집아이가 있었습니다.

"안녕하세요!" 공주가 말했습니다.

"안녕하세요." 늙은 아낙이 말했습니다.

"하얀 곰 발레몬 왕에 대해 들은 것 있으세요?" 그녀가 물었습니다.

"아마도 당신이 그의 아내이겠죠?" 늙은 아낙이 말했습니다.

"네! 그래요."

"이런, 그는 그저께 여기를 지나갔어요. 그는 너무 빨라서 당신은 그를 따라잡을 수 없을 거예요." 그녀가 말했습니다.

이곳에 있는 작은 소녀는 바닥에서 식탁보를 가지고 놀고 있었습니다. 그것은 "식탁보야, 펼쳐져서 온갖 진귀한 음식들을 차려내렴"이라고 말만 하면 그대로 되는 식탁보였습니다. 그것만 있으면 어떤 좋은 음식도 필요 없었습니다.

"그런데 이 불쌍한 아줌마는" 작은 소녀가 말했습니다. "험한 길들을 지나 아주 멀리 가야만 해요. 그녀는 몹시 배가 고플 거고, 다른 힘든 일들도 많이 겪을 거예요. 아마도 이 식탁보는 저보다는 그녀에게 더 필요할 것 같아요." 그렇게 소녀는 그녀에게 식탁보를 주게 해 달라고 졸랐고, 그녀는 그것을 얻게 되었습니다.

공주는 식탁보를 받아 들고 그들에게 고맙다고 했습니다. 그리고 다시 길을 나서 멀리 더 멀리까지 전과 마찬가지로 어두운 숲을 온종일 걸었습니다. 아침이 되자 그녀는 악마의 산에 도착했습니다. 그곳은 경사가 가파르고, 아주 높고 넓어서 끝이 보이지 않았습니다. 그곳에도 마찬가지로 오두막이 하나 있었습니다. 그녀는 오두막에 발을 들여놓자마자 말했습니다.

"안녕하세요! 하얀 곰 발레몬 왕이 이 길로 지나가는 것을 본 적 있으세요?"

"안녕하세요." 늙은 아낙이 말했습니다. "당신이 그의 아내이겠죠?"

"네! 그래요."

"이런! 그는 3일 전에 이곳을 지나 산으로 올라갔어요. 그러나 그곳까지는 날개가 없으면 갈 수 없어요."

여러분이 알아야 할 게, 그 오두막은 작은 아이들로 가득했습니다. 아이들은 모두 어머니의 치맛자락에 매달려 음식을 달라고 야단이었습니다. 그러자 아주머니는 작고 둥근 조약돌이 가득한 냄비 하나를 불 위에 올려놓았습니다. 공주가 왜 그렇게 하는지 묻자, 아주머니는 자신들은 너무 가난해서 음식도 옷도 없다고 말했습니다. 그래서 아이들이 먹을 것을 한입만 달라고 소리치고 있는 것이라고 털어놓았습니다. 그러나 아주머니는 냄비를 불에 올려놓고 말했습니다.

"감자가 곧 준비될 거야." 이 말이 배고픔을 누그러뜨렸기 때문에 아이들은 잠시 동안은 참을 수 있었습니다. 그러자 공주는 식탁보와 병을 꺼냈습니다. 여러분이 생각하고 있듯이, 아이들이 모두 배불리 잘 먹고 나자 그녀는 황금가위로 그들을 위해 옷을 만들었습니다.

"세상에 맙소사!" 오두막집의 아주머니가 말했습니다. "당신은 정말 친절하시군요. 나와 아이들에게 이렇게 잘 대해주셨는데, 내가 온 힘을 다해 당신이 산 위로 갈 수 있도록 돕지 않는다면 부끄러운 일일 거예요. 내 남편은 이 세상에서 가장 뛰어난 대장장이 가운데 하나예요. 자, 그가 집에 올 때까지 잠깐 눈을 붙이고 쉬도록 해요. 그러면 나는 그에게 당신의 손과 발에 맞는 갈고리 발톱을 만들라고 할게요. 그러면 당신은 산을 기어 올라갈 수 있을 거예요.

대장장이는 집에 오자마자 곧바로 쇠발톱 만드는 일을 시작했고, 다음날 그것이 완성되었습니다. 그녀는 시간이 없었기 때문에 고맙다는 인사만 하고는 바위 절벽에 달라붙어서 쇠발톱을 이용해 그날 온종일, 그리고 다음날 밤까지 기어올랐습니다. 너무 지쳐서 손과 발을 더는 옮기지 못해 떨어질 지경이 다 되어서야 그녀는 꼭대기에 이르렀습니다. 거기에는 쟁기질한 밭과 초목이 있는 평야가 있었는데 아주 크고 넓었습니다. 그녀는 그곳에 그렇게 넓고 평평한 땅이 있으리라고는 결코 생각하지 못했습니다. 그 부근에는 온갖 종류의 일꾼들이 우글우글한 성이 하나 있었습니다. 그들은 개미언덕의 개미떼 같았습니다.

"여기에 무슨 일이 있어요?" 공주가 물었습니다.

그래요! 사람들은 그곳이 하얀 곰 발레몬 왕에게 마법을 건 트롤마녀가 사는 곳이라고 알려주었습니다. 트롤마녀는 3일 동안 결혼 축하잔치를 열 계획이었습니다. 그러자 그녀는 자신이 그 트롤마녀와 잠깐 이야기를 나눌 수는 없겠냐고 물었습니다.

"안 되오! 그럴 수 있을 것 같소? 그건 불가능하오."

그래서 그녀는 창문 아래에 앉아서 황금가위를 가지고 공중에 대고 가위질을 하기 시작했습니다. 그러자 비단과 매끄러운 옷감이 흩날리더니 마치 눈더미처럼 두껍게 쌓였습니다. 그러자 트롤마녀는 그것을 보고는 얼마가 되든 그 황금가위를 사겠다고 했습니다. 트롤마녀는 그 이유를 이렇게 말했습니다.

"재단사들을 모조리 동원해도 소용없어. 우리는 너무 많아서 입을 게 모자라거든."

그러자 공주가 말했습니다.

"이것은 돈으로 살 수 있는 게 아니에요. 가위를 가지고 싶으면 오늘 밤 당신의 약혼자와 함께 잠자리에 들 수 있게 해줘요."

"좋아!" 트롤마녀가 말했습니다. "그렇게 하도록 허락하지. 얼마든지. 하지만 그를 재우고 아침에 깨우는 것은 내가 직접 할 거야."

트롤마녀는 그가 잠자리에 들 때 그에게 잠드는 물약을 주었습니다. 그래서 공주가 아무리 소리를 지르고 흐느껴도 그는 알지 못했습니다.

다음 날 공주는 다시 창문 아래로 가서 병에 든 음료를 따르기 시작

했습니다. 맥주와 와인이 시내처럼 거품을 내며 흘러도 병은 결코 비지 않았습니다. 그러자 그것을 본 트롤마녀는 얼마가 되든 그것을 사겠다고 했습니다. 그녀는 그 이유를 이렇게 말했습니다.

"우리 양조장과 증류기를 모조리 동원해도 소용이 없어. 우린 너무 많아서 마실 게 부족하거든."

그러자 공주가 말했습니다. "이것은 돈으로 살 수 있는 게 아니에요. 이 병을 가지려거든 오늘밤 당신의 약혼자와 함께 잘 수 있게 허락해 줘요. 그러면 이건 당신 거예요."

"좋아!" 트롤마녀가 말했습니다. "허락하지. 얼마든지. 하지만 그를 재우고 아침에 깨우는 것은 반드시 내가 직접 할 거야."

그가 잠을 자러 갈 때 트롤마녀는 그에게 다시 잠드는 물약을 주었습니다. 그래서 그날 밤도 전날 밤과 똑같았습니다. 공주가 아무리 고함을 지르고 흐느껴도 그는 전혀 알지 못했습니다.

그런데 그날 밤 일꾼 하나가 그들의 옆방에서 작업을 하고 있었습니다. 그는 흐느끼는 소리를 듣고는 어떻게 된 일인지 알았습니다. 다음 날 그는 왕자에게 공주가 그를 구하러 반드시 올 것이라고 말했습니다.

그날도 공주는 가위와 병으로 했던 것처럼 식탁보로 똑같이 했습니다. 저녁시간이 가까워지자 공주는 성 밖으로 나가서 식탁보를 꺼내며 말했습니다. "식탁보야, 펼쳐져서 온갖 진귀한 음식들을 차려내렴." 그러자 100명의 사람이 먹어도 남을 정도로 충분한 음식이 생겼습니다. 그러나 공주는 혼자서 식탁에 앉았습니다. 트롤마녀는 그 식탁보를 보고 그것을 사고 싶어 했습니다.

"아무리 많이 굽고 끓여도 소용 없어. 먹여야 할 입이 너무 많거든."

그러자 공주가 말했습니다. "이것은 돈으로는 살 수 없는 거예요. 이것을 가지려면 오늘 밤 내가 당신의 약혼자와 자는 것을 허락해 줘요."

"좋아! 그렇게 하도록 하지. 얼마든지." 늙은 마녀가 말했습니다. "하지만 내가 먼저 그를 재우고, 아침이 되면 깨우겠어."

그가 자러 가려 할 때 트롤마녀는 잠드는 물약을 가지고 갔습니다. 그러나 이번에 그는 그녀가 하려는 일을 눈치채고는 잠든 것처럼 꾸몄습니다. 늙은 마녀는 그를 쉽게 믿지 않았습니다. 그래서 그가 깊게 잠들었는지 확인하려고 바늘로 그의 팔을 찔렀습니다. 하지만 그는 고통을 참고 꿈쩍도 하지 않았습니다. 그렇게 해서 공주는 그에게 가도록 허락을 받을 수 있었습니다.

공주와 왕자 사이는 곧바로 모두 원래대로 돌아왔습니다. 트롤마녀를 죽일 수만 있다면 왕자는 자유롭게 될 것입니다. 그래서 왕자는 목수들을 불러다가 결혼식 행렬이 지나가는 다리 아래에 뚜껑문을 설치하게 했습니다. 신부가 말을 타고 신부의 친구들과 함께 행렬의 맨 앞에 서는 것이 관습이었기 때문입니다.

그들이 다리에 이르자 뚜껑문이 뒤집히면서 신부와 그녀의 들러리였던 다른 트롤마녀들이 아래로 떨어졌습니다. 발레몬 왕과 공주, 그리고 나머지 일행들은 성으로 되돌아왔고, 트롤마녀의 금과 재물을 모두 챙겨서 그들의 진짜 결혼식이 열릴 고향으로 출발했습니다. 돌아오는 길에 발레몬 왕은 세 오두막에 들러 세 소녀들을 데리고 왔습니다. 이제 공주는 왜 그가 자신이 낳은 아기들을 데려가 다른 곳에서 길렀는지 알게 되었습니다. 그래요! 아이들은 그녀가 그를 찾을 수 있게 도운 것입니다. 그렇게 해서 그들은 자신들의 결혼식에서 아주 세고 독한 결혼식 맥주를 마셨습니다.

48

황금새

옛날 옛적에 어떤 왕이 있었습니다. 그에게는 정원이 하나 있었는데, 그곳에는 사과나무가 하나 있었습니다. 그리고 그 사과나무에서는 해마다 황금사과가 한 개 열렸습니다. 하지만 익어서 딸 때가 되면 사과는 어디론가 사라져버렸습니다. 누가 그것을 가져갔는지, 어떻게 된 일인지 아무도 알지 못했습니다. 사람들이 아는 것이라고는 사과가 사라졌다는 사실뿐이었습니다.

왕에게는 세 명의 아들이 있었습니다. 어느 날 왕은 자신의 아들들에게 이렇게 말했습니다. 첫째든, 막내든, 둘째든 황금사과를 찾아오거나 도둑을 붙잡아 끌고 오는 사람이 자신의 뒤를 이어 왕국을 통치하게 될 것이라고 말입니다.

큰아들이 먼저 나섰습니다. 그는 사과나무 아래 앉아서 도둑이 오는지 지켜보았습니다. 밤이 되자 황금새 한 마리가 날아왔습니다. 그 새의 깃털은 아주 멀리서도 눈부시게 빛났습니다. 왕의 아들은 그 새와 그것이 뿜어내는 광채를 보고는 너무나 두려워 감히 더 쳐다보지도 못했습니다. 그래서 있는 힘을 다해 재빨리 왕궁으로 달아났습니다.

다음날 아침에 보니 사과는 이미 사라져 흔적도 찾을 수 없었습니다. 그제야 왕의 아들도 놀랐던 마음이 가라앉았습니다. 그는 음식 보따리를 싸 들고 새를 찾으러 가려 했습니다. 왕은 돈이며 옷이며 아끼지 않고 그가 떠날 채비를 해주었습니다.

왕의 아들은 길을 나선 지 얼마 되지 않아 배가 고팠습니다. 그래서 밥을 먹으려고 길가에 앉아 보따리를 풀었습니다. 바로 그때 가문비나무 숲에서 여우 한 마리가 나와 곁에 앉아 그를 빤히 쳐다보았습니다.

"이봐 친구, 나도 한입만 줘." 여우가 말했습니다.

"나는 네게 그슬린 뼈만 줄 거야. 그럴 거야." 왕의 아들이 말했습니다. "나도 먹을 게 많이 필요할 것 같거든. 앞으로 얼마나 멀리 오랜 시간을 여행해야 할지 알 수 없으니 말이야."

"오! 그게 네 계획이군그래?" 여우가 말했습니다. 그리고 숲으로 되돌아갔습니다.

왕의 아들은 밥을 먹고 잠시 쉰 뒤에 다시 길을 나섰습니다. 아주 오랜 시간 뒤에 그는 큰 도시에 도착했습니다. 그곳에는 여관이 하나 있었는데, 언제나 웃음소리가 가득한, 슬픔이라고는 찾아볼 수 없는 곳이었습니다. 그는 그곳이 좋아 보였습니다. 그래서 들어가 보기로 했습니다. 그러나 그곳에 넘쳐흐르는 춤과 술, 재미와 즐거움 때문에 그는 황금새와 그 새의 깃털, 아버지와 자신의 임무, 왕국을 모두 까맣게 잊어버렸습니다. 그는 계속 그곳에 머물렀습니다.

1년 뒤에 이번에는 왕의 둘째아들이 정원에서 사과 도둑을 지키기로 했습니다. 그래요! 사과가 익기 시작하자 그도 사과나무 아래에 앉았습니다. 어느 날 밤에 갑자기 태양처럼 밝게 빛나는 황금새가 날아왔습니다. 하지만 소년은 너무 두려운 나머지 꽁무니를 빼고 달아났습니다.

다음 날 아침에 보니 이미 사과는 사라지고 없었습니다. 하지만 왕의 아들은 그제야 용기를 되찾고는 새를 찾으러 떠나려 했습니다. 그래요!

그는 여행을 떠나기 위해 음식을 싸기 시작했습니다. 왕은 옷이며 돈이며 아끼지 않고 그가 떠날 채비를 해주었습니다.

그러나 그의 형에게 일어났던 일이 그에게도 똑같이 일어났습니다. 여행을 떠난 지 얼마 되지 않아 그는 배가 고파졌습니다. 그래서 저녁을 먹기 위해 길가에 앉아 보따리를 풀었습니다. 그러자 가문비나무 숲에서 여우가 나와서 곁에 앉아 쳐다보았습니다.

"이봐 친구, 나도 한입만 줘, 응?" 여우가 말했습니다.

"나는 너한테 그슬린 뼈를 줄 거야. 그렇게 할 거야." 왕의 아들이 말했습니다. "내게 먹을 게 많이 필요할 것 같거든. 앞으로 얼마나 먼 곳까지 오랜 시간을 여행해야 할지 아무도 모르니 말이야."

"오! 그게 네 계획이군그래?" 여우가 말했습니다. 그러고 여우는 숲으로 다시 들어갔습니다.

왕의 아들은 음식을 먹고 잠시 휴식을 취한 뒤에 다시 길을 나섰습니다. 한참 아주 한참이 지난 뒤에 그는 형과 똑같은 도시에 도착했고, 언제나 즐거움만 있고 결코 슬픔이 없는 똑같은 여관으로 갔습니다. 그도 여관 안으로 들어가보아야 하겠다고 생각했습니다. 그곳에서 그가 처음 만난 사람은 바로 자신의 형이었습니다. 그래서 그는 그곳에 머무르기로 했습니다. 그의 형은 잔치를 벌이고 술을 마시느라 등에 걸칠 옷조차 거의 남아 있지 않았습니다. 그러나 이제 그들은 다시 시작했습니다. 술과 춤, 재미와 유쾌함이 넘쳐났기 때문에 둘째도 황금새와 그 새의 깃털, 아버지와 자신의 임무, 왕국을 모조리 까맣게 잊어버렸습니다. 그도 계속 그곳에 머물렀습니다.

다시 사과가 익어갈 때가 되자 이번에는 왕의 막내아들이 정원으로 가서 사과도둑을 지켰습니다. 그런데 이번에 그는 나무 위에서 자신을 도와줄 동료 하나를 데리고 갔습니다. 그들은 맥주 한 통과 시간을 보내기 위한 카드 한 벌도 챙겨가서 잠들지 않으려고 애를 썼습니다. 갑자기 태양의 섬광처럼 반짝이는 것이 밝게 비추더니 황금새가 내려와서 사과를 낚아챘습니다. 그 순간 왕의 아들은 새를 잡으려고 했으나 새의 꼬리깃털 하나만 쥘 수 있었습니다. 막내아들이 왕의 침실로 가자 황금 깃털 때문에 방안이 대낮처럼 환해졌습니다.

그는 형들의 행방을 수소문하고 황금새도 잡기 위해 자기도 넓은 세상으로 나가겠다고 했습니다. 어쨌든 그가 그 새에 가장 가까이 다가가서 그것을 보고 새의 깃털도 하나 뽑았으니 말입니다.

그래요! 왕이 그를 보내겠다는 결정을 하기까지는 꽤 오랜 시간이 걸렸습니다. 왕은 그가 세상살이에 대한 지식을 더 많이 가지고 있는 형들보다 나을 것이라고 생각하지 않았습니다. 그리고 막내아들마저 잃게 될까봐 두려웠습니다. 그러나 아들이 아주 간절히 졸랐으므로 마침내 왕은 아들이 떠나는 것을 허락할 수밖에 없었습니다.

왕의 막내아들은 여행을 하면서 먹을 음식을 쌌고, 왕은 옷과 돈을 잘 챙겨주었습니다. 그런 뒤에 왕의 아들은 길을 나섰습니다. 여행을 떠난 지 얼마 지나지 않아 그는 배가 고파졌습니다. 그래서 밥을 먹기 위해 앉아서 보따리를 풀었습니다. 그가 막 첫술을 뜨려고 하는데, 가문비나무 숲에서 여우 한 마리가 나와 그의 곁에 앉아 쳐다보았습니다.

"오! 이봐 친구! 나도 한입만 줘, 제발." 여우가 말했습니다.

"나 자신을 위한 음식이 꼭 필요할 것 같아." 왕의 아들이 말했습니다. "내가 얼마나 오래 길을 가야 할지 알 수 없으니 말이야. 그렇지만 너한테 조금은 나눠줄 수 있을 것 같아."

여우는 음식을 한입 얻어먹은 뒤 왕의 아들에게 어디를 가고 있는지 물었습니다. 그래요! 그는 여우에게 자신이 하려는 일을 말했습니다.

"만일 네가 내 말을 따르겠다면 말이야" 여우가 말했습니다. "내가 널 도와줄게. 그러면 너는 행운과 함께 할 수 있을 거야."

그러자 왕의 아들은 그의 말을 따르겠다고 약속했습니다. 그렇게 해서 그들은 함께 길을 나섰습니다. 한동안 여행을 한 뒤에 그들도 마찬가지로 언제나 즐거움만 있고 결코 슬픔은 없는 여관이 있는 도시에 다다랐습니다.

"이제 나는 도시 바깥에서 기다리는 게 낫겠어." 여우가 말했습니다. "여기서부터는 개들을 피해서 움직여야 하거든."

그러고는 그에게 그의 형제들이 어떻게 되었는지, 그들이 여태까지 무엇을 하고 있었는지 알려주었습니다. 그리고 계속 말했습니다.

"너는 그 안으로 들어가서 결코 머뭇거리면 안 돼. 알아들었어?"

왕의 아들은 그 안으로 들어가지 않겠다고 약속하고 맹세했습니다. 그런 뒤에 그들은 각자 길을 갔습니다. 하지만 왕자가 여관에 이르자 그곳에서는 음악소리와 유쾌하게 떠드는 소리가 들려왔습니다. 그는 들어가지 않을 수 없었습니다. 두말할 필요 없이 그는 형들을 만났고, 떠들썩함 속에서 여우와 자신의 임무, 황금새와 아버지에 관한 것을 모조리 까맣게 잊어버렸습니다.

그러나 그가 그곳에 얼마간 머무르고 있을 때 여우가 왔습니다. 여우가 위험을 무릅쓰고 도시 안으로 들어왔던 것입니다. 여우는 문을 통해 안을 들여다보고는 왕의 아들에게 눈짓을 보내고, 지금 떠나야 한다고 했습니다. 왕자는 정신을 차렸고, 그들은 함께 그 집을 나섰습니다.

얼마 동안 길을 가던 그들은 저 멀리에 있는 커다란 산을 보았습니다. 그러자 여우가 말했습니다.

"여기에서〔약 3360km인〕3백 밀 떨어진 저 산에는 금색 잎을 가진 금색 린덴나무*가 자라고 있어. 그 린덴나무가 황금 깃털을 가진 새의 둥지야."

그들은 그곳까지 함께 여행을 했습니다. 왕의 아들이 그 새를 잡으러

---

* 린덴나무(linden) : 유럽의 민담에 자주 등장하는 나무로 유럽피나무라고도 한다. 수령이 수백 년에 이르며 잎이 무성하고 40미터까지 자란다.

나서려 하자 여우는 그에게 아름다운 깃털들을 주었습니다. 그리고 손으로 그것을 흔들어 새가 내려오도록 꾀어내라고 했습니다. 그러면 그 새가 날아와 그의 손 위에 앉을 것이라고 말입니다. 그렇지만 린덴나무는 결코 건드리면 안 된다고 단단히 주의도 주었습니다. 그것은 커다란 트롤이 소유하고 있는 것이므로, 왕의 아들이 작은 가지 하나라도 그 나무를 만지면 트롤이 와서 그 자리에서 그를 죽일 것이라고 말입니다.

그래요! 왕의 아들은 그것을 결코 건드리지 않겠다고 말했습니다. 하지만 그는 새를 손에 쥐게 되자 린덴나무의 가지 하나 정도는 가져도 되지 않을까 하는 생각이 들었습니다. 그 나무가 너무나 빛나고 아름다웠기 때문에 그는 욕망을 억누를 수 없었습니다. 그래서 그는 아주 작은 가지 하나를 부러뜨렸습니다.

바로 그순간 어디에선가 트롤이 갑자기 나타났습니다.

"누가 내 린덴나무와 새를 훔쳐가는 거냐?" 트롤은 고함을 질렀습니다. 화가 난 트롤에게서 불꽃이 튀어 올랐습니다.

"도둑들은 모두가 도둑이지만." 왕의 아들이 말했습니다. "훔치는 것을 들킨 사람만 교수형을 당하는 법이지."

하지만 트롤은 모두가 매한가지라고 하면서 그를 공격하려 했습니다. 그러자 소년은 제발 목숨만 살려 달라고 말했습니다.

"이런! 이런!" 트롤이 말했습니다. "만약 네가 내 가장 가까운 이웃이 내게서 훔쳐간 말을 되찾아준다면 목숨을 살려주겠다."

"그런데 내가 어디서 그 자를 찾지?" 왕의 아들이 물었습니다.

"그는 저 하늘 밑에 파랗게 보이는, 여기에서 3백 밀 떨어진 산에 살고 있다."

왕의 아들은 최선을 다하겠다고 약속했습니다. 그가 여우를 만났을 때, 여우는 화를 참지 못했습니다.

"이번에 너는 큰 잘못을 저질렀어." 여우가 말했습니다. "내가 시킨 대로만 했다면 우리는 벌써 집으로 가고 있었을 거야."

목숨이 달려 있었기 때문에 그들은 다시 출발해야만 했습니다. 왕자는 여우의 말을 따르겠다고 약속했습니다. 오랜 아주 오랜 시간 뒤에 그들은 목적지에 도착할 수 있었습니다. 왕자가 들어가서 말을 가져오려 할 때 여우가 말했습니다.

"마구간에 들어가면 마구간 칸막이에 걸려 있는 재갈들이 많이 보일 거야. 그것들은 모두 은과 금으로 되어 있어. 너는 그것들을 건드려서는 안 돼. 그러지 않으면 트롤이 나와서 그 자리에서 널 죽일 거야. 너는 가장 볼품없고 초라해 보이는 재갈을 가지고 와야만 해."

그래요! 왕의 아들은 그렇게 하겠다고 약속했습니다. 하지만 마구간에 들어가자 문득 여우가 한 말이 시답잖은 소리라는 생각이 들었습니다. 거기에는 훌륭한 재갈들이 너무 많아서 남아돌 정도였기 때문입니다. 그래서 그는 그 가운데 가장 빛나는 재갈을 챙겼습니다. 그것은 금처럼 반짝였습니다.

바로 그 순간 어디선가 트롤이 나타났습니다. 트롤은 너무 화가 난 나머지 불꽃을 뿜어내고 있었습니다.

"누가 내 말과 재갈을 훔쳐가려 하는 거냐?" 트롤이 고함쳤습니다.

"도둑들은 모두가 도둑이지만." 왕의 아들이 말했습니다. "훔치는 것을 들킨 사람만 교수형을 당하는 법이지."

"이런! 그렇더라도." 트롤이 말했습니다. "나는 지금 당장 널 죽여야겠다."

그러자 왕의 아들은 제발 살려 달라고 말했습니다.

"이런! 이런!" 트롤이 말했습니다. "만일 네가 내 가장 가까운 이웃이 훔쳐간 아름다운 아가씨를 찾아준다면 목숨을 살려주지."

"그런데 그가 어디 사는데?" 왕의 아들이 말했습니다.

"오! 그는 저기 하늘 밑에 파랗게 보이는, 여기에서 3백 밀 떨어진 큰 산에 살고 있다." 트롤이 말했습니다.

그래요! 왕의 아들은 그 아가씨를 데려오겠다고 약속했습니다. 그래서 그는 목숨을 부지하고 그곳을 떠날 수 있었습니다. 하지만 그가 문 밖으로 나왔을 때 여러분이 생각하는 것처럼 여우는 기분이 그리 좋지 않았습니다.

"이런, 너는 또 다시 아주 나쁘게 행동했어. 내가 너한테 시킨 대로만 했다면, 우리는 오래 전에 집으로 돌아가고 있었을 거야. 알겠니? 이제 더는 네 곁에 머물러 있고 싶지도 않아."

왕의 아들은 진심으로 아주 간절하게 빌며 매달렸습니다. 그리고 여우가 자신의 길동무가 되어준다면 그가 시키지 않은 일은 결코 하지 않겠다고 약속했습니다. 마침내 여우는 져주었습니다. 그래서 그들은 다시 친구가 되어 길을 나섰습니다. 오랜 아주 오랜 시간 뒤에 그들은 아름다운 아가씨가 있다는 곳에 도착했습니다.

그래요! 여우가 말했습니다. "네가 남자답게 약속은 했지만, 이번에는 너를 트롤의 집에 들여보내지 못하겠어. 차라리 내가 직접 갈게."

여우가 들어갔고, 잠시 뒤에 아가씨와 함께 밖으로 나왔습니다. 그들은 왔던 길로 다시 돌아가는 여행길에 올랐습니다. 그들은 말을 가진 트롤 집으로 돌아가서 말과 가장 화려한 재갈을 가지고 나왔습니다. 그리고 린덴나무와 새를 소유한 트롤의 집에 가서 린덴나무와 새를 모두 가지고 나왔습니다. 그런 뒤에 그들은 출발했습니다.

그렇게 그들은 한동안 여행을 해서 어느 호밀밭에 도착했습니다. 그때 여우가 말했습니다.

"무슨 소리를 들은 것 같아. 이제부터 너는 혼자 말을 타고 가. 나는 잠깐 여기에 있을게."

그리고 나서 여우는 호밀짚으로 옷을 만들어 입었습니다. 그러자 그는 서서 설교를 하고 있는 사람처럼 보였습니다. 얼마 뒤에 트롤 셋이

모두 날아왔습니다. 트롤들은 그들을 뒤쫓고 있었습니다.

"아름다운 아가씨와 황금 재갈을 한 말과 황금새와 황금 린덴나무가 함께 있는 것을 보지 못했소?" 트롤들은 설교를 하며 서 있는 그에게 일제히 고함을 쳤습니다.

"맞아요! 나는 내 할머니의 할머니에게서 그 이야기를 들었어요. 여기에 그런 일행이 지나갔다고요. 하지만 세상에나! 그것은 아주 오래전 일이에요. 내 할머니의 할머니가 1스킬링짜리 케이크를 굽고, 그 1스킬링도 다시 되돌려주었던 아주 좋은 시절 말이에요."

트롤들 셋은 모두 큰 소리로 발작하듯 웃음을 터뜨렸습니다. "하! 하! 하! 하!" 그들은 서로를 붙잡으며 큰 소리로 웃었습니다.

"우리가 그렇게 오래 잠을 잤다면 코를 집 쪽으로 돌려 다시 잠이나 자러 가는 게 낫겠어." 트롤들이 말했습니다. 그러고는 왔던 길로 모두 되돌아갔습니다.

그러자 여우는 왕의 아들을 쫓아갔습니다. 그리고 여관과 왕자의 형제들이 있는 도시에 도착하자 여우는 말했습니다.

"나는 개들 때문에 도시 안으로 들어갈 수 없어. 나는 돌아서 갈게. 형들에게 붙잡히지 않게 조심해야 해."

그러나 도시 안으로 들어간 왕의 아들은 형들을 들여다보지도 않고 말도 없이 가버리는 것은 너무 매몰찬 일이라고 생각했습니다. 그래서 그는 잠시 멈추었습니다. 그의 형들은 그를 보자마자 아가씨와 말, 황금새와 린덴나무를 모두 빼앗았습니다. 그러고는 동생을 통에 넣어 호수에 던져 버리고, 아가씨와 말과 새와 린덴나무와 그 밖의 모든 것들을 가지고 왕의 궁전으로 떠났습니다.

하지만 아가씨는 한마디도 하려고 하지 않았습니다. 그녀는 창백하고 비참한 몰골이 되었습니다. 말도 너무 굶주리고 여위어갔습니다. 마치 모든 뼈들이 간신히 모여서 달라붙어 있는 것만 같았습니다. 새도

풀이 죽어서 더 이상 밝은 빛을 뿜어내지 않았습니다. 린덴나무도 말라 갔습니다.

그러는 동안 여우는 언제나 즐거움뿐인 여관이 있는 도시 바깥을 기웃거리면서 왕의 아들과 아름다운 아가씨를 기다렸습니다. 그리고 그들이 왜 오지 않는지 궁금해 했습니다. 그는 여기저기 돌아다니면서 기다리고 그리워했습니다. 마침내 그는 물가로 내려갔고, 거기에서 호수 위를 떠다니는 통을 하나 보았습니다. 그리고 소리쳤습니다.

"넌 왜 거기에서 떠다니고 있니? 빈 통이니?"

"나야 나!" 왕의 아들이 통 안에서 말했습니다.

그러자 여우는 최대한 빨리 호수로 헤엄쳐 들어가서 통을 붙잡아 물가로 끌고 나왔습니다. 그런 뒤 통의 테두리를 물어뜯었습니다. 여우는 통의 테두리를 벗겨낸 뒤에 왕의 아들에게 소리쳤습니다. "발로 차서 부숴!" 그러자 왕의 아들은 통을 발로 차고 쳐서 부쉈습니다. 모든 널빤지들이 산산조각 날 때까지 말입니다. 그러고 나서 그는 통 밖으로 뛰쳐나왔습니다.

그 뒤 왕자와 여우는 함께 왕의 궁전으로 갔습니다. 그들이 도착하자 아가씨는 다시 아름다워졌으며, 말도 하기 시작했습니다. 말도 살이 붙고 미끈해져서 털에서 반지르르 윤이 났습니다. 새도 밝은 빛을 내며 노래를 했습니다. 린덴나무도 꽃을 피우고, 나뭇잎에서 반짝이는 빛을 냈습니다.

마침내 아가씨가 말했습니다. "우리를 구해준 이가 왔어요!" 사람들은 정원에 린덴나무를 심었습니다. 그리고 막내왕자는 공주와 결혼하게 되었습니다. 그래요! 그 아가씨는 공주였습니다.

그의 두 형들은 못이 가득 담긴 통에 각각 넣어져서 가파른 언덕길 밑으로 굴러 떨어졌습니다. 그 뒤 사람들이 결혼식 준비를 하고 있을 때였습니다. 여우가 왕자에게 가서 나무판 위에 자신을 놓고 머리를 잘라 달라고 했습니다. 왕자는 그것이 옳은 일인지 아닌지 몰랐으나 어쩔 수 없이 그렇게 했습니다. 그러나 왕자가 칼을 내려치자마자 여우는 멋진 왕자로 변했습니다. 그는 트롤한테서 구해낸 공주의 오빠였습니다.

결혼식이 열렸습니다. 어찌나 성대하고 근사했는지 그 결혼식 이야기가 멀리멀리 사방으로 퍼져가서 이곳에까지 이르게 되었답니다.

49

악마와 집행관

옛날 옛적에 어떤 집행관이 있었는데, 가죽까지 홀라당 벗기려 드는 아주 몹쓸 사람이었습니다. 어느 날 악마가 그를 데리러 왔습니다.

"내게 들리는 것이라고는" 악마가 말했습니다. "제발 악마가 저 집행관 좀 데려갔으면 하는 소리뿐이더군. 그러니 자넨 이제 나와 함께 가야겠어. 자네가 그렇게 못돼 먹었다면 내가 생각하기에는 지금보다 더 비열하고 사악해질 수도 없을 것 같으니 말이야."

"좋아요. 그런데 사람들이 말하는 것을 다 들어주시려면 감당 못할 정도로 날아다녀야 할 거예요." 집행관이 말했습니다. "그런데도 당신이 아주 친절한 분이라서 사람들이 요구하는 것을 뭐든 들어주신다면, 저도 이번에는 놓아 달라고 부탁할 수 있지 않을까요?"

그래요! 집행관은 자신을 잘 변호했고, 악마는 매우 너그러운 자였습니다. 그래서 그들은 함께 길을 가다가 맨 처음 마주친 사람이 다른 누군가를 잡아가 달라고 말하면 집행관을 놓아주고, 그가 바라는 자를 대신 잡아가기로 약속했습니다. 다만 악마는 그 바람이 진심인 경우에만 그렇게 하겠다고 했습니다.

TK.

그들은 가장 먼저 어느 오두막집으로 갔습니다. 거기에는 어떤 늙은
여자가 서서 〔크림을 저어 버터를 만드는 원통형의 기구인〕교유기(kjerne)를 젓
고 있었습니다. 그녀는 낯선 사람들이 보이자 누군지 알아보려고 살폈
습니다. 그러고 있는 사이에 집 안에서 키우던 돼지가 아무 데나 코를
처박고 킁킁거리며 돌아다녔습니다. 그러더니 돼지는 코를 쑤셔 박아
교유기를 넘어뜨리고는 크림을 핥아먹기 시작했습니다.

"돼지만큼 성가신 동물이 또 있을까?" 여자가 말했습니다. "악마가
데려가 버렸으면!"

"자, 돼지를 데려가요!" 집행관이 말했습니다.

"자네는 내가 돼지고기를 가져가 버리기를 저 여자가 진짜로 바라고
있는 것 같은가?" 악마가 말했습니다. "겨우내 주말마다 그녀는 뭘를
먹으라고? 아니, 저것은 저 여자의 진심이 아니야."

그 다음에 그들은 함께 다른 오두막집으로 갔습니다. 그곳에서는 작

은 아이 하나가 말썽을 일으켰습니다.

"이제는 정말 너한테 진절머리가 난다." 여자가 말했습니다. "사고뭉치 녀석을 쫓아다니며 뒤치다꺼리하고, 닦고, 치우느라 다른 건 하나도 할 수 없다니. 악마가 이 녀석 좀 데려갔으면!"

"자, 아이를 데려가요!" 집행관이 말했습니다.

"저것도 진심이 아니야. 엄마가 아이를 혼내는 것일 뿐이지." 악마가 말했습니다.

그들은 계속 더 걸어가다가 농부 둘을 만났습니다.

"저기 봐. 우리 집행관 나리네." 그들 가운데 한 농부가 말했습니다.

"농부들 가죽을 벗겨먹는 저 놈을 악마가 산 채로 데려갔으면!" 다른 농부가 말했습니다.

"저것은 진심이군그래." 악마가 말했습니다. "그러니 자넨 나와 함께 가야겠어."

이번에는 간청도 애원도 아무 소용이 없었습니다.

50

물렛가락의 곳간열쇠

옛날 옛적에 부유한 농장소년이 하나 있었는데, 결혼을 하려고 마음 먹은 참이었습니다. 그는 아름답고 다정다감하며 정리정돈을 잘하고 요리솜씨가 좋다는 어느 소녀에 대한 이야기를 들었습니다. 소년은 그런 아내를 얻고 싶었기 때문에 소녀가 있는 곳으로 찾아갔습니다.

그곳 농장의 사람들은 소년이 왜 왔는지 잘 알고 있었습니다. 그래서 그들은 관습에 따라 소년에게 의자에 앉으라고 청하며 말을 붙였습니다. 그리고 음식을 준비하는 동안 기다리라고 그에게 마실 것을 가져다 주었습니다. 그들은 바쁘게 왔다 갔다 했습니다. 그래서 구혼자는 거실을 둘러볼 여유를 가질 수 있었습니다. 그는 거실 한구석에서 물렛가락에 실이 두툼하게 감겨 있는 것을 보았습니다.

"누가 저 물레를 돌리나요?" 소년이 물었습니다.

"내 딸이 돌리는 거라오." 거실에 있던 여자가 말했습니다.

"아마亞麻 섬유가 많이 남았군요." 소년이 말했습니다. "따님이 며칠은 계속 물레를 돌려야겠어요."

"며칠은 무슨." 여자가 말했습니다. "그녀는 하루면 충분히 그 일을

Erik Werenskiold

해낸다오. 어쩌면 그것도 안 걸릴지 모르지.”

소년은 그렇게 짧은 시간에 그렇게나 많이 실을 잣는 사람이 있다는 소리를 들어본 적이 없다고 생각했습니다.

그들이 음식을 날라 오느라 모두 밖으로 나가자 소년은 거실에 홀로 남았습니다. 그는 창틀에 있는 커다랗고 오래된 열쇠를 보았습니다. 그는 그것을 가져와서 물렛가락에 꽂아 아마 섬유의 더미 안에 찔러 넣었습니다. 그 뒤 사람들은 먹고 마시며 서로 즐겁게 어울렸습니다.

그는 그곳에서 충분히 오래 머물렀다는 생각이 들자 그들에게 감사인사를 하고 길을 나섰습니다. 사람들은 그에게 곧 다시 오라고 청했고, 그도 그러겠다고 약속했습니다. 그러나 그는 자신이 방문한 이유를 밝히지 않았습니다. 소녀가 꽤 마음에 들기는 했지만 말입니다

오랜 시간이 흐른 뒤에 그는 다시 농장을 찾아갔습니다. 그들은 소년을 전보다 더 반갑게 맞이해주었습니다. 그러나 대화를 나누던 중에 여자가 말했습니다.

“그런데 말이오, 저번에 다녀간 뒤로 아주 이상한 일이 일어났다오. 우리집 곳간열쇠가 감쪽같이 사라져 버렸지 뭐요. 우린 그것을 다시 찾지 못했다오.”

소년은 곧바로 물레가 놓여 있는 구석으로 갔고, 지난번처럼 여전히 아마 섬유가 두툼하게 쌓여 있는 곳을 더듬거렸습니다.

“열쇠는 여기 있어요.” 그가 말했습니다. “〔9월 29일인〕성미카엘 축일부터〔3월 말에서 4월 말 사이인〕부활절까지 물레를 돌렸는데도 실을 많이 잣지 못했네요.”

그렇게 말한 뒤 그는 집주인들에게 감사인사를 했습니다. 그러나 이번에도 마찬가지로 자신이 찾아온 이유는 밝히지 않았습니다.

51

식탁 위의 고양이

옛날 옛적에 청혼을 하러 갔던 어느 소년이 있었습니다. 그곳은 아주 멀리 떨어진 외딴 골짜기였습니다. 소년이 방문한 집의 사람들은 모든 면에서 구닥다리였습니다. 그들은 연기가 자욱한 오두막집에서 살았는데, 불길이 잦아들면 연기 구멍으로 연기가 피어올랐습니다.

그곳에는 결혼할 나이가 된 소녀가 하나 있었는데, 매우 아름다워서 인기가 많았으나 결정적인 단점이 하나 있었습니다.

그 집 사람들은 구혼자를 아주 잘 대접해 주었습니다. 그들은 〔밀가루 반죽에 감자와 버터 등을 넣어 철판에 구운 빵인〕 레프세(lefses)와 〔보릿가루로 구운 납작하고 바삭한 빵인〕 플라트브뢰드(flatbrød), 소금에 절인 햄, 사워크림을 넣은 귀리죽, 커다란 버터 한 덩어리를 식탁에 차렸습니다.

식탁에는 찢어진 곳이 있어서 서둘러 꿰매야 하는 옷도 한 벌 있었습니다. 하지만 그들은 바늘을 어디에 두었는지 찾을 수 없었습니다. 그러자 오두막집의 어머니가 말했습니다.

"딸아, 역시 네가 찾아야 하겠다. 너는 눈이 아주 좋으니까 말이야."

그래요! 그녀는 위아래의 모든 곳을 훑으며 찾기 시작했습니다. 그리

고 마침내 연기 구멍을 뚫는 데 쓰는 장대 위를 올려다보았습니다.

"저기 있어요." 그녀가 말했습니다. "장대 꼭대기 뾰족한 곳이요."

아무도 거기에 바늘이 있는지 볼 수 없었습니다. 그러나 바늘이 발견되었습니다. 찢어진 옷을 꿰매고, 모든 일이 다 잘 해결된 것처럼 보였습니다. 그러자 소녀는 우쭐거리며 흙바닥 위를 서성거렸습니다.

그런데 그 오두막집에서는 연한 갈색 고양이 한 마리를 기르고 있었습니다. 소녀는 그 고양이가 식탁 위에 앉아 있다고 생각했습니다. 그러나 그녀가 고양이라고 생각한 것은 버터 덩어리였습니다. 그녀는 버터 덩어리를 후려쳤고 그 바람에 버터가 벽에 튀었습니다.

"에비, 고양이야! 식탁에서 내려와!" 그녀가 말했습니다.

그래요! 참으로 눈이 좋은 소녀였습니다.

52

7년 묵은 귀리죽

옛날 옛적에 결혼을 하려는 소년이 있었습니다. 그의 어머니는 언제나 모든 것이 깨끗하기를 바랐기 때문에 '바람이 휘몰아치듯 해야 한다'고 말했습니다. 소년도 같은 것을 바랐습니다. 그래서 그는 자신의 어머니만큼 깔끔한 아내를 얻으려 했습니다. 소년은 어떻게 해야 신부네 집 사람들이 깨끗한지 지저분한지를 알아낼 수 있을지 오래 곰곰이 생각했습니다. 마침내 그는 방법을 찾아냈습니다.

그는 자신의 손 하나를 매우 아픈 것처럼 붕대로 돌돌 말고는 길을 나섰습니다. 그가 도착하자 농장 사람들이 구혼자를 맞이하는 풍습에 따라 그에게 맥주와 마실 것, 먹을 것을 대접하면서 말을 건넸습니다. 그들은 우선 그의 손이 왜 그런지 이야기를 듣고 싶어 했습니다.

"트롤이 손가락 하나를 먹어버렸어요. 트롤들은 그것을 목뼈에 붙은 고기라고 부르더라고요."

소년은 의사와 산파들을 찾아가서 도움을 구했으나 뾰족한 수를 찾지는 못했다고 말했습니다. 농장 사람들은 죽으라는 말만 아니라면 쓸모가 전혀 없는 충고는 없지 않겠냐고 말했습니다.

"글쎄, 그들이 알려준 게 하나 있기는 해요." 소년이 말했습니다.

그게 뭐냐고요? 7년 묵은 귀리죽이었습니다. 하지만 그는 어디에서도 그것을 찾을 수 없었다고 말했습니다.

"뭐라고? 그거면 된다고?" 그들이 말했습니다. "자네가 그들의 충고를 따르겠다면 우리 집안에 있는 요리 냄비들과 오래된 귀리죽 그릇들을 찾아보게. 거기에 들러붙어 있는 찌꺼기들은 7년이 뭐야 14년도 더된 것들이지."

그래요! 참으로 끔찍이도 깔끔한 사람들이었습니다.

53

부유한 농부의 신부

옛날 옛적에 큰 농장을 가진, 부유한 농부 하나가 있었습니다. 그는 금고에는 은을 넣어두고, 돈으로는 이자놀이를 했습니다. 하지만 아직도 뭔가 부족하다는 생각이 들었습니다. 그는 홀아비였기 때문입니다.

어느 날 이웃 농장의 딸이 와서 그와 함께 일을 하게 되었습니다. 부유한 농부는 그녀가 몹시 마음에 들었습니다. 그가 생각하기에, 그녀는 가난한 농부의 자식이었으므로 자신이 결혼하겠다는 뜻만 살짝 비치기만 해도 곧바로 그러자고 할 것 같았습니다. 그래서 그는 다시 결혼을 해야겠다는 생각이 들기 시작했다고 넌지시 그녀에게 말했습니다.

"네, 네, 사람들은 별의별 생각을 다 하지요." 소녀가 말했습니다. 그리고 서서 킬킬거리면서 못생긴 늙은 남자는 결혼 말고 다른 것을 생각하는 편이 나을 거라고 덧붙였습니다.

"그래, 하지만 나는 네가 내 아내가 되어주었으면 좋겠어." 농부가 말했습니다.

"말씀은 감사하지만 싫어요! 그럴 수는 없어요." 그녀가 말했습니다.

농부는 거절의 말을 듣는 것에 익숙하지 않았습니다. 그리고 그녀가 그를 원하지 않을수록 그녀와 결혼하고 싶은 마음은 더욱 커졌습니다. 소녀가 말을 듣지 않자 그는 그녀의 아버지에게 말을 전했습니다. 그녀와 결혼할 수 있게 해주면 자신에게 빌려간 돈을 갚지 않아도 되고, 덤으로 목초지 옆에 바로 붙어 있는 땅도 주겠다고 했습니다.

그래요! 소녀의 아버지는 자기가 확실히 딸을 설득할 수 있을 것이라고 말했습니다. 그리고 그녀가 아직 어려서 자신에게 뭐가 좋은 것인지 알지 못한다고도 했습니다. 그러나 소녀의 아버지가 달래도 보고 혼내도 보았지만 전혀 소용이 없었습니다. 그녀는 부유한 농부가 금덩어리에 파묻혀 있다 하더라도 그를 원하지 않을 것이라고 했습니다.

부유한 농부는 날마다 기다렸습니다. 그러다 마침내 그는 인내심이 바닥나 매우 화가 났습니다. 그는 소녀의 아버지에게 자신은 더 이상 기다릴 수 없으니 당장 약속대로 하라고 말했습니다.

남자는 어찌해야 좋을지 몰랐습니다. 그래서 그는 부유한 농부에게 결혼식을 준비해 놓고, 사제와 손님들이 도착하면 그것을 핑계로 자신의 딸을 부르라고 말했습니다. 그리고 그녀가 가면 재빨리 결혼식을 올리라고 했습니다. 그러면 그녀는 생각할 겨를이 없을 테니까요.

농부는 아주 좋은 계획이라고 생각했습니다. 그래서 그는 전통에 걸맞은 멋진 결혼식을 하려고 술을 빚고 빵을 굽게 시켰습니다.

결혼식 손님들이 도착하자 부유한 농부는 농장에서 일하는 소년들 가운데 한 명을 불러서 남쪽에 있는 이웃 농장으로 서둘러 가서 약속한 것을 보내 달라는 말을 전하게 했습니다.

"만약 곧바로 돌아오지 않는다면" 그가 주먹을 휘두르며 말했습니다. "그러면 네 녀석은……." 그는 더 말할 필요도 없었습니다. 소년이 이미 꽁지에 불이 붙은 것처럼 밖으로 달려 나갔기 때문입니다.

"주인아저씨가 인사를 전해 드리고, 약속한 것을 받아오라고 시키셨어요." 소년이 남쪽 농장의 남자에게 말했습니다. "그런데 서둘러야 해

457

Erik Werenskiold

요. 주인아저씨가 오늘 아주 급하시거든요." 그가 말했습니다.

"알았다, 알았어. 목초지로 가 봐라. 거기에 있는 그녀를 데려가면 된다." 이웃이 말했습니다.

소년은 출발했습니다. 그가 목초지로 내려갔을 때 소녀는 갈퀴질을 하고 있었습니다.

"당신 아버지가 주인아저씨한테 약속한 것을 가지러 왔어요." 소년이 말했습니다.

'하하, 나를 속이려고!' 그녀는 생각했습니다. "아, 그래요?" 그녀가 말했습니다. "내가 생각하기에 그것은 우리 집에서 키우는 얼룩 암말의 새끼일 거예요. 가서 그녀를 데리고 가요. 그녀는 완두콩 밭 한 귀퉁이에 매여 있어요." 소녀가 말했습니다.

소년은 작은 얼룩말 등에 올라타 서둘러 집으로 돌아왔습니다.

"그녀를 데려왔느냐?" 농부가 물었습니다.

"그녀는 문 밖에 서 있어요." 소년이 말했습니다.

"그러면 그녀를 전에 주인아주머니가 쓰던 방으로 데려가라." 농부가 말했습니다.

"세상에나! 제가 그걸 어떻게 해요?" 소년이 말했습니다.

"너는 그냥 시키는 대로만 해!" 농부가 말했습니다. "너 혼자 그녀를 다루기 어렵다면 사람을 더 데려가서 도와 달라고 해라." 그가 말했습니다. 그는 소녀가 말을 듣지 않으려 할지도 모른다고 생각했습니다.

소년은 농부의 얼굴을 보고는 그와 더 실랑이를 하는 것을 쓸모없는 짓이라고 생각했습니다. 그는 농장의 일꾼들을 모두 데려왔습니다. 몇 사람은 앞에서 당겼고, 몇 사람은 뒤에서 밀었습니다. 그래서 그들은 마침내 암말을 계단으로 끌어올려 방으로 밀어 넣을 수 있었습니다. 그곳에는 신부의 화려한 장신구가 준비되어 있었습니다.

"주인아저씨, 이번 일도 다 끝냈어요." 소년이 말했습니다. "하지만 그것은 위험한 일이었어요. 제가 지금껏 이 농장에서 했던 일들 가운데에서 가장 힘든 일이기도 했고요."

"그래, 그래." 농부가 말했습니다. "여자들을 올려 보내서 그녀를 치장하게 시켜라."

"세상에나!" 소년이 말했습니다.

"잔말하지 마! 여자들에게 그녀를 치장하게 시켜. 화관과 왕관도 잊지 말고." 농부가 말했습니다.

소년은 부엌으로 갔습니다.

"잘 들어, 소녀들아!" 그가 말했습니다. "너희들은 올라가서 작은 얼룩 암말을 치장하도록 해. 주인아저씨가 손님들을 웃기려고 안달이 난 것 같아."

그래요! 소녀들이 모두 달려들어서 작은 얼룩 암말을 꾸며주었습니다. 그런 뒤 소년은 내려와서 그녀가 다 준비되었다고 말했습니다. 화관과 왕관까지 말입니다.

"잘했어. 그녀를 이리 데려와!" 농부가 말했습니다. "내가 직접 문까지 그녀를 마중 나가도록 하지." 그가 말했습니다.

계단에서 시끄러운 소리가 났습니다. 이 신부는 비단 신발을 신고 있어서 좀처럼 내려올 수가 없었기 때문입니다. 하지만 문이 열리고 신부가 응접실로 들어오자, 코웃음 치고 킬킬거리는 소리가 끊이지 않았습니다. 사람들이 말하기를, 부유한 농부는 그 신부한테 매우 만족해서 그 뒤로 다시는 결코 청혼을 하지 않았다고 합니다.

끝!

작가 소개

글 | 페테르 크리스텐 아스비에른센(Peter Christen Asbjørnsen, 1812~1885)

1812년 1월 15일 노르웨이의 크리스티아니아(Christiania, 지금의 오슬로)에서 유리 장인의 아들로 태어났다. 1826년 노르데르호브(Norderhov)의 학교에서 모에를 처음 만나 평생 우정을 나눴다. 1832년 노르웨이 동부지역에서 가정교사로 일하면서 민담과 전설들을 수집하기 시작했고, 1833년 오슬로대학에 입학해 생물학을 공부하면서도 민담 수집에 대한 열정을 꺾지 않았다. 학위를 딴 뒤에는 오슬로대학의 지원을 받아 노르웨이 남부의 하르당게르피오르(Hardangerfjord) 인근 지역에서 해양생물의 표본을 수집하는 일을 하면서 민담을 수집했다. 삼림관이 되어 노르웨이를 비롯한 유럽 북부의 여러 지역의 숲을 조사하기도 했던 아스비에른센은 1876년에 은퇴했다. 노르웨이의 왕립과학학회 회원이던 그는 1879년 자신이 수집했던 다량의 생물 표본들을 아일랜드 자연사박물관에 넘겼다. 그리고 2년 뒤인 1885년 1월 5일 오슬로에서 죽었다.

글 | 예르겐 엥게브레센 모에(Jørgen Engebretsen Moe, 1813~1882)

1813년 4월 22일에 노르웨이 오슬로 인근의 홀레(Hole)에서 부유한 농부이자 정치가의 아들로 태어났다. 프레데리크왕립대학(Royal Frederick University)에서 신학을 공부한 모에는 1839년 학교를 졸업한 뒤 한동안 가정교사로 일하면서 휴일마다 외딴 지역을 돌아다니며 이야기들을 수집했다. 그리고 1841년부터는 여름마다 노르웨이 남부 산악지대를 여행하면서 민담을 채록했다. 성직자가 된 모에는 1853년 시그달(Sigdal)에 있는 마을 교회의 담임 목사가 되었고, 1863년 이후에는 드람멘(Drammen)·베스트레 아케르(Vestre Aker) 등의 지역에서 사목 활동을 했다. 1874년에는 크리스티안산(Kristianssand) 교구의 목사가 되었으며, 병으로 물러나기 전인 1882년 1월까지 그 자리에 있었다. 예르겐 모에는 1882년 3월 27일 크리스티안산에서 세상을 떠났다.

삽화 | 테오도르 키텔센(Theodor Kittelsen, 1857~1914)

1857년 4월 27일 노르웨이 남부 크라게뢰(Kragerø)에서 태어났다. 아이가 많은 가난한 집안이었던 데다가 상인이었던 아버지마저 1868년에 일찍 세상을 떠나 집안 형편이 무척 어려웠다. 그래서 11살 때부터 시계 장인의 도제로 일을 해야 했다. 하지만 그의 재능을 발견한 후원자들의 도움으로 1874년부터 오슬로와 뮌헨 등지에서 그림 교육을 받을 수 있었다. 후원이 끊긴 뒤에는 한동안 독일 잡지사에서 삽화가로 일하며 생계를 꾸리기도 했다. 1880년 노르웨이로 돌아와 머무르고 있다가 아스비에른센의 요청으로 이듬해 노르웨이 민담집의 삽화를 그렸다. 그 뒤 파리와 뮌헨, 노르웨이를 오가며 살던 테오도르 키텔센은 1887년 노르웨이로 돌아와 누이가 살던 로포텐(Lofoten)에 머무르면서 노르웨이의 자연 풍경을 담은 작품들을 그렸다. 1889년 결혼한 뒤에는 노르웨이 남부로 거처를 옮겼으며, 1891년부터 아스비에른센과 모에의 작품을 비롯해 다른 여러 책들의 삽화를 그렸다. 1899년부터는 레우블리아(Lauvlia)라고 불리는 호숫가의 작은 집에서 가족들과 살았으나 1905년부터 병을 앓으면서 쇠약해졌다. 1908년 노르웨이 왕실로부터 기사 작위를 받았지만, 경제적으로 궁핍해져 1909년 그토록 아끼던 호숫가의 집을 팔아야 했다. 1914년 테오도르 키텔센은 아홉 아이들과 아내를 남겨둔 채 세상을 떠났다. 그가 살던 호숫가의 집은 오늘날 그의 작품과 사진 등이 전시된 작은 박물관으로 사용되고 있다.

아스비에른센과 모에의 노르웨이 옛이야기 1871

초판 발행 2018년 9월 15일

글쓴이	페테르 아스비에른센 · 예르겐 모에
옮긴이	이남주
펴낸이	김두희
펴낸곳	도서출판 오롯
출판등록	2013년 1월 10일 제25100-2013-000001호
주소	인천시 계양구 장제로 863번길 15, 시티2000오피스텔 702호
전자우편	orot2013@naver.com
홈페이지	http://orot2013.blog.me
전화번호	070-7592-2304
팩스	0303-3441-2304

© OROT, 2018. printed in Incheon, Korea
ISBN   979-11-950146-9-9   03890

이 도서의 국립중앙도서관 출판시도서목록(CIP)은 서지정보유통지원시스템 홈페이지(http://seoji.nl.go.kr)와 국가자료공동목록시스템(http://www.nl.go.kr/kolisnet)에서 이용하실 수 있습니다.(CIP제어번호: CIP2018027239)

● 책값은 뒤표지에 있습니다. 잘못된 책은 바꾸어 드립니다.
● 이 책을 읽고 구입해 주셔서 고맙습니다. 좋은 책으로 꾸준히 찾아뵙겠습니다.